青精灵

彭忠彦 著

团结出版社

图书在版编目（CIP）数据

青精灵 / 彭忠彦著. -- 北京 ： 团结出版社，
2017.11 （2023.7重印）
　　ISBN 978-7-5126-5686-4

　　Ⅰ．①青… Ⅱ．①彭… Ⅲ．①中篇小说－小说集－中国－当代②短篇小说－小说集－中国－当代 Ⅳ.
①I247.7

中国版本图书馆CIP数据核字(2017)第260977号

出　　版	团结出版社
	（北京市东城区东皇城根南街84号 邮编：100006）
电　　话	（010）65228880 65244790
网　　址	http://www.tjpress.com
E－mail	65244790@163.com
经　　销	全国新华书店
印　　刷	北京佳信达欣艺术印刷有限公司
装帧设计	成都天恒仁文化传播有限责任公司

开　　本	170mm×240mm　　1/16
印　　张	16
字　　数	277千字
版　　次	2017年11月第1版
印　　次	2023年7月第3次印刷

书　　号	978-7-5126-5686-4
定　　价	56.00元

目 录
contents

短篇小说

中篇小说

精短小说

短
篇
小
说

窑 殇

一

就在我跟随汝瓷大师章燧炎做了三年清徒回归故里，迫不及待地和女友幽兰完婚时，幽兰说不中——大师真正的秘密你并没有得到，爷爷的案子还没告破，按照当初的约定这婚是不能结的！

我说你这个"女妖精"，莫非把我也折磨成大师那样疯疯癫癫你才耳顺眼明？可以毫不夸张地说，我和大师之间已达到了师徒若兄弟的境界，彼此之间还有什么秘密可言？至于爷爷的悬案——

幽兰截断我的话说："洗尿布冲走单子——你可是丢大片了！满老汝州的人都说你跟老章当了三年耷拉孙徒弟，鞍前马后没少出力，并没有得到真传……"

我说你这个贪得无厌的女人，师父把天青釉的配方传给了我；师父把烧窑的绝活教给了我；师父把唯一通灵的莲花温碗送给了我，你、你、你说师父还有什么秘密背着我？

说到痛心处我把怀揣的莲花温碗掏出来，怒目圆睁，举起佯装摔碎的样子，幽兰跳将起来，一个猴子摘果的动作，便把瓷器抢在了手里。

我们的爱巢里彩灯绚烂，酸溜溜的轻音乐飞上飞下。幽兰把大师的杰作翻上覆下，左右把玩，并不时用玉拳轻轻叩击，发出了磬一般悠扬的乐声。尽管天青釉会随光幻化，但我不愿让低俗的霓虹玷污了高古雅静的汝瓷。"心如白云常自在，德似青露不染尘"——天青釉是君子，高洁素雅，空明无尘，超凡脱俗，岂能在靡靡之音、七彩之光中欣赏体味她？

"唰——"我拉开了窗帘，柔美的春光伸着长长的舌尖扑进了爱巢，贪婪地舔着天青釉的玉体，幽兰知趣地关灯、换音乐。谭晶优美的《汝瓷赋》响起来了："汝水一湾，锦绣两岸，谁家女儿河边站，倩影绰绰，眉宇灿灿，一缕淡香绕千年，恰似青衣拂袖过，雨过云破天。前朝今世说汝瓷，醉了人心醉了江山……"青鸟"扑扑棱棱"的飞翔中，春光"咂巴咂巴"的亲吻中，仔细品嚼汝窑瓷器莲花碗，那实在是一种绝美的艺术享受。幽兰双手捧着莲花温碗，任阳光舔吮，由音乐摩挲。天青色的莲花碗造型比例适度，器身随花口分呈十瓣，形似一朵盛开的妙法莲花。柔和的春光射进凸凹与莲口相衔接处，釉色随光在不断变换和折射中，莲花碗显得格外协调自然，美观大方。莲花的开放姿态中，我分明听到了花开的声音，嗅到了青莲之香。我情不自禁地伸手抚摸莲花碗温润的器表，扑鼻的馨香中仔细品味青釉匀净之温润，尽情分享极品造型之风韵；静静感悟窑火涅槃出的精灵之剔透，那一刻，我进入了禅意。

是幽兰打破了我的陶醉——她变魔术似的从怀内掏出了一块天青釉瓷片，和莲花碗放在一起比较。那是一块沉睡近千年的宋代瓷片，是师父傅送给我的。"家有财产万贯，不如汝瓷一片"——由此可见师傅对我的厚爱。

不服幽兰不行，她的确长着一双观瓷望气的贼眼。她把古瓷片和仿烧的莲花碗放在一起比较，釉色的差异就显而易见了。古瓷片的莹澈、温润、淡雅、素洁和养眼，浮光明丽的高仿瓷是望尘莫及的。

我不得不佩服幽兰——这个民间汝瓷古董商孙女的眼光。"大师肯定还有秘密背着你，肯定还有盖世的精品瞒着你。得不到大师的真正秘密，看不到大师的开山之作，爷爷的奇冤不报，这徒弟你还得继续当，这婚更是结不得的……"

看我一副颓丧痛苦的模样，幽兰在我脸上"啃"了一口说："心急吃不了热豆腐，别忘了当初的约定。结婚只是一种形式，我们现在虽然没结婚，但男人女人之间的花样还让你少一样吗？"

幽兰说罢，幽灵一样地飘走了。

二

幽兰的爷爷古槐死于三十年前那个血色的黄昏。他是从汝瓷厂窑匠章燧炎实验室回来的路上被杀害的，怀揣的那件残破的宋代汝窑天青釉圆洗不翼而飞。由于这样的背景，章燧炎被公安机关列为"重要嫌疑犯"之一，多次传唤审问。每次问讯他总是那一套话：我和古槐哥是几十年狗皮袜子没反正的兄

弟，那件汝窑圆洗是我做实验时烧出的次品，存到柜子里做样本，不知啥时后被他捣鼓走作秀，变成了一件宋代的古董。我没有看管好公家的产品我有罪。那天古槐哥拿着作秀的瓷器让我看后，说半夜里就要出手。我劝他物以稀为贵，一件真正的宋代汝窑器价值连城，你用仿烧的次品作假谋取暴利，坑人必害己，千万别干这缺德折寿的事。他不听劝说，我们就争吵抢夺起来……

断断续续折腾了半年，章燧炎才算恢复了正常生活，可是案子依然没有告破，就是至今还是个悬案。

恢复自由的章燧炎准备继续回实验窑组上班的时候，厂方已作出决定：章燧炎吃里爬外，致使公家财产严重流失，不宜继续在试验窑组工作，即日起去原料车间接受改造。

幽兰是个苦命的女人。他的父亲古柏因为在国家保护的严和店汝窑遗址内盗宝，被抓判刑死在了监狱里，母亲改嫁，三岁的幽兰和爷爷相依为命。更不幸的是幽兰刚刚七岁那年，爷爷又被谋财害命。

我从景德镇陶瓷工艺美术学校毕业后，分配到汝瓷一厂上班，和幽兰谈恋爱时遭到了爷爷的坚决反对。"说什么'千年古柏万年槐'——简直是扯淡！古氏家族的男人哪个不是短命鬼？就是不说这些，他们当中连一个人落个囹圄尸首的也没有。说来说去还都是改不了倒腾瓷器古董的毛病，死于外财。幽兰这闺女精能精能，却不深究先人灭顶之灾的根由，仍旧没命一样爱上了瓷器古玩，走上了邪道儿。这俗话儿说'马吃夜草长膘，家得外财不发，人走邪道短命……'"

我不顾爷爷的劝说，毅然决然地爱上了幽兰。不是因为章燧炎保媒我才爱上了幽兰，绝不是。好多男人是被女人身上那股香气，绳子一般的香气捆绑捕获的。我不是，我是被幽兰身上充满的那股"杀气"和执拗劲儿俘虏的，真的！

我们轰轰烈烈地相爱了近二十年。企业改制，国营汝瓷厂破产，窑匠们一个个单干，汝窑家庭作坊像雨后的野蘑菇，一夜之间冒出一大片，汝瓷"大师"的帽子漫天飞舞，唯独"新郎官"的桂冠却迟迟戴不到我的头上。那是因为幽兰我们之间有个约定：抓到杀害爷爷的凶手，盗取章大师真正的秘密才能结婚。

幽兰固执地认定杀害爷爷的凶手就是章燧炎。章燧炎当年为了开脱自己，说了谎话才获得了自由。爷爷得到的汝瓷圆洗是地道的宋代天青釉，章燧炎索要国宝做标本，仿烧断代八百年的天青釉，爱瓷如命的爷爷死活不肯，章燧炎于是就派人杀害了爷爷，抢走国宝参照试烧，终于仿烧成功了天青釉，重续八百年前的辉煌，他也由此功成名就，坐上了当今"青瓷第一人"的宝座……

我虽然不敢苟同幽兰的臆断，但还是听命于她的摆布，千方百计接近章燧炎，使出浑身的解数窃取他的秘密。根据幽兰提供的线索，章大师在成为大师和没有成为大师时，每年农历腊月二十三，也就是"小年下"——必定是在一个叫作玛瑙沟的地方度过的。十数年如一日，风雨不动，雷劈不改。当然也有去不了的时候，那他必然就近爬上山岗向着玛瑙沟方向颔首垂吊……

玛瑙沟里或许真的藏着大师的秘密？

三

章大师正式接纳我为入室弟子时，已是他的风烛残年。此时的章大师名望盛隆，如日中天，技艺炉火纯青。陶瓷界评价他的汝窑釉色接近或达到宋代的水平，足以以假乱真。他的一件仿古汝窑瓷器动辄就要拍卖几十万甚至上百万。只是这个半疯半傻的"怪人"，躲进他青龙山的窑厂内，过着几乎与世隔绝的隐居生活，一年半载才开一次窑，出一件精品比天上掉一颗金豆子还难。大师无儿无女，无依无靠，过着"苦行僧"一般的生活。地方政府专门安排照顾他生活起居的人，被他撵走了一茬又一茬，以至于再也没有人愿意去照顾他了。汝瓷烧制技艺被确定为国家非物质文化遗产保护项目后，政府专门为他安排了一批传承人，一方面照顾他的饮食起居，一方面学习传承他的烧制技艺，但这些人中，没有一个不是带着头上或身上被他击打的棍伤弃之而去的。接下来，政府就指望他自己收徒传艺了。

尽管都知道大师的徒弟难当，但登门拜师为徒的仍趋之若鹜。来一个走一个，来一双走一对——他们一个个都被大师乱棍子打走，唯独收下了我。

我去拜师那天，大师正躺在他的马蹄窑里，凝视着手里的一块天青釉瓷片出神，身边放着一壶老酒。

我说："燧炎爷，收下我做您的徒弟吧！"

他侧身足足盯我有三分钟，才说："严、章两家也算世交，收你为徒也在情理之中。不过，你不是来学艺的，你也不是冲着我的瓷器来的，你是来算计我性命的！"

"我压根儿就不愿做什么'传人'，我也不稀罕您的通灵瓷器，我也不是来算计您的性命的，我是来淘故事，您和汝窑器的故事——"

我发现他的身子陡的一颤，然后就坐了起来，一双昏花的老眼紧紧地盯着我。

"瓷盘奶奶为啥离您而去，青花姑姑如何窑厂夭折，'文革'期间您如何死里逃生，岁岁年年的'小年下'，您又为啥躲到玛瑙沟里偷偷过……"

大师浑身发抖，壶嘴哆嗦着把一壶浊酒洒在了霜染的胡须上。

我的话像锤子一样敲打在他的麻骨上，让他周身哆嗦。良久，他才慢慢恢复平静。

"只为故事而来？"

"是——"

"不为学艺？"

"是——"

"不为淘宝？"

"是——"

"不为秘方？"

"是——"

"不为悬案？"

"是——"

"那你跪下给窑神起誓——"

我于是走出破窑，跟着大师来到石头垒砌的窑神庙前，跪下发誓。窑神是章生一和章生二。拜罢窑神拜师父时被他拦住了，"师父我这里就免了，我认你这个徒弟就是了！"

幽兰事先为我设计的七七四十九套计谋一样也没用上，倒是我一时心血来潮涌起的智谋征服了大师。

那一夜我在草庵内用木棍搭起了一张简易木床，和大师同庵而眠。他一边喝酒，一边向我倾诉，讲了很多很多……

严和店这地方过去叫章家店，先由我们老章家三兄弟在此烧制瓷器而得名。后来，你们老严家是做了章氏老三门曾孙家的上门女婿，才在章家店扎下了根。到了大宋徽宗时，你们先祖严和为皇上烧造出了神瓷天青釉，名声大振，皇上高兴之时，挥笔御题"严和店"匾额，从此章家店就改名严和店了。其实，我们老章家烧窑和制瓷技术远远高于你们老严家，只是不爱张扬而已。后来金兵入侵，我们先祖章生一、章生二兄弟二人逃命到了浙江龙泉继续烧瓷。生一烧造的瓷器浅白断纹，色淡，号百圾碎，故名哥窑；生二所烧的青瓷器，纯粹如美玉，故名弟窑，属于官窑性质的。若把弟窑和汝窑器放在一起，你是很难分辨出来彼此的。

师父的诉说，勾起了我儿时的记忆。记得有一年的春节，严氏和章氏家族为敬窑神爷发生了冲突。村里那座唯一的破窑神庙里，严氏家族把严和供为窑神，章氏家族不行，要把章生一和章生二供为窑神，两个家族争执不下，眼看就要发生打斗。这时我大爷严火旺出面调停，在窑神庙里供上三位先祖的牌位才算达成了共识。但是，在确定谁家先祖居神龛上位时又发生了争执。我们严氏家族认为先祖严和是皇上钦点的汝窑顶尖大师级人物，虽然出道晚，但成名在先，理应雄踞神龛上位；章氏家族则认为先入为主，先祖生一、生二兄弟虽然大器晚成，但开天辟地的汝窑场是章姓所为，没有根哪有树，没有枝哪有叶，没有源哪有流，没有章氏家族开辟窑厂就没有章家店，没有章家店就没有后来的严氏男丁入赘，没有严氏男丁入赘，也就没有后来的严和和严和店……我大爷寻根溯源，娓娓道来，左右说合，不偏不倚，最终说服了两个家族心平气和顺乎天意：让章生一坐了上位，生二次之，严和坐了末位，总算平息了一场争端。

师父还告诉我汝窑断代的800多年中，他的祖上和我的祖上，代代人都没有停止过仿烧。两个家族合作仿烧，分开试烧，分分合合，合合分分，打打闹闹，一次也没有成功过。他的父亲章天赐于30年代初辞官回乡，发动社会入股办起了股份制的复兴汝瓷厂。经过十多年的仿烧，豆绿釉实验成功时汝州解放，父亲被镇压，瓷厂被地方政府接管，更名新生汝瓷厂。由于他自小跟着父亲练泥、拉坯、配釉、烧窑，熟悉汝窑生产的七十二道工序，掌握一定的技术，所以公营的民生汝瓷厂就把他留厂使用，从此开始了他窑变式的人生……

四

"徒弟，徒弟，三年奴隶。"这是流传在我们瓷乡很广的一句俗语。然而，我给大师做了三年徒弟，没有主奴之分，没有学艺之苦。大师手里的拐杖就是拐杖，对我来说不是什么指挥棒，更不是什么敲头打腿惩罚徒弟的刑具。

大师是瓷乡唯一一个不用煤和液化气、而用木柴烧窑的人，也是唯一一个躲在山野用土窑烧瓷器的人。他烧制的瓷器在其他窑匠看来件件都是上等产品，可是他却优中挑优，一窑瓷器能被他选中交易的没有几件，更别说他留下珍藏的精品，那真是千里挑一。没有被他选中的产品，统统打碎深埋，不许流

入市场。

大师烧窑累了，喝几口小酒，拽一条我从火堆里扒出的山鸡腿，贪婪地啃着，含糊不清地唱着小曲："家住河南老汝州，有一条汝水千古流，流出的曲子地道货，悦耳动听贯九州……"师父喜欢家乡的曲子戏，烧窑的夜里我们守在窑炉旁，他唱了一曲又一曲。每当此时，我知道撬他口里的秘密，淘他肚里故事的机会来了！

"师父，说说'玛瑙釉'的配方吧，沤烂肚里多可惜——"

"你龟孙尾巴一撅，我就知道你拉什么稀屎，原来你不是为淘故事来嘛！"

夜幕里汹汹的炉火像遮羞的红布替我罩脸，但我的脸还是热辣辣地发烫。

"就说故事，就说故事——说说您和师娘的故事！"

我连忙向窑炉里送木柴，借以掩饰心里的愧疚。师父在短暂的沉默后开始了絮叨——

我的未婚妻叫粉青。我们瓷乡人给孩子起名儿总爱和汝瓷的颜色、炉火、器型纠缠在一起。比如我的名字"燧炎"，未婚妻的名字"粉青"。粉青是大家闺秀，和我家门当户对。粉青那个俊模样儿哟，咋形容哩——拿咱瓷乡的话说，粉青长得和瓷娃娃一样细腻滑溜……

我舌头卷起敲击上颚，发出"当、当、当"敲击钵盂般的脆响，回应师父的演讲。这是我摸出的规律，只要"钵盂"声响，师父会展开龙颜，故事讲得绘声绘色。

未婚妻虽然长得俏，可咱没有那个艳福。新中国成立了，改朝换代了，粉青家毁约，把她嫁给了一个好成分的人家为妻。那时候我就做好了打一辈子光棍儿的准备。谁知，紧挨瓷厂村里的瓷盘姑娘看上了我。瓷盘家是贫农出身，他的父亲是建国前参加革命的老党员，大哥是村里的民兵营长。瓷盘因患小儿麻痹，右腿细软，走路一拐一撇。身体残缺的瓷盘看上了成分不好的我，这也是常理。不过，请你注意我的表述：瓷盘"看"上我而不是"爱"上我，看上一个人是表皮子的层面，是生理、家庭或生活的需要，爱上一个人是心灵、事业或者叫生命的必需，那是灵魂深处两颗心相互碰撞出的结晶儿。我这么说你就不难理解她后来弃我们父女而去的原因了……

我再次敲击"肉梆子"回应师父后说："师父，来一点刺激的，素荤搭配嘛！"

我们那一代人哟，封建得很，都订婚年二半载了相互连手都没有摸过，不像你们现在的年轻人"闪婚"。我和你师娘暗恋了三年才公开，一扯明就遭到瓷盘家人的坚决反对。瓷盘铁了心，和家人吵吵闹闹，死也不同意爹娘另给她说合的对象。不觉又三年过去了，但瓷盘家人仍不吐口同意我这门亲事。硬拼不行，瓷盘就找我讨计智取，我于是就替她支了一招。瓷盘在嫂子面前装作呕吐嫌饭怀孕的样子，抓住了一家人的软肋，最终我们结婚了。又三年后有了我们的女儿青韵。那年月根正苗红的瓷盘的确就是我的保护伞，瓷盘娘家的"红色家庭"真是我的"政治靠山"。我能参加"献礼汝瓷攻关项目研制小组"，皆是瓷盘"红色家庭"的福祉。出身不由己，道路靠自己选择。我选择了和反动资本家家庭划清界限，走无产阶级革命的道路。1958年献礼汝瓷巨型双儿瓶研制成功，荣登人民大会堂，表彰的大喜报中也赫然写有我的名字……

五

我给师父当了三年徒弟，只见他开过六次窑，除一窑败窑外，在我看来其余五窑，窑窑出神，件件瓷器通灵，可是他仍不满意。

大师就是大师，大师有大师的境界，大师有大师的准则。他只做仿古器型，现代产品与他无缘；他只做手拉坯工艺，从不屑于模子注浆技术。他一直追求着汝瓷的单纯、清新、自然、温润和古朴；他一贯坚持着汝瓷的官窑皇家血统；他执拗地遵循着慢工出细活、细活出精品的原则；他执着地坚守着每件汝瓷是不可复制的高雅艺术品，而不是可以批量生产的庸俗商品的底线，因而他的作品幽古典雅、朴拙大气、和谐莹润。

都说师父不好处人共事，我说那是你没有真正走进师父的心里。他单纯古怪，且直爽执拗，瓷艺是他一生的追求。我见过师父败窑时的痛苦模样，先是三天不吃不喝，仰望苍天出神，接着爬到窑神爷前长久跪拜，直到饿得瘫倒在地，这才开始进食，哭着嚼着硬邦邦的干馍，连同泪水一起吞进肚里……进食后稍许有些力气，师父就伸出结满老茧的右手，使劲抽打自己的半边脸……师父在折磨惩罚自己的时候，我是断不敢解劝和阻挠的。据说有一年败窑，前来学艺的徒弟阻止他自残，人还没走到跟前，他就把左手的小拇指头削掉了半截，从此谁也不敢再劝阻他。

这一次败窑，师父煎熬罢自己后，躺在窑炉旁望着满天的星辰，轻声哼唱着曲子排解胸中积郁的呕愁。

"是女呀莫嫁那烧窑郎，一年呀四季独守空房。烟熏火燎年夜儿归呀，败

窑的恐慌毁了那夫的阳刚，盼夫归盼来呀冰凉失望，恓惶恓惶栖栖惶惶真是恓惶！"

我看火候到了，就又开始靠近他，淘他肚里的故事，他顺水推舟，自然而然地讲了起来——

我后来因犯错败窑被判了无期徒刑住进了大牢，你师娘彻底失望，一年后改嫁他人，把4岁的青韵留在了娘家。命运就像窑变一样遭变奇幻，两年后的一天，我又从监狱押回故土秘密研制天青釉。我不记得试烧了多少次，一次次的败窑让我惶恐不安，一次次的败窑让我绝望至极。一次败窑后我想起了女儿，世界上我唯一的亲人，就皇天老娘地悲声大哭起来。监工和看守都跑来了，我说我脑袋要爆炸了，我要见我女儿，只有见到我女儿我头不疼了，才能继续研烧瓷器。三天后我女儿青韵被送来了，见到女儿我才又有了活下去的勇气，烧瓷的活儿才又延续下去。

说来也神，自从七岁的女儿来窑厂后，我灰暗的心情一下子晴朗起来了，浑身有使不完的劲儿，研制釉色的进展也顺利多了。父女血液相同，心灵相通，总有说不完的话儿。以后女儿每周的星期天必来，用一双灵巧的小手为我做吃的，那一段天伦之乐的日子至今还让我难以忘怀。大概是和女儿相处四个多月后的一个星期天，天青釉终于露面了，虽然只有指甲盖那么一点，我高兴地近乎发疯了，一气灌进肚里半斤白酒，然后在地上翻滚着哭笑……

随后又经过两个多月的摸索，临近年关时瓷器表上整体的天青釉终于显现了，只是和宋代的瓷片釉面比较，成色还是不够莹润，燥气犹存，浮光依然刺目。我正思索着如何解决这些瑕疵时，女儿来了，怀揣着两个发面圆饼和两个热乎乎的熟鸡蛋来了。女儿是来陪我过"小年下"的。女儿的到来我才知道今天是腊月二十三。

自从天青釉试验成功，平时围在我身边的人都撤走了，据说是回厂里表彰庆功，并且还要在厂里全面开工生产天青釉。

那天是小年下，两个民兵也回家过年，空旷的窑厂里也只有我们父女俩。按照中国古老的传统，二十三日是要烧香敬灶王奶奶的。我写上灶王奶奶的牌位，附上对联"二十三日去，初一五更回"，然后把女儿拿来的发面圆饼放到瓷盘里当供品，只是火香和贺年的鞭炮是没法弄到的。

只要女儿在，不烧香不放鞭炮，过个"哑巴年"，我心里也像倒进一罐蜜一样甜。天黑后，古槐哥挎着篮子偷偷溜进了厂区。他从篮子里取出了酒肉、馍菜，还有祭拜窑神的纸箔、火香和供品。他不敢久留，放下东西顺手揣进怀里几块破瓷片就悄悄溜走了。女儿告诉我说，古槐爷爷待我最好，经常给我送好吃的，每个星期天都是他送我来看您的，快到这儿时他就躲起来了，他交代俺一定不要说是他送俺来的……听着女儿的诉说我哭了，是感动哭了。

夜里我喝得大醉，只记得和女儿一起跪在窑神爷前禀告：章青韵就是章氏家族第 51 代汝瓷传人！接着我和女儿又转向家乡坟茔的方向叩拜：列祖列宗在上，章燧炎今天要坏祖规："汝瓷秘方传长不传少，传男不传女，传媳妇不传女儿。"——我要把秘方传给女儿，女儿是汝瓷女传人、女传人……

酒劲上来了，接下来我就倒地什么也不知道了。女儿就地在我身下垫上了草苫子，身上盖上了棉被，蜷曲着幼小的身子偎在我身边。醒来已是半夜，看到这样的情景，我又"呜呜咽咽"地哭了，女儿懂事地用小手替我擦着眼泪……

从窑神庙回到屋里，我在煤油灯下写下了釉料配方、烧成秘诀塞到女儿口袋里，千叮咛、万嘱咐：秘不示人，传至下代，保秘方比保性命还重要……说完这些我让女儿休息，我要上山背玛瑙石，重新配置釉料，尽快解决釉面刺眼的浮光和燥气。我预感到待在家乡的日子不多了，父女再见面也就更难，必须赶在离开女儿前把最接近成功的秘方教给女儿。

女儿劝不住我，看我一副摇摇晃晃的样子，就决定跟我一起上山。我没有想到我害了女儿，女儿在下山时一脚踩空跌下了悬崖……

师父讲到这里，伸出手使劲扇自己耳光，我忙跳下床向他跑去……

六

在三年师徒生涯中，最后一个"小年下"是师父带我一起在玛瑙沟度过的。

按照师父的安排我们准备了丰厚的物品：香、表、箔和各种供品，还有手机、电脑、电视机等纸扎。

在当年师父居住的茅草屋内，我把师父请的老灶爷画像贴上，师父亲自摆供上香，接着我们又去窑神庙烧香，最后师父才领我来到青韵的坟墓旁。上香、摆供、焚烧纸扎……师父根本不让我插手，佝偻着身子做得极其虔诚。我看见几滴浑浊的泪水滚出眼眶，顺着苍老的脸颊虫子一般爬行。一阵尖利的西北风吹来灌进口中，他突然连贯剧烈地咳嗽起来，泪水滚落，鼻涕滴流。我忙走上去轻轻捶打他的脊背，许久他才止住了咳嗽。

第二天回到瓷厂，师父终于开口，"你回吧，二十六是个好日子，你来，满师酒一喝你就可以离庙了。"

不等我回话他就钻进配釉室了。

在焦躁不安中迎来了满师的日子。

师父显然很在意这个日子，按照我们豫西的礼仪，他亲手备好了十盘十碗一火锅。输戏不能输过场，待客不能心不诚。十盘内的菜有的还没盖住底，十碗内的汤有的只有一汤勺，倒是那只古铜木炭火锅，内容十分丰富。红红的木炭吐着火焰，火锅翻滚着。师父简陋的木屋里没有吃饭桌，就把门板摘下放菜。

望着门板上的菜肴，我的鼻子酸溜溜的，感动得不知所措。

"师父，徒弟敬您三杯酒，感谢三年来的栽培！"

师父夺过我手里的酒杯，"哪能这样呀！旧社会长工给东家风里雨里干了一年，临年傍节还要招待长工吃顿好饭，饭前给长工敬上三杯酒，然后把工钱清了，接下来就放下心吃喝……"

师父起身敬我酒，我说师父不中，这样不中。俺不是长工来挣工钱的，俺是您选中的徒弟来学您技术的……

"有缘千里来相识，无缘对面不相逢。三年清徒不容易，这酒师父得敬你——"

我和着泪水喝下了三杯酒后，师父变戏法似地从怀内掏出了一只汝窑圆洗说："你知道我手里没钱，不看中的瓷器砸了，看中的瓷器不舍得出手。不是前些年卖掉的瓷器钱撑着，恐怕早就封窑了。我不是哭穷，真的。看得出你是个舞文弄墨的人，送你这个最实用。"

我双手接住汝窑圆洗细看：敞口，浅弧壁，圈足微外撇，胎呈香灰色。通体施淡天青釉，釉色莹润，釉面开细碎片纹，外底有三个细小如芝麻粒状的支钉烧痕。

果然是一件精品。激动中的我反复摩挲它，耳畔又想起了幽兰的叮咛。

"师父，那、那、那件莲花温碗能让我看一眼都中——"

师父的神情一颤，莫名其妙地吟诗一首："淡青冰裂细纹披，秘器犹存修内遗。古丙科为今甲第，人才叹尔或如斯。"

我愣愣地站着不解其意。后来我才知道师父是拿乾隆皇帝的《汝窑圆洗》诗嘲弄我。

还是师父打破了这难堪的局面：他又从怀内掏出一支竹筒递给我说："天青釉的秘方就放在里面。记住：汝窑人指望烧瓷富达天下的，肯定烧不出绝世的好瓷器！"

我被一齐到来的幸福弄懵懂了，呆立着仍不知道说什么才好。师父盯视我一阵又说："看你是个实在人，答应把莲花碗给你，这下该好给你媳妇交差了。"

接着我们坐下吃菜喝酒，我给师父敬酒，敬之不拒。师父喝高了大声说："'大秀才'，我还欠你故事，说吧，还需要什么……"

烈酒壮胆，我就开始问及一些隐秘的故事："传言您和师娘合婚不成，您送给师娘金贵的莲花碗，还跪拜了师娘，可有此事。"

"是有这事。上跪天，下跪地，中间跪爹娘，这是我的准则。可是这辈子我跪了我过去的女人，不是敬意的跪拜，而是赎罪的跪拜，我为烧瓷器毁了女儿……"

"听说师娘扇您耳光，也太过分了，她为啥？"

话说半截看见师父变脸变色，人也哆嗦起来忙住了口。大约一刻钟过去，师父恢复了常态。"打是亲骂是爱，夫妻之间被窝伸腿没外人，打闹的事说不清为啥。"

师父搪塞过去的事显然有隐情，我也转了话题。"师父，打死我也不信是您害人夺宝，可是古家人执拗不信……"

师父站起来说："悬案一天不破，这黑锅我就得背一天。抓不到凶手古家人怀疑我也在情理之中。我和古槐兄弟几十年情同手足，烧窑参照的古瓷片都是他送给我的。那天古槐兄弟拿着作秀的圆洗让我看，说半夜里就要出手。我劝他千万别干这坏良心的事。他不听劝说，我们就争吵抢夺起来，争夺过程中我的指甲还划破了他的脸皮。到底他还是抱着瓷器跑了，结果半个小时后他在回去的路上被害了……"

"阴差阳错，没有证据咋能一直咬定您杀人越货？"

"证据——幽兰派你来不是搜寻证据吗？幽兰，你一个鬼姑娘要一箭三雕嘛！"师父说完连饮三杯酒，用手指着我说："走吧，走吧，咱们师徒情分尽了。"

他趔趄着向木床走去，我去扶他，被他一下搡到一边，"走——"他走到床边从被窝里拿出那只莲花碗，眼都不眨向我抛来，"走——快给我走——"

师父几近狂吼中我跳将起来，双手接住了宝贝莲花碗……

七

幽兰把我赶出我们的爱巢后，她就到她的青瓷博物馆忙乎去了。幽兰这些年倒腾古董发了家，在家乡建起了一座青瓷博物馆，是目前国内最大的民间青瓷博物馆。她是省收藏家协会的副会长，兼秘书长，遐迩闻名，被誉为古城"十大能人"之一。

我没有脸也没有勇气再回到师父那里，就回乡下老家小住。五天后去城里找幽兰时，幽兰去了深圳。负责青瓷馆的素青大姐告诉我说，这些年古家冤枉章大师不对，幽兰毁窑砸人家瓷器更不对。你知道是谁害了古槐大伯？她卖起了关子。

我忙追问她才说："匣钵，就是幽兰隔墙的匣钵。真是虎心隔毛皮，人心隔肚皮啊！"

我说当真，素青说基本确定，匣钵已被公安局控制起来，只是赃物还没追到手。事情不透明前，幽兰让我对谁都不许说，看我这臭嘴……

我豁然开朗，在我带回去的故事中，幽兰听得最仔细的是师父说的岳父和其先祖贩瓷器的故事，尤其是和古家有交往的古董商的名字、哪里人士、住址、长相，她都要用笔记下来。幽兰投身收藏界，这些年南来北往原来是在破案抓凶手？

想到这里我拔腿就向青龙山跑去。

师父躺在床上，几天不见他又苍老了许多。看见我进来他就翻身给我个脊梁，我慢慢走上去摸他额头一把，炙热烫人。

"师父，您发烧了，我去跟您请医生抓药。"

"感冒发烧，刚用井拔凉水冲进肚里一把谷子，出出汗就好了，烧瓷人一辈子和泥火打交道，没那么金贵！"

"年龄不饶人，马虎不得啊！"

"人活百岁，终有一死，死不足惜，只是我有眼无珠，看不中一个接续汝窑技艺的人，老朽无才无用啊！"

"师父，一日为师终身为父。我要传承您的技术，为您养老送终！"

"师父没看走眼的话，你是个文绉绉的'风流坯子'，没有主见，被一个女人拨得陀螺似的飞转，你身上更缺乏烧窑人的硬气、骨气、志气、义气、霸气、拗气，压根不是烧瓷器的坯子。"

"师父您没看走眼，看透了我的五脏六腑，可是您看扁了幽兰，幽兰是个充满火气、牛气、硬气、拗气的烧窑女人。她这些年的努力没白费，协助警方已经抓住杀害她爷爷的凶手，您很快就要卸掉头上的黑锅了。"

这话好似强心针，师父忽然从床上折了起来，瞪眼望着我。我把素青说的话说给他听，他竟孩子般咧嘴，"呜呜"地哭出了声出了声……

半月后的一天，幽兰和警方带着匣钵从深圳回来，在废弃的一座瓷窑里找到当年杀害古槐的凶器，一把锈迹斑斑的砍刀。那件抢走的汝窑天青釉圆洗，也在一家民间收藏机构找到。

我和幽兰一起来到青龙沟看师父。幽兰见到师父"扑通"一声跪下了。

"燧炎爷，我爷爷可以闭眼长眠了，您也洗尽冤屈了。原谅孙女当年鲁莽，毁窑砸您的瓷器……"

师父弯腰把幽兰拉起来，幽兰就是不起身，"您老人家原谅我才起来——"

"孩子，树活一张皮，人活一张脸。你帮爷爷我找回了脸皮，感激都来不及，哪还有责怪你的意思。"

幽兰站起来，我们一起回到窑厂简陋的住处。幽兰说真是知人知面不知心，爷爷看着长大的匣钵竟是杀害爷爷的凶手。匣钵杀害爷爷五年后，才在深圳打工时把圆洗出手。他用这些款的一部分做本金开了一家服装厂发家了。我是在一次古陶瓷拍卖会上看到这件汝窑圆洗的，顺着线索就追出了匣钵。

幽兰说到这里又跪下说："凶手已抓获，爷爷在天之灵也该安息了。接下来我要拜师学艺，燧炎爷，收下女徒弟吧，我会帮青韵姐姐把您做瓷烧窑的技术传下去的！"

师父没有扶她也没有吭声，足足盯她有五分钟才说："不倒腾古董了？"

"是，只一心一意跟师父烧窑！"

"青瓷馆的事——"

"让他——"她看着我说："让老公去打理！"

"当真？"

"千真万确，若有二心天打五雷轰！"

"中——有你这句话就中！"师父拉起她说："跟我走！"

二人出门朝青龙山半腰走去，把我晾在了一边。我预感到大师的秘密将要公开了，忙拔腿跑着跟上去。

我们来到山半腰的一座石崖下，师父把拐杖插进一条石板缝隙中，用力一撬，"哗"一声石门开了，一时我和幽兰都傻了。

师父头边走，我和幽兰紧跟而进。那是远古时期的一座银洞，累月经年被淤积，不知何时被师父掏开了。

师父点亮马灯，引领我们爬上洞中的一座天棚，昏黄的油灯下，别有洞天的风景让我们眼睛都绿了：天棚上的石窟内摆着十数件仿烧的汝窑珍品：八卦鼎、三牺尊、莲花碗、纸槌瓶、椭圆洗、三足盘、水仙盆、双耳瓶、淑女瓶……幽兰打开手机上的手电筒一件件地观看，虽然件件都是出类拔萃的精品，但她的目光还是在那件天青釉淑女瓶前定格了。许久，幽兰把淑女瓶抱在怀内，仔细抚摸，爱不释手。再看师父时，师父浑身发抖，老泪纵横。

"师父，您、您——"

师父不搭理我，泪眼蒙眬中说："闺女，你、你、你看瓶子里的东西！"

幽兰把瓶口朝下一晃，掉出一个红丝绒包裹。打开细看是一把骨灰和一个天青釉的配方，配方的字歪歪扭扭，写在一张泛黄的方格稿纸上，外用塑料薄膜罩着。

"闺女，章氏天青釉秘方传人非你莫属了——"

师父说着一阵晕眩就要倒下，我把师父拦在怀内，慢慢蹲在了地下。幽兰说快背师父出去，洞内阴冷。

师父轻轻飘飘的如一捆枯草，伏在我背上絮语。幽兰，你眼毒，入眼就看中了淑女瓶。是的，这是师父一辈子仿烧天青釉中唯一的一件极品，不是师父迷信，我总觉得青韵的魂灵藏在其中……

我们出了洞口，师父逼着把它放下。幽兰去扶师父时，顺手把拐杖扔到地下，只听"当啷"一声，一个铁箭头射到了洞口的石门上，溅起一串火花，吓得我们大吃一惊。

师父说："看我老糊涂了，忘了拐杖这码子事。空心拐杖内的暗器箭头是护身用的，这些年暗中算计我、夺宝的人多啊……"

幽兰打电话要"120"车送师父去医院，被师父拦住说："我有话要说给你听，你必须答应我！"

"师父尽管说——"

"淑女瓶通灵，给多少钱都不能出手！"

"师父放心，我会把它当作传家宝代代传下去的！"

"每年的腊月二十三日这天，你们夫妻俩一定去玛瑙沟陪着你们姐姐过

'小年下'，就是刮黑风下刀子也不能不去！"

"我俩一定做到，师父放心！"我和幽兰一起说道。

师父这才放心地笑了。一瞬间师父又收回笑容说："孩子们，是该把瓶子里的秘密倒出来的时候了——"

师父又停了良久才说：瓶子里的骨灰是青韵的。三十七年前的那个深夜，我把摔死的青韵从崖底背回窑厂时天已大亮。世界上唯一的亲人去了，支撑我活下去的只有天青釉瓷器了。又是一个黑夜来临了，我坐在熊熊燃烧的窑炉旁，看着被我收拾干干净净的女儿，女儿的面容很安详平静。我一会儿看看女儿，一会儿看看窑火，窑乡世代相传的"孝女扑火祭窑现天青"的故事就回响在耳边。经过一夜的痛苦煎熬，天亮时终于我把青韵的尸骨投进窑炉炼了……

几天后开窑，果然天青釉显现。一窑8件的瓷器中，尽管都现天青色，但青光轻浮，独有这一件淑女瓶温柔朗润，神韵内敛，一下子就抓住了我的眼球。我扑上去抱住它，叫一声"青韵"就昏死了过去……

"——我不配作父亲，我不是人，我是鬼，一个走火入魔的魔鬼——"

师父说到这里突然又扇自己的耳光……

窑 变

汝窑宫中禁烧，内有玛瑙为釉，唯供御拣退，方许出卖，近尤难得。

——摘自宋·周辉《清波杂志》

我有幸从朋友那里目睹和摩挲那一只宋代的天青釉玉女瓶。这只玉女瓶是朋友从 2005 年春季文物艺术品拍卖会上，以 1.6 亿人民币购得的。我在放大镜下仔细观赏，只见"千峰碧波翠色来"，光滑如玉的器表呈蝉翼纹般的细小开片，釉下稀疏的气泡，如晨星闪烁，时隐时现。就在这时候，我恍惚看见一个目光清纯的青衣玉女，牵手一个目如星光晶亮的金童，从青天玉宫中翩然而至，惊得我手里的放大镜滑落地下摔得粉碎。有惊无险，多亏是朋友把瓷器捧在怀内让我观赏的。

吓得一身虚汗的我，突然想起了汝瓷故乡关于"玉女天青祭窑"和"金童天釉为釉"的传说故事——

一

那是夏望日的卯时，自称教主道君皇帝的宋徽宗，正在上清宝箓宫向天神上奏青词表章，蔡太师怀抱着汝瓷天青玉女瓶一头撞了进来，斋醮被突然打乱，两千多道士的目光"刷"一下投向了蔡太师，诵读华丽绿章的声音戛然中断。

"你这厮，真是活腻烦了，竟敢斗胆抱着我的宝贝擅闯圣宫，扰乱上奏天神大事！"

　　道君皇帝心里骂着，正待发作时，只见玉女瓶突然挣脱蔡太师的怀抱飞向了空中，忽然一声清脆的炸响，袅袅的青烟中，玉女瓶化作一个美丽的青衣女童，在半空中翩翩起舞，女童哀怨的目光如同天边飞来的霹雳，摇曳着火舌向道君皇帝劈去。他突然尖叫一声，在"叮叮当当"的炸响中，从画案旁站了起来，噩梦终于醒了。

　　道君皇帝瞪着惊奇的双眼打量眼前的情景：那副只画了一半的《秋景山水图》静静地躺在案上，那只汝窑天青釉玉女瓶亭亭玉立在书案上，月亮的银辉伸着长长的舌头钻进窗棂，发疯似地舔着她冰清玉洁般的酮体。恍惚中玉女瓶似乎又摇摇晃晃地飞了起来，倏忽间又化作一个美丽清纯、冷冰动人的女童。道君皇帝简直辨不清哪是梦幻、哪是现实，就在他急忙伸手用指甲掐腿肚上的肌肉时，门外忽然传来了"皇上，蔡太师求见"的声音，皇上这才彻底回到了现实世界之中。他连忙回话："快请太师进来。"

　　蔡京进得书房，未及开口禀奏，皇上倒先开口请太师解梦。那蔡京听罢皇上的诉说，突然再次跪拜上奏："皇上，神瓷通灵，玉女显胜，此乃天意呀！虽然汝州验货店的民窑为皇上烧造出了天青釉的神瓷，但万不能再让民间烧造这等瓷器了。女神显圣暴怒，就是昭示皇上另建汝官窑，另筑高堂大庙，民间的那些小庙岂能容下如此的神灵？"

　　经蔡太师这么一圆梦，皇上豁然开朗，恐惧的梦境烟消云散。皇上说："太师，快请书写青词，择吉日良辰上奏天神，大宋要选新址兴建汝官窑，严禁民间擅自再烧造汝官窑！"

　　蔡太师闻声回禀："臣遵命！"

　　太师离去时又一步一趋地返了回来。

　　"禀皇上，那官窑址选在何地为好？"太师小心翼翼地问道。

　　皇上不加思索地说道："当然是汴京城最好啊！"

　　太师再次跪地奏曰："皇上，汝官窑地址选在汴京城固然好，但制瓷的原料运程太远，工匠拖家带户远程迁徙不习惯。即使这些都不说，只是那汝瓷货出地道，怕是迁址别处别处了汝瓷的灵气，再也烧不出通灵汝窑器了！"

　　皇上一时无语，站起身在书房里轻轻踱步。蔡太师则继续献言："皇上，我听汝州清龙寺（清凉寺）的道长说，清龙寺一带是个制瓷的好地方，况且离验货店也不过区区十多里。"

　　皇上仍无语，踱着方步走出了书房。皇上仰望夏夜凌晨的星空，只见纯净的青天幕上，稀疏的晨星高挂，闪闪烁烁，美轮美奂。皇上突然手舞足蹈，高

声喊叫："青天碧波，晨星闪烁！""青天碧波，晨星闪烁——"

紧跟其后面的蔡太师，仰视太空，突然醒悟了。

二

汝州验货店窑厂。严和一边往窑炉里添木柴，一边和身旁的义子章天釉拉呱。

"天釉呀，验货店这地方过去叫烟火店。因这里七十二座窑厂相连，终日烟火弥漫，故名烟火店。后来窑司为了统一把关验收瓷器的质量，就在村口设立了一个验货店，久而久之，这烟火店竟被南来北往的瓷器商们喊成了'验货店'……"

十一岁的天釉一边帮义父传递木柴，一边说："干爹，您为皇上烧制出了汝窑天青釉瓷器，功德无量，被尊为青瓷第一人，这说不定呀，验货店会被后人改成'严和店'，叫响千古哩……"

"傻孩子，你说这是什么话？"严和使劲把手里的木柴撺进窑炉。跳跃的火舌中，天釉看见义父双颊的肌肉在颤抖。

天釉方醒悟，是自己的话戳疼了义父的伤疤。严和走到一边蹲下，把头深深地夹在了胯下。

"天青，天青，爹对不起你啊——"

自从女儿天青葬身火海祭窑，助父烧造出汝窑器天青釉后，严和就不愿任何人在他面前再提"天青"二字。女儿用她幼小鲜活的生命换来了一家人和众工匠的再生，做父亲的岂能活得心安？

天釉走上去安慰义父时，忽然传来一阵急促的马蹄声。严和惊愕地站起身，用手抹一把满脸的泪痕，急忙往远处打探，只见烟尘滚滚中，一方马阵向窑厂奔来。

"天釉，快躲起来！"

"干爹，躲什么躲，俺又没犯法！"

"鳖子，你懂什么？快躲起来！"严和几乎是吼叫起来。

天釉这才不情愿地躲了起来。这时马队已逼近，从马上跳下的官兵们手持长枪很快封锁了所有的窑厂。

不一会儿，窑司才陪着钦差大人来到窑厂。此时，官兵已把所有的工匠集合到严和窑厂前的晒场上。钦差大人宣读圣旨，皇上要在清龙寺建汝官窑，命严和挑选验货店窑厂的能工巧匠，即日起赴清龙寺建窑，违旨者斩！今后验货店所有窑厂一概不准烧造天青釉瓷器，违旨者斩！

直到此时，众工匠方知根底，一双双不安的目光滑向了严和。窑司走向严和说："严大师，皇恩浩荡，重任在肩，荣幸之至！挑人吧——"

严和没有言语，一双利剑似的目光紧盯着窑司。窑司的目光不敢和他对视，灰溜溜地转向默默不语的众工匠。

"各位师傅，能被选中去清龙寺建汝官窑者，是你们光宗耀祖的幸事，大家要挺起精神来，接受严大师的挑选！"窑司使劲鼓动着。

严和终于发话了。"刘窑司，大家都是有家有口的，待我挑选好人后，让大家回去和家人道个别再出发行吗？"

"这，这……"窑司不敢擅自表态，忙走到钦差大人面前请示。

钦差大人鼻子一哼说："刘窑司，你好大的胆，敢违圣命？"

"小人不敢，小人不敢！"窑司点头哈腰说。

严和仍是一言不发。此刻，他想起了自女儿扑窑而死后就卧床不起的妻子，想起了刚刚蹒跚学步的孙子，想起为烧制天青釉汝瓷碗而失去双腿的儿子天蓝。

钦差大人终于发话。"严大师，你是个精明人，若违圣命，家灭九族！挑人吧——我再给你五分钟的时间！"

严和的嘴唇咬出了鲜血。在那个血色的黄昏，他用带血的声音，颤颤抖抖地叫响了一连串优秀工匠的名字……

三

章天釉和爹一起去验货店看望干娘一家。自从严和到清龙寺建汝官窑走后，天釉和爹一天三头到干爹家去。如今这个家里，卧床不起的干娘，失去双腿的干哥，刚起步牙牙学语的侄儿，而真正支撑家庭大厦的是干嫂子月白。

天釉虽小，但他也知道干爹为什么没有挑选亲爹去建汝官窑的缘故。若论亲爹烧窑的技艺，方圆百里也是顶呱呱的，干爹之所以故意不点亲爹的将，除了留下亲爹照料干爹这个老病残小的家庭外，根本的原因恐怕还是为了义子天釉。严、章两家本为世交，到了严和这一代时，两家的关系更为密切。当年天釉爹和严和露着小鸡鸡在窑厂玩尿泥时，曾指腹为婚结为亲家。没想到聪明伶俐的严天青，为助父亲完成烧造汝瓷天青釉的皇命，扑窑而死。天青死后，

严和就招未来的门婿天釉为义子，暗中传他烧窑绝技。天釉聪敏好学，深得干爹器重。正当干爹为义子的进步高兴时，窑事遽变。如果说窑变充满着惶恐、惊险、不可预测和复制，那么世事的窑变则更加充满着惊骇、险奇、诡异和变数。在窑匠挑选中严和有意留下了兄弟章生一，他多么希望他的兄弟为天釉娶妻成家立业，延续严家烟火啊！

天釉和爹跨进干爹家时，只见天蓝蹲在作坊里做瓷枕，身边的货架上堆满了瓷胎。他的儿子学着他的样子玩泥，小脸蛋上除了一双眼睛几乎全是泥。天蓝停下手里的伙计，半截身子靠双手里木头的支撑，移动向章生一父子。

天蓝是个刚强的汉子。自打双腿扔进炉，助父烧制出天青釉汝瓷荷花碗后，他没有沉沦，在家里办起了汝瓷作坊，晃动着半截身子继续侍弄他的瓷器。坚强、刚毅、勤劳、苦干，这个老小病残的家庭，像一架风雨中爬坡的马车艰难万分地前行着。

章生一把背的半袋麦面放下，天釉把胳膊上挎的篮子放下，那里面是娘放进去的五十个土鸡蛋，是给干娘滋补身子的。天釉放下篮子就领着蹦跳的小侄儿瓷娃到门外去了。

章生一打探严和在清龙寺烧窑的情况，天蓝说："这月白去清龙寺都五、六天了，至今还没有回来，连一点儿实情都没有捎回来。只听清龙寺附近村里的人说，汝官瓷窑厂成天重兵把守，外人一个也进不去的。"

天蓝的话刚落音，天釉一溜小跑着回来了："爹、哥，俺月白嫂子从清凉寺回来了。"天釉一头撞进屋内，懂事地从桌上的瓷茶壶里倒了一杯水，月白这时也跨进了屋里，接了天釉捧上来的凉茶，一气灌进了肚里。

"二叔，我爹他又烧败窑了，皇帝龙颜大怒，爹这次怕是——"月白哽咽着说不下去了。

章生一说："月白，到底是咋回事，消息可靠吗？别哭，坐下慢慢说。"

"嫂子，别怕，快说说爹的难处在哪里，我们可以去帮他。"天釉说着懂事地给嫂子送上去了布巾。

月白接了擦罢泪，这才从内衣里掏出一张纸条交给章生一。章生一打开细看，只见上面写道："吾弟，自古言天道难料，皇命难违，窑变莫测，世事险恶，伴君若伴虎！哥求你带上我们两家老小，奔走他乡，保我瓷乡后人性命，传承瓷乡千年瓷艺，切记！切记！"

章生一看信时，天釉一直站在爹的背后窥视。待章生一哆嗦着双手把信递给天蓝时，天釉已把信的内容看了个清楚。

天蓝看信后说："从信上的日期看，爹这信是两个月前写的。你就没有探到爹近来的情况？这信是从哪里得来的？"

月白说："信是清龙寺道长交给我的。在清龙寺逗留几天也没打探到爹的一点儿音讯，我就到清龙寺上香，道长观香后说我家有血光之灾，然后为我画了一张符，并嘱我回家后在窑神面前焚了，可保全家平安。道长在送给我符时，顺势就把这封信夹在了里面。"

月白说到这里，才把道长画的符拿出来交给丈夫。天蓝看符，只见上写八个字"南下处州，龙泉为安！"

天蓝捧符的双手突然哆嗦起来……

翌日凌晨，严、章两家在痛苦的煎熬中终于做出了抉择；三十六计走为上。

夜深人静，一辆马车在章家门前停下。月白下车帮助章家往车上搬东西。装车已毕，却不见宝贝儿子天釉，章生一大惊，忙追问妻子。妻子说，晚饭时还见到孩子帮助收拾行李，什么时候不见了，她也没个准。

"遭了，这孩子准是到清龙寺找他干爹去了！"

"那可咋办？"妻子哭了起来。

"月白，事已至此，不能再为他一个人拿两家人的性命当儿戏。按原定计划出发，我去追赶天釉，然后我们老地方会面。半个时辰等不到我们，你可一定带他们南下出发，万不敢感情用事，记住啊，月白！"

"不行，二叔！找不到天釉我们谁也不走！"月白和天蓝同时说。

章生一突然窜上去，冷不防从车夫手里夺过马鞭，"啪"的一鞭朝辕马的耳朵打去。

"驾！"清脆的鞭声在夜幕中突然炸响，马车疯一样呼啸而去。章生一也一头消失在夜幕之中……

四

清凉寺窑厂，子夜。

一座鸡窝窑炉旁，熊熊的炉火映照着严和冷峻的面容。他蹲在窑炉旁，一双眼紧盯着燃烧的焰火，静观那神奇魔幻的窑变。一次次的窑变，一次次的败窑，折磨得这个彪形大汉死去活来。每次窑炉点着火他人就入了魔，雕塑一般

守在窑炉旁，一刻也不离开。那红红的火舌分明是舔着他那颗战栗的心。日子在提心吊胆中一天天地溜去，一天、两天……十四个日夜过去了，在惶恐不安的煎熬中，终于迎来了开窑的日子。那是他最期盼的日子，那更是令他诅咒的日子！十窑九败的残酷现实，使他不敢再面对开窑的日子。

后天又是开窑的日子，期盼和惶恐搅和在一起，使这个外表看似平静而内心翻江倒海的汉子，几乎又要痛苦地再死去一次。他凝视着窑火，那魔幻无穷的窑火中，时而跳出女儿天青的身影；时而闪出儿子天蓝的半截身躯；时而蹦出小孙子天真无邪的眼神；时而幻化成妻子哀怨的目光；时而化作义子天釉微笑的脸庞；时而魔变为章生一熟悉的背影……

"二弟，你带家人们走没有？怎么没有一丁点儿消息呀？"严和心里一遍遍地呼喊着。

往事不堪回首，亲情魂牵梦绕。严和用手背使劲揉了揉苦涩的双眼，然后扭回头，把目光投向夜幕下的家乡验货店。故乡的土地上星火点点，那是窑炉闪烁的亮眼。只有这时候，严和灰暗的心里方才涌动出了一股生机和快意。

这时候窑匠郑铁匆匆地走来了。"大哥，官府扑空了，二弟已带他们走了！"

严和一个猛惊从地上站起，双手拉住郑铁的大手使劲摇啊摇，"那好，那好啊——"

两个月前的一天，第七七四十九次败窑后，严和已意识到他和章生一两家人性命的朝夕不保。果然，三天后便传来了蔡太师的口谕：下一窑再烧不出皇上钦定的青瓷器，就地杀掉烧制的所有窑匠。窑匠们的心乱了，有人提出严和徇私情，没有让他师弟——百里挑一的窑匠章生一到清龙寺烧制汝官瓷；还有人说严和的儿子虽然断了双腿，但也是杰出的窑匠；还有人说严和早把烧窑的真经传给了他儿媳月白……窑司当即决定派人去抓章生一和月白，严和拦住了窑司说："刘窑司，我心里有数，下、下、下一窑也就是七七四十九窑上，我准能烧出'青天幕上挂星辰'的汝窑器。到那时还烧不出皇上钦定的汝窑器，你再抓他们也不迟！"

窑司看在和严和十多年交往的情分上，专门到京城一趟，面见了蔡太师，才算收回了承命。严和虽然押了这一宝，可是他心里并没有多大把握。

郑铁说："大哥，后天就要开窑了，你心里到底有准没有？"

严和说："二弟，魔幻窑变，隔瓶识货——没准啊！"

郑铁："那——"

严和说："天塌我一人顶着，我不能再累及众窑匠了。今夜里你们——"严和对着郑铁的耳朵密语。

郑铁听后硬着脖梗红着眼睛说："让他们都走，要死咱弟兄俩也要死在一块！"

郑铁说罢扭头跑走了。这时，阴森的天空中飘起了零星的雪花。严和抓起身旁的一坛宋宫御酒，一气灌进了肚里，然后扒光了衣服，手舞足蹈地大喊大叫起来。

雪越下越大，漫天狂舞的大雪中，光着身子的严和手拍胸脯上蹿下跳，大声喊叫"我完成皇命了！我完成皇命了！寥若星辰的天青釉瓷器现世了！"

喊叫声惊动了窑厂所有的人。"严窑匠疯了！"议论着的窑工们纷纷向严和跑去，撒在外边的看守们不知窑厂内发生了什么事，忙持枪跑来。一直守在一座废弃瓷窑里的天釉，这时趁机钻了出来。

五

窑司得知众匠星夜跑走的消息，忙从州府赶来。他命人把疯疯癫癫的严和捆绑起来，等待开窑的结果出来再作定夺。

天亮了，开窑的时辰到了。一直陪伴着严和的郑铁代替大哥打开了窑炉。鹅毛般的大雪中，冷空气大量扑入窑炉，刹那间窑炉内响起了"叮叮当当"的脆响，势如千军万马，骤如急风暴雨。这声音由强到弱，由急到缓，由高到低，一曲绝美的音乐华章从凌晨卯时一直响到正午。站在窑炉前的窑司、窑工，还有被捆绑的严和早都成了雪人。大家静静地恭候着，等待着神奇窑变的结果。

窑炉内的"叮当"之声终于稀疏下来，窑温降了下来。窑司使劲抖掉头上、身上的积雪，声音颤抖地喊道："开——窑——了——"

郑铁突然跳进窑厂的一座水池内，一个翻滚后水鸭一样钻出水池，一纵身钻进了窑炉内。郑铁的湿衣服在热气炙人的窑炉内，"嗞嗞啦啦"地冒着热气。他的头发碰在窑炉壁上，瞬间就炼成了卷儿。他打开一件匣钵，小心翼翼地从里面抱出了一件玉女瓶瓷器，然后飞快地钻出了窑炉。

窑司急不可待，没等郑铁向他靠近，就一个箭步蹿上去，从郑铁手里夺过那件天青色的瓷器，把放大镜对准了器表。窑厂上所有人的目光一齐射向了窑

青精灵

司。严和哆嗦着身子，努力闭上眼睛，不敢看窑司的表情。窑司企望透过放大镜看到皇上钦定的那种绝美的境界：湛蓝的天空中闪烁着稀疏的晨星。然而，第七七四十九次窑变仍没有达到钦定的变数，纯净的天青色器表上，光滑如玉，碧波荡漾，玲珑剔透，而那红宝石一样镶嵌在蓝天幕上的稀疏星辰到底还是没有显现。

"青天碧波，晨星闪烁。"皇上的声音再度在窑司的耳旁响起。

突然，窑司手里的器物掉在了厚厚的积雪上，随之，人也瘫倒在了地上。随着器物和倒地的声音，严和"呱"的一声，口吐鲜血，高大的身躯重重地摔在了地上，于是洁白的雪地上盛开了一朵鲜艳的红玫瑰……

数天后，一个冰化雪融的日子，严和因"违抗圣命"将被处以死刑。刑场就设在清龙寺窑厂。这一天窑厂对外开了禁，方圆百里的窑匠、窑工和村民都赶来了，大家要为严和这位杰出的民间工匠送行。就连那些星夜逃跑的窑匠们，听说严和将被处死的消息，纷纷又跑了回来替严和求情。求情无用的窑匠们被绑成一串，押在刑场上赔罪。

严和倒十分地镇静，双手接过郑铁呈上的送行酒，仰脖灌进了肚内，然后朝着家乡冷清的瓷窑厂深情地望了一眼，"扑通"一声跪下了。

就在行刑的一刹那间，人群中突然响起了一道稚嫩响亮的童音："住手！我能帮干爹完成皇命！"

说话间章天釉从人群中站了出来。众人看见竟是一个乳臭未干的毛孩子，敢在此口出狂言，拿生命当儿戏？众人都替天釉捏了一把汗。

窑司暗淡的目光中突然有了光彩，他快步走到监斩官面前低语，监斩官把手粗暴地一挥说："别听小孩戏言，开斩！"

行刑继续开始。当刀斧手举起利斧时，人群中一副商人模样打扮的章生一突然大喊一声："住手！"

章生一不紧不慢地从人群中走了出来。"我就是你们要抓的窑匠章生一，我拿儿子和我两条性命担保，准能帮助大哥完成皇命！"

这时候捆绑的十二个窑匠"扑通"一齐跪下求情："放了严大师，我们用性命担保，再给一次机会，严大师一定能完成皇命！"

窑司也跑上去跪下讲情，围观的人们也吼叫起来："放了严大师，放了严大师！"

监斩官的双腿不禁哆嗦起来。

六

严和终于幸免一死，一度冷冰冰的瓷窑又燃起了焰火。

从冬到春，从春到夏，反反复复的试烧中，那稀疏的晨星到底没有悬挂在汝窑器湛蓝的天空之中。

这是一个恬静的夏夜，严和和章生一、郑铁三兄弟躺在晒场上，仰视着璀璨的星空久久不语。严和的眼前老是晃悠着儿子天蓝"截肢投窑"悲壮情景。那是女儿天青祭窑烧出天青釉三牺尊后，宋徽宗下诏让他烧制天青釉荷花碗。同样的原料，同样的配方，同样的釉料，同一个窑炉，然而那一次一次的窑变，真可谓十窑九不同。要么是豆绿色，要么是卵青色；要么是粉青色，要么是粉卵混杂；要么是天蓝色；要么是蓝青不分，那纯净的天青色再也不肯露面。窑司甚至偷偷选来了玉女再次祭窑，但被严和父子拒绝了，二人不愿看到幼女和天青一样的命运。烧不出皇上钦定的瓷器就要杀头，天蓝像妹子一样舍身求义忠君救父。那是瓷窑点火的第七天，窑火正旺。天蓝手持利斧砍掉自己的右腿，扔进熊熊燃烧的窑炉。如注的血流中，天蓝又砍掉了左腿扔进了窑炉内。骨肉在烈火中"刺刺啦啦"地叫唤着融化，肉香从高高的烟囱中飘出，飘荡在窑厂的上空……

这一次窑变终于成功了！严和时常忘不了女儿祭窑和儿子截肢投窑的壮举。今夜在这生死攸关之际，他又想起了儿女们的忠孝大义，不禁哭出了声。

"大哥，离皇上规定的大限只有四十天了，哭有啥用？再烧不出'挂星'的瓷器，恐怕这次我们都性命真难保啊！"炮筒脾气的郑铁说。

严和说："二位兄弟，火里求艺，窑变无常，当初你们不该救我啊！我死不足惜，可连累了兄弟们，我，我——"

严和说不下去了，伸手朝自己的脸上抽打起来。二位兄弟连忙坐了起来，阻止了他的举动。

章生一："大哥，天无绝人之路，我们再好好想想，总会有法子的"。

郑铁："二哥，法子是有，只是——"

章生一："三弟，都什么时候了，有法子你就快说，遮遮掩掩可不是你兄弟的禀性？"

郑铁说我说，我说，说了你们可不要骂我呀！我也是屁股底下坐鳖子——一点门儿都没有了，昨天才去清龙寺上香拜道求真经。道长观香后念念有词

说："玉女天青祭窑，窑神供出雨过天青色，金童天釉为釉，宝石天空方现闪烁金星！"我当时久久惊讶不语，待醒悟过来细追端详时，老道长闭目捻须，一个字儿也不吭了……

严和忽然从地上折起说："什么，你说什么？让天釉的血肉作釉！"

郑铁点了点头。严和突然朝着郑铁扇了一耳光："不能！万不能啊！"

严和喊叫着在地上打滚儿，章生一把一双喷火的目光射向愣怔的郑铁。

不远处的一个黑釉头号缸内，天釉把头伸出缸沿，静静地听着父辈们的交谈。听到这里的天釉身子一软，突然瘫倒在了瓷缸内……

日子在熬煎中又迎来了一个开窑的日子。

窑神依然不肯显灵，"挂星"的瓷器仍然没有出现。窑匠们彻底心灰意冷了，他们大碗喝酒，一醉方休，置生死于度外。

只有一个窑匠没有喝酒，那就是章生一。他趁众人醉倒之际，悄悄地溜了出去。一座废弃的瓷窑里，捆绑的天釉装在麻袋内，被盖在一口陶缸内。章生一用力掀开大缸，背起儿子就跑。

章生一万万没有想到，佯醉的郑铁一直监视着他的行踪。当他把天釉背到一片树里的山头上，正准备解绳让天釉逃跑时，郑铁追来了。他扑上去紧紧抱住了章生一。

"二哥，你不能放了天釉，我们十几条人的性命就押在了他的身上！"

"你个混蛋，天釉还小，他不能——"

二人厮打起来。厮打中的章生一伸出右腿朝儿子使劲蹬了一脚，天釉顺着山头滚了下去……

七

天釉是被放羊的火照老汉救下的。

天釉一口气扒进肚里冒尖三大碗面条后，双眼发困，他想向老人说些什么，但困意再次袭来，双眼皮"咣当"一声就合上了。

睡梦中，他看见天青从天空中翩然飘来，她瞪着一双水灵灵的大眼睛斥责他说："天釉弟，你个怕死鬼，能眼睁睁看着爹他们烧不出'挂星'的瓷器，而人头落地吗？！忠君报国，舍生求义，此乃千秋之理。五年前我扑火祭窑助父烧出绝世的天青釉，现在用你的血肉作釉烧出盖世的'挂星'瓷器，这都是彪炳千秋的大忠、大孝、大善、大义之举。你、你、你咋能畏缩不前啊！"

天青说着拎起天釉飘然而去。二人驾云来到清龙寺窑厂上空。天青从头上拔出银簪，照准天釉的胸口刺去，血——鲜红的童儿血，汩汩地流进了釉料池内，天釉疼得"嗷嗷"大叫起来……

这时火照老汉跑进来，推醒了叫喊着的天釉。浑身冷汗淋淋的天釉瞪大眼睛望着眼前的老人，嘴里还在使劲嚼着噩梦中的情景……

两天后的一个正午，章天釉再次出现在清龙寺的窑厂。几近死寂的窑厂因他的突然出现有了生气。大家或站、或坐、或躺的，都把求生的目光转向了他。他一步步地移向偌大的釉料池，当靠近釉料池时，他突然从怀里拔出一只匕首，朝自己的胸脯刺了进去，鲜红的童儿血"哗哗啦啦"地喷向了池内。

"天釉——不能——"严和尖叫着扑去。

"天釉——我的宝贝儿子——"章生一喊叫着扑去。

笑得异常灿烂的天釉再次用匕首朝自己的胸脯刺去，血流如溅，稠糊糊的釉料池已被鲜血染红。

"爹、干爹——快用这釉料烧瓷准能烧出'挂星'的瓷器——。"

天釉说着，忽然一头扎进了釉料池中。鲜红的童儿血，在冬日阳光照耀下的釉料池中，像星星一样贼鲜贼亮……

严和、章生一、郑铁三兄弟亲手为三件玉女瓶素胎施釉，然后装进匣钵，毕恭毕敬地送进了窑炉。半月后开窑，窑变成功，神秘的天青釉上，稀疏的星辰终于惊现于世，举世震惊，天下闻名。

严和、章生一、郑铁三兄弟，把窑变成功的神秘瓷器贴在胸脯上，痛哭失声……

据说，那个风流的徽宗皇帝，在放大镜下静望汝官窑瓷器玉女瓶后，竟然如癫如狂地在皇室内赤脚疯跑，他在欣喜若狂中喃喃自语："青如天、面如玉，蝉翼纹、晨星稀……"

八

八百多年后的今天，汝瓷故乡的窑匠们在仿烧断代的大青釉瓷器时，根据"玉女祭窑"和"金童为釉"的凄美传说，在窑炉内加骨殖（骨头含磷），神秘的天青色出现了；在釉料中加入一种名贵的玛瑙石末，蘸了此种釉的汝窑器素胎，在烈火神奇的窑变中，寥若晨星的仙景显现了……

　　如今的清凉寺汝官窑遗址名扬天下，而当年的验货店早也改名"严和店"。岁月沧桑中，"玉女天青祭窑"和"金童天釉为釉"的壮美传说，被瓷乡人一代又一代地传将下来，和汝瓷一样亮亮晶晶，千古行世。

窑 祭

一

恍惚中有一个青色的精灵，从陈列在博物架上的汝瓷天青釉——三牺尊上飞了出来。她像一盏青灯在我眼前摇曳着弧光。眨眼间弧光中跳出了一个青衣玉女，云一般袅袅地飘落在我的书案前。她那双绿宝石般的亮眼紧紧地盯着我，哀哀怨怨，如泣如诉。那闪烁的目光就像天边突然飞来的闪电，把我劈得七零八落，魂灵出窍。天青，我虽然读懂了你的目光，却没有勇气面对你。身为汝瓷故里的一名作家，却不能用妙笔生花的文字，再现八百年前你扑火祭窑的壮举，讴歌你牺牲生命创造出超凡脱俗的美丽，愧哉！愧哉！

一股清风钻进窗内，把日光吹得摇摇晃晃。我揉了揉眼睛，倏忽间你又没了踪影。摇曳的日光轻吻着博物架上沉睡的三牺尊，我站起身把你从博物架上抱起，轻轻地放书桌上。日光贪婪地舔着你那冰清玉洁的胴体。我仔细端详釉色，雨后晴空一般，淡如碧空万里，清丽秀雅，腻如凝脂，釉底胎面泛出的光彩，恰似你脸上的红晕，于朦胧中透着耐人品嚼的灵动韵味。拉下窗帘，灯下观赏：釉下稀疏的气泡随光时隐时现，如晨露嬉于薄雾，似寒星遨于太空。天青，那多像你闪烁的目光啊！我虔诚地用手摩挲着器表，魂灵哆嗦：天青——我终于触摸到了八百多年前你那莹润的肌肤。

理不尽的阳刚之美，品不完的阴婉柔情。天青，我真该向世人讲讲你的故事啦——

二

那时候，严和光着脊梁正依偎在窑炉前，凝视着那肆意狂舞的烈焰和白炽的匣钵出神，火星溅到了胸膛上，"刺刺啦啦"地响，一股焦煳咸腥的燎皮味弥漫在山坳里。他浑然不动，钻石般的目光始终紧盯着那神奇的窑变。一次次败窑的恐慌，把这个汝州百里闻名的窑匠折磨得死去活来，形同枯槁。

天青是这时候走来的。她手里掂着一只豆绿色的瓷罐，里面盛着她亲手熬制的绿豆汤。她虽然只有七岁，却知道爹烧制的天青釉是为了完成皇命，一家五口人的性命全押在了这件瓷器上。全家人像在油锅里过日子，煎熬至今：离皇上钦定的交货日期只有两个月零七天了，然而那该死的天青釉还迟迟不肯露面。

盛夏灼热的山风，顺沟波浪般地滚来。天青的头上汗如雨下，沉甸甸的瓷罐坠得她胳膊酸溜溜地疼。她只好把罐子挎在稚嫩的胳膊上，罐底就蹭在胯上，每走一步罐子晃荡一下，豆汤就在罐内不安分地摇溅。

渐近，她看到了爹酱铜色的脊梁上滚流着无数条的小溪。

"爹——"天青深情地叫了一声。

严和雕塑一般，完全沉浸在了窑火的期盼之中，没有吭声。

"爹——您喝点消暑汤吧！"天青又喊道，奶声奶气里已夹杂着软溜溜的哭音。

严和仍然没有转身，留给她的仍是那一副山一般的脊梁。

"爹——爹——您真癔症了，女儿给您送消暑汤来啦！"天青已是声泪俱下了。

严和终于从火魔中醒过神来，转身看到了脸上搅和着汗水和泪水的女儿，冷峻的目光渐渐地被慈爱的圣水融化，无限的温情悄悄地跳出眼眶，温柔地向女儿飘去。

"青儿——"严和走上去接过瓷罐放在地上，然后用手给女儿擦泪。

那一刻，天青感到爹长满厚茧的五指像是农人耕地的耙齿，一股尖辣辣的疼痛从脸上划过。于是，天青莹润滑溜的脸上就垄起数道的红痕。

严和弯腰揭开盖子，抱起瓷罐，渴牛一般"咕咚咕咚"往肚里灌汤。

天青看见爹长满疤痕的胸脯在急剧地起伏。此时，山坳里静寂无声。窑炉中呼呼的火苗声中偶尔夹杂着一两声"叭叭"的脆响，顺着山势而建的烟道蛇一般爬在山骨上，把黑烟送上了山顶。严和放下瓷罐，粗鲁地打着饱嗝。他望着袅袅升腾的烟儿，眼里的柔情倏忽间不见了。冷酷、焦躁、绝望交织在一起，揉进了眼神里。

天青望着爹藏满杀气的目光，轻声细语地问道："我哥和嫂子都出去三天啦，还不回来？"

"你哥嫂到磨盘上找釉料去了，今夜里差不多能回来。"严和说着突然转了话题，"你娘到中岳庙还没回来？"

"没有，不过今夜里也该回来了。"

"你回去做饭吧，今晚上别送饭过来，我不饿！"严和说着转身又蹲在了窑炉前。

天青掂着瓷罐，迈着沉甸甸的步子离开了窑场。

三

夜深了。

严和躺在窑炉前仰望着满天的星斗：上苍啊！请您显灵吧，把天青釉降临世间，助我完成皇命，保我一家平安……

上苍无语，只有银星戏谑地向他眨巴着眼睛。他烦躁地从地上折起，突然想吸烟，拔出别在裤腰里的旱烟袋，猴急火燎地装了一锅，顺手打开窑门，伸手抓住一块通红的木炭，燃着烟后又把它扔进了炉堂。

窑匠要火里求财，不但要练就一双火眼金睛，而且还要练就一双铁手啊！

大股的青烟顺着鼻孔钻进肺腑，驱走满腹的躁气。严和又重新躺下，仔细地回味着去年夏天至今的遭际。

一切都源于那个夏天雨后的苍穹。那天严和到清凉寺郑铁亲家喝"商量酒"，议定儿子新婚大喜的吉日。郑铁也是有名的窑匠，当年二人相好，遂有意结成了儿女亲家。虽说媒婆从中牵针引线，但那只是走过场，郑铁的女儿郑月白许配给严和的儿子严天豆，已是两家大人暗中定好的事。

严和在烧制成豆绿釉的第五年上，郑铁才烧制成了月白釉。又三年过去了，严和又烧制成了天蓝釉。严和声名雀起，如日中天，在瓷乡闪耀着夺目的光彩。

那天是七月十六，严和送去了九月十九迎亲的大红帖书。郑铁心里自然也高兴，两个亲家就大碗地喝起酒来。从上午十一点钟一直喝到下午四点多钟，两人均醉。严和起身回府，郑铁执意要送，于是两亲家摇摇晃晃地上了路。送一程，严和催他返程，他说再送一程，不知不觉已来到青云峰。这时，狂风骤起，头顶上湛蓝的天空中突然卷来一堆乌云。紧接着电闪雷鸣，豆大的雨点噼里啪啦地砸了下来，两人立时酒醒了一半。没等找下地方避雨，两人已成了落汤鸡。好在暴雨骤停，不一会儿，雨过天晴，两人同时仰望天穹，但见碧空万里，清丽淡雅，深远博大的苍穹中空明无尘，澄静中孕育着万千的变化。

"天青釉，天青釉！"严和突然叫了起来。

"天青釉，天青釉！"郑铁也附和着喊叫起来。

两亲家为共同的发现激动着，二人抱成一团，在雨后的山峰上滚打着，呼叫着。

终于停止了滚动，严和望着万里碧空说："亲家，在有生之年咱二人联手，把天青釉烧出来，就是死也瞑目了。"

"老家伙，我知道你的啥心思，自从天青落地你就开始试验烧制天青釉了，如今天青都六岁了，到底烧到哪种火候了？"郑铁说。

"造天青釉难，难于上青天啊！六年了，火神爷从不肯让天青釉向我露半边的脸儿……"

在这个雨后的山峰上，两亲家倾心交谈，最终决定联手烧制天青釉。

然而，他们哪里知道，就在此时此刻，北宋皇帝赵佶也被雨后碧空如洗的美景秀色陶醉，他不胜手舞足蹈，脱口吟哦："雨过天晴云破处，这般釉色做将来。"遂降御旨命汝州窑匠为宫廷烧制神瓷。

七天后，严和接到了圣旨，自接旨之日起，一年内烧造出天青釉，否则满门抄斩。

四

天青是在夜里给爹送饭的。

下午，天青给爹送绿豆汤回到家里，忧心如焚。哥嫂到磨盘山找釉料三天未归，娘到中岳庙叩拜"中王爷"也是三天未归。自从接到烧制天青釉的御旨后，天青娘见庙就进，见神就跪，烧香祷告，祈求神灵保佑，让丈夫尽快烧出天青釉。

天青烧了一大锅稀面条，左等右盼，娘也没有回来，哥嫂也没有回来。她这才盛了一瓷罐稀面条给爹送饭。他想，爹喝下的那半罐绿豆汤早被汗水吸干了。

老远，天青就看见"鸡窝窑"炉口喷出的焰火。借着焰火的光照，她莽莽苍苍地看到蹲在地上的两个人，一个是爹，一个是娘。火焰把爹娘的半边脸烤得通红。爹娘的影子像巨大的山神一样被火光拉得七扭八歪。娘从中岳庙回来，直接跑到了窑场。天青这样想着，猫腰前行，把脚步放得轻而又轻。

慢慢靠近了爹娘，天青在阴影里住了脚。只听娘说："他爹，昨夜里我在中王爷前守了一夜，天近黎明时，中王爷显圣了，他说：'要想烧出天青釉，必须用玉女祭窑！'说完云一样飘走了。我定睛看时，哪还有中王爷的影子，我连忙跪在中王爷像前叩了又叩，拜了又拜……"

一阵风吹来，勾出头的焰火被吹回了窑炉，爹娘的影子就模糊起来。天青站在暗暮里侧耳细听。

"回家的路上我就想，到哪里去找玉女祭窑？最终我想到了青儿，青儿是咱们的宝贝心肝，可为了保住一家人的性命，也只有拿她去祭窑……"

天青听到这里，手中的瓷罐"嗵"一声掉在了地上，溅起的面条虫子一样缠在她双腿和双脚上。

严和本能地站了起来，"谁？"

天青"爹——"地叫一声，哭着扑向了爹的怀抱。爹蹲下身子，爱抚地用手摩挲着女儿的秀发。

娘眼里噙着泪水说："青儿，事情你都听到了，不是爹娘狠心，天不杀人窑杀人啊！为了延续严家的烟火，也只有这样做了！"

严和扇了女人一个耳光，"闭上你的臭嘴，烧不出天青釉，要死全家人死在一块！"

女人被扇了个愣怔，等明白过来，突然双手捂脸痛声哭起来。"他爹，你打死我好啦，这日子像在刀刃上过，我活着比死还难受呀！你真以为我是铁石心肠？青儿是我身上掉下的肉，如今让孩子葬身火海，我能忍心吗？大限一天天逼近，败窑了一次又一次，天青釉如今还没个影儿，我总不能让全家人坐等丧命。月白快要产了，你不能眼巴巴让严家的后人在娘的肚里就被处死啊！老天爷啊，老天爷，你咋不睁睁眼啊！"

天青突然挣脱爹的怀抱，"扑通"一声跪在了娘的面前："娘——闺女答应您！拿我祭窑吧！拿我祭窑吧！！"天青使劲摇晃着娘的双腿。

娘突然把女儿抱在怀内，再次放声悲号。严和伸出粗糙的右手，使劲往自己的半边脸上捶打，有鲜血顺着嘴角往下滴……

五

严天豆和郑月白是第五天夜里才归来的。

天豆背着一袋玛瑙石，神采飞扬地头边走，后面跟着大肚子的妻子。

历尽千辛万苦，今天总算找到了做釉料的玛瑙石。爹说只要找到玛瑙为釉，就能烧出天青色的汝瓷。月白想，烧出了天青釉就可以保住一家的性命，也就能保住还在娘肚里踢腾的婴儿。

月色乳一般泻在山路上。严天豆心里高兴，虽然肩上扛着百十斤重的石料，却两脚生风，不一会儿便和空手的大肚女人拉开了距离。

"天豆，等等我。"月白喊道。

天豆放慢了脚步，他觉得肩上扛的不是釉料，而是一家人的生命。他恨不得一步迈进窑场，捣碎玛瑙，做出釉料，涂在泥胎上，让爹尽快装窑试烧。

自从皇上降旨烧制天青釉后，严和的心冷了，儿子的婚事也泡汤了。严和是一个明白人，他想，如果烧制成功了天青釉，再考虑儿子的婚事，到那时鸣锣响鼓，八面风光地把儿媳妇接过来。如果现在娶回了儿媳妇，将来万一天青釉烧制不出来，岂不又毁了儿媳妇花骨朵一般的性命？因此，他打发媒人去传话说，皇命在身，儿子的婚姻之事暂缓操办。

郑铁也是个明理之人，不顾"六不出门、七不嫁人"的大忌，在七月二十九日那天，不声不响地把月白送到了严和家。

"亲家，月白自小跟我看窑，虽没告诉她真传，她却也知道个大概，送她上门，也许能助你一点儿微薄之力。"

严和使劲摇着亲家的大手，嘴唇打着卷儿，一个字也没有说出来，豆大的泪珠砸在了二人的手上……

天豆和月白到了窑场，天豆让妻子回屋休息，他背着釉料到了碾房。

天豆放下釉料，飞跑着到了窑炉旁。"爹，找到玛瑙石啦！"

"真的？"

"那还有假！我还给铁伯送去了三十斤，今夜里他肯定也在家里碾粉哩！"

严和知道郑铁也在为亲家人的性命捏着一把汗，暗地里也在家帮他烧制着天青釉。

严和飞步往碾房跑，天豆紧随其后。严和拿着一块玛瑙石头端详。"好啊，天豆，找到了好釉料，爹的心就放下了。"

严和说着把玛瑙放进了石臼里，"天豆，你回去好好歇吧，这碾碎的活儿由我干。"

天豆在犹豫，他又开了腔："快回去喝口热汤吧！"

天豆走了。严和把捣碎的玛瑙石放到石碾上，再碾成细面儿，然后用细罗罗一遍，最后开始制浆。

六

离大限的日子只有四十五天了！窑场附近已撤了暗哨，严家的一举一动都在宋兵的监视之下。

上了玛瑙釉的胎胚装进了窑炉，窑炉重新燃火了。炉火汹汹，燃烧着严家人金色的希望。一家人都把生的希望寄托在这听天不由人的窑变之中。

点火之前，严和率家人来到东南山的老君庙内，虔诚地跪拜在老君窑神像前，烧香、化纸、叩头、祈祷……

在煅烧的过程中，严和和天豆没离开过窑炉一分钟。他们父子二人在研究探讨着火的艺术：时大、时小、时快、时慢，一会儿用静火，一会儿用燥火，一会儿用温火，刚柔相济，阴阳平衡，双眼始终紧盯着窑内那玄妙的变化……

开炉这天，严和又率家人来到老君庙内，净手、烧香、跪拜、祈祷……

站在窑门前，全家人的心都像被惊天的狂涛拍打着，蹦跳不已。"开窑啦！"严和努力使自己保持镇静，但身子还是抖得厉害。终于，他跨上前去，用哆嗦的大手打开了窑门。

空气钻进了窑内，窑内响起了"叮当、叮当"动听的音乐声，仿佛天籁之音，时紧时缓，时密时疏。

窑冷却后，严和钻进窑内，抱着一只匣钵走出窑炉，迫不及待地打开匣钵，从里面拿出一只三牺尊。凝目细看，严和的双手哆嗦起来，"叭"的一声瓷器掉在地上，发出破碎的呻吟声。

"老天爷啊——"严和惨叫一声，口吐鲜血栽到了地上……

七

子夜，天青轻轻地掰开了娘抱她的胳膊，悄悄地下床溜出了门外。

娘是拥抱着她，在轻声地啜泣中睡去的。又一次败窑了，离大限的日子只有二十七天啦，爹伤了元气，一病不起，郑铁伯传来口信，他也败窑了。爹万念俱灰，等待着皇上赐死。天青乞求爹娘来拿她祭窑，可是爹总是不点头。

一弯残月挂在明净的天幕上，门前的老榆树浓阴匝地，惨淡的月色透过枝叶的缝隙洒落下来，像点点滴滴的泪痕。

天青忧伤地向前走去。走进哥嫂住的房屋时，从里面传来了嫂子嘤嘤的哭声，她在窗前站定。

"天豆，皇上赐我死，我也在所不惜，只可怜肚里的孩子，还没见到爹娘的面，就死在娘的肚里，苦命的儿啊……"嫂子说着又轻声地哭了起来。

天青似万箭穿心，突然撞开了门，"嫂子，别哭，哭也没用，快拿我祭窑吧！"

嫂子扛着肚子从床上跳下来，"扑通"一声给她跪下了。

"天青，天青——"嫂子泣不成声。

天青拉起嫂子说："嫂子，为了保住严家的后人，使严家的香火不断，别说跳火海，就是下油锅，我也愿意！我也愿意啊！！"

爹娘不知什么时候也走了出来，看到这场景，一家五口人抱头痛哭起来……

这夜里，一家之主的严和终于拿定主意了：用女儿身祭窑。

那座"鸡窝炉"重又燃起了烈火。然而，一切都像死寂了一样，严家人只有默默地干活。娘每天都要给女儿净身，每顿都让女儿吃斋饭。

到了夜里，娘和哥嫂陪在天青身边，没有安慰，只有无声的泪水。

窑祭定在七月十九日的巳时，离大限只剩十几天。

不知咋透出了消息，窑祭那天，尽管有宋兵把守，但窑场前的山头上还是聚集了很多的百姓。

上午十点钟，身穿红装的天青由娘和嫂子搀着走向了窑场。山头上的人屏住呼吸，鸟瞰窑场，看见天青像一团火焰燃烧着，慢慢地飘向了窑炉旁。

天青没有眼泪，神情庄重地一步步逼近了炉旁。没有死亡的恐惧，只有永生的渴望。她觉得自己不是一步步走向死神，而是一步步地迈向天堂。生命只有融进金色的窑炉，生命只有在烈火的煅烧中，才能走向永恒和新生。

谁也没有想到巳时到了，当天青站在窑炉上的豁口处，闭上眼睛，准备纵身扑如火炉时，严和又突然变了卦，她蹿上去抱住了女儿。

"青儿，青儿，你不能先去，要死咱一起死！"天青被拉了过来。

天青的娘和哥嫂紧闭的眼睛又睁开了，泪眼蒙眬中一起扑向了天青……

山头上的看客们也都泪眼巴巴地低下了头。

此刻，天青没有哭，大势若静，大态若凝。她平静地从口袋中掏出小手绢，一丝不苟地替爹娘和哥嫂擦净了泪水。

夏日的阳光火辣辣地烤着窑场，天青抬头望着天空，突然高叫一声："爹——变天啦，快看——天青釉出现了！"

所有人的目光都仰望着天空。这时，天青像一团跳跃的火焰，扑向窑炉的豁口。"苍天啊，祈您显灵吧！"

一家人惊呆了！愣怔过来地严和喊叫着"青儿——你不能——"，张开双臂向女儿扑去。天青扭头向家人粲然一笑，一纵身跳入了窑炉之中。她幼小的身影融进了光华夺目的火焰里，凝结在了天青釉那绝代的珍品之中。

窑炉里响起了"刺刺啦啦"的声音，烈焰腾空，大股的青烟蘑菇状一样飞向了天空，整个窑场的上空弥散着肉体冶炼的馨香。

突然，真的变天啦！几片乌云遮主了白炽的太阳，狂风吼叫起来，电闪雷鸣之中老天爷哀悼的泪水便泼了下来。

不一会儿，雨过天晴，碧空如洗，神秘莫测的天青色果然现于苍穹之上。

严和猝然昏倒在窑炉旁……

八

七天后的正午，严和才从昏睡中醒来。

醒来的严和把往他嘴里灌面汤的妻子搡在一边，瓷碗和瓷勺被摔得粉碎。

严和疯一样撒腿跑向窑边。窑炉旁守着儿子和儿媳，窑门大开，火灭烟尽，严和钻进热浪翻滚的窑内，抱出一只炙手的匣钵跑了出来。

热汗淋淋中，严和用一双铁手从钵内取出了一只三牺尊，似一道电光射来，严和的眼前为之一亮，"天青釉，天青釉！"

梦牵魂绕的天青釉终于出现了！严和仔细端详其釉色，如雨过天青，温润古朴。他不禁用手摩挲釉面，平滑细腻，莹润如玉，器表呈蝉翼纹细小的开片，在胎与釉的结合处泛出的光彩，恰似少女脸上的红晕，美丽纯真。泪眼蒙眬中，青儿从瓷器中跳了出来，那春水般清澈的明眸，笑吟吟地望着他。此刻，严和感到自己摩挲的不是莹润的器表，而是女儿那冰清玉洁般的肌肤。

　　"青儿！青儿！青儿！！！"严和跪倒在瓷器面前，撕心裂肺地呼叫。天宇间回荡着他悲怆浑厚的声音，惊得日头爷在天穹中哆哆嗦嗦。

　　这时候，一道亮丽的哭声划破了苍穹，月白分娩了，又一个瓷乡的儿子冲出生命的幽门，呱呱地来到了人间。

瓷 痴

"本朝以定州白磁器有芒不堪用，遂命汝州造青窑器，故河北唐、邓、耀州悉有之，汝窑为魁。"

——南宋叶置《坦斋笔记》

一

我至今孑然一身，不近女色的缘故还是那次艳遇——青春骚动期的一次艳遇。

在我青春骚动期的那几年，我着魔似的爱上了汝窑青瓷器，就像爱上了一个钟情的女人，爱得天昏地暗，死去活来，一塌糊涂。

家人不理解我，说你这个年龄爱上一个女人才对，怎么会爱上汝窑瓷器？邻人们背地里骂我"神经蛋"，朋友们则送我个儒雅的外绰号"瓷痴"。最不能容忍我的是母亲，她老人家手捣我的额头愤愤地说："瓷器能当媳妇用吗？瓷器能让我抱孙子吗？"

不管别人怎么说，我爱所爱，我行我素。

我把省吃俭用的钱都用来购买汝窑青瓷器：天青釉铉纹尊、三足洗、荷花碗、玉壶春瓶、梅瓶、八卦鼎……不过，这些都是汝窑器失传800多年后今人的仿制品，虽已达到了以假乱真的地步，但说到底还不是宋代汝瓷珍品。据说宋代汝窑珍品似玉、非玉、胜似玉，和玉一样是可以通灵的。

我做梦都想得到一件通灵的汝窑器，因此终天屁颠颠地在古窑遗址上乱窜。严和店、大峪店、段店、清凉寺、张公巷等汝窑遗址，都是我常去的地

方。那里的一草一木、一坑一洼、一匣一钵我都了如指掌。从这些古窑遗址中捡回的大大小小的青瓷片，足足装有两麻袋。我经常装出一副很知识的样子，戴着一副墨镜，肩上搭着一条装标本的白布袋子，手里掂一把小铲子，像一位很严肃的考古学家，在古窑遗址中很深沉地走来走去。也常常蹲下身子用小铲子铲，把铲出的瓷片——黑釉的、月白的、豆绿的、虾青的、天蓝的……统统弃之不顾，独把天青釉瓷片捡起，小心翼翼地装进口袋，然后若有所思地眺望远山，很有一副古陶瓷大家的道行风骨。

其实，很多的时候我躺在古窑址上，品味着那个香甜荒诞的梦境，意念的双手无数次抚摸着那个青衣玉女娇媚的容颜。每当此时，我就会想起从北京故宫下来考察汝窑遗址的大胡子爷爷，他是国内著名的陶瓷专家，满肚子的汝窑故事。自从他给我讲罢汝窑"青衣玉女"的故事，夜里我就被梦中的"情人"俘虏了！

在梦魇的煎熬中，我苦苦地寻觅着汝窑古器，一月月，一年年，毫无收获。无奈就在仿古汝窑器上做文章。我笃信心诚则灵。很多个夜晚，我都是抱着汝窑淑女瓶、梅瓶、荷花瓶酣然入梦的。那些被我一一抱过的瓷器，在温暖胴体的滋润下，没有生出一丝的灵气。那个该死的妖娆女人，在梦境向我瞟着媚眼，撩拨得我如痴如醉，让我飞天入地追撵她……常常是梦境刺激甘甜，醒来嘴嚼梦境倍感寒夜漫长凄惶。绝望中我会把不顺眼的某件瓷器摔得粉身碎骨……

一天凌晨，那个青衣玉女突然从博物架上的淑女瓶上翩然飞出，玉手摩挲着我的脖子说："小傻瓜，用身焐，用心暖，仿烧的汝窑器也很难通灵。行行重行行，寻觅重寻觅。去寻——哪怕寻觅到一块真正的汝官窑瓷片，她也会透出灵光和灵气的。'家有汝瓷一片，胜过家产万贯。'不停地找吧，窑神会保佑你的……"

她就站在我的面前，眉宇灿灿，影影绰绰，一缕淡香仿佛让我沉醉千年。当我抬手拉她时，她灿然朝我一笑，飘然逝去。

我放声大喊大叫，陡然从梦中醒来——品嚼梦境，忽然醒悟。

从此，我踏上了寻觅通灵汝窑器的漫长之旅。

二

那时候，在绵亘800里的伏牛山，童叟皆知：丁汝青搂着窑器睡大觉，要瓷器不要媳妇儿!

是的,我要的就是这种效果!

汝窑遗址被国家一批批地保护起来了。虽然那里一掘下去就能挖出古文化,但却动不得了。我只有寻觅——在民间百姓之中锲而不舍地寻觅那通灵的古瓷片。

翻一山,过一河,进一村,入一户……走、走、走,我在不停地奔走!

人怕出名猪怕壮。"瓷痴"名声远扬,走到哪里都有人脉。卖古汝窑器的、古瓷片的会主动把我请进家里,神秘兮兮地让我看他们的宝贝,然后漫天要价。不过,我有一双"望气"的眼,搭眼就能看出真品和赝品。这些瓷器和瓷片都是作秀的假货,一眼被我望穿。古汝窑器透出的气质是任何造假者无法仿制的。它和人的外在气质一样,人的气质是内在修养、学识、文化底蕴等素质的外在的自然流露,没有内在的深厚涵养,想靠外表的人为化妆和名牌衣服是塑造不出气质的。看一个人,只要望一眼他的气质就基本明了他的内在涵养,任何掩饰或做作都不能改变他呈现在眉宇神色间的气息。观人要观人的气质,看古汝窑器同样要望它的气韵,懂得了"望气"也就读懂了古汝窑器,懂得了真正的鉴别真伪之术!

一次,在鲁山段店,一个叫匣钵的小伙拿出一块青瓷片和我谈生意,我说你这是着色的化学釉汝窑瓷片,你蒙不了我。小伙子看我揭了他的短,掏出匕首顶住我的胸脯恐吓我。那只泼皮货遇到了愣头青,我面不改色、气不发喘继续揭他的老底。"本是一块化学釉的新瓷片,放进井水里浸润,放进滚水锅里煮沸,再埋进深土里捂闷……"

小伙子知道遇到了硬头的行家,匕首慢慢滑下,离开了我的胸脯。当天夜里,我把收到的一块古瓷片贴在胸口进入香甜梦境时,匣钵带一帮人突然闯进破庙,对我拳打脚踢,逼我交出古瓷片。我豁出命来以一战十,头可断、血可流,通灵的瓷片不能丢!最终,我以三处骨折的代价保住了古瓷片。

从此,"丁汝青要瓷片不要命"的故事就传开了。

母亲对父亲说:"拴住他人,再也不能让他瞎折腾了!"

父亲叹口气说:"拴住他人,你能拴住他的心吗?"

"能的,能的,女人就是一根绳子,准能拴住他的心!"

父母给我找了一根"绳子"——一个叫窑女的女人,人长得眉目清秀。

母亲给我2000块钱,让"绳子"牵着我去大营镇赶集,置买定情礼物。

刚到镇上，那个叫赖毛的古董商叫住我，说弄到了一块真正的汝官窑瓷片，是从清凉寺保护区偷挖出来的。我大喜望外，撂下我的"绳子"跟着赖毛就跑。一口气跑到镇北山的树林里，赖毛这才从贴心的内衣口袋里掏出了一块青瓷片。

我的眼前陡然一亮，身子猛然一颤，那瓷片突然在我面前划过一道青色的弧光，青龙一样地飘逸和灵动。我意识到通灵的瓷片出现了。

我把古瓷片托在手掌，她生动的气韵凝聚在肥厚的泡浆里，呈玉质般的光泽向外自然散发，类似不停发送的电磁波，这特殊的电磁波只有能解读它的人才接收得到，其他外行或尚未开眼的人是断断感觉不到的。老瓷如新，宝光内敛，温润如玉，释放着岁月沉淀的厚度与深度……

我激动地把古瓷片贴在胸口，想入非非。赖毛看我一副沉醉的模样，一把夺过瓷片，故意勒掯我说："识货不识货，对比就知道——"说着从口袋里掏出一块仿古瓷片，放在一起比较。

我已失去自控，声音颤抖着说："是真货，您开价吧——"

"10万，少一个子儿也不会出手的！"赖毛说着又把古瓷片揣进了怀里。

"10万就10万，我先付您2000元定金，等我10天，卖掉老汝州城里的那间市房，再一手交钱一手交货！"我说。

"买不买在你，过这个村可就没这个店了！"他说着就走。

我忙拦住他说："别急，我们再商量商量！"

几个来回下来我给赖毛写了卖房契约，2000元变成了房产证的押金。我用父母一辈子血汗置买的一间市房换回了一块古窑瓷片。

我怀揣着瓷片兴高采烈地回到镇上，见到了可怜巴巴的窑女。我说："实在对不起，钱都买瓷片花光了，改日再买定情物吧！"

窑女说："不用了，你跟古瓷片定亲吧。"说罢扬长而去。

媳妇飞了，市房没了，父亲也气绝而去了。

两年后，母亲又给我物色了一个叫瓷女的女人。母亲说："让你结婚生娃娃，女人和娃娃这两根'绳子'定能捆绑你的双脚，你想跑也跑不脱！"

就这样，我和瓷女结婚了。

花烛之夜，闹洞房不可开交之际，忽然有人喊叫："丁汝青，汝州城里的将台街嵩贤家盖房，挖地基挖出青瓷片了——"

我一听，不顾一切地逃出了洞房。

数日后，当我背着一袋青瓷片回到家里时，看到的是新娘留给我的一封信。

丁汝青：

　　搂着你的青瓷片睡觉吧！"青衣玉女"会给你娘生下个延续烟火的小"鸡巴货"……

三

　　艳遇的出现是在一天夜里。

　　青春的骚动中除了奔走，我就是静下心来读书——有关汝窑的书。

　　那天夜里，读书读到宋徽宗赵佶"弃定用汝"的缘由时，青衣玉女出现了——

　　那是午夜时分，一轮新月悬挂在蔚蓝色的天幕上，月淡风清，皎洁的银辉透过窗棂，洒在堆积如山的青瓷片上。瓷片伴我陪读陆放翁的《老学庵笔记》："故都时，定窑不入禁中，唯用汝器，以定器有芒也……"

　　此时，窗外突然变天了。乌云吞没了一轮新月，飞沙走石。窗户被吹开了，陪读的古瓷片被狂风掀起，"噼里啪啦"地脆响。暗幕里有一块青瓷片像青鸟一样，扇动着羽翼在屋里翩跹起舞。

　　我惊愕地望着闪闪的弧光不知所措。窗外突然炸响了一声春雷，风吹云散，新月再现，世界又变得恬淡而宁静。"叮当"一声脆响，飞翔的青瓷片炸飞了，无数串青色的火花四处飞溅，飞溅的青火焰中跳出了一个美妙绝伦的青衣玉女。

　　我揉揉眼睛，仿佛一池清荷中跳出的那个玉女，蛾眉紧锁，怒目圆睁，酥胸颤动，颐指气使。

　　我的灵魂出窍，不知所以然。青衣玉女发话了——她的声音苍老而沙哑："你个嫩皮娃娃，看在你'瓷痴'的份上，才给你指点迷津。你真的相信陆放翁、叶置这些文疯子关于皇上'弃定用汝'的屁话吗？历史是什么？历史是裸体的女人，本来是真实的，却让修史编志的文人雅士按照当局的意志和个人的好恶，给女人穿上花花绿绿的衣裳，于是女人不将女人，历史不再真实……"

　　我用银针刺扎人中穴位，真实的我依然健在。那个玉女苍老的声音再次响起——

　　"'小瓷痴'我来告诉你，赵佶那个风流皇帝'弃定用汝'的真正缘由是

为我，为我这个青衣玉女。这才是真实的历史，你别以为这是野史，她真实的像个一丝不挂的女人……"

我眨巴着眼睛恭听，可是眨眼间那个幽灵般的女子不见了。只有一块青瓷片静静地躺在我的胸口上，伴随着急遽跳动的心律上下起伏。

我知道我得到了一块真正通灵的汝窑青瓷片。

慌忙开灯，折起身来把贴在胸口的瓷片放在手掌细细端详：只见釉面平滑细腻，如同美玉一般，明亮而不刺目，身上呈蝉翼纹细小的开片。我顺手从床头拿出放大镜，闭上左眼窥视：只见釉面下分布着稀疏的气泡，在光照下时隐时现，恰似晨星闪烁。

"青如天，面如玉，蝉翼纹，晨星稀……"我喃喃自语，激动得在床上打滚喊叫："天青釉！天青釉！"周身的血液哗哗啦啦涌向头顶，一阵晕眩中青瓷片仿佛再次炸飞，青衣玉女娉娉婷婷地又向我飘来……

四

此后的若干个夜里，我分明看到那只青精灵扇动着翅膀，在我头顶飞翔。在她翅膀扇动出的响声中，我就听见了她神秘的诉说。她苍老而沙哑的声音，穿透历史尘封的一道一道大门，携带着岁月的霉气，袅袅地向我飘来——

"'小瓷痴'，告诉你：我是谁？我是汝瓷魂——800多年前唯一通灵的汝窑莲华温婉。别看我支离破碎，遍体鳞伤，流落民间，历尽磨难，含辱蒙垢，可是当年我曾陪伴君王徽宗，享受过至高无上的尊荣！风流总被风吹雨打去，历史永远充满着不可预测和掌控的窑变。我是在'靖康之变'中沦落民间的……"

她的倾诉尽管时断时续，却从不吝啬；而她的芳容却再也不肯露面。

……那时候，宋宫的御用瓷器是定瓷。其他各大窑系的地方官员、窑主绞尽脑汁，都想让地方烧制的瓷器打进宫廷，登上大雅之堂，成为御用瓷器。为达到这一目的，定窑器自然成了众矢之的。有的说定瓷胎薄而轻，质坚硬，色洁白，不透明……；有的说定瓷由上叠压复烧，口沿多不施釉，有"芒口"刺人，早该被踢出宫廷！各窑系在把矛头指向定瓷的同时，各怀一条心，明争暗斗，互相攻击。汝窑的不少窑主和工匠也卷入这场纷争。倒是汝窑最有实力的窑主、最拔尖的工匠章火旺，一副忠厚老成的模样，埋头制瓷烧窑，从不参与窑派之间的争斗。

一天上午，汝州知州来到章火旺的窑场，和他相商竞争御用瓷器的要事。二人把杯弄盏，说得十分投机。知州说虽然定瓷有沿口，粗涩烦人，可是，徽宗皇帝十分喜欢定窑精美绝伦、独具一格的刻花装饰艺术。那些以花果、莲鸭、禽鸟、浮鸟、云龙等为主题材的定窑装饰，让擅长花鸟画的风流君王爱屋及乌，对定窑器更加和厚爱，要把定窑器挤出宫廷，让汝窑器取而代之，不容易啊！

知州所言极是。不过话说回来，咱汝窑器的优势远远大于定窑器。一向笨嘴拙舌的章火旺喝着酒，说及汝窑器口若悬河，纹丝不乱。受到火旺的启发，知州挥笔赋诗。此时已是中午，章火旺 12 岁的女儿窑女进去送饭，看见墨迹未干的墨宝，脱口念道："圣火燃烧汝窑梦，窑变神器炼狱情。神韵天成汝瓷魂，道法自然青精灵。"窑女连夸好诗，这才放下青瓷碗。九分醉意的知州目光炯炯地紧盯着窑女，窑女像下凡的仙女一般在眼前飘幻。窑女倒了两碗酒说："好诗配美酒，我敬知州一杯！"说罢"叮当"一声碰杯，抢先把美酒喝了。

知州仰脸把酒灌进肚里，整个世界就旋转起来：饭桌在舞蹈；青瓷碗盛着白亮亮的手擀面在飞翔，青白分明，相映成趣。执壶在半空跳舞，眼看落地玉碎之际，窑女仙女一样飞升起来，抢起了执壶。醉眼蒙眬中青光闪烁，飘飞的青衣裙裾化作一池莲荷，荷花朵朵，擎起一只天青色的莲花碗儿，一时，芳香四溢。知州跳进水池抱碗时，莲花碗飞上了天空，仰视天穹，青衣玉女手把执壶，斟酒于莲花碗内……

知州突然在屋内翻滚，边滚边喊："有了，有了，我有了——"

絮叨突然断了。

常常都是这样。不过，我有足够的耐心等待。暗幕中我摩挲着躺在胸口的古瓷片，静静地等待她的"下回分解"。

<h2 style="text-align:center">五</h2>

我已人到中年，仍然不食人间烟火，孤身一人生活，和古青瓷片儿打得火热。

我已无可救药。父母相继被我气死，市房被我换了瓷片，老宅被我卖掉买了瓷片，只好栖身在外地工作的堂兄家的一处空宅里。好多古董贩子找我买瓷片，可我一块儿也舍不得出手。今年开春，省文物考古研究所的古陶瓷专家天眼屈尊寒舍，当他看到我珍藏的古瓷片时大发感慨。他动员我把瓷片献给国家，被我拒绝了。他还说要高价购买瓷片，也被我拒绝了。临别送行时我才向他亮宝，让他看一眼唯一通灵的古瓷片。不得不佩服他的确长着一双望气的"瓷眼"——我只让他一瞥，他的双眼都绿了，放出了像狼眼一样贪婪的绿光。

"宋代绝好的汝官窑瓷片！"他说着就要拿在手里享用，被我断然拒绝了。

"抚摸可以，就在我手里抚摸！"

他掏出手绢反复擦手，我这才摊开手掌，让他尽情抚摸宋代手掌般大小的古瓷片。

后来，天眼老师经常往我这里跑，我们成了好朋友。接下来他不断接济我的生活，还推荐我到张公巷窑遗址当了一名看守。

心诚则灵。在张公巷窑址当看守的漫长夜里，我终于再次听到她遥远的絮叨——

"小瓷痴"：现在我来告诉你，你脚下的这片土地就是当年我的诞生之地。好吧，还是接住上次的话题。知州在醉酒后的第10天上，兴致勃勃地又来到了章火旺家窑场。他送给章窑主一副草图，上面画着一只莲花温碗和一副执壶。

"章窑主，就按上面的模样制作烧造，汝窑器能否打进进宫廷，就全仰仗您了！"

章窑主很仔细地看罢草图，郑重地接受了重任。知州离开时说，让你家小姐进城随我家女儿一块读书吧，她天生丽质，聪慧端庄，性格豪爽，日后定能成大器的。章窑主说草野之女，说话没遮没拦，办事毛毛糙糙，不是读书的料。平日里被娇宠坏了，见我烧窑喝酒时也喝一点，不想那日劝醉了大人，望海涵！

知州说快别这么说话，我得感谢你家小姐，是她和她那碗酒让我突发灵感，冥冥中就有了莲花碗和执壶的造型，此乃天意啊！说得章窑主一头雾水。

章窑主没有仔细品味知州的话，一门心思开始制瓷烧窑。好在都是轻车熟路，尽管莲花碗的成型有些难度，但还是如期送进了窑炉。令章窑主百思不解的是，接二连三地出现败窑，没有烧出一件器型周正、釉色纯正的器物，这让青瓷界出类拔萃的窑匠伤透了脑筋。

我的出现是在一个月白风清的晚上——那是第七七四十九窑上。我作为唯一通灵的汝窑器，采集天宇之灵光，汲取大地之精华，在1200多度的高温中冶炼成了通灵之身。

章窑主在月色下跪拜窑神后，开了匣钵，我便从那只晶莹剔透的莲花碗中飞了出来，飘飘然然，裙裾撩拨着他的白发。他抬起头看到了我——一个楚楚动人的青衣玉女，随即他又跪下叩拜……

数日后，知州带着窑女抱着我来到了京城，参加了一场别开生面的宫廷御窑器竞选。窑女以陪读诗书为由进了州城，实则是参加模特礼仪培训。为了打进宫廷，各大窑系和地方官府联手，不惜重金制瓷烧窑，遴选瓷器，广选美女，参加御瓷竞选。

那天的竞选异彩纷呈，好瓷伴美女，瓷光竞风流，让极具艺术才能的徽宗皇帝大饱眼福。窑女穿一袭青衣，左手端一只莲花温碗，右手提一执壶，风情万般地走上竞选舞台，所有人的眼睛都直了。美女的清纯，青瓷的莹润，莲花的开放姿态，执壶吐酒的妙音，无不打动这位风流的君王……

实话实说，汝窑莲花碗和窑女能力挫群雄，博得君王的欢心和认可，我是暗助了一臂之力，功不可没。窑女用执壶往莲花温碗里倒酒时，酒液翻过瓣尖而不溢；执壶是宝壶，一碗又一碗，永远倒不尽；美酒倒进莲花温碗后热气蒸腾，香气扑鼻；这一些都是我在暗助神功！

最出彩的是竞选的尾声部分：窑女手里的莲花温碗和执壶一齐飞了起来，在半空中吐酒入碗。被激动抓挠站起的众人，一起鼓掌吆喝起来，在突然响起莲花开放的细微之声中，我轻飘飘地落座在了莲花温碗上。众人直勾勾仰视我，我看见了君王的那副涎水欲滴的馋相。一股青烟升起，我极速隐身瓷器，莲花温碗和执壶重又回到窑女的手里……

六

我已到了风烛残年，世人早改口喊我"老瓷痴"了，可是仍然光棍一条。有人讥讽我为青瓷片活了一辈子，活得窝囊；有人说我憨狗摸着一条路走，到死都不回头。

不管别人如何说我，我却怡然自乐。憨人有憨福，我能听到800多年前青瓷精灵诉说当年的一段历史真实，这难道不是我的福分嘛？

我知道属于我的日子不多了，但我深信那个青衣玉女一定会光顾我的。在

无数个夜晚，我深信不疑地期待着，期待着……唯有断断续续的絮叨充斥我的耳鼓——

"老瓷痴"你听着：现在书接前段，哪里断了哪里缝。御瓷竞选后，汝窑莲花温碗和执壶虽然放进了君王的书斋，但君王并没有立刻表态"弃定用汝"。天青色的莲花温碗和洁白的定瓷莲花洗放在一起，清白朗朗，形成了鲜明的对比。由于我的迟迟不肯显灵，窑女被当作妖女，故弄玄虚，蛊惑人心，被打入了大牢。

我的出现是在一个秋阳高照的午后。徽宗皇帝正昏昏欲睡之际，突然看到一团青光从博物架上的莲华温婉中飞出，像一只萤火虫在他的头顶上盘旋。当他伸手去抓时，那团青光一闪，我从里面跳将出来。徽宗皇帝痴呆呆地盯住我，一副十足的馋猫相。当他张开双臂扑向我时，我向他娇媚地一笑，又隐进了瓷器里。发了疯的皇帝把莲华温婉紧紧抱在怀里，声嘶力竭地吼叫："我要——我要——"

我躲在瓷器里和皇帝开始对话。

"要我可以，你得回答我几个问题：你身为道君，道教斋醮时献给神仙的奏章叫什么？"

"青词（青瓷）"赵佶皇帝似有醒悟。

"何以叫青词（青词）？"

"太青宫道观荐告词文，皆用青藤朱字，谓之青词。'青纸朱书，以代披肝沥血之位也。'肝在五行中属木，色青，血为红色，以此表达极端虔诚矣！"

"道教以青色的纸而不用普通白纸作为荐告词文的书写材料，这说明了什么？"我穷追不舍。

"说、说、说明了道家对青色的喜好。"皇帝舌头打着卷儿说。

"那你身为道君，就不喜好青色吗？"

"我、我、我当然喜好！"

"那么，请看宫廷里您御封的瓷器是什么颜色？"

"白、白……"皇帝彻悟了。

"你再看这天青色的汝窑器，清雅素洁，明澈蕴润，质朴含蓄，宝光内敛……"

翌日早朝，赵佶皇帝当着文武百官的面，摔碎了他最宠爱的定瓷莲花洗，然后愤愤地说："定瓷有芒不堪用，速命汝窑造青瓷器！"

自此，汝窑器打进宫廷，挤对走了定瓷。成为宫廷用瓷的汝窑器名声大振。汝州知州也官升三级，章火旺也被御封为"大国工匠"，窑女出监入宫。

此后的日子里，赵佶皇帝天天用莲华温婉和执壶喝酒，字也懒得写，画也懒得做，在幸福的等待和煎熬中企盼着我的芳容再现。但是，我是神圣的青瓷精魂，我不会因为权贵、地位、金钱而玷污我的圣体玉身。后来就发生了靖康之变，金兵入侵，徽宗被掳走，执壶玉碎，莲花温碗沦落民间，粉身碎骨……

七

我是"老瓷痴"，但我能听懂瓷语。

耄耋之年的我开始四处游说，不厌其烦地向世人讲述宋代瓷业界"弃定用汝"的故事。讲得声情并茂；讲得丝丝入微；讲得路断人稀……

不瞒诸位看官来说，尽管我已行将就木，但也不乏漂亮年轻的女人来联姻。我知道她们是冲着我通灵的莲花温碗瓷片而来。自从有了那唯一的一次艳遇之后，我的芳心已死，对世间所有的女人都不感兴趣。我在焦渴的企盼中巴望着奇迹再次降临。然而，只有絮絮叨叨的诉说，圣灵却再也不肯向我露一次她那绝世芳华的娇颜。

一月月，一年年——日子在幸福的煎熬中逝去。我——"老瓷痴"在固执地等待着，等待着圣灵那冰清玉秀的容颜再现。

等待是一种企盼，等待是一种煎熬。我在执着地等待着，也许永远、永远……

青精灵

一

新娘宋韵把手伸进裤裆内，忍痛摩挲着那片旷世奇宝天青釉。她藏在温暖的棉絮里，在爱恨交加的触摸中再次通灵——"叮当"一生脆响，打破了监牢的死寂，一道青光飞起，精灵似的盘旋在她的头顶，撕破了夜幕的黑暗。

"青精灵"——宋韵折起身，惊魂未定中忙跪下祈祷。于是，摇曳的青光中就跳出一个青衣女童，杏眼如炬，面如桃花，声若琴弦。

"宋韵，既然你做了章氏家族第 46 代汝官瓷的传人，你就得担当起保护和传承的重任……"

狱卒吆喝着跑来，青精灵眨眼不见了，跪地叩拜的宋韵复了原位，监牢重归寂静。

狱卒狐疑地离去后，宋韵把哆嗦的右手伸进裤裆内，当抚摸到先祖留下的传家宝还硬邦邦地躺在棉絮里时，不胜泪如雨下——

二

宋韵是在汝州沦陷的前三天匆匆完婚的。丈夫叫章瓷魁，是章家店汝窑世家的一名窑匠，年方十六，英气勃发。

新婚夜。闹洞房的人走后约莫半个时辰，祖母章苏氏在门前房后转悠了数圈，确认听房的人也都散去，这才把一对新人引领到堂屋内，插门关窗，从里屋的一只大木箱里抱出一只小板箱，又从那只小板箱里抱出一只掉色的小木盒，如同抱着一个十世单传的婴儿虔诚地来到神龛前。焚香跪拜先祖后，祖母才小心翼翼地打开木盒，取出一个红布包。

在一对新人焦灼的期待中，祖母颤抖着双手终于打开了包裹三层的红包，一块汝官窑瓷片在摇曳的烛光下闪烁幻化着神秘莫测的幽光。

"青如天、面如玉、蝉翼纹、晨星稀、芝麻支钉釉满足"——耳旁回响着父亲自小絮叨的新娘子，目光炯炯地盯着祖母手中的宝物。

"跪下——"祖母已是声泪俱下。

"列祖列宗在上，家宝第 45 代传人禀报：生逢乱世，民不聊生，官抢匪夺，汝瓷莲花碗传至本世就剩下这一片了。如今日寇入侵，大劫将临，死生难料。患难之时，本世决定把家宝传给第 46 世孙瓷魁……"

一对新人屏气细看，但见祖母手中的瓷片温润古朴、清雅素洁，釉如碧波翠色，胎与釉的结合处微现红晕。

祖母收起瓷片，拉起一对新人，然后亲自飞针走线，把宝物缝进一条烂棉裤裤裆的棉絮里。

"不是奶奶狠心，家乡很快就要被日寇占领，你们今夜必须带着家宝出走！"

二人面面相觑，没有动静。

"快回洞房换衣服走，一刻也不能再留！"祖母轻声地威严喝道。

新婚别离，二人目瞪口呆。祖母拔出头上的银簪放到孙媳手里，哽咽着说："快走——再不走奶奶就碰死给你们看！"

二人这才不得不回洞房换衣服。新人前脚走，祖母抓起事先准备好的包袱，后脚就跟到了门前。

在祖母的催促下，二人换了旧装磨磨蹭蹭地走出了洞房。

"记住，先祖的遗训是'舍命护家宝，世代传天青！'等世道清平了，你们要以此为标本，烧造出失传的天青釉，重续大宋章氏雄风……"

祖母说罢，命她们动身，二人木楔一样戳在地上不动。

"好——你们不走，奶奶走！"祖母后退一步，突然向前一扑，头撞墙壁，额头上鲜血喷出。

"奶奶——"二人叫喊着扑去时，祖母厉声喝道："你们再晚走一步，奶奶就死定了！快走——"

二人这才含泪消失在夜幕中。

<h1 style="text-align:center">三</h1>

刺骨的寒风透过木窗钻进牢房，被冻醒的宋韵艰难地站起来，扶墙走向窗口。倚窗仰天而望：东方天际露出了微微的晨曦，稀疏的晨星在天幕上眨巴着晶亮的眼睛。

"寥若晨星——"她忽然又想起了汝官瓷，手插进裤裆抚摸，硬硬的还在，这才放下心来。

重新回到草铺上，摩挲瓷片渐入梦境时，青精灵再次出现了。她在盘旋飞舞中传出了稚嫩的童音，"宋韵，你奶奶和男人都被杀了，你现在是家宝的唯一传人，护宝传宝，天降大任与你——"

瓷魁夫妻是在离家出走的第49天凌晨被抓获的。

那时候家宝已被缝进妻子棉裤裆的棉絮里。日寇抓捕了奶奶，严刑拷打献宝，追问一对新人的去向，奶奶死不开口，被一刀戳死。接着，章家房倒屋塌，掘地三尺，祖坟被挖，窑厂被毁，千疮百孔。日寇虽然挖出了一批汝窑器物和碎片，但到底没有找到那件通灵的汝瓷莲花碗。

瓷魁得到奶奶惨死和家毁坟挖的消息后，决意要回家掩埋奶奶、收拾祖上的骨殖。

直到这时宋韵才说了实话。"当家的，爹把俺屈嫁给你们杀机四伏的老章家，用意是在得到你家宝物。你托宝给古董商的女儿放心吗？"

瓷魁凄然一笑说："国破山河在，魂魄岂能夺？宝物只要不落入贼寇之手我都放心。大宋汝窑失传至今700多年，打打杀杀，抢抢夺夺，官与匪、军与商、贼与寇，多少人盯着这件宝物？得而失失而得，章氏后人为护宝传宝，没有一个寿终正寝。虽然家宝玉碎，但魂魄犹存……"

这时候，宋韵的父亲被贼寇押着赶来了。宋韵急中生智，飞脚踢开了一个日本兵手里的刺刀，死命一样抱紧日本兵喊道："当家的，快跑——死也不能让国宝落入贼寇手里！"

瓷魁醒悟，一头撞向低矮的木窗，"咔吧"一声脆响，瓷魁的身子飞出了木屋，在地上打着滚儿滑向草丛。日本兵嗷嗷怪叫着紧追而去，留下一个看管手无寸铁的父女。

宋韵的肩膀上被刺了一刀，血流如注。父亲的双手被反绑着，虽然爱莫能助，但他从女儿的目光中已读出了答案。这个久跑江湖的古董商还是有些功夫的，他用右脚把地上的铁锅轻轻勾到跟前，然后踢飞了铁锅，铁锅不偏不倚扣在了日兵的头上。没等日兵愣怔过来，古董商又把支锅的一块石头踢在日兵的腿上，日兵鬼哭狼嚎，挑着刺刀向他扑来。古董商一运气，突然"嗨"的一声，用脚阻挡住了刺刀，血雨飞溅……

宋韵捡起一块碎锅片终于割断了绳索。

"韵儿，快跑——"口吐鲜血的父亲喊道。

宋韵哭着飞身而去，日兵回身急忙追赶时，古董商用尽最后的力气伸腿绊倒了日兵……

四

又是一个冰冷的冬夜。宋韵靠回忆青精灵诉说的故事驱赶酷刑后的疼痛——

我叫章天青，我父亲叫章神炉，是大名鼎鼎的汝窑匠。我8岁那年，宋皇徽宗下了一道圣旨，"雨过天晴云破出，这般颜色做将来！"命父亲等汝窑匠7个月内造出天青釉，否则满门抄斩。父遵皇命烧瓷，半年不归，眼看大限逼近，天青釉终不肯出现。最后一窑瓷器点火的前夜，父亲做了一个梦，窑神告诉他要想烧出天青釉，必要用玉女祭窑。当夜，父亲在送我们母女出逃的路上把梦境悄悄告诉了母亲。偷听到这些的我半路摆脱了母亲，翌日赶到窑厂。当时，窑炉内焰火正旺，着一身红装的我爬上窑炉，高喊一声："爹——玉女天青浴火重生，传世天青釉色必现！"我纵身火海，数日后开窑，一对天青色的莲花碗果然出现了。皇上为褒奖我的大义英烈，把其中的一只碗赐给父亲，并下圣旨把我们世代居住的村庄烟火店更名为章家店……

北宋末年，金兵入侵，我大哥章生一、章生二被迫南下龙泉，各主一窑。生一所主的瓷窑叫哥窑，生二所主瓷窑称弟窑，习惯上把弟窑称作龙泉窑。哥窑、弟窑，其色皆青，浓淡不一；其足皆铁色，亦浓淡不一。旧闻紫足，今者少见，惟土脉细，釉色纯粹者最贵。哥窑多断纹，号曰"百极碎"，为北宋五大名窑之一。弟窑，青莹细润，纯粹不暇，如美玉。一瓶一钵价值连城。弟窑器以无纹者为贵，粉青釉为最佳。由于釉药下注，往往在转折部分釉药较薄，露出白色胎骨，成一条白线，就是所谓的"出筋"；这种出筋，也往往出现在凸雕的花纹上。弟窑还有翠青色，浓淡不一；豆绿色，颜色与汝窑器大致相同，往往不易分辨……

宋韵正回味到动情处，青精灵再次出现了。她翩跹在眼前，童音袅袅："46 世传人，朝着东南走，悬崖自有路。700 余年刀光剑影，护宝人前赴后继薪火传，国宝犹在章氏血脉不断……"

狱卒发现了灵光，快步跑来了……

五

天亮后宋韵被日寇带着前去寻宝。

"朝着东南走，朝着东南走——"冥冥之中，宋韵按照精灵的引领，翻山越岭，涉水渡河，艰难行走。

中午时分，一班人登上了汝窑山寨。山寨因寨主曾把章火照等 7 个汝窑匠抓上山烧窑而得名。宋韵望着伤痕累累的窑炉，眼前忽然飘来了大姑火女跳崖而死的场景——

在逃难的颠簸日子里，宋韵听丈夫瓷魁讲，老爷章火照和大姑火女都是死在山寨上的。大姑是在出嫁的头天晚上，被汝窑山寨的寨主王火炉绑了快票，言称"金银都不要，只要章家的传世宝"。

那时候当家理事的奶奶在自家院内建造了土窑，用土法加工汝瓷挂彩。夜深人静时，奶奶点燃老鳖灯一边烘烤古瓷片，一边用铁管吹，把着色剂吹到古汝瓷片上，瓷片即呈红色斑块，称汝瓷挂彩。大姑被绑票的三天中，奶奶把汝窑莲花碗瓷片贴在胸口，不吃不喝关门呆坐了两天。第三天头上，奶奶开门走了出去，派人把土法加工的汝窑挂彩瓷片送到了山寨。王火炉懂瓷识货，恼羞成怒，逼火女当压寨夫人，强行圆了房。数日后，从山寨上传来了火女跳崖而死的消息……

宋韵站在山寨上俯视深涧，一滴清泪滚出眼眶，良久不肯离去，以致背上挨了一枪托才动了身。

"朝着东南走——"

夕阳西下的时候，终于来到老鹰崖。她说宝物就藏在老鹰崖的肚子里，你们给我解绑，用绳索系我下去取宝。

她下到半腰果然看见一处山洞，进洞后用石头砸断绳索，并把绳索绑到洞口的一棵树上。这时候她分明听见"叮当"一声脆响，青精灵便盘旋在了头顶，摇曳的青光中忽然跳出了窑神女，宋韵慌忙跪拜祈祷，万般虔诚中隐隐约约听到了神灵的点化。

日兵开始用绳子系人下来监视，宋韵细心整理了头发和衣服，站在洞口仰天喊叫："贼寇，夺我国宝痴心妄想——"然后开怀大笑，从容跳下深涧……

六

公元一千八百八十八年孟春的一天，汝官瓷第47代传人章天釉手捧仿烧成功的莲花碗跪在老鹰崖上祈祷：

"娘——您是章家的大功臣！若不是您当年屈嫁父亲延续章氏烟火；若不是您跳崖护宝、大劫不死生下我这个遗腹子；若不是您数十年的鞭策；若不是祖传通灵神器的点拨，我岂能使失传800余年的天青釉重现天日，举世哗然……"

此时，春阳照着千峰碧波翠色，春风舔着莲花碗莹润美丽的胴体，绿意天光和釉色融为一体。但见神韵天成的莲花碗釉色幽淡隽永，既有蓝色之冷，又有绿色之暖，素雅青逸中彰显出汝窑青瓷独特的魅力。

虔诚祈祷的天釉突感胸口内衣里的家宝在蠕动，接着隐隐约约的絮叨传来了——"47世孙天釉，现在我来警示你：不能翘尾巴！仿烧成功只是个开端，离烧出通灵的汝窑器还很遥远。何况，窑变神秘莫测，火助神成，不规而圆，不矩有方，正常中孕育着意外，意外中蕴含着理智，在永远的变数和创造中，把生命的才情、意识的灵动、艺术的升华、想象的空间都熔进了瓷器之中。她历经千锤百炼的陶冶，而后注入了人类的灵魂；经圣火熊熊的洗礼，达到大彻大悟的坦然。正是由于经过了圣火的炼狱，她才达到了宠辱不惊的境界，才达到了'我不入地狱谁入地狱'的旷达和超然，从而纳天地之灵光，吮山川之精华，吸江河之甘甜，聚人间之百态，最终达到佛之辉煌、道之宁静、禅之淡然、天地之谐、万物之序的大美境界……"

天釉手捎头皮，方知是在人间。凝目静神后那遥远的诉说又传来了。"'人巧久绝天难留，金盘玉婉世称宝'。虽然家宝只剩下可怜的一片，但世人多不信，即是信也懂得'家有万贯，不如汝瓷一片'的道理。虽逢盛世，可人心不古啊！劫宝夺利之徒多矣，小心，万望小心……"

这时候天釉的手机突然叫唤起来："不好了——章大师，你家孙子被绑架了——"

幽灵三章

翡翠烟嘴

豹子爷蹲在山墙边晒暖，嘴里照旧噙着那杆"老烟枪"。"老烟枪"真的老掉了牙。含在嘴里的翡翠烟嘴只剩下了豁豁牙牙的半截身子，但这并不妨碍他喷云吐雾。明媚的春光中缭绕着豹子爷喷出的袅袅青烟，开山炮隆隆的响声震颤得春阳金箭乱射，射穿了豹子爷吐出的袅袅青纱。金光闪烁，青烟婆娑，豹子爷仿佛置身于蓬莱仙境之中。

这时，豹子爷昏花的老眼里就闪出一个蹦蹦跳跳的幽灵，它一会儿变成一副灿若桃花的脸蛋，一会儿又幻化成一副黑若锅灰的脸庞……"幽兰——幽兰——"豹子爷挥动着僵硬的胳膊，情不自禁地叫出了声。往事如烟——

清凉的秋夜。幽兰匆匆赶往蒋姑山和豹子辞行。幽兰的脸被涂上一层锅灰，真像戏台上包公的脸谱。皎洁的月辉下豹子诧异地望着幽兰。幽兰说："豹子哥，爹要带俺躲老日走了……"她一边哽咽着，一边拉豹子钻进了磨房。

豹子坐在磨盘上，幽兰小猫一样钻进他的怀里。"豹子哥，这一去不知猴年马月才能相见，更不知是死是活。俺心里虽然时时装着您，可这兵荒马乱的……"幽兰说不下去了，哭得身子一抖一抖的。豹子用粗糙的指头轻轻地摩挲着幽兰的一头青丝，泪水在眼眶里打转。幽兰的指甲突然深深地嵌进他的皮肉里。"豹子哥，今夜里您就、就、就、就干、干了俺吧……"豹子就把她放翻在磨盘上，清冷的月光下，十五年的花蕾绽放在冰凉的磨盘上……

别离时，豹子把祖传五代的翡翠烟嘴砸断了，把首节送给了幽兰。

豹子爷沉浸在似梦似幻的情景中。一群小伙子疯疯癫癫地跑来，架起他就走。"老寿星"，快快快，今天遇到稀罕事来了！豹子爷被架到紫云山下的工地上。一架白骨横在豹子爷面前。白骨的两条腿呈"八字形"分布。豹子爷扶杖而立，目光黯淡。

"豹子爷，从这白骨旁这挖出半截烟嘴，和您的半截烟嘴的颜色一模一样。莫非这人就是您苦苦寻找一生的哪个女人？"有个后生说着掏出那半截烟嘴。明媚的阳光下，豹子爷哆嗦着把两半截翡翠烟嘴接上，竟然天衣无缝。

豹子爷高叫一声："幽兰——"便一头栽倒在白骨上，在白骨"咯咯啪啪"的脆响中，豹子爷的魂灵悠悠荡荡地出了窍——

幽兰，没想到六十年后又相见。快说说你躲老日走后的情况。

豹子哥，躲过初一，没躲过十五。我到底还是被老日糟蹋了。那是个血色的黄昏，我被十多个日本兵抓住了。他们用刺刀挑了我的衣服，"叽里哇啦"争着往我身上扑。突然一声枪响，这伙禽兽们静了下来。那个对天鸣枪的日本兵"叽里哇啦"一阵后，就用笔在纸上写号，然后团成团让他们抓阄。那个抓住一号的日本兵欢呼雀跃，扒掉裤子往我身上压。那个鸣枪的日本兵"啪"地扇他一耳光。一号稍愣片刻，连忙从身上摘掉水壶，为我洗脸上的锅灰。清水洗掉了锅灰，现出了我白嫩的瓜子脸。那帮禽兽不如的东西们蹦跳起来，说着半生不熟的中国话："花姑娘，大大的漂亮……"我拼命抓挠踢蹬，一号的脸被我抓破了，流着鲜血。这时他们一起扑上来，有的按头；有的按胳膊；有的拽腿。突然"咯叭"一声，我的胯骨被掰断了。钻心的疼痛像刺刀一样刺进了我的心里。这帮野兽们按号糟蹋我，这个下去，那个上来……我口吐白沫，失去了知觉。黎明十分，我被一阵暴风雨浇醒。痛苦、屈辱和仇恨一起向我袭来。下身火辣辣地疼，浑身动弹不得。我试图动动胳膊，却沉重如钢钎。良久，我艰难万分地把左手伸进口袋，终于触摸到了那半截烟嘴。"豹子哥——"我在狂风淫雨中呼唤着你的名字，回答我的只有咆哮的风声雨声。暴雨越下越大，突然，身后的土崖子被洪水冲塌，"轰隆"一声我被埋进里面，就同外面的世界隔绝了……

豹子爷再也没有醒过来。村里的人们买了上等的棺材，把这个古怪的外地鳏夫连同挖出的这架白骨一起厚葬。

头颅的舞蹈

龙水爷一闭眼，就有一副孩童的骷髅在他眼前舞蹈，倏忽是魔鬼狰狞的面孔，倏忽是儿子乐乐娇嫩的面容……他恍惚是在梦中，用指甲使劲掐腿肚，疼痛使他回到真实的世界中。然而一眨眼，那骷髅又幽灵般在他面前飞翔，并伴有隐隐约约的诉说……

三个月前的一天，村里挖水塘，挖出一架没有头颅的童骨。

有人要把它装进车子倒进沟里，龙水爷颤抖着身子护住白骨，他脱了衣服，哆嗦着老手把白骨拾进里面，然后包起紧紧抱着，一步三喘地走了。有人看见老人拾白骨时浑身发抖，浑浊的泪水不时掉下来，砸在那架童骨上……

龙水爷花费了整整七天的时间，精工细作了一只小棺材，把童骨一节节对好埋殡。可下葬时他又犯了心思：没有头骨不行，我不能让孩子这样入葬。于是他又花了七天，用木头削了颗头颅。那头颅削得有鼻子有眼，和真的头颅一模一样。龙水爷这才把它埋到清风岭上那棵最大的青枫树下。

了却了一桩心事，龙水爷心里的一块石头落了地。然而从此他却息无宁日，一眨眼，那颗头颅就在他的面前舞蹈，并鬼精灵似的换着面具，一会是儿子乐乐的面孔；一会又变幻成骇人的骷髅……幻境无尽，诉说萦萦。

龙水爷天天往清风岭跑，他在坟丘旁一坐就是大半天。他听幽灵的诉说，有时也和幽灵对话。

"乐乐，爹知道你死得屈，生不见人，死不见尸。那年头被小日本杀死的孩子又何止你一人？"

"大爷，我不是乐乐，我被日本兵杀害时才刚过八岁生日。那一天我在山里挖草药，被一帮日本兵抓住了。他们带我走了七天才到清风岭下。一路上那个大个子日本军官每逢撒尿疼得哭爹喊娘。这个狗日的得了淋病，阴茎红肿得像一只肥胖的红萝卜。他不知从哪里得到了一个秘方，说小孩的脑浆能治淋病。

"那时刚黄昏，他们在清风岭下的一片树林里停了脚。那个日本军官命手下人拾柴找水，他狰狞地笑着慢慢走向我。我的双手被捆着，等他接近我时，我飞起右脚踢向他的裤裆，他惨叫一声倒在地上，双手捂家伙在地上翻滚，我心里说不出的快活。

· 60 ·

"日本军官终于从地上爬起，红着眼睛挥刀向我砍来。手起刀落，我的头颅落了地，在地上蹦跳了三次才没动静，但我一双愤怒的眼睛却紧紧地盯着那个刽子手。我的鲜血溅了他满脸满身，血红的夕阳里，残暴的鬼子用刀劈开了我的头颅，把白花花的脑浆倒进饭盒里，架火水煮。在水煮的间隙里，几个鬼子把我的尸体拖到沟底的一块地里，用刺刀挖坑把我埋了……

"大爷，谢谢您！您让我六十多年的孤魂野鬼终于有了归宿。大爷，我要通过您转告国人们：在一派歌舞升平中，千万不要忘记那场血腥的战争和那段屈辱的历史……"

从此，风烛残年的龙水爷见人就讲这个故事，尤其喜欢到村小学门口讲。一群孩子捂着耳朵说："快滚，快滚，——你个'神经蛋'！"

疯老太

疯老太死了。

可是，她幽灵般的叫声却并没有在村里消失。夜幕里她的叫声戚戚惨惨，托着长长的尾巴，若隐若现，或飘荡在村人们的窗棂，或游荡在村子的上空……

"营娃，你在哪里——娘想你啊！"

"营娃，娘不是存心害你啊——"

"挨刀剐斧劈的小日本——"

夜幕中飞翔着疯老太幽灵般的叫声，村人们仿佛又听到了她絮叨了无数遍的真实故事——

日本鬼子进了村，见男人无论大小就杀，见女人无论老少就奸。那时候，我怀里抱着营娃头边跑，后边跟着一个日本兵，长长的刺刀闪着寒光。营娃在我的怀里没命似的哭叫。九战家的厕所旁堆着一垛玉米秆，紧急中我选中了躲藏的目标。仗着路熟我拐进小巷后，抄近路跑到玉米秆垛旁，一头钻进里边。为了不让孩子哭出声，我把奶子使劲塞进孩子的嘴里，并死死地把他抱在怀里。日本鬼子追来了，"哇啦哇啦"地叫喊着，用刺刀往里边捅。一刀刺破我的棉裤收了回去，一刀刺破孩子的棉袄收了回去……我吓得浑身哆嗦，大气也不敢喘，怀里的孩子被我抱得越来越紧，越来越紧……

日本鬼子不知什么时候走了，可我仍把孩子紧紧地抱在怀里。等丈夫把我

从草堆里扒出时，孩子还被我紧紧箍在怀里，奶头还堵在孩子的嘴里。可是我的孩子，营娃他不知什么时候已被憋死。营娃他脸色铁青，怒目圆睁地望着我……

疯老太的幽灵不散。此后的无数个夜幕里，村人们就无数遍的咀嚼着这个疯老太讲过无数遍的真实故事。

风干鸟

一

开发开着宝马车回到猴跳沟看望独居乡下的爷爷，带着好烟好酒和很多好吃的东西，可爷爷并不稀罕，昏花的老眼只在那堆积如山的物品上一瞟就离开了。

"开发，送爷爷去钧天村吧？"

开发稍一愣怔说："还是去寻找那个当年被你骑洋马车撞翻的老汉，恐怕早就沤成灰了！"

"这孩子咋能这样说话？那可是爷的大恩人啊，人家没让咱包赔一分钱，你看现在——"

爷爷的话还没说完就被孙子的手机铃声打断了。孙子接罢电话，说建筑工地上出事砸伤人了，我得赶紧回去，说罢就匆匆地走了。开发一走，村里几个老汉就嗅着肉香和酒香找来了。

"九元，你老棒子哪辈子烧高香了，摊上开发这个有钱的孙子，隔三岔五回来好烟好酒好食孝顺你！"泰来说着抓起一条帝豪香烟要拆，九元走上去一反常态地从他手里夺了回来。

"别拆，泰来哥，整条的香烟留着当供品哩。"九元说着从柜子里取出了一盒云烟和半瓶的北京二锅头。

泰来吸着云烟喝着二锅头啃着烧鸡腿，眼睛不时瞅着桌上的五粮液酒酸溜溜地说："那个被你骑洋马撞翻的破老头真有狗头福，几十年了被你时常牵挂不说，还有好烟好酒好吃食等着当供品祭奠他。"

九元忽然从凳子上站起，摔碎一只酒杯说："不许作践恩人！"几个老汉被他异常的举动弄懵懂了，泰来先是一脸的尴尬，继而是一脸的愤懑，然后站起来扬长而去，走到当院里扭回头大声喊叫："从今往后，谁再给宋九元玩是老龟孙！"

几个老汉面面相觑，相继站起身离去了。

酒席不欢而散，九元忽然产生了孤独感——就像儿时的"孩子王"泰来突然宣布："俺不给你玩了！"，一群小伙伴鸟雀一样叫唤着散去，被孤独和恐惧包围的九元就抹着鼻涕痛哭了起来。往事若烟，人老返童，这些年寂寞感时常困扰着他。

孤独的九元掩门而去，穿过空村走向田野。村子里很静：年轻人打工走了，有能耐的迁居城镇，百十口的村子里如今只剩下了 19 口人，老的老，小的小，弱的弱，失去了往昔的繁华和生机。田地荒芜了，隐匿了过去的丰硕和充盈。九元盘桓在田埂小径上，萋萋的荒草不时绊脚搔腰。此时的九元，思绪纷乱如麻，眼前不时幻化着已逝岁月的镜头：一会儿是新中国成立初期在自家土地上边耕作边唱曲子的片段，一会儿是"吃大锅饭"时代人声鼎沸的劳动场面；一会儿是分田到户后农民在丰收的田野上收获的情景；一会儿是电视上一老人跌倒过路小伙子搀扶被讹诈的画面，一会儿是自己骑洋马车把一位老人撞翻的场景……

最终定格的是 50 多年前，九元骑洋马车在钧天村把一个老人撞翻的画面。那时候，二十刚出头的九元血气方刚，刚学会骑洋马车就从同事手里借车去洛阳看望姑母。到钧天村时从他斜对面过来一辆牛车，九元为躲牛车心慌意乱，洋马车东扭西歪，突然向路边冲去，把左脚刚踏上马路的一个老汉撞翻了。人仰马翻的九元不顾膝盖和胳膊肘儿红伤的疼痛，爬起来去扶老人。待他忍痛走到老人身边时，老人已被人架起。老人额头上鼓起一个血泡，半边脸上有一块没了皮，血津津的，膝盖骨和腿梁上蹭了皮，血淋淋的。

"大爷，实在对不起，我刚学会骑车就上路了。"九元说。

"'对不起'值几个钱？看你把二叔都快撞零散了！"

"大爷，医院离这里远不，我送您去医院。"

"以后骑洋马小心点，走你的吧，我不用去医院。"老汉说。

"二叔，您都摔成这样了，不能让他走！"搀扶老人的另一个汉子恶狠狠地说。

"走吧，小伙子，我没事！"

"大爷，我撞翻了您，花钱为您治疗天经地义。"

"我要是待在家里不上路，你能碰伤我吗？走吧，走吧，自己的身体我心里有数。"

九元还是呆呆地站着不肯离去。老人说："回吧，我们回，扶我回去。"

"二叔，哪能这样便宜了这小子？"

老汉虎眼一瞪说："你说还能咋样，宰了他？"胳膊一甩挣脱他的搀扶，一瘸一拐地走了。

九元含泪离开了钧天村，不是外伤的疼痛，而是心灵的感动。从此，那个年近七旬，留着八字胡，一副文雅模样的老人形象就镌刻在他的心灵深处，随着岁月的流失而愈发高大。

二

开发忙着处理工地上的事故，一个星期连个电话也没有打回来，经常黏糊在一起侃大山、喝小酒、打麻将的几个老汉，在泰来的要挟下也不再来家里。九元百无聊赖，孤独感与日俱增。听戏片也没了心情，看电视也没了兴致，遥控器在他的手里不停地摁动，突然眼睛一亮，《道德观察》栏目的节目吸引了他。山道上，一个八旬老太被一个骑摩托的人撞倒后逃逸，路过的一个小伙子把她扶起，并打"120"急救电话把她送进了医院。然而，在家人的诱逼下当着交警的面，老太太违心咬定就是送她的小伙子撞翻了她……

看罢节目，再次勾起他去寻找当年被他撞翻的老人的念头。这念头过去也曾不止一次地从心海里涌起过，但从没有这次强烈，像滔天的巨浪撞击着魂灵，以至于等不到天明——半夜里就匆匆启程了。

九元的老伴去世早，他没再续弦，既当爹又当娘把儿子拉扯长大。儿子结婚后九元也曾动心再找个伴儿，可是不久儿子在上山采药时跌入悬崖身亡，续弦的念头就被中年丧子的剧痛熄灭了。好在儿媳妇已经怀孕，焦灼的企盼中，儿媳妇生下个遗腹子，苍天有眼，还是个带把儿的。九元的精神头儿旺旺地又升起来了，像头铁骡子一样每天劲儿十足地拉着家庭负重的大车奔跑，从不知疲累。孙子开发一岁刚过，儿媳妇撇下开发就改嫁他乡了。九元是爷是爹更是娘，守护着孙子度光景。赶上改革开放的年代，好风好雨，九元老汉苦尽甜来。开发长大成人后进城打工发了，把爷爷接进城里住高楼喝牛奶吃肉肉享清福，可是九元没这个福分，每到城里住上十天半月不憋出病来才算日怪。无奈，孙子把家里的老宅连根拔了，盖起了三层的高楼，又给爷爷物色了一个老伴儿热呵呵地过日子。可是爷爷孤身久了，日子过独了，容不得人，对老伴儿左挑鼻子横竖眼，老伴儿受不了这窝囊气就又走了。后来开发又给他找了伴儿，是城里的一个老市民，比他小了十五岁。不久，九元听说这女人是头"吞钱兽"，给他当老伴加保姆的筹码是开发给她儿子一套三居室的大套房除外，每月还要让开发给她开2000元的辛苦费。得知真情的九元就把第二个老伴儿也踢打走了。吸取上两次教训，开发第三次给爷爷请了个小保姆。小保姆二八芳龄，心灵手巧，嘴甜腿快，一手的好茶饭头儿，深得九元的喜爱。可是不久九元又听说，这个小保姆十一岁上爹死娘嫁，她领着弟弟和妹妹过光景。由于九元多年来一直资助这个困难的家庭，她处于报恩的心情来到家里侍奉老人。摸清了姑娘的身世和家底后，他就违心找碴儿把姑娘撵走了。事不过三，开发彻底灰心，不再给爷爷张罗什么老伴或保姆，就在安排得满满当当的日程表上挤出时间，一趟趟地往家里跑。

三

　　九元背着个鼓鼓囊囊的大包乘车来到了钧天村。由于国道改道，原来临路而建的民房大多已经拆迁，村庄随着北移。老公路像一条千孔百疮的蛇蛰伏在林荫下，影影绰绰还有些当年的影子。九元走在坑坑洼洼的故道上，感叹物是人非，路改房拆，岁月无情。他如何也找不到当年撞人的地方，也找不到大好人的线索。他见人就问，一问三不知。是呀，50多年过去了，你打听的好人早已作古，且连个名姓也没有记住，那是好打听的吗？

　　夜宿在路边新村的一家叫"钧天乐"的酒家。九元对这种临街房是酒店，后院是旅店，吃住两用的地方很满意。但真正让九元选择这家酒店住下的是门口的那个老汉，那个负责照看门户的年过七旬的老汉。

　　放下行李，九元就走了出去。走到门岗室先给门岗老汉掏一根云烟，然后把剩余的半盒香烟大方地丢到他的桌子上。二人点燃香烟吸着，云里雾里地聊天。九元沉下心来，一再告诫自己性急吃不了热豆腐，不能直奔主题，慢慢地绕圈子把话题引向自己要找的人。

　　"我说老兄弟哟，这钧天村的名字听着怪响亮，肯定有说头，很久远了吧？"

　　"那是，那是——这村庄可远古了！据说当年黄帝到崆峒山拜广成子为老师，广成子赠送黄帝两本《阴阳经》，黄帝命所带的乐队演奏钧天之乐答谢老师。从此我们这村就由原来的'峁下闾'改名'钧天村'了。"

"真是古天古地，黄帝教化，民风淳朴，好人多啊！"

"那是，那是——"

"不瞒老弟说，我就是来钧天村寻找一个大好人的。"

"他叫啥名字？"

"不知道！"

九元于是就把当年骑车撞翻人的事情说了一遍，门岗老人回忆了好久也没有印象。"七十岁左右，瘦高个儿，留着八字胡，一副文雅的模样……"门岗老人重复着他的话，眼前突然一亮说："你说的这个人很像是任先生任仁义，方圆十里八村有名的老中医，只是人早不在了……"

"人不在了，只要知道老人的坟在哪里就行！"九元迫不及待地说。

"还不能认定就是任先生，老哥莫急。这年月像任先生这样的好人都成稀有动物了，像你这样痴情有义、知恩图报的人也是凤毛麟角。我一定帮老哥这个忙，圆这个梦！"

九元唏嘘再三，感叹遇到了知音。他当即就要拉起门岗去见任先生的后人。门岗说莫急，莫急，让我说给你听。先生的儿子叫当归，去世也有多年了，他的三个孙子分了三支儿都到外地行医，老大在汝城，老二在洛阳，最小的在阳城。老大一向和他没出五服的兄弟祥兴关系好，家里的门户一直由祥兴照管，我们去找祥兴也许能问出个子丑寅卯来。

九元返回房间，拿了两瓶杜康大曲，另加一袋真空包装的道口烧鸡和猪蹄，都是孙子孝敬他的。二人来到祥兴家一问大为失望，祥兴的老伴说祥兴偏瘫失语住闺女家去了，儿子儿媳都到远方打工去了，十二岁的小孙子和9岁的小孙女留在家里由她照管。九元问及他最关心的事时，祥兴的老伴头儿摇得像拨浪鼓。

"都远年久月的事了，谁还有心记得那些陈芝麻烂谷子？"祥兴的老伴站起来，然后大声吆喝不时看着大人说话的孙子、孙女。

孙女继续做作业，孙子望着九元欲言又止。门岗老汉又和他们拉了些家常，九元从他们的拉话中得知小男孩叫传承。最后二人失望地站起身回到了住处。

谁知九元正洗脚睡觉时，门岗领着传承来了。传承手里拿着一本作文簿，红着脸蛋说："老爷爷，您要找的大好人是不是我二老爷，他叫任仁义——大家都喊他'仁医'。"

　　九元说孩子快说说他的故事，让我听听才能断定。传承就把作文本子掀开让他看，只见工整娟秀的字体被老师的红笔圈圈点点。他看不出眉目就说："孩子，快念，爷爷是'睁眼瞎'。"

　　传承摇晃着小脑袋，一口气把《我的仁医二太爷》念完，九元上去把孩子抱在怀里，使劲摇晃着说："孩子，就是他，就是他，我要找的大好人就是他！"

　　"是你爷爷亲眼所见告诉你的？"门岗说。

　　"是的，我爷爷经常给我讲仁医二太爷的故事，有的听着跟讲'瞎话'一样，其实都是真的。我印象最深的就是二太爷被自行车撞翻的故事……"

　　"你爷爷就是把你二老爷搀起来阻拦不让我走的那个人？"九元截断传承的话。

　　"就是的，我爷爷亲口给我说当年我爷爷搀扶起我二太爷，死活不让撞车人走，是二太爷呵斥我爷放行的……"

　　"总算找到大好人了，总算找到大好人了……"九元老汉一遍遍地重复着。

　　九元高兴懵了，孩子离去时他也没有送行不说，竟忘记了明天的大事。一会儿醒悟过来喊叫着撵了出去，在门岗室门外等候的传承说："老爷爷还有啥事？"

　　"上坟啊，我从一二百里外赶来苦苦寻找，就是到坟上看看老人，说说知心话儿。孩子，你得给爷领路啊！"

　　"中，那就等我早读课结束吧。"

四

　　九元兴奋得几乎一夜无眠，天刚蒙蒙亮他就收拾齐备，背着满满当当的大包走了出去。

　　九元徘徊在毁弃的公路上，凭着记忆努力寻找着当年撞翻仁医的地方。太阳发红时，他已把这段开肠剖肚的路丈量了好多遍。阴阳两界的事莫非真有感应，正当他为找不到当年撞人的地方闷闷不乐时，右脚"扑通"一下跳进了一个土坑，坑内还有一坑水，人也随着摔倒在地，疼痛难忍，眼冒金花，包袱被甩出老远。影影绰绰中他仿佛看见仁医就站在他的面前，一副慈眉善眼的模样，笑眯眯地望着他……九元爬起来跪拜时他又没了踪影。他站起来仔细审视脚下的路段，脑海中忽然闪出了当年路况的画面——就是此处，就是此处！他又重新躺下，闭上眼睛静静回忆和体悟当年撞翻仁医后倒在地上的感觉。

"宋爷爷——宋爷爷——"下罢早读课找到这里的传承喊道。他这才从遥远的历史深处走出来，摇摇晃晃地站起。传承飞跑过来扶住他，这才发现他的胳膊肘部、腿梁上都是血，血已浸透了衣服。传承要带他到村卫生室包扎，被他一口拒绝。"孩子，不能耽误你的功课，快领路到你二老爷的墓地去！"

于是一老一少就朝村后的銮驾山走去。

瘸着腿的老者问少者，"这山为何叫銮驾山？"

"与黄帝有关呗。老师说黄帝从新郑到崆峒山向广成仙请教治国和养生之道，非常虔诚，先在温泉沐浴净身，为不打扰广成仙休息，然后夜里把銮驾停在这座山上，第二天才去拜见，因此这座山就叫銮驾山。"

"钧天乐、温泉浴、崆峒山、銮驾山……好地方养好人，你二老爷，还有你都是大好人！"

受了夸奖的传承不好意思地右手搔着头说："我二老爷才是真正的大善人、大好人。好人积德修福，如今他老人家都修成'神仙'了！"

二人走着说着就看到了墓地。老远就看见有人在墓地晃动，"有人——"九元说。

"有人来祭拜祈祷，有人来烧香拜药；有人来还愿感谢，这是常有的事。"

九元越发惊奇，加快脚步走到墓地时，一个七旬出头的老太婆和一个中年妇女已经祭拜完毕，开始收拾供品。老太婆对着九元笑着说："也是一大早来拜药的，可灵验哩。"

"我是来报恩的。"九元说。

"那你和她一样——"她指着中年妇女说："她娘都抬到草铺上等死，让任先生一针下去给救活了。从此每年的这一天她娘都去招看先生，先生死了她就到坟上拜先生。后来娘死了嘱托闺女这天来拜先生，几十年风雨不误……"

老太婆的诉说像锤头一样敲击着他的灵魂，他为自己垂暮的报答感到惭愧，甚至有些无地自容的感觉。

传承和两个女人都走了，他把整条的帝豪香烟拆开，打开一瓶五粮液美酒，还有道口烧鸡、金华火腿、香蕉、苹果、橘子等供品摆上，这才开始上香叩拜。叩拜完毕站起身，把美酒浇在墓前，又点燃一根香烟放在坟头的脚石上，然后又跪下开始了絮絮叨叨的倾诉——

　　"任先生，无情无义的宋九元看您晚了，您老宽宏大量！九元命运不顺，青年丧妻，中年丧子，当爹时当娘养儿子，当爷时当娘养孙子，地里家里、风里雨里，一把屎一把尿，一把锄一张锨，天天忙得团团转，打探看望您的念头一次次被摁灭了……"

　　他拧了一把鼻子，想吸烟。点燃一根香烟狠命抽两口，再次开始了诉说。

　　"老来得福有余闲。这些年看您的念想就像水里的葫芦摁下又飘起，今日总算梦圆，甭提心里的热乎劲儿——"

　　九元说到这里独自"嘿嘿"地笑出了声。接着他又狠命抽了几大口烟，肚子"叽叽咕咕"地叫唤起来，饿，感到有些饿了。他先拽掉一根鸡腿放到脚石上，又拽掉一根鸡腿自己啃了起来。啃了几口又闻到了酒香。他把剩下的半瓶酒拿到手里说："老先生，无酒不成敬，九元陪您老喝两盅！"

　　他把酒倒在脚石下的地上，然后自己痛快地喝了几大口。酒下肚就有些飘飘欲仙的感觉，舌头儿就巧了起来，话头儿就稠糊起来——

　　"时光如流水，眨眼百年过。你老躺在这里有些年了，不知世道大变样了。来来，您老再呷一口，我来给您说说现在的好光景：国家强大了，百姓富裕了，皇粮国税都免了，土里拔脚的老农民都领养老钱了，哪朝哪代有这稀罕事儿？"

　　他又朝坟头洒洒后，把剩下的酒一气灌进了肚里。

　　"不过，老先生我真想不通，粮缸满了，钱袋鼓了，衣服鲜了，人虽富了，心咋变了，好人少了，也不好当了，讹人、骗人、坑人、拐人、害人的赖人咋多了？明光光的大街上人倒下没人搀扶，不是不扶，怕讹诈啊！有人说'扶一扶，丢座楼，搀一搀丢座山'，哪像当年您老先生仁义大度，我把您撞得头上'长角'，腿瘸胳膊折，一分钱不花就让走人，天底下哪里去找您这样的好人哟……"

　　一阵风刮来他双眼就流泪了。停止絮叨，掏出纸巾擦泪后话匣子又打开了——

　　"任先生，我把您当为知己，掏心窝的话对您说，您给俺开导开导。我都土围脖子的人了，时常有找不到家的恓惶。孙子把我接进城里住，楼高人多车多怪繁华，可那毕竟不是家，月儿四十天也住不下去。无奈回到乡下老家，可是户户铁将军把门，人去村空，能拉上话的就我们几个老棒子，人欢马叫的生机没有了，再也找不到热乎乎的大家庭的感觉了……"

　　在那个仲秋的上午，九元老汉对着地层下的魂灵倾诉了很多很多……

五

离别钧天村时，九元把剩下的好烟好酒都留给了钧天乐酒家的门岗，把剩下的吃食都留给了传承家。传承还没下学，他偷偷夹在传承的作文簿中200块钱。

总算了却一桩心愿，九元心里如释重负。刚走到公路边后面来了一辆班车，"洛阳，洛阳——到古都洛阳的快上车！"售票员喊叫着下车拉他，他竟莫名其妙地跟着上车了。

"大事办妥了，到洛阳逛逛也行，听说洛阳变化很大。"坐下后他心里自己解脱自己说。

心无旁骛一身轻。九元哼着曲子下车，被一个徐娘半老的拉顾客住旅店的缠上了。九元怕上当不跟她去，那女人赌他口袋里没钱，把他给激火了。他说我口袋里的钱憋鼓得直叫唤，就是没看上你那简易的旅店。那女人也火了，手指对面的五星级酒店说，钱多烧包你就去住呀！偏脾气被撩拨起来的九元就真的向五星级酒店走去了。

一晚800元，他犹豫了。转念一想自己每月有养老钱，还有孙子孝敬的钱，有钱不花是死鳖，该花的钱一定要花，不能让城里拉客的老娘们小瞧了咱！

平生第一次住进豪华的大酒店，九元如同上了金碧辉煌的天宫。各样东西都耐端详，就是不会用。电视打不开，水龙头拧不开，开水烧不开……反正也累了，倒头就睡了。

一觉醒来已是傍晚，推门出去弄点吃的。门刚开一半隐约看见一个男孩怀里拥着个女孩走过来，那男孩很像自己的大孙子福祥。他隔着门缝细看，二人揽着进了隔壁的房间，门很快被反锁上了。

饿意全消。"怎么是福祥，正上大学读书哩，咋领个女孩子住进高级酒店？开发啊开放，你由着孩子乱花钱，把孩子都毁了！"九元想着把房门开半圆，始终观察着门外。

门外一点动静也没有，他把耳朵贴在墙上窃听，房间里一点响动也没有，他竟有些忐忑不安起来。大约一个多时辰后，隔壁房间门口有了响动，原来是送菜送饭的。

"龟孙，送饭上门，吃不离窝，享福都享到天堂上了！"他心里狠狠地骂道。

青精灵

又一个时辰后，隔壁终于有了动静，女的似乎"嘤嘤"地哭着开门走，门开了她又被男的拉了回去，接着就传来了厮打的声音。九元焦躁地在屋里踱步，恨不得冲出去敲门问个究竟，但又害怕看错人不是孙子。百般煎熬中房门终于打开了，他看见女的头边跑出去，男的"哐当"一声关门紧跟而去。男的在他面前一晃而过的瞬间，他认定是孙子——他看见了孙子右耳朵下低垂摇摆的肉丁。

他关门紧跟而去。孙子二人已经钻进了电梯，他扶着楼梯徒步而下。还好，紧赶慢赶来到酒店大门口，他看见孙子把车停在一边，拉拉扯扯地把女的拽上了车。孙子驾车而去，他摆手拦了一辆出租车紧跟而去。孙子开的车东拐西拐一直开到郊区的一家小诊所门前停下了。孙子把女的从车内拉了出来，女的似乎很不情愿，被孙子拽着进了诊所。

九元又纳闷又焦急，问出租车司机说："他们撕撕拽拽来这里干啥？"

"打胎呗，女大学生好像不愿意。在这之前我已经拉过两对大学生恋人来这里打胎。"

如雷击顶，他顿感天摇地晃。

"大爷，我多嘴了，您是不是和进去的两个大学生有什么牵连？"

脸色铁青、抖着胡须的九元撒谎说："夜不观色，那个男孩好像我表侄家的孩子。"

"大爷，时代不同了，青年人开放了，您老不必为此事劳心费神，还是随我返回驻地吧，天太晚回去没有公交车了。"

九元犹豫片刻也就听了司机的话，忍着隐隐的心痛重新上车了。返程的路上巧嘴八哥的司机妙语连珠，可他一句也没有听进去，脑子眼里全是孙子和那个女孩子的影子。大约跑有一半路程的时候，看见路边一家大超市，九元撒谎说他有个本家孙女在这里打工，要下车看看她。

他进超市买了五斤鸡蛋、三斤红糖，然后凭着印象返回郊区的小诊所。按照家乡的规矩，生孩子或小产的女人身子亏空虚弱，要喝红糖鸡蛋茶补养。孙子不争气闹出让女孩子打胎的丑事，当老人的虽然感到丢人现眼，但也不能怄气不惜护人家女孩子的身骨。

九元沿着公路边缘边走边想，痛苦撕咬着他的每一根神经。跨过岗亭，穿过十字路口，越过一道铁轨，不知不觉他走出了喧闹的城市，步入了宁静的郊区。夜已经很深了，当他走到一段急弯处时，后面响起了喇叭声，一辆摩托车呼啸着从他身边飞过。而此时迎面奔来一辆轿车，灯光利剑一样刺眼，两辆车

• 72 •

撞在一起，摩托车和人被撞飞了。九元吓得浑身发软，跌倒在了边沟里，鸡蛋糊糊飞溅了他一身……

轿车终于停了下来，司机下车靠在门子上发抖，借着灯光他看见是孙子。"轰"的一声炸响，头就无限地胀大起来。他使劲喊道："福祥——快救人——"竟没有发出声。有一只手从车内伸出来拉扯福祥，福祥就又上车了。轿车呼啸而去，夜幕覆盖了四野……

六

九元一夜苍老了许多。天亮回到酒店时，孙子、孙媳已带秘书小吴赶来了。

孙媳说："爷爷，接到您的电话俺给福祥打不通电话就慌忙赶来了。让小吴先送您回老家，这里的事由我们来处理。好汉做事一人当，真是福祥闯了祸，就带他去投案自首……"

九元由小吴开车送回家乡。夜里孙子就来了电话："爷爷，虚惊一场，您昨夜里看花眼了，福祥根本就不在洛阳。学校统一安排学生到南方一家工厂实习，一会儿我让他给你打电话……"

"那就好，那就好！"他心里一块沉重的石头落地了。回忆昨夜里发生的一连串事情恍如梦境，惊诧和迷茫仍然困惑着他。这时候手机又响了，是曾孙子打来的。

"老爷思想也开放了，不当守财奴了，学会住星级酒店了，开始享受生活了，嘿嘿，真乃可喜可贺可赞！"

他仿佛看见曾孙那副嬉皮笑脸的模样，出气也就顺畅了许多。

"给老爷说话，你小子放规矩点。"他在电话这端也"嘿嘿"地笑了。

"老爷放心，我说话规矩，办事更规矩。带女孩子进包房一夜风流，躲躲藏藏带女朋友到郊外诊所做人流，这有辱宋氏门庭的丑事与俺无干！我不会给岘山方圆几十里人品响当当的老爷脸上抹黑的！"

"你小子上学真上出息了，老爷放心了。咱老宋家不但要家富超三代，还要品行传久远！"他说着动情地老泪纵横。

九元悬挂的心彻底放下，觉睡得安稳，饭吃得香甜，日子就溜得出奇地快，转眼入了腊月。这天上午，九元正和泰来几个老汉照旧在家里打麻将，泰来的小孙子庆绍从洛阳回来，手里掂着一包卤猪肉找到九元家。他把裹在外面

的一张纸扔掉，从塑料袋里掏出卤猪肉让几个老人吃。退休老教师祥礼捡起扔到地下的纸细看，是一张悬赏公告，上面印着死者的半身照片。

祥礼说："有的人良心真是叫狗扒了，车把人撞死又跑掉了……"

九元说你说什么，祥礼看着悬赏公告又说了一遍。他的心一揪说："祥礼，你把公告念给我听听。"祥礼就念了一篇。

"是安乐窝，车祸就是出在安乐窝，死者就是一个中年男人，时间也巧合。"九元心里自语。

泰来说："开牌，肉也吃了，继续打牌，不说这些乌七八糟的事了。"

继续打牌，九元心不在焉，老是出错牌。这时手机又响了，是孙子打来的，说明天回来接他去海南过年。

"别回来，我不去，哪里也不去，今年就在老家过年！"他火爆爆地说。

"说好的事咋说变就变？"孙子生气地在电话中问道。

"你们去海南过年，让福祥回老家陪我过年！"他生气地挂断了电话。

泰来说："你呀，你九元真是头顶西瓜皮，受冻不可提。到海南过年享清福咋能不去？我想去还没这个福分！"

九元黑丧着脸把牌愤愤扔下，祥礼害怕他和泰来二人抬起杠来再闹不愉快，就给泰来使个眼色，知趣地离席，牌场散了。

翌日上午，福祥开车回来接老爷。他看福祥面容憔悴，鬓角处多了一处伤疤，心里已经明白了八九分。看到隔代人失魂落魄的样子，他把溜到嘴边的话又咽进了肚里。他哄骗福祥在家里停一夜再走。夜深人静时分，他插门后问起福祥鬓角的伤疤，福祥遮遮掩掩地不能自圆其说。

"孩子，尘世上心苦人最苦，亏人最亏身，与其一辈子心亏苦苦煎熬自己，榨干心血，提心吊胆过日子，不如坦荡面对。躲过了初一，还有十五，这样的日子苦啊，孩子！"

福祥喊一声"老爷——""扑通"跪在了老爷面前，声泪俱下……

七

九元从海南过年回到城里，就向孙子和孙媳交底了：年前福祥啥都给我说了，现在年节都过了，带孩子去自首吧，躲是躲不过去的。

"爷，您老了，安心过您的舒坦日子，家里的事您少管。"孙子说。

"开发，爷爷不中用了，你翅膀硬了，竟敢这样给爷爷说话！"

"爷爷，我看您是吃饱撑的，没事找事。福祥的事你甭管。只当你眼瞎了，那夜里你什么也没看见！从今有人问起福祥的事，只当你就是个哑巴，少跟家里戳事添乱！"孙媳气呼呼地说。

九元被呛得浑身打战，肚子憋鼓着一句话也说不出来。当天下午九元就回到了乡下老家。

回到老家的九元一副失魂落魄的模样，泰来等老伙计问他海南过年的见闻，他却答非所问，牌也没心情再打，每天酗酒，醉醺醺地来回跑动，精神恍恍惚惚，说话如流水，嘴不留心，嘟嘟囔囔中竟把曾孙驾车肇事逃逸的事也说了出来。泰来几个老哥们忙给开发打电话，开发给爷爷打电话他也不接。开发放心不下，回来又把他接进了城里。孙媳恼怒逞凶，把指头戳到他的额头上说："你个老不死的，福祥的一生非让你给毁了不行！"

第二天夜里九元出走了。

九元出走半个多月后的一天，在教室里上课的福祥被交警带走了。得到信息的开发媳妇突然瘫坐在地下，狠狠地骂道："宋九元，胳膊肘儿朝外扭，黑心歪尖叫你死到大路边……"

又是半个多月过去了。开发的心情灰暗到了极致，儿子被抓，爷爷走失，妻子犯病卧床，一连串的打击让他精神几近崩溃。

这天，守在媳妇病床前的开发接到一个陌生电话，"你是孙子吗？"

气不打一处来的开发回击说："你才是孙子！"就恶狠狠地挂断了电话。可是陌生电话又打来了。

"你就是孙子，别挂断听我说完！"对方愤愤地说。

"岘山二道宫中的树上吊着一个风干的老头，他的口袋里放着一部老年手机，充了电，发现电话号码簿里储存着唯一一个号码，就是你——孙子！"

"您说我爷他、他、他上吊了——"

"老头儿吊在树上有些光景了，像一只风干鸟，眼睛和脸上的肉都让老鹰和乌鸦叨吃光了……"

"爷爷——"

"王八掉眼泪——别（鳖）伤心，好好孝顺你爷爷老人家会吊死吗？"

开发哭得更痛了。

"哭塌天也晚了。孙子要爷你就来，准备好一万元报信的酬金，没钱就让你爷继续吊在树上当风干鸟吧！"

"爷爷——爷爷——"开发哭叫着跑走了……

黑蝴蝶

一

他把我拥在怀内唱歌。他的歌声使我想起了当年乡下的老伙计——驴。他那田园牧歌般粗犷的叫声，如今在我工作的地方——卡拉 OK 厅里经常可以听到。

他一边吼叫着，一边把那只不安分的手伸向我的胸部。正在这时，我腰里的手机叫唤起来了。伸手拔出手机打开，里面传来了一个陌生女人近似哀求的声音：“是婉君妹子吗？我是下了好大决心才给你打这个电话的。你钟老师他，他，他快不行了……”接着是低声的哭泣，“他在昏迷中还叫着文超和你的名字，领孩子回来看看他吧——你们好赖也夫妻过一场……”

啊！是郑荷！我像一颗弹子从男人的怀里弹了出来。这个恨不得生吞活剥掉我的女人，这个恨我当年从她怀里夺走丈夫的女人；这个十年来第一次开口求我的女人，在这个子夜十分，把她哀求的声音从遥远的北方故乡，传送到远在南国的“情敌”耳中，并且又是告诉我一个不幸的消息，这不能不使我震惊。

过度的震惊使我忘记了说话。当醒过神时，手机里已传来了忙音。我的泪水像耙子扒一样簌簌而下。直到这时我才知道，忘掉一个你曾经爱过的人是多么地不容易。

早已知趣停止叫唤的男人，从口袋里掏出纸巾，走到我身旁，一边殷勤地替我擦着泪水，一边又把我拥进怀里，色眯眯的目光里深藏着非分的奢望。

我再次挣脱男人的怀抱：“先生，我心情不好，不能再陪您了，请另选小姐吧！”说罢就往外走。

男人喊："小姐，您的小费。"我头也不扭地走出了包厢。这是几年来我第一次免收的"服务费"。

我站在门口发愣，霓虹灯装饰的歌舞厅发出五颜六色的光芒。与我擦肩而过的是一批又一批的男男女女。女人皆有貌，男人皆有钱。我深深地呼了一口气，似乎嗅到了南国B城夜晚的空气中飘溢着金钱的铜臭和精液的腥臊味。

终于爬进了小巷深处的这间斗室。拉亮电灯，书橱上那本我的诗集《灵与肉》像魔鬼一样向我露出狰狞的面孔，发出戏谑嘲讽的幽光。我蹿上去把书抽下来，并狠狠地摔在了地上。

夜深了。我欲哭无泪。缓缓地拉开抽屉，找到了那封珍藏的贺信。钟老师，我的原夫潇洒飘逸的字迹现在眼前："文学是寂寞清苦的事业，同时又是圣洁高雅的事业……你是咱们偏僻小县第一个出版个人专著的作者，实乃可喜可贺……"

我再也看不下去了，心里像蛇咬一般疼痛难忍。不错，钟老师，我是咱们县第一个出版文学专著的作者，但它是靠金钱买来的，况且这金钱又是我用肉体换来的，您难道没有嗅出那原本散发着油墨香味的书页上，却散发着同这个城市上空一样的铜臭和精液的腥臊味吗？

我突然用双手撕拽着自己的头发，积郁在胸中的悲痛终于找到了喷吐处，一声悲号，放声痛哭……

二

第一次认识钟鸣是十二年前一个秋天的傍晚。那时我才上班不到一个月。父亲在一次井下透水事故中丧生，我顶替接班来到煤矿当了一名绞车工。刚走出校门的我对文学抱着一腔热情，诗人梦越做越纯。大约是我上班的第七天吧，我把写的《矿灯》那首诗，偷偷地塞进了矿务局主办的《光源》小报编辑部的门缝里。没想到半月后被刊登出来了。诗稿第一次变成铅字的喜悦，几乎冲昏了我的头脑。我又写了几首诗，再次送往《光源》报社。门仍然关着，正合我意，东瞅西瞅没有人，我就做贼一般地把诗稿从门缝里塞了进去。正准备转身走，门却开了。一个年近四十岁的中年男人，瞪着一双红肿的眼睛望着我。

"如果我眼力不错的话，你就是《矿灯》一诗的作者周颖。"

"我是周颖，您是钟主编、钟老师吧？"

"我是钟鸣，黄钟的'钟'，雷鸣的'鸣'。"我定睛细看，说是报社，就一间房子。钟老师让得恳切，我走进了屋内。一张办公桌，三把木椅，一张旧床，一只柜子。这就是报社的全部家当。

"钟老师，这么晚您还不下班？"

"我这工作上班也是下班，下班也是上班。这几天正赶写一部中篇小说，下班后这里僻静。"

接着我们就谈诗。因为有了共同话题，不知不觉夜幕已经降临。正谈到热火处，走进屋里一个五大三粗的女人，手里惦着一只瓷罐。

钟老师介绍说："周颖，这是你嫂子郑荷，来送饭的。郑荷，这是五矿新招来的工人，叫周颖，热爱文学，诗写得蛮有情趣，很有意境……"

胖女人冲我友好地笑笑，再也没有言语。钟老师要留我吃饭，被我谢绝了。

自从认识钟老师后，我成了一个"高产诗人"，一夜里就能写十几首诗。我带上写好的诗，三天两头往报社跑，张口一声"钟老师"，闭口一声"钟老师"。钟老师爱喝酒，酒后高兴起来，几乎把我的诗改得面目全非。

一天我又去报社，钟老师告诉我，报纸要改成杂志，定位季刊，急需人才。他已同工会刘主席谈了，建议借调我来帮忙办刊物。

我高兴得一下蹦了起来，搂着他的脖子，在他的额上"吻"了一下。"谢谢钟老师，谢谢钟大叔，谢谢钟主编！"平心而论，我当时绝对是以一个晚辈的身份，调皮而亲昵地"吻"了他一下，以表达我的感激之情，绝对没有一丝一毫的淫荡、轻狂和邪念。至今我还觉得那"吻"是圣洁无瑕的，它的确表达了一个学生对老师的挚爱。就像女儿"吻"了爸爸的额头一下，这没有什么可大惊小怪的，更没有什么可非议的。

钟老师被我的"吻"弄愣了。少顷就变成了一个红脸关公。他望着我长久不语。

那时我很幼稚，不知道窗外还有眼睛监控着一个青春女子和一个中年男人的举动。我这个"吻"被对门宣传部的缪部长看到了，并偷偷地告诉了钟老师的妻子。从此，我和钟老师的一举一动都置于郑荷的监控之下。好在那时候，我们并没有作出不轨的举动。

我终于如愿以偿，借调到《光源》杂志当了一名编辑。钟老师又帮我起了笔名"周婉君"。在钟老师的辅导下，我的组诗在省报发表，短诗《井架上的红蝴蝶》在全国煤炭系统诗歌大赛中获一等奖。

接触多了，我才知道钟老师的身世。他原是三矿的一名采煤工，迷恋写小说，十几年中写了半人多高的手稿，却一篇也没有发表。工友们经常挖苦他："咱肚里喝得是煤尘，不是墨水，别自己作践自己了！"他险些洗手不干了。一次回家探亲，路过邮局时，忽然灵机一动就走了进去。要了一张汇款单，上写"桃园矿务局三矿掘进一队钟鸣收"，汇款金额三十元，汇款单位"北京《金鸟》杂志编辑部。"回矿后他装作垂头丧气的样子，金盆洗手不写了，甚至和旷工们一样没明没夜地打扑克。几天后，他接到了汇款单，工友们傻了脸，一个个对他刮目相看。钟鸣用这三十块钱请了客。队长醉了，说咱队上出了一个文秀才，今后他写东西，谁若影响他，我就挤掉他的两个蛋子当下酒菜。自此，钟鸣又写了起来。人人都敬着他。吃饭，工友们打到碗里，衣服，工友们争着为他洗，睡觉，工友们十来个人挤在一起，专门腾出一间小屋，让他休息写作用。队长更是拿他当宝贝，到井下干活，专拣轻活派给他。钟鸣原想要一个小聪明，满足一下虚荣心。没想到弄假成真，工友们都敬他三尺，真把他当成了"大作家"。弄到这种地步，钟鸣只有硬着头皮写下去了。皇天不负苦心人，小说真的在《中国煤炭报》文艺副刊发表了。第二年他的小说《地层深处的歌声》发表后引起了轰动，并获全国煤炭系统工人创作一等奖。接着他被调入桃园矿务局工会当上了工人创作辅导员。

钟老师是我心中的偶像。每天我像跟屁虫一样跟在他的后面，像他美丽的尾巴。这天我随他到五矿参加一个业余文学创作辅导班。他讲小说、散文创作，我讲诗歌创作。辅导结束后，矿上要留我们吃饭，钟老师说他要去看望桂花母女三人。桂花的丈夫景周原和他在一个采煤队上班，在一次塌方事故中不幸丧生。按规定可以安排景周的一个子女顶替上班，可当时孩子尚小，不够接班年龄，这个指标只好空缺了。母女三人全靠桂花一个人的工资，加之家里还有六十多岁的公爹公婆需要赡养，因此日子过得十分紧巴。钟老师是个义气之人，虽然手头并不宽余，但每个月总要挤出些钱送给她母女三人。

到了半途中，钟老师问我借钱。我扣出口袋里仅有的二十块钱给了他。一路上沉默不语。我跟在他后面左拐右拐，钻进了歪三撇四的小胡同里。终于在一间低矮的石棉瓦搭成的小屋旁停住了脚。听到了屋内游丝一般的哭声。推门进去，只见屋内坐了三四个矿工，一个个瞪圆了血红的眼睛，一言不发，面前的桌上放着半碗花生米和三瓶辣酒。

见我们进来，一个叫火石的矿工说钟鸣你小子在首脑机关干，跟在领导屁股后转，景周嫂子的事你都不管？

钟老师不知事情的缘故，受到伙伴们的埋怨，心里感到委屈。他刚坐下，火石就给他端了一碗酒。钟鸣说我才不喝这闷葫芦酒。火石这才告诉他，景周嫂子到劳资处问女儿翠萍上班的事，劳资干事偷偷告诉她，指标让矿务局缪部长的外甥女挤占了。钟鸣听罢，抓起桌子上半碗酒一饮而下，然后像困兽一样在屋内踱步。"人抬人高，人压人低，良心何在？这事我管！"我从来没有发现钟老师是这样的冲动。我心里说，钟老师绝不是那种孱弱的文人，他是一个仗义执言的侠客。这样的男人文武双全，跟着他有一种可靠的安全感，爱的种子这时候已掉进了我的心田。

那天夜里钟老师喝醉了。火石劝他住下，他却撑着身子要走。初时，我扶着他还能走。到了半路，风一吹他就瘫在了地上，大口大口地吐了起来。停了一会，他又靠在我身上艰难地行走。他的双腿软弱无力，一百多斤的重量全压在我肩上。我咬牙强走了几步，就倒在了地上，他一百多斤重的身体像麦桩子一样压在了我的身上。

正在这时，一束雪亮的灯光射了过来。是他妻子郑荷寻了过来。看到这样的场面，惊得她目瞪口呆。她把丈夫从我身上拽过来说："周颖，人怕没脸，树怕没皮……"

我辩解说："钟老师他喝醉了，我——"没容我说下去，她呛白道："没醉的时候，你们还在办公室里掐皮捏肉，做'人工呼吸'，这醉后的事就更难说了。周颖你还没结婚就干上了，将来的男人可不喜欢'二茬货'……"她说罢蹲下身子，拽住瘫坐在地上的丈夫两条胳膊，一用力把钟老师驮在了脊梁上，"咚咚"地走了。

夜深山空，我突然放声哭了起来。

翌日。钟老师酒醒来，就去找局长反映情况。局长亲自过问此事，翠萍才算上了班。缪部长受了党内处分。这件事后，钟老师的形象在我心目中更加高大。

钟老师大约是受了妻子的"教训"，有意地同我疏远了。他把原来和我对面的办公桌挪到了北窗边，给了我一个冰冷的脊梁。他一天也不同我说一句话，办公室里静极了。

他愈是这样冷落我，我就愈想亲近他。我发现我生命里少了他，就像断了血脉。一天闻不到他那男子汉浓重的烟熏味和啤酒一般的酸汗味，心里就感到空荡荡的没了主心骨儿。半天听不到幽默的话语，心里就像猫抓一样难受。

这样的冷战大约持续了一个星期，我是再也憋不住了。这天下午刚上班，我就趴在桌子上轻声抽泣起来。我感觉到他站了起来，在屋里踱来踱去，几次走近我，又走开了。终于他关门走了出去，把一个孤独的我锁在了屋里。

我一直哭睡在了桌子上。大约是夜里十点多钟，门从外边打开了。钟老师左手里掂着一只瓷罐，里面盛着羊肉汤，右手拿了一块锅贴馍。他推醒我，看着我喝下了羊肉汤。这是我平生喝下的最香的一碗羊肉汤。

我打着饱嗝，含情脉脉地望着他。正在这时，突然停电了。"天美我意"，借着暮色的掩盖，我扑进了他的怀里。他语无伦次说："婉君，不不，不能这样。"他一边说着一边退到门口开门，可是门却让人从外面反锁了。

他的声音变了调："婉君，谁把门锁了。"短暂的沉默过后，他忽然醒悟了：缪部长在暗算我们！弄到这步田地，我也豁出去了。我像藤条一样紧缠着他哆嗦的身躯。这时外面传来了嘈杂的人声。当门从外面打开，一束灯光射来时，我还紧紧地抱着他。郑荷看到这场面，骂一声"畜生！"就瘫倒在了地上……

三

黎明悄然来临。

一夜未眠，头晕乎乎地疼。昨夜我向家乡打了几个电话，一个也没打通。自从离开家乡"下海"后，几乎同亲人故友们失去了联系。不是我有意割断了那段乡情，而是因离婚的事觉得无颜再见江东父老，更何况我目前工作的环境和身份不宜家乡人知道。现在只有把电话打到钟鸣的工作单位，方能弄清楚他到底害了啥病，在哪个医院治疗。可现在还没到上班的时间，打了电话也没人接。

我强撑着身子走出门外。起早上学的孩子们在小巷里奔跑嬉闹着。我忽然想起了在家乡省城寄宿学校读书的儿子文超。自从到南方打工走后，我就把孩子送到了寄宿学校，拜托在省城工作的表姐抽空去看他，忽然心机一动何不把电话打到表姐家里，或许可以打探到钟老师的一些情况。

重新回到屋里，拨通了电话。表姐说："哎呀，颖妹子，我正准备给你打电话。昨天上午一个自称是钟鸣妻子的女人找到我要你的联系电话，说钟鸣在省肿瘤医院住院，快不行了，很想见你和孩子一面。我看那女人说得真诚，就把号码给了她……"

挂断了电话，去银行取款的路上，我向"皇家夜总会"的老板告了假。

青 精 灵

　　上午十点钟才搭上了火车。"哐哐当当"的声音，像生活的鼓点一样敲击着我的思绪，如烟的往事云海一样涌来——

　　那场有关钟老师和我"偷情"的风波过后，我又回到矿上干我的绞车工。钟老师受了行政处分，觉得没脸见人，主动申请调动。也算凑巧，桃园矿务局所在的仙桃县文联成立，正准备物色一名文学创作辅导员，钟老师很快被调走了。

　　仙桃县文联创办有一份内部文学杂志《仙桃园》，钟老师的主要精力仍是办刊物。

　　我承认我不是一个温柔贤惠的女人。女人在爱情方面是自私的。既然我爱上了钟老师，我会不择手段地把他弄到手的。更何况我年轻美貌，懂文学，和他有着共同的追求。而我的对手，她人老珠黄，斗大的字也没识几个，是个地道的乡间"泼妇"。

　　钟老师进了城，就同他的女人打起了冷战。三两个月也不回去一次。虽然妻子三天两头往城里跑，但他总是温罐里的水——不热不凉。女人在城里留宿他也不反对，等女人上床了，他掩门走了出去，一夜不归。女人彻底绝望了，说："你要真心还恋着周颖那'妖精'，咱就离婚，你们上床！"钟老师说："离婚是定了，不过我不会娶周颖。我俩之间是清白的，她还小。爱一个女人是我的权力，但要同她上床，甚至结婚，这是要负责任的。"

　　郑荷迷惑不解，莫非这"骚货"又爱上了另一个女人？回到矿上，郑荷破例主动找了我，并把这些实情告诉了我。我说郑荷，你要是医生的话，我现在就可以脱掉裤子让你检查我的处女膜，钟老师和我之间真的是清白的。你如果相信我，把钟老师住室的钥匙交给我，不出三天，我给你查清是哪个女人缠住了他。到时斩断了他们的情，我和他又结束了"师生恋"，他自然会回到你的怀抱的。

　　没想到这个痴情的女人真的相信了我的鬼话，乖乖地把钥匙交给了我。

　　在通往县城的路上，我忍着一颗狂跳的心想了很多很多。

　　那一年钟老师四十三岁，我二十一岁。

　　我是个敢爱敢恨的姑娘。年龄的鸿沟并没有阻隔住我爱他的那颗痴心。那天夜里我在酒店里喝了辣酒，这是我平生第一次喝辣酒。夜里十二点多钟了，钟老师才摇摇晃晃地回到了住室。等他拉灭灯入睡半个多小时后，我才贼一般打开门钻了进去。

他显然是喝多了酒，连我坐在窗前吻他布满皱纹的额头都没有醒。我拉灭灯，慌乱地扒光衣服，钻进了他的被窝。

黎明时分他醒了。他用指甲使劲掐自己的大腿，然后问我："周颖，这不是梦吧？"我逗他说："梦倒不是梦，不过我不是周颖，我是《聊斋》中的狐狸精。"他半信半疑地把我审视一遍，然后紧紧地把我抱入怀中，激动得泪如雨下。

我吻着他苦咸的泪水，第一次感到了男人的脆弱。"周颖，我做梦都想娶你，但我没有这个勇气。今天你圆了我的梦。你让我懂得了一个道理：人一旦认准要办的事，前面哪怕是沟是崖只管跳下去，即使身败名裂，粉身碎骨，也比自己煎熬自己强……"

他说罢翻身骑在我身上。我觉得我时而被推向深渊，时而被涌向浪巅。在那个销魂的黎明，我领略了男人的彪悍。

七个月后，钟老师终于和郑荷离了婚。而此时，我已是身怀六甲的妇人了。婚后的日子是甜蜜的。他熬夜写的稿子，第二天我为他抄写。只是我改不了口，老是还喊他"钟老师"。他说我俩现在不是师生关系，是夫妻关系。

生罢孩子，我就辞职不干了。三口人花他一个人的工资，日子自然过得紧巴。同时，我也发现他和前妻旧情不断。偶尔赚了几个稿费背着我送到矿上前妻的手里。这些事我都谅解他。俗话说一日夫妻百日恩，他是个重情重义之人，关照一下前妻和儿女都是人之常情。

我俩的矛盾也是由钱引起的。随着世道的变迁，金钱简直成了人的筋骨。文联这穷地方无职无权，想赚钱也只有靠摇笔杆子熬夜爬格子。单位里搞美术书法的就画画、写字，甚至攥会头卖字画赚钱。搞音乐舞蹈的会唱善跳，夜里被聘到歌舞厅挣钱。会写文章的女作家沙莉莉专业写报告文学挣回扣。独有他一副清高孤傲的样子，仍然对纯文学一腔忠贞。一天，我正百无聊赖地坐在家里生气，河阳镇的首富潘金阳来了。他手里惦着二斤茅台酒，两条中华烟，口袋里憋鼓着一万块钱。他说想请钟作家为他写一本书。先付一万元辛苦费，等书写成出版，再付高出国家标准百分之三十的稿费。这等找上门的好事，就像天上掉下块金子，高兴得我心里都开了花。我自作主张应下了这事，并同他约好采访的时间。

第二天丈夫从省城开笔会回来，我特意为他炒了四个菜，买了一瓶剑南春酒为他接风洗尘。他感到诧异，我却说以后只要你按我的意图办事，不光吃香喝辣穿光的，而且咱俩的专著也很快能出版。喝酒到八成上，我才告诉了事情

的真相。

他听后长久不语。我开导说咱这是靠劳动赚钱的，别老不开窍。没想到他红着眼睛把酒杯摔了，"为他这样的人树碑立传，辱我的人格啊！钱再多咱也不干！把他的钱退掉！"

结婚以来，他第一次发这么大的火。我心里感到委屈，和衣躺在床上。孩子哭着吃奶我也不管。他把孩子抱在怀里，一边悠悠地晃着，一边给解释："周颖，知道你嫁给我受罪了。咱文人的脊梁啥时也不能为金钱弯曲啊！你知道那潘金阳是个什么样的人呀！他领建筑队十几年来，克扣工人工资不说，光楼房塌了两次。一次是学校，一次是厂房。去年他施工的额凉河大坝，再次被洪水冲塌，经查是豆腐渣工程。可是他有钱，上捂下盖，又蒙混过关了。我恨不得写信告他，我咋有心思为他歌功颂德？这样的人即使送来座金山，我也不能为他写……"

我忍痛把钱退掉了。但我却萌发了办公司当老板赚大钱的念头。丈夫不支持我的举动，说办公司风险太大，我说再大也要干，你总不能把你老婆整天拴到你裤腰带上。最终他让步了。

请来了保姆。孩子有人看护，我这才有心思到外面闯荡。到省城考察项目，住在表姐家，碰见家乡前来动员表姐入股开小煤矿的铁圈。铁圈原是仙桃矿务局三矿的煤师，现在辞职开小煤矿。他告诉我他的致富煤矿马上就要见煤，正在寻找投资伙伴。表姐把我叫到一边说，没有可靠的人在矿山，入股不放心。我说表姐咱俩入一股，资金各半，我亲自到矿山干。

一股十万元，表姐把多年的积蓄取出五万元交给我。我就引鸡下蛋，从表姐的钱中拿出五千元送礼，又贷了六万元。铁圈果然没有诓我，入股半个多月后煤矿就见煤了。

一天深夜我从矿上回到家里，丈夫还没有睡，正靠在床上看书。我拽过书一看，是临县文联主席胡成的散文专著。丈夫告诉我，胡成是自费出书，花了二万五千多元，是办公司的表弟支持的资金。

小煤矿产销两旺。这时我也忽然有了激情坐在煤尘飞扬的值班室里写起了诗。自从生孩子以来，再也没有了灵感，笔也懒得动一下。现在，通过劳动看到了收获的明天，心情爽快，诗情大发。

煤矿出事故那天，我正在家里整理钟老师的文稿。电话响了，传来一个不幸的消息：致富矿井下塌方，砸死了五名矿工。我一下子瘫在了地上。

煤矿被查封停产，铁圈矿长被捕。每股亏损十二万元。逼债的人围住了门。钟老师的腰佝偻下去了，数天之间白发丛生。一天，钟老师正躲在家里赶写一篇小说，讨账的人一怒之下把窗户上的玻璃也砸碎了。他们把钟老师的书扔了一地。有个愣头青小伙子夺了他的笔，狠狠地摔在地上，在钢笔摔为数节的断裂声中他冲着钟老师恶狠狠地说："不抓紧找你的女人还账，我天天来砸你的笔，让你写不成小说……"

夜里回到家里看到这场面，我一切都明白了。我知道一个作家如果失去了他心爱的笔，就等于失去了他的生命。为了能使他静下心来写作，我同钟老师商量协议离婚的事。起初他无论如何也不同意，我开导他说，这只是履行一张空纸，离了婚债务我领走，不分你的心，然后我再做生意还账。而实际上暗地里咱俩还做夫妻，一还完账，咱重复婚，过名正言顺的夫妻生活。

钟老师无奈，只好同意了。我们到法院离了婚，我到外面租了房子，搬了出去。

四

列车载着我孤寂冰冷的心终于回到了省城。

表姐带着文超在站台接我。儿子眼尖，我刚一下车，儿子就叫着："妈妈——"疯一样地扑来，泪水模糊了我的双眼。

表姐告诉我说，钟鸣病危，昨天已出院。我已替你带文超看了父亲。我感激地望了表姐一眼，迫不及待地询问他生病的情况。表姐说，他是活生生被气死的。八个月前他到河阳镇给《仙桃园》杂志拉赞助，河阳镇首富潘金阳的母亲病逝。潘金阳说，只要你大作家肯给我母亲写一篇祭文，并有表情地在祭奠仪式上诵读，我就赞助你《仙桃园》杂志二万元。钟鸣想上次是给你树碑立传，我不写，现在是写你母亲，你母亲是普通劳动者，我就写。杂志正在找米下锅，钟鸣就连夜赶写了一篇祭文。在祭奠仪式上，钟鸣声情并茂地朗读了祭文，参加祭奠的人无不为他的文采所打动。然而，潘金阳却提出无理要求，他要钟鸣同花钱雇来的其他孝子一样，跪拜他的母亲。钟鸣不从，金阳的弟兄们把孝帽戴在他头上，并把他按倒在地强行跪拜。钟鸣咽不下这口气，一脚踢翻了供桌，口吐一口鲜血倒在了地上……事后，县里文艺界集体状告潘氏兄弟。潘氏兄弟有钱，虽被抓了起来，却前门进，后门出，气得钟鸣天天捂着肝部。一个月后，钟鸣到医院检查，确诊为肝癌后期……

回到表姐家里。她支走了文超后，递给了我一封信，我用颤抖的双手接过

了信。

婉君：

在上路前，我给你留下这段忏悔的文字。我不该把咱们的"协议离婚"弄假成真。当你到省城做生意再次失败时，我提出复婚，你不同意，我知道你是怕连累我，但心底里你仍深深地爱着我。当你到南方打工，还清外债后提出同我复婚时，我不该冷了你的心。我是个自私的文人，我不该因有关你的风流艳闻而断了咱夫妻的情分。爱情属于心，而不属于身。你是圣洁的，你是忠贞的。我知道当你被别的男人揽在怀抱，甚至做爱时，你的心里仍然爱的是我。我这个伪君子，却因人言世俗的压力，冷酷地撕毁了咱们的"君子协议"，我……

我再也看不下去了，冲进卫生间，放声悲哭起来……

五

我火速赶往仙桃县。钟老师已火化，骨灰送往豫东老家安葬了。我又马不停蹄地赶往豫东。

在钟老师的土冢旁，郑荷把一大包东西交给了我，"这是你钟老师发表的文章，清醒前交代多次要把它留给你。"

我默默地接了。接着，郑荷又从口袋里抠出一沓钱，说："这是文友们捐给他看病的钱，还剩下两千八百元，交给你帮他出本书吧，我知道他生前做梦都想出本自己的书。当他收到你寄给他你出版的书时，眼都馋得流涎水了，肝昏迷那阵子，他还念叨着书、钟鸣的书出版了……"

"别说了，别说了。"我又呜呜地哭了起来。

郑荷边让钱边劝我回家。我说："钱你留下养家糊口，钟老师走了，你的日子更难了。出书的钱我安排，'百日'那天我一定把书出出来。"说罢，我就走了。

日月如梭，转眼到了钟老师"百日"的祭日。那天我赶到坟头时，郑荷还蹲在坟前等我。我说："大姐，钟老师的书终于出版了，你替他保管着。"郑荷双手在衣襟上擦擦，郑重地接好书。她手在书皮上轻轻地摩挲，豆大的泪珠就砸在了天蓝色的封面上。

我又拿出一本书，蹲在坟头，嘶嘶啦啦地撕开，然后用火点了。

"钟老师，您的书终于出版了，请您笑纳。"

燃烧的灰烬在微风中轻轻地飘起，像黑蝴蝶一样飞向空中……

中
篇
小
说

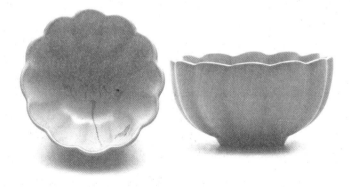

三苏瓷缘

世上万事皆随缘。苏东坡、苏辙葬于老汝州郏城的小峨眉山南麓，实在是一种缘分。这缘分来自一个女人，一个融合升华汝窑和邛窑烧制技艺的女人，她的名字叫梅青，窑乡人都喊她"梅娘"。

敢问瓷魁在何处，牧童遥指汝州窑。在我们汝窑故乡世代流传着苏洵、苏轼、苏辙和汝窑的故事。这些故事中当属"苏东坡和梅娘联手制瓷烧窑"最为经典。至于曾任汝州知州的苏辙和汝窑的传说故事，也多和苏东坡、梅娘纠缠在一起，增加了可读性。

世上万事皆投缘。前不久，和我要好的汝瓷大师章天一抱着三件仿古汝窑器来到我的书房，神兮兮地说，秀才你该叫它们什么？我说叫三足洗、莲花碗和梅瓶。他说，我看你这个秀才也是裤裆里倒糨糊——糊涂旦（蛋），静坐到屋里瞎编胡侃，不注意到民间采风，远朝古辈咱窑乡的百姓都叫这三件器物是："东坡洗"、"东坡碗"和"梅娘瓶"……

看我如坠十里烟雾的样子，章大师说，汝窑三足洗的经典造型是苏东坡创作设计和命名的，并由梅娘练泥和拉坯制作，她丈夫章火炉配釉、施釉和烧成。窑乡人为感念其功，把东坡命名的"三足洗"更名为"东坡洗"，流传至今。那只莲花碗是东坡受风穴寺方丈德宣禅师之托，创作设计和命名，并由梅娘拉坯制作和烧成的。后人为世代铭记东坡对汝窑的垂爱，改"莲花碗"为"东坡碗"。至于那件梅瓶则是苏东坡晚年纪念为他而死的梅娘，在手拉坯师傅、梅娘儿子火男的指导下亲手制作，并由从疯癫中醒来的章火炉和儿子火男联手烧成的……

章大师说着把梅瓶拿在手里指点说，梅瓶以东方美女梅娘的形象为题材设计，造型优雅，线条流畅，上部削肩圆润而丰满，下部似梅娘身着长裙，裙子收放比例恰到好处，整器看似一窈窕淑女，既有东方美女的神韵，又有汝窑器特有的典雅和含蓄。东坡给她取名"梅瓶"有两层意思，一是怀念梅青知音，二是先生家居眉州，"梅"和"眉"谐音，取怀思家乡之意。故东坡把她供奉在家中，永世纪怀……

章大师说得头头是道，比我们这些写小说的还会编故事，还富有想象力。他看我一副不屑一顾的样子，又接着说：这些民间传说故事并非空穴来风，有的在史料中找到了佐证。东坡曾被贬为汝州团练副使，虽从未到任，但一生却先后五次来到汝州，这些你可以在正史和地方志中查到根据。说苏东坡与汝瓷有缘，不得不说他的弟弟苏辙。北宋哲宗绍圣元年（1094）4月，苏辙从正二品右丞相降官至从四品出任汝州知州。6月，朝廷下诏再贬苏辙至袁州任知州。这一年闰四月，苏辙刚好在汝州任知州3个多月。 朝廷在《苏辙降官知袁州制》中书有"援引狷浮，盗窃名器"之语……

章大师说到这里把手里把玩的梅娘瓶送到我手里说："秀才，你说苏辙在汝州'盗窃'的名器是什么？在当时的汝州，'名器'非汝瓷莫属，也就是这只梅娘瓶！苏辙是在为哥哥了却一段未了情，才背上'盗窃名器'的罪名被贬官到袁州的……"

章大师说得言之凿凿，情理兼备，我有些动心了。于是，我走出书斋深入到窑乡采访，跑遍了老汝州的山山水水。在山庄农户、窑厂作坊、磨坊窑炉、展厅库房……我听到很多很多关于汝窑、邛窑和三苏父子的故事。接着我又远行四川的眉州、邛州，同样听到了三苏父子与汝窑、邛窑的精彩故事。这些故事彻底打动了我，以至于我长期以来食不甘味，夜不成寐，不吐不快。

一

北宋嘉祐二年（1057）3月，21岁的苏轼和父亲苏洵、弟弟苏辙从家乡四川眉州到汴京应试。眉州自古文风昌盛，两宋期间，共有886人考取进士，史称"八百进士"，成为中国历史上著名的"进士之乡"。

这天傍晚，骑着毛驴的父子三人抵达河南汝州境内。苏轼看着奔涌的汝水载着客船、货轮飞行，青山夕照，水光交融，不禁吟咏起唐朝诗人王建的《江陵使至汝州》诗："回看巴路在云间，寒食离家麦熟还。日暮数峰青似染，商人说是汝州山。"

苏辙受到哥哥的感染，随即也吟咏《诗经》中最早反映汝水两岸风土人

情的《汝坟》诗："遵彼汝坟，伐其条枚。未见君子，惄如调饥。遵彼汝坟……"一直拉在后边的苏洵策驴快行，撵上两个儿子后也吟咏了一首诗：《汝窑花斛》"谁见柴窑色，天青雨过时。汝窑磁较似，官局造无私。粉翠胎金洁，华腴光暗滋。旨弹声戛玉，须插好花枝。"

苏轼说："父亲大人，这是谁写汝窑的诗，听起来挺生疏的。"

苏辙也紧跟着追问。父亲笑着说："这是朝中翰林学士欧阳修公的新作，还未曾识人，让我先睹为快了！"

苏辙说："看来，父亲和大文豪欧阳修公交情颇深。"

父亲并没有回他的话，翻身从毛驴身上下了地，两个儿子也从驴背上下来了。

父子三人顺河而行，三头小毛驴"叮当叮当"地跟在后面。读万卷书，行万里路。每到一地父亲几乎都能讲清本地的人文历史和风土人情。儿子们打心眼里佩服父亲的渊博学识。

苏洵望着翻涌的汝水打开了话匣子：汝州这地方历史悠久。《世本·氏姓篇》云："女氏，天皇封弟娲于汝水之阳，后为天子，因称女皇"。女水远古时期称女国，是女娲皇的封地，后称汝海。大禹治水，凿开伊阙龙门，导汝海之水注入黄河，其地始称汝坟。该地以女而称，乃因女娲氏族长期栖居而得名。据《春秋说题辞》曰："汝出猛山，汝之为言女也。宋均注曰：女取其生育也"。从中明确指出，汝水是生育人类的母亲河。汝州因汝水而得名，"汝瓷、汝石、汝帖"——汝州"三宝"皆因汝州而名也……

父亲言兴正浓，接着吟诵了唐朝大诗人孟郊的《汝州陆中丞席》"汝水无浊波，汝山饶奇石。大贤为此郡，佳士来如积……"然后就讲孟郊与汝州刺史陆长源的故事。孟郊与陆长源交情笃厚。唐德贞九年（793）年，43岁的孟郊在游历了长江南北名山圣水之后，从洞庭湖出发北上投奔好友陆长源。孟郊寓居汝州三年，在陆长源的资助下三次到长安应试，终于考中进士，以"春风得意马蹄疾，一日看尽长安花"，结束了前半生漂泊不定的穷困生活……

两个儿子津津有味地听着父亲的述说，不知不觉已到了汝州城西门外。

夜宿在西关的一家干店里。苏轼为父亲端来了泡脚水，苏辙把擦脚布放到父亲跟前。父亲说早点歇息，明天一早就要出发赶路。苏轼说父亲安心歇息，我和弟弟到望嵩楼下看看就回。您说望嵩楼和岳阳楼、黄鹤楼齐名，是中州的文化标志建筑，不登望嵩楼就等于没来过河南府。我和子由虽无机缘登楼，但总不能失去楼下夜观名楼的机会。月下朦胧望郡楼，那可是别有一番滋味啊！

颠簸一天的父亲也的确劳累，"速去速回——"苏洵终于放话，二人一溜小跑出了干店。

兄弟二人出西关街，一路打探着向望嵩楼方向奔去。路上，兄弟二人还沉浸在傍晚父亲妙言描绘汝州的情景之中。汝州是著名的一座历史名郡，它的四周是环绕的群山，中间有日夜东流不息的汝河。山水形胜，钟灵毓秀。汝州衙署之后，有一所前人创建的官家园林。园中那座高大的、闻名于世的望嵩楼，就是取诸登眺群山、怀古思幽之义而专门构筑和命名的。望嵩楼，是整个园林的主题。在伟岸的望嵩楼之下，依次构筑有许多景观，美妙无穷……

忽然一阵吵嚷声传来，二人停足细看，不觉已来到了州衙门前。一个年近古稀的老大爷要向州衙内冲，两个衙役拼命阻拦，双方发生冲突，招来了众多的看客。二人紧走几步靠前看个究竟。

"我要见汤窑司，他凭什么扣留我孙女？"老人抡着拐杖大声吆喝。

"梁窑主，汤窑司回汴京城了，他没有扣留你孙女！"一个衙役说。

"睁着眼睛说瞎话，窑工们亲眼所见梅青是被你们带回衙门的！"

"梅青？"苏轼的心里一个咯噔，气就喘不均匀了。手下意识地朝胸口一摸，那枚汝窑鸡心项链还在。

"你孙女被带回衙门是真的，但汤窑司和她谈完话就放她走了。"

苏轼忙向前挤去，借着衙门口老鳖灯昏黄的光芒，终于看清了老人的面相，心跳更加厉害。

"胡说，我孙女到现在还没回去，我要见汤窑司——"老人抡圆拐杖喊叫着。

苏轼兄弟听得动心，坚信这个老人就是父亲要找的故友后人。

一个衙役伸手夺过了拐杖，一个衙役用梭镖顶住了老人的胸口。

兄弟二人看得真切，不禁心惊肉跳。

"梁天炉，你再倚老卖老，装疯卖傻，可别怪我们不客气了！"

正在这时，一辆马车飞驰奔来，车还没停稳就从车内跳出一个小伙子，十七八岁的模样，大声喊道："爷爷——梅青已经回窑上了！"

老人打了一个激灵，前匍的身子挺直了，衙役收起了梭镖，众人都长长地舒了口气。

小伙子一边扶爷爷上车，一边说："对不住了二位，爷爷找不到梅青也是一时动火，请多包涵。"

"少窑主，劝劝老窑主，还是把火气用到烧窑上，烧出好瓷器，让汤窑司

在皇上面前好交差。"

"那是，那是——"少窑主说着上车，待苏轼向马车靠近时，车夫一挥鞭，马车箭一样飞奔而去。

苏轼愣愣地站立良久，才问看热闹的一个中年男人说："大叔，刚才那位老窑主的祖上不是本地人吧？"

中年男人惊诧地看着他说："先生好耳音，老人的祖上是四川邛州人，是个邛窑匠。哎哟——听口音你们是老乡吧？"

"是的，我们是老乡，眉州和邛州毗邻，是真正的老乡！"苏轼说着，有意地和中年男人套近乎。

兄弟二人从他口中又掏出梁窑主的一些情况后，再也没有月夜仰视望嵩楼的雅兴了，匆匆返回了干店。

二

苏轼几乎彻夜未眠。关于父亲和邛崃、邛窑等支离破碎的记忆不时闪现在眼前。

是父亲带他认识古城临邛和走进邛窑的。父亲虽然闭门发奋读书，但绝不是那种死读书、读死书的文人。埋头苦读月儿四十天的苏老泉，总要带着疑问出游，或访友、或采风、或考察，在现实生活中解疑释难。苏轼记得他九岁那年仲春的一天，父亲出游邛州顺便带上了他。上路前父亲就告诉他，此次出游邛州主要是考察邛州的地理风水与"邛崃三才女"的关系，顺便再看看邛窑。

苏老泉坚信自己属于大器晚成的文人，而自己的两个儿子则必是大器早成，尤其是长子。苏老泉在引以为豪的同时有意引导儿子把读书与社会结合，每次出游尽可能带上儿子，让他们在熟读史书的同时品读生活。

苏老泉虽然是那种洒脱不羁的文人，但在家庭日常生活中，还是恪守着"君君臣臣、父父子子"的礼规。但他的骨子里追求的还是文人们"父子若兄弟"的最高境界，这在他进入学术探讨层面时表现得淋漓尽致。在通往邛崃的路上，苏老泉让儿子坐在毛驴上，他左手牵着缰绳头边走，右手拿一酒葫芦，时不时咂上两口。酒下肚，头飘忽，话稠糊，文人的气质就显山露水了。

"'临邛自古称繁庶，天府南来第一州。'我们要去的邛崃，古称临邛，始建于秦惠文王更元十四年（公元前 311 年），是巴蜀四大古城之一……"苏老泉讲着，看一眼驴背上的儿子，儿子似听非听，极目远方。

苏老泉似乎上了劲，扭过头来，喷着酒气说："我说小兄弟，今天可要考考你。邛崃三奇女都是谁，有哪些故事？"

坐在毛驴上的苏轼答不出父亲的提问，小脸蛋憋得通红。父亲又咂了一口酒说："答不出就来就得下来当马童，让老师骑驴给你说道说道。"

苏轼从驴背上滑下来，扶父亲上了驴背。

"邛崃出美女，历史上邛崃最为精彩的篇章总和美女系在一起。卓文君、黄崇嘏、薛涛为邛崃历史上的三大奇女和美女。她们的故事分别是'文君夜奔''辞凰得凤'和'薛涛制笺'……"

司马迁在《史记》中记载了为自由爱情而私奔的卓文君，使邛崃这座小城名扬天下。文君的确是当时的大美人，汉刘歆《西京杂记》云："文君姣好，眉色如望远山；脸际常若芙蓉；肌肤柔滑如脂……"

父亲讲得动听，儿子听得痴情，以至驻驴倾听。

文君的父亲卓王孙是汉代著名的营铁巨商，家有奴仆三百余人。文君未嫁之时，丈夫病亡，成了"望门寡"。司马相如随友拜访其父，见文君美貌，一见倾心，用铜绿绮琴，奏"凤求凰"千古绝唱以挑之，遂与夜奔，成为夫妇……

停行的毛驴困惑不解，用四蹄不安地敲打着山道，像鼓板一样配合着苏老泉的演讲。

"蜀地民间有诗云：'欲别牵郎衣，郎今到何处？不恨归来迟，莫向临邛去'……"

毛驴终于不耐烦了，一身尖叫把谈兴正浓的苏老泉从美女的历史深处拉回了现实。他看儿子手握缰绳、一副痴呆静听的模样，飞快滑下驴背，在儿子的肩膀上猛地一拍，把儿子吓个愣怔。

"魂不守舍，看那副馋相——嘿嘿……"笑着的苏老泉夺过缰绳盘在驴脖上，然后在驴屁股上使劲拍了一巴掌，毛驴奋起四蹄一溜烟似地跑走了。

苏老泉再次咂巴一口酒，把右手搭在儿子的左肩上说："我说小伙计，旅途遥远，山路寂寞，师父继续给你讲邛崃美女的故事——"

邛崃奇女黄崇嘏，五代前蜀人也，面容俊俏，精通经史，工词翰、妙书画、好琴棋，多才多艺。年轻时因家中只有老母一人，母女二人相依为命，黄崇嘏只得易钗而弁，女扮男装，白天劳作，晚上读书。周庠担任前蜀宰相时，招黄崇嘏为相府司户参军，黄崇嘏办事公正，尽心尽力，周庠十分赏识，欲招为婿，黄崇嘏不得已以诗相献："幕府欲容为坦腹，愿天速变作男儿"，显女

儿真身，辞官隐居故里……

苏轼觉得走出家门的父亲像一个放浪形骸的狂人，不拘繁文缛节。他在讲他肚里永远说不完的故事时，把一股酒气哈在苏轼的耳朵、脖子和半边脸上，游丝一样痒痒的，且飘着醉醺醺的味道。

苏轼听着故事还担心着跑走的毛驴，父亲有些忘乎所以，只管尽情地宣泄。

"锦江滑腻峨眉秀，幻出文君与薛涛"果如元稹所言，薛涛长得天生丽质。薛涛字洪度，约生于唐大历五年（公元 770 年），祖籍长安，出生于成都。其父薛郧宦居成都时去世，薛涛由母亲抚养。当其及笄之年已辩慧知诗，擅长书法，描眉涂粉，才貌超群。她与母亲生活无靠，只得早早加入乐籍，成为官妓。从韦皋、高崇文、段文昌到李德裕，前后共有十一任西川节度使与薛涛有诗酒往来，关系极为特殊。薛涛虽为妓女，却过着"门前车马半王侯"的生活。她晚年居于成都碧鸡坊，宅边遍种菖蒲，建有吟诗楼，大约七十三岁去世。薛涛居浣花溪时，因那一带是蜀笺生产地，遂学会制笺，笺分七色，时称"薛涛笺"，以桃红小笺最著名，年轻公子哥儿都以获得薛涛笺为荣……

父子相倚，边走边说。儿子感到父亲搭在肩上手的负荷越来越沉重，以至于他的半边身子都有些麻木了。好在那头懂事的毛驴并没有跑远跑散，在前面路边草地上吃草等候主人。

苏氏父子出游邛崃最后一站才来看邛崃的龙窑遗址。苏老泉对邛窑的龙窑是颇有研究的，不管儿子听懂听不懂，只管倾诉："我国唐代最大最长的龙窑就在邛窑固驿瓦窑山上……"父亲手指千疮百孔的龙窑说，这座始烧于南北朝、废弃于唐代早、中期的龙窑长达近 50 米，规模之大是前所未有的。据说，一窑至少可烧瓷器 16000 件以上。龙窑最大的优点是升温快，降温也快，可以快烧，还可以维持烧造青瓷的还原焰。所以说，龙窑是青瓷的摇篮……"

苏轼对父亲所说的龙窑遗址并不感兴趣，龙窑已经僵死，缺乏生机和人气。他渴望的是在炉火熊熊的邛窑厂看到精美的瓷器，或者窑匠、窑工和瓷器有什么故事发生。

正当苏轼听得恹恹欲睡之际，从废弃的一节龙窑里发出了"噼里啪啦"的鞭炮声，惊得父子一阵惶恐。不一会儿，从窑洞里走出了一老一小两个人。老者年逾花甲，留一撮八字胡，精神矍铄；小的年方五六岁，头扎蜻蜓小辫，稚气未脱。

苏洵和那长者搭讪，话一出口彼此都带着眉州乡音，双方都倍感亲切。苏轼问小姑娘话，她听不明白，急得摇头晃脑。她说出的一口豫西话让苏轼一句也听不懂。

"大哥哥，你说的啥子？"小姑娘眉清目秀，十分惹人喜爱。

苏洵和老人攀谈起来，越谈越投缘。老人姓梁，名匣钵，祖上也是眉州人，迁居邛州烧窑制瓷已历八世。他虽降生在邛州，满月就被眉州的姨娘抱走收养。在姨娘家长到8岁那年，不幸姨娘病故，姨父的续配百般折磨他，于是就又返回了邛州老家。第二年家乡爆发了王小波、李顺起义，为讨活路家人四处流散。二爷带领一拨儿近族顺水而下，经南河到岷江，再转航进入长江，然后进入湖南的长沙。匣钵的爷爷让儿子领着匣钵一拨儿去河南汝州，在汝窑的故乡谋生，而他自己坚守家乡哪里也不去。不久，官府和起义军在邛窑场厮打起来。起义军中有个小头领认为梁氏家族时代烧窑，两老汉不离不弃故土，必是守望着传世的国宝瓷器，因此就押解着他到祖坟掘坟撬宝。老人不忍惊扰沉睡的先祖，就说国宝神器藏在龙窑里。因梁氏先祖的确是龙窑的烧窑匠，掘宝者果然信以为真。然而，当小头领寻宝扑空后，就把老人打死在了龙窑里……

听罢老人的叙述，苏洵感慨万端地说："真是'少小离家老大回，乡音未改鬓毛衰'，时光催人老啊！"

"是啊，日月如梭，一转眼我到河南汝州已经超过一个甲子了。阴阳两界是真有感应的，这次爷爷托梦与我回来祭奠他的亡灵也是最后一次了。有生之年，这也是我最后一次回归故乡了！"

"快别这样说，您老身骨还硬朗着哩——"

"……"

两个大人倾心交谈的时候，苏轼和小姑娘也玩得正开心。二人钻进了龙窑洞里藏起了猫猫，以至于忘记了大人的存在。当大人呼喊离去时，二人才匆忙从窑洞里跑出，边跑边交换信物。小姑娘送给苏轼的是一件汝窑鸡心坠链，清雅肃静，翡翠一般莹润，于古朴温润中开着细小的蝉翼纹。苏轼送给小姑娘的是一件形象生动的邛窑武士小瓷俑。

梁匣钵看到两个孩子如此这般投缘，竞相交换礼物时，哈哈大笑说："有缘千里一线牵，莫非两个孩子日后还有情分？"

苏洵也笑着说："汝窑、邛窑都是天下名窑，蜀人、豫人都是瓷乡人，有缘才为有情人嘛！"

两个孩子被大人的话说得满脸羞红，站在那里不知所措。

苏洵这才打问姑娘芳名，她涨红着脸蛋说："俺叫梁梅青，是老爷给俺起的名字。"

三

苏老泉早早起了床，为了不影响两个儿子睡觉，忍痛割断了晨读。当他摸黑轻轻开门走出干店时，苏轼摸着挂在胸口的汝窑鸡心坠链说："父亲，我们今天在汝州停留一天吧！"

"赶考紧迫，不行的！"苏洵的态度不容置疑。

"再紧也不争这一天，我们还是在汝州停留一天吧！"苏辙也要求道。

苏洵这就收回开门的手，点亮油灯，用诧异的目光盯着儿子们。

"说吧，汝州停留一天自有停留的理由——"

"昨夜在衙门口，我们看到的老窑主很可能就是梁匣钵老爷的儿子梁天炉。他一家人在汝河南岸的严和店烧贡窑，可能是遇到了什么麻烦了，我们得去看看！"

苏轼的话抓住了父亲的心。自从邛崃龙窑一别，他再也没有见到过匣钵老人。五年后再次匆匆路过汝州时，非但没有打探到匣钵老人的音讯，就连他的后人也音讯皆无，这让苏洵万分失意和惆怅。如今有了乡人故友的消息，多情重义的苏洵是断不会放过这个机会的。

天刚蒙蒙亮，父子三人就出城过汝河向严和店奔去。父亲说我们今天拜会老乡后马上离开汝州，时间不饶人。苏辙惋惜地说："风穴寺不能去也就罢了，望嵩楼也没有登，实乃遗憾！"

儿子这么一说，让苏洵想起了唐大诗人王维的《过香积寺》诗，不禁吟哦起来："不知香积寺，数里入云峰。古木无人径，深山何处钟。泉声咽危石，日色冷青松。薄暮空潭曲，安禅制毒龙。"

苏洵刚吟罢，苏辙勾回头问苏轼说："哥，风穴寺到底有几个名字？'诗佛'叫它香积寺多有意境啊！"

苏轼满脑眼儿都是梅青的影子，心不在焉，对兄弟的问话答非所问。父亲看得透彻，忙接过苏辙的话茬说："据说风穴寺还叫'千峰寺'、'白云禅寺'、'香积寺'。唐代的风穴寺周围山花芳香凝积，故名'香积寺'……"

苏轼自知失态，忙插话转移了话题。他说汝瓷溶五行学说于一体，在其制作过程中把"金、木、水、火、土"客观地表现出来。"土"指的是瓷土，瓷土决定了瓷的本质与品性；"金"指的是各种金属氧化物，系各种颜料的发色成分，它张扬了艺术；"木"指的是柴窑的燃料，它催生了火，转换成焰；"水"是汝瓷烧成过程中的伴侣，它促进汝瓷成型而悄然升华；"火"决定瓷器烧制的成败，凭借火的炽热与刚烈给汝瓷注入了独特的艺术性格。汝瓷是天地人合一共生，金木水火土和谐共存的艺术产物，是难以堪比的人间杰作……

苏洵和苏辙都为苏轼精辟深邃的"汝瓷五行说"打动，长久品嚼不语。

上上下下，曲曲折折，峰回路转。一番行走，三人总算看到了严和店汝窑厂。窑厂分布在汝河南岸，极目远望，处处炉火连天，形成了炉火熊熊的百里景观。

经过打探"梁家贡窑厂"在清凉寺，还有十多里的路程。老窑主梁匣钵已作古十多年，梅青嫁给了严和店章窑主的曾孙章天炎。老章家的贡窑厂离此很近，就在不远的玛瑙山下。

父子三人很快来到"章家贡窑厂"。山脚下建有一座馒头窑和一座爬山窑。爬山窑就着山势攀援而建，烟囱蛇一样爬到了山顶。窑匠正在窑炉旁忙活。窑厂边的溪流旁，一个五六岁的小女孩和一个两三岁的小男孩正在戏水玩耍。

苏轼远远地下了毛驴步行，喉咙发紧，心在狂跳。走在最前面的苏洵上了窑厂故意喊道："这可是邛州来的老梁家的窑厂？"

小女孩站起来说："俺是老汝州的老章家窑厂——"说着撒开脚丫就往家里跑，把小男孩撂在了一边。

苏轼喊道："别跑姑娘，你还没通告名姓咮——"

"俺叫章火女——"

苏轼打量一眼小女孩，活脱脱一个梅青少时的模样，心里陡升一股冷意。烧窑的小伙子直起腰来，看着三个陌生的来客。练泥的、拉坯的、施釉的……都停下了手里的活计。

苏辙从口袋里掏出一块峨眉糕挑逗小男孩。峨眉糕是眉州的土特产，用糯米、白糖、蜂蜜、猪油等原料精制而成，色泽洁白，入口不粘，遇津即化，香甜可口。

"你叫什么名字，告诉叔叔，就给你好吃的峨眉糕。"

小男孩抬起头来，目光怯生生地盯着三个人不说话，苏辙把峨眉糕抠掉一块塞进嘴里，故意哑巴着嘴说："香、香——，快说叫什么名字？"

"俺叫章火男——"他禁不住诱惑终于说。

苏辙把峨眉糕送到他手里的同时，把火男抱了起来，火男在他的怀里吃得津津有味。

正在关门培釉的梅青和爷爷，被小女儿拽起衣襟往外拉。"娘——外面来了三个骑驴客，说找什么、什么州的老梁家窑厂！"

梅青被女儿拽了出去，看到了苏氏父子三人正和丈夫天炎说话。

苏洵说："我们是四川眉州的，进京赶考路过汝州，顺路拜会老乡梁匣钵窑主。"

"您说的是俺老爷，他已经不在多年了。"天炎迎上来说。苏轼和苏辙认出了站在面前的就是昨晚在衙门口接梁窑主的小伙子。

"那就见见梅青姑娘，十多年前在家乡邛州的龙窑厂我们曾有一面之交。"苏洵说。

这些话已被走来的梅青听得清清楚楚。"这真是天不转路转，十多年过去了，苏大叔总算转到汝州了。梅青不知大叔一行驾到，有失远迎，还望海涵！"

众人的目光都被梅青响亮的声音吸引而去。梅青的一头青丝向上梳至头顶，挽成一个圆形的发髻，是当时在底层劳动妇女中流行的那种"同心髻"。身穿青灰色短襦，出门急围裙还没顾得去掉。苏轼细端详梅青，从那双明澈的丹凤眼和妩媚的眼神中，隐约还能读出她儿时的影子。她微微发胖，鹅蛋脸上写满了清纯和美丽。窑厂上练泥弄水的生涯并没有粗糙她的皮肤，额头依然光洁莹润，脸蛋依旧红润细嫩；成年轮月的烟熏火燎，并没有削减她的容颜，融入五行的制瓷劳作，反而使她更加的风姿绰约，纯美动人。

苏洵盯着梅青说："你是梅青小丫头？变了，变了，我真的认不出来了！"

梅青的目光在苏轼和苏辙的脸上跳跃。"大叔，子瞻大哥可好？"

苏洵这才说："他乡遇故知，把我高兴懵懂了，忘记了介绍我这两个儿子。这个是你子瞻大哥，那个是你子由弟弟。"

梅青和子瞻的目光"咚"一下撞在一起，电流就暖暖地传进了心头。

"天炎，快喊爷爷回屋和大叔他们说话，我去准备早饭。"梅青忙说。

众人回到屋里落座。天炎因惦记着烧窑，把配釉的爷爷叫来就失陪了。也算凑巧，天炉老人刚好这多时住在孙女家，帮助孙女家调配改进天青釉配方，调火试烧天青釉圆洗。往常都是夜深人静的时候配釉的，可是昨夜里衙门前的一番折腾，回来太晚就破例把配釉的时间改在早晨了。

不一会，梅青就麻利地端来了早饭。吃过早饭，天炉老人在屋里陪苏洵说话，梅青领着苏氏兄弟参观汝窑作坊和工艺。

天炉老人告诉苏洵说，父亲回故乡龙窑祭奠爷爷亡灵的第二年暮春就去世了。这年月时局动荡，加之豫西这地方十年九旱，草寇四起，民不聊生。汝州各地虽说窑厂遍布，但官府把各窑口的税收抠得死死的，恨不得拧干榨尽窑厂的全部收入，火里求财——这口饭难吃啊！

说到此处，老窑主的眼睛红红的难受。苏洵说我们父子三人赶考时间紧，本不在汝州逗留，可是昨夜里在衙门口……

老人长叹一口气说，官逼民反，长此下去世道定会出大乱子的。自从我们梁家汝窑、章家汝窑被官府作为贡窑后，收入大减。成窑的瓷器先有官府挑拣后才准许民间变卖，好的瓷器挑走了，记账打白条，拖得窑厂没了流动资金，成了一潭死水。要想讨回现金，就得给窑司进贡膏油。我们把官府挑拣剩下的瓷器卖掉变现，再用这钱去给窑司送礼，扒了几层皮才把钱讨要出来。

苏洵听罢愤愤不平。老人接着说，汝窑天青釉烧成技艺虽说也有些年头了，但还在摸索阶段。十窑九不成，窑变鬼难捉。它不但在烧制过程中窑变，而且在停火降温过程中还会产生二次窑变。半年前，梅青按汤窑司的意图设计烧制出了一件汝窑圆洗，烧窑前汤窑司亲自查看，成瓷停火时他又来查看。停火当时呈现出的是豆青色，但随着窑内降温冷却后才逐渐变成耐看的天青色。窑司来提货时看到了纯净的天青色，喜极落泪。但接下来的几窑再也没有窑变成功过，豆青、虾青、卵青都曾出现过，那天青再也不肯露面。汤窑司不谙内情，硬说是我孙女和孙女女婿狸猫换太子，把精品藏起来了，三番五次传唤恐吓孙女……

"烧天青釉难，难于上青天！降温冷却速度必须掌握得恰到好处方能烧出天青釉，过快或过慢便会形成其他的釉色……"老窑匠喟叹再三。

梅青领着苏轼兄弟看罢七十二道汝瓷生产工艺，然后就带二位到库房里看成品。苏辙借故解手没有进去，把空间留给了二人。

"姑娘叫什么名字，真可爱！长得和你小时候一模一样。"苏轼说。

"章青韵——我爷爷给起的名字。您、您也成家了吧？"

"嗯，都成家三年了。"苏轼说着把佩戴的汝瓷鸡心坠物拿了出来。

"这个——一直陪伴着我，形影不离！"苏轼把坠物送到梅青手里。

梅青满脸绯红接过坠物，握在手里把玩。内含玛瑙的汝瓷鸡心坠物，经过

人体血脉的长期喂养和人气浸润，出脱得更加古朴温润，玲珑剔透，曝光内蕴，沉稳静气。

"据说这是祖上从邛崃迁居汝州后，和汝窑大师章火旺联手，综合邛窑和汝窑技艺偶然烧出的宝物。可遇而不可求，从此就再也没有烧出这样成色的窑器……"梅青说着把坠物还给苏轼。

闻言坠物如此的贵重，苏轼说什么也不肯再接了。"完璧归赵，宝归原主——这才是理儿！"

"宝器有价，缘分无价。此物有缘与你朝夕相伴十多个春秋，那是天意，天意不可违呀！"梅青把坠物强行塞进了他的手里。

"苏大哥是个细心人，妹子是个粗人。您送俺的邛窑武士小瓷俑被弟弟早年打碎了，真可惜！"

梅青说完这些哈哈一笑说："不提这些陈芝麻烂谷子的事了，苏大哥快看成品，看完多提意见。这多时妹子正在苦恼，设计的一件产品不满意，还请大哥指导！"

苏轼客套几句就开始看产品。虽说是被官府挑拣剩下的瓷器，但在苏轼看来依然件件生辉，吸人眼球。汝窑釉以青色为基调，分天青釉、豆绿釉、天蓝釉、月白釉四个品种。天青釉不但产品极少，而且或薜暴或髻垦，色泽欠火候。豆绿釉色莹厚如堆脂，清雅素净，质美内蕴，其色有柔和淡雅的粉青；有海水碧玉般的豆绿；有青翠如玉的葱绿，艾青等。天蓝釉色有深蓝、灰蓝、淡蓝、天蓝等，光泽滋润如荧光一般幽雅，更突出的是一种青中带红的釉色，飞红挂彩，像早晨初升的太阳，又如夕阳晚霞，其色调之美，难以形容。月白釉是一种月白色的乳浊釉，滋润纯正，晶莹明丽，质地似玉，含水欲滴，白中泛青，沉静素雅，仪态万方，更有釉面偶现的红斑或自然形成之玫瑰色块，恰似雨后彩虹，夕阳余晖，美不胜收，耐人寻味。

出了库房，梅青让苏轼重回到家里，让他看一件天青釉圆洗。敞口，浅弧壁，圈足微外撇，胎呈香灰色。通体施淡天青色釉，釉色莹润，釉面开细碎片纹。外底有三个细小如芝麻粒状的支烧钉痕。线条柔顺，造型秀丽，和谐完美。

苏轼不胜伸手抚其釉面，平滑如玉，器表呈蝉翼纹般的细小开片，釉下有稀疏的气泡，在光照下时隐时现，如晨星闪烁，在胎与釉的结合处微现红晕，给人以赏心悦目的美感。

梅青说这件圆洗胎质细腻，在制作的七十二道工艺中，道道细作考究。它以名玛瑙入釉，色泽独特，随光变幻。釉如"千峰碧波翠色来"……梅青说着把圆洗翻过来让他看："这件圆洗满釉支烧，器底有小如芝麻状支钉痕，这和邛窑的工艺一模一样。汝窑天青釉现已基本形成了自己的特色——"

"快说说看，什么特色？"

"青如天，面如玉，蝉翼纹，辰星稀，芝麻支钉釉满足。"梅青说道。

苏轼喃喃重复着梅青的话，心里不禁赞叹道："真是民间有奇才，草野藏英雄啊！"

"这是我和天炎在爷爷指导下烧出的最好的瓷器，这样通灵的瓷器，烧窑人几辈子也难求啊！我想留下来作为传家之宝，却让汤窑司给盯上了。苏大哥您帮我再设计一个圆洗的造型，转移一下汤窑司的目标——"梅青目光炯炯地盯着他说。

"我——能行吗？"

"行，凭着大哥的才识学养和灵气，肯定能行的！"

四

苏洵和天炉老人虽然谈得投机，但苏洵毕竟惦挂着进京赶考的大事，坦言谢绝了老人的再三挽留，决意动身离开窑厂上路。

天炉老人极力挽留，苏洵又提出离开汝州前要到梁老先生的墓地上香祭奠的请求，梁先生说父亲葬在汝州郏城县钧台乡上瑞里的小峨嵋山下，去汴京刚好顺路。

"小峨嵋山？"苏洵问道。

"是的，小峨嵋山，和老家的峨眉山酷似。那里背靠嵩山奇峰，面临汝水旷川……"

苏洵听罢即刻就要动身，梅青阻拦说："苏大叔，子瞻大哥要给俺设计器型，今天就是拴住太阳不落山，俺也不会放您走的！"

"既然梅青这样安排好了，那就客随主便吧！晚上我正好叫上窑厂的老乡和朋友们一起陪你们说说话！"梁天炉恳求道。

苏洵只好应允。苏轼就一个人顺着窑厂边的章家河边散步边构思。梅青烧制的那件圆洗像青精灵一样在他的眼前飞翔。那件汝窑极品——圆洗的造型雅致，端庄凝练，形神兼备，如何再能设计出一件足以和她媲美的造型？这让他苦苦地思索着。

苏轼想到了汝瓷圆洗表现在工艺形式上的美感：和谐、单纯、平淡。她和谐的美在形式上的特征表现为：端庄的形体，流畅的曲线，宁静的釉色，优美的韵律。而她的单纯和平淡，绝不是"淡乎寡味"。在釉色上汝瓷最讲究细洁和净润，又更追求奇妙丰富的肌理层次和"精光内蕴"的质地效果。在造型和装饰上，汝瓷圆洗既注重于矛盾中的统一，又善于从统一中寻求变化，在充满生命的动感中求得和谐的表现之美。

苏轼如此想着，思路渐开：以泥土做胎的汝窑瓷器，用单纯的泥土本质，单纯的手工制作工艺，单纯的天人合一思想，囊括自然之德，人性之美——这时候，有三只喜鹊刚好从苏轼头顶飞过。"三只喜鹊，三只喜鹊！"苏轼紧盯着三只喜鹊喃喃自语，灵感精灵一样飞来了——

"一生二，二生三，三生万物。"忽然想起老子的《道德经》，"天地人之道，从三数也！"又想起了许慎的《咬文嚼字》。由滋生万物的"三"，又想到了立国重器——三足鼎。"鼎，三足两耳，和五味之宝器也。"其实最早的鼎是用黏土烧制的陶鼎，后来才有了青铜铸就的铜鼎。不管陶鼎和铜鼎，都是国家重器，而支撑起国之重器的是"三"——三只铁足！

苏轼的脑海里忽然蹦出了"三足洗"的形象：三条弯曲的铁足鼎立，支撑着浑圆规则的圆洗。他为这个发现激动不已，忙蹲下身子，捡起一个带棱角的石子，在一块石板上构图。如有神助，寥寥数笔，一只极富神韵的三足洗画图在石板上诞生了……

苏辙和梅青找来时，苏轼的情绪已稳定下来，围着石板在仔细推敲三足洗构图的数据比例。梅青的目光只在石板上一瞥，眼睛都绿了。

"好，好，俺要的就是这种简单明了的造型，苏大哥太有才气了！"梅青说。

"没有比单纯更能包罗万象，也没有比单纯更能体现汝窑的美！"苏辙也赞叹说。

苏轼还要给二人解释造型的设计内涵，梅青搬起石板扛在肩膀上说："快回作坊去，我亲自拉坯制作，让苏大哥走之前能亲眼看看自己设计的作品！"

苏辙本是要回避的，可是他又不忍心失去观看梅青手拉坯制作的表演机会，也就陪着哥哥蹲在一边静观。

苏轼说："洗原是盛弃水之用的，但《易经·系辞》里却说'圣人以此洗心，退藏于密'这说明洗不禁可以作用具涮笔，洗手脸，而且还可以洗心。如有过失，立即悔过自新，使高尚的品德深藏不露。君子洗心，退藏于密，故有上部其圆洗也；吸苍天之灵气，纳大地之精华，怀圣人之厚德，故有洗之三足也！三足鼎立，高擎懿德，家之兴，民之盛，国之昌，尽蕴其中焉……"

苏辙被哥哥的情趣感染，也大发宏论说："三生万物，三点成圆，三柱擎天，三阳开泰，三星高照，三足鼎立——汝窑三足洗寄寓了儒之深邃，佛之超然，道之宁静，禅之淡然，天地之谐，万物之序……"

梅青边劳作边说："你们肚里喝的墨水多，说出的有些道道我也闹不明白，但我就认一个死理：苏大哥设计的三足洗耐看，耐看的东西养眼就当留，耐看的东西人见人爱，人见人爱才会永久传世……"

苏氏兄弟深为梅青的大白话折服。

翌日一早，苏氏父子三人告别上路了。

昨晚，梁天炉在严和店最负盛名的"瓷韵楼酒家"宴请了苏氏父子。梅青尽管彻夜不眠赶活，三足洗到底还是件半成品。苏轼为未能目睹自己的杰作而大为遗憾。

梅青分别送给苏氏父子每人一套文房四宝和一件豆绿釉刻画瓷枕。送给苏轼的文房四宝是月白釉，苏辙的是豆绿釉，天青釉只有唯一的一套，送给了苏洵。时间太紧，原来安排到梁老先生墓地祭奠的日程取消了。临别时苏洵一再嘱托两个儿子，待日后有机会到汝州，一定代他到梁老先生墓地上香叩拜。

梁氏爷女俩一直把三人送出店外方才分手。梅青说："苏大哥，金榜题名时，莫忘汝州窑。这里由您设计的三足洗。您放心大哥，我一定把烧制出最好的三足洗留给您——"

"好，好——"

苏轼应酬着背过脸来，双眼已经潮乎乎了……

五

光阴匆匆，转眼到了嘉祐六年（1061 年）秋天，苏轼参加制科考试，中第三列三等。皇廷下诏书：苏轼任凤翔府签书判官。

初冬时节，苏轼离京上路赴任，苏辙从东京一路相送。苏辙一路默默无语，情绪低沉。苏轼知道弟弟还没有从不久的那场科举考试风波中自拔出来。苏辙参加殿试时，考虑到仁宗已五十二岁，或许对政事感到疲倦，所以尽力讲政事得失，而对宫禁朝廷之事，议论尤为激切。策问试卷送上后，苏辙自认为一定被黜落。覆考官司马光将其置于第三等，初考官胡宿不同意。司马光与范镇商议后将其置于第四等，三司使蔡襄也为苏辙据理力争。胡宿认为苏辙对仁宗不恭，坚持要求黜落他，宰相也要求黜落苏辙。这时，仁宗发话说："用直言来得人，而因直言抛弃他，天下人会怎么说我呢？"宰相不得已，把他列入下等。　不久，苏辙被任命为试秘书省校书郎、充商州军事推官。其时，苏洵奉命修《礼书》，苏轼出任签书凤翔判官。苏辙要求在京城侍养父亲，获朝廷准许。

送送再送送，一程又一程。苏辙把哥哥一直送出郑州郊外，才依依不舍地与哥哥话别。

"哥哥，山高沟深，一路多多保重！"

"轻车熟路，弟弟放心。只是辛苦了弟弟，照顾父亲的事多劳驾你了。"

"哥哥勿念，侍奉老人是弟弟的本分。"

"敞开心胸——鸿鹄飞天志，报国总有时……"

"我懂——哥哥，别忘了父亲和我的嘱托，途经汝州一定代我们看望梅青大姐！"

"一定，一定！"

兄弟二人这才泪眼蒙眬地挥手告别。苏轼走了一程，稳定了情绪，这才让侍从从行囊里取出那只天青釉三足洗。三足洗仿古铜器式样，直口平底，底部有五个细小的支钉烧痕，三个弯曲形足鼎立。造型非常简洁雅致，制作严格规矩，一丝不苟。其沟底交代得清楚利落。里外均施满天青釉，光泽莹润，并开有细碎纹片，釉色幽淡隽永，既有蓝色之冷，又有绿色之暖，显示出汝窑青瓷的特殊魅力。三足洗虽然精美，却也有遗憾的，三个弯曲足的两足因过火变形，支撑起的圆洗故而变得仄歪不平。

这只三足洗是前不久苏轼从东京古玩和陶瓷市场买来的，尽管是残器，还是花了不少的银子。陶瓷店的老板并不认识苏辙，侃侃而谈：先生，您有所不知这只三足洗的来历，我若说给您听，您一定会倾囊购买。它是当朝红得发紫的苏大学士亲手设计的器物，由汝窑女大师"梅娘"亲手拉坯制作，并由她的丈夫章天炉烧成。三个大师联手制作的汝窑名器，虽有瑕疵，但瑕不掩瑜呦……

冬日的阳光贪婪地舔着碧波荡漾的三足洗，苏轼摩挲着洗沿心里愧疚不已。五年前，父亲带他和弟弟，自偏僻的西蜀地区首次出川赴京，参加朝廷的科举考试。当时的主考官是文坛领袖欧阳修，小试官是诗坛宿将梅尧臣。这两人正锐意诗文革新，苏轼那清新洒脱的文风，一下子把他们震动了。苏轼的《刑赏忠厚之至论》获得欧阳修的赏识，但欧阳修误认为是自己的弟子曾巩所作，为了避嫌，使他只得第二。苏轼在文中写道："皋陶为士，将杀人。皋陶曰杀之三，尧曰宥之三。"欧、梅二公既叹赏其文，却不知这几句话的出处。及苏轼谒谢，即以此问轼，苏轼答道："何必知道出处！"欧阳修听后，不禁对苏轼的豪迈之风和创新精神极为欣赏，而且预见了苏轼的将来："此人可谓善读书，善用书，他日文章必独步天下。"

逢人说项。在欧阳修的一再推荐称赞下，苏轼一时声名大噪，每有新作，立刻就会传遍京师。正当父子名动京师、大展身手时，突然传来母亲病故的噩耗。二兄弟随父回乡奔丧。守丧的第一和第二年，他曾给梅青写过数封信，询问窑厂经营境况和三足洗烧制结果，到底都是杳无音信。三年守丧期满回京，苏轼本想走旱路途径汝州再会梅青，父亲则决定带全家走水路，南下岷江至江陵，由江陵陆行北上至东京。到京后苏轼被授河南福昌县主簿，苏辙被授河南渑池县主簿。因准备制科考试，二人均未赴任。一心扑在备考上的苏轼就把思念梅青的情丝，再次狠心地掐断了。

确切地说，苏轼设计的汝窑三足洗是在他和梅青离别后的第三年烧制成功的。

经过淘泥、摞泥、拉坯、印坯、修坯、捺水、画坯、上釉等工艺，梅青把三足洗造型做了出来，装窑之前她才通知汤窑司来观看。一看见新器型三足洗，汤窑司眉开眼笑，连夸梅青有眼光有才情，在继承青铜器三足鼎造型工艺的基础上，创新了汝窑器型，并告诉梅青如果这次的新器型能在宫廷一炮打响，下一步皇上建御窑遴选窑匠，本官一定举荐你。

汤窑司不再追究那件通灵圆洗的下落，把满心的希望都寄托在这件三足洗上了。烧窑的日子里，梅青和天炉日夜守在窑口，添柴弄火，控制火候，静观其变。然而，第一次开窑窑变失败了，温润的天青色没有露面；第二次开窑依然如故。梅青和丈夫生了一场大气后，把爷爷请来了。爷爷拿出了一生的经验积累指导烧窑，天青色虽然露面了，但却是星星点点地分布在整个器型上。接着又烧了一窑，天青色不但不见了，而且三足也烧变了形。一生和火神打交道的爷爷为自己失手而感到丢丑羞辱，一病不起，茶饭不思。

梅青就去请公爹出山。公爹章天旺是窑乡数一数二的烧窑匠。当初，公爹对众多民窑不择手段竞争贡窑的事儿压根儿反对，可是憨厚实诚的儿子在儿媳妇的鼓捣下热衷至极。天旺生性倔强，一辈子不愿与官府打交道，所以就把窑厂让位于儿子和儿媳经营，自己另筑炉起灶，还烧自己的民用瓷。

在儿媳妇好说歹说下公爹终于回到自己的窑炉重新烧窑。说不清道不明的原因，天旺也失手败窑了。天旺和天炉老人联手又烧了一窑，仍然以败窑而告终。汤窑司已在宫廷内把三足洗吹捧得神乎其神，以至于惊动皇上亲自召见了汤窑司。当汤窑司把接二连三的败窑经过禀告后，皇上就下了最后通牒的诏书：命汝州章家贡窑六个月内烧造出三足洗，否则将以欺君之罪论处，家灭九族。

爷爷是在得知皇帝诏书内容的第三天撒手人寰的。成了众矢之的的梅青欲哭无泪，回娘家匆匆帮家人埋葬了爷爷就回到了窑厂。

皇上的一纸诏书把章氏家族的近人都召集聚拢到了梅青和天炎跟前。皇命如天大，性命无儿戏。族人们一个个心如火燎。老族长发话了，从今儿起由我主持窑厂所有事宜，大家拧成一股绳，完成皇命，保我章氏家族性命……

众族人联手开始烧制三足洗。事到如今，梅青也豁出去了，先是变卖家产烧窑，接着把珍藏的汝窑圆洗也卖掉了。然而，五个月后仍然没有成功。大限逼近，族人们万念俱灭。

一天半夜，梅青来到在河边抽烟的老族长身边，她的女儿火女悄悄跟在身后。

梅青说："老族长，您带着族人跑吧，这事我一人顶着！"

"就是跑到天边，你还能跑出官府的手心？窑厂四周早就设岗了！"

"啊？那也不能让大家都送死啊！"

"我在想最后一招：祭窑——"

"祭窑？"

"是——"

老族长从贴心窝的口袋内颤微微地掏出一块天青色的瓷片，那是一块只有银元大小的柴瓷片。他说柴窑的天青色也是由我们老祖宗烧制出来的。当年柴世宗为感念祖上烧制天青色柴窑器有功，就把其中一只通灵的柴窑碗恩赐先祖作为传家之宝。传到我手里时也就剩下这么小的一块碎片了……

梅青嫁到章氏家族已经十多个年头了，只听说祖上传下有一件价值连城的柴窑器，但从来没有见过，不成想今天见到的竟是一块碎片。

梅青从族长手里接过碎片，放在掌心仔细观看：它集千峰翠色于一身，达到了古代青釉发色的最高境界。虽饱经沧桑，釉色仍能历久弥新，那是因为矿物金属与宝石的微粒始终保持着天然的活性。看上去，就如我们看天，看水，看树木，时时新鲜地亲切自然。

族长说我们章氏先祖当年跟着世宗柴荣在郑州一带建立了柴窑，据说窑建成后烧窑，十窑十不成，最后窑神托梦把窑口移到汝州才能烧制成功。世宗照办了，果然"青如天、明如镜、薄如纸、声如磬"的柴窑产品横空出世了。柴窑瓷器滋润细腻、釉面有细小的开片，技艺精绝，在当时很多窑口中独占鳌头。瓷显人贵，作为柴窑匠的老章家先祖，也出尽了风头。只可惜好运不长啊……

梅青一边听着族长的絮叨，一边用右手指摩挲瓷片。族长继续说，这一切与改朝换代有关：赵匡胤出身名门，因家境破落，离家流浪，后被世宗柴荣重用。谁知世宗看走了眼，赵匡胤后来发动兵变，杯酒释兵权，夺取了皇位。赵匡胤登基后，每见前朝物件，尤其是柴窑器，就勾起忘恩负义之愧，心神不宁。于是赵匡胤把与柴姓有关的东西，包括柴窑、柴瓷一同彻底销毁，不得使用，不得记录，致使柴窑永无天日。先祖章发冒着杀头之罪为保护世宗恩赐的宝物远走他乡，改名隐形，不再以烧瓷为生。先祖章兴在汝水岸边的窑厂继续烧窑，挂牌曰"大宋章氏汝窑坊"。不久，有人把这事报给了赵匡胤，说章家兄弟贼心不死，换汤不换药，在柴窑里烧汝窑器。赵匡胤听后大怒，派人到汝州缉拿了章兴。赵匡胤看章兴在柴窑基础上改进的汝窑器汝瓷碗，虽然还是柴窑的天青色，但造型有所改变，碗撇口，深弧腹，圈足微外撇。胎体也轻薄，但比柴瓷碗显得古朴厚实，莹润纯净。

"'大宋汝窑坊'，好，好——名字好，大宋的汝窑器汝瓷碗尤好。汝窑器于柴窑器无关也！"皇帝这么一说，汝窑就兴起了。直到十多年后，先祖章发才回到了故乡，可惜柴窑碗已成半拉了……

梅娘听得认真，这些历史过去虽有耳闻，但都是演绎而已。

"……我这么一说，'片柴值千金'就不是胡扯八扯了！"老族长说着，并向梅青伸出了手。

梅青恋恋不舍地把瓷片还给老族长。老族长说梅青，下面我给你讲先祖大义祭窑烧出柴窑天青釉的故事——

先祖跟着柴世宗来到汝州，在城北建窑烧造柴窑。窑建成后当天夜里，皇帝做了个梦，梦中看到一种天青色的瓷器釉色，很好看。梦醒后，皇帝就说"雨过天晴云过处，者般颜色做将来。"钦定先祖烧造天青色的柴窑器。

先祖烧了九九八十一窑，没有烧成一件的天青色汝窑器。虽然仁慈的皇上并没有怪罪，但先祖茶不思饭不想，如坐针毡，愧疚难当。有一天深夜，困睡在窑门口的先祖做了一个梦，梦见一个青衣女童纵身跳进窑炉的火海里，女童像一条青龙在火海里翻腾，不一会儿满窑炉红彤彤的瓷器变清了……

先祖把梦境说给前来送饭的先祖母，先祖母一愣，说她夜里也做了和他一模一样的梦。先祖一拍大腿忽然醒悟说，这是窑神在提醒我们"拿玉女祭窑"才能烧出天青釉啊！

先祖唯一的女儿叫天青，年方七岁，长得聪明伶俐，活泼可爱，每天几乎和先祖母形影不离。

先祖和先祖母明白，是神灵点拨要拿女儿天青祭窑方能烧出天青釉时，二人抱头痛哭。没想到这些都被偷偷跟来的天青听见了……

又一次败窑后的第十二天，心存侥幸的先祖再次点燃了窑炉。天青穿上平时最喜欢穿的一身青衣服，悄悄溜到窑场。这时，先祖正盯着熊熊燃烧的窑火出神，红红的火苗往外直蹿。天青乘人不备，跑过去往"扑通"一声跳窑炉。先祖一声惊叫，就昏死过去了……

数天之后，住火封窑冷却后，先祖打开窑门一看，只见一窑的柴瓷，件件如海水碧玉一般，柔和淡雅。最奇怪的是，每件柴瓷釉面上，隐纹纵横，好像是薄冰裂纹，全是上等绝品天青釉。后来，人们都说那冰裂纹是玉女被烧的头发变的……

梅青听罢故事长久不语，躲在一边的火女流着泪悄悄溜走了。

"老族长，我懂了！"梅青离开时说。

半月后，火女学着天青的样子，跃身扑入了窑炉……

窑变最终成功，汝窑三足洗惊骇降生，举世哗然！

六

苏轼没有惊动汝州知州，直接抵达严和店章氏贡窑。

几年没见梅青已经徐娘半老，容颜衰退，窑厂上的人也都喊她"梅娘"。尽管梅娘热情接待故友，但苏轼还是看得出天炎的敌意。

苏轼问梁爷爷，梅娘哽咽不语，苏轼再问火女侄女时，梅娘哭出了声来。苏轼感到事态的变故，默默地呆坐无语。

良久，梅娘控制住了情绪，全盘托出了事情的真相。苏轼听罢泪流满面说，是我害了梁爷爷、你和孩子……

"话哪能这么说，是那该死的窑变害死了他们。"

苏轼的心都在泣血，一副悲戚愧疚的样子。梅娘强装一副笑脸说，苏大哥放宽心，生死有命，富贵在天，火女她命该为天青釉……

苏轼摆手不让她再说下去，心如刀绞中嘤嘤地哭出了声。梅娘手足无措，不胜也泪水盈盈。

良久，苏轼稳定了情绪，梅青惋惜地说："苏大哥亲手为我设计出了三足洗，可这些年我却不能为您烧制出一件精品三足洗，实在惭愧。不过，梅青一言九鼎，这辈子一定会为苏大哥烧制出一件精品三足洗的！"

直到这时候，苏轼才把在京城陶瓷古玩市场买的残品三足洗拿出来让媚娘过目。

"不是我的窑口烧制的，自打三足洗烧制成功，仿烧的窑口很多，这还不都是抢着傍您的名气嘛——"梅娘说。

苏轼心里难受，不愿多在窑厂久留，提出去小峨眉山祭拜梁老爷后就要直接上路。梅娘说明天一大早去，多年不见不能这么匆忙。

在梅娘的再三挽留下，苏轼决定在窑厂停留一晚。苏轼让侍从把开封花生糕等土特产品掏出来时，火男才风风火火地从外面跑了进来。

"火男，快叫伯伯！"梅娘喊道。

火男盯着苏轼甜甜地叫了声："伯伯好——"

看到火男，苏轼忧伤的心情有所缓解。"来、来、来——'小馋猫'，尝尝你子由叔叔专门给你准备的开封花生糕！"

梅娘的心里热乎乎的，几年前子由兄弟引逗火男吃峨眉糕的情景又出现在了眼前。

梅娘又问了苏洵和苏辙的近况，苏轼一一作答后说："带我到窑厂转转吧，停留时间虽短，看看能为窑厂做些什么心里才安然哟！"

"苏大哥饱读史书，才华横溢，肯定能为汝窑增辉添彩的！"

母子前行引领，苏轼跟着向窑厂走去。在窑厂转悠一会，就来到了成品库房里，苏轼被一只豆绿釉刻花鹅颈瓶吸引了。鹅颈瓶敞口细颈，鼓腹圈足，颈部及腹部剔刻折枝莲花纹。器表满施豆绿釉，釉层匀净莹润，开片疏密有致。瓶的圈足底部露胎，并沾有细小砂粒，显系垫烧而成。造型秀丽，釉面光亮，器表配以若隐若现的刻花装饰。

苏轼摩挲着鹅颈瓶说："雕刻得真好。这些刻花工艺非常花费人力和时间吧？"

"是的，慢工出细活嘛！"

梅娘手指一件豆绿釉刻花缠枝牡丹盘说，这些雕花刻下来大概需要五六个工时……

苏轼远远望过去，盘内釉色纯粹如碧波。走近细看，缠枝牡丹雕刻得细腻传神。苏轼心里打个咯噔，眼前一亮，忽然跳出了"瓷上水墨"的镜头。

"带我看看他们是如何雕刻的。"苏轼按捺住一颗狂跳的心说。

梅娘就领着他来到了作坊里。苏轼看到一个女工把一件泥胎的盘子放在双膝盖上，正专心致志地用刻刀细细地雕刻着。

"梅青，我有个想法不知如何，就是在汝窑器上用水墨写字、作画，省去精雕细琢的很多时间，成本降低了，兴许还能有卖点的。"苏轼说。

"扒州窑器多为白瓷，器物上画画儿效果怪好的。汝窑器以青釉为本色，在上面画画儿、写字还真是大闺女坐轿头一回哩，不知效果如何？"

"我从豆绿釉刻花盘中得到启发，在汝窑器上打造'瓷上水墨'是大有作为的，也许会有很好的市场卖点的……"苏轼说得热血沸腾。

文人永远生活在激情的世界里，在激情的冲动中自以为是，这可能是天下文人的通病。

苏轼开始了"瓷上水墨"的创作。素胎纸槌瓶上被他画上了墨竹，竹子挺拔刚劲，虚心有节，绿荫葱葱，苍翠欲滴。几只圆盘上分别被他画上了梅花点点，兰草青青，菊花飘香……苏轼最后才看到那只淑女瓶，恍惚中仿佛就看到了扒窑浴火重生的火女，目光如炬地盯着她。他的神情陡地一颤，忽然来了灵感，飞笔狂舞：一个青衣玉女，裙裾飘飘，大义凛然地扑向了烈焰腾空的窑炉……只一刻钟的功夫，苏轼就在瓶子上完成了画作，并提名曰："窑神女"……

苏轼望着"窑神女"泪水滚涌，梅娘也是泪水潸潸……

梅娘本来要把晚宴设在酒家，苏轼不同意，说在家里和天炎兄弟喝两杯才有情趣。梅娘就依了他。

苏轼走南闯北见过各色人等，练就了一双火眼金睛，一打眼就能看清一个人的五脏六腑。他知道天炎是个"闷葫芦"，灵性和能耐装在肚里，只是不善表达而已。苏轼也看得出天炎是个实诚人，对梅娘爱的深沉。在家里和窑厂上梅娘是"一把手"，说一不二，而在烧窑的技术上天炎才算"一把手"。只是他天炎心胸有些狭窄，对梅娘和他的交往始终怀有偏见。苏轼想借酒和天炎拉近心灵的距离，并从他的口中获得烧窑的一些基本常识。

酒是打开话匣子的钥匙。二两酒下肚，"闷葫芦"的嘴被撬开了。"我告诉你苏大学士，货出地道，真正的汝窑，毫无疑问是取材于当地。汝瓷的灰胎有别于其他瓷器的白胎，胎料主要是产自汝州的高岭土，配以同样产自汝州的长石、石英、方解石、黑毛土等。釉料除了使用汝州产的矿物外，更是有一套历史流传下来的科学配方。其中玛瑙末最为关键，这是影响釉质感的关键因素……"

苏轼用敬佩的目光望着他说："兄弟不愧是名匠之后，不光能烧窑，还懂得制作，正是真人不露相啊！"

"玛瑙在釉料里面起到增加高温黏度的作用，也增加了游离石英的亮态，所以烧出来的器型釉面温润如玉，由于玛瑙烧融之后不随便流淌，所以不管是支钉还是垫顶的汝瓷，足都非常的规整……"

梅娘也用诧异的目光盯着丈夫，这个平日里三脚下去也踢不出个响屁的"闷葫芦"，今日里喝酒喝开窍了，话儿说的这般顺溜到位。

梅娘看苏轼听得入神，也就接着丈夫的话荏往下讲：汝州特有的一种土，由于是黄色，所以老百姓称为黄金土。它是汝瓷成色的原料，在配置釉料的时候按照一定的比例配入玛瑙、黄金土、长石溶剂，配好以后磨细，做成釉浆，然后将素烧好的坯体，沁入釉浆，让坯体吸满釉浆，这个釉子叫生釉料，这个生釉料因为有黄金土在里面，所以它是黄色的……

苏轼给他二人共同敬了一杯酒说，好汉窝里英雄多，每人都能说出一个道道来。

天炎喝了苏轼再次敬他的一杯酒说，小菜一碟，窑乡人无论大人小孩谁不会说几句"制瓷经"，就像老和尚随口念经一样自然……

天炎自豪地说着，苏轼的目光和梅娘交汇，都会意地笑了。

"我喝三杯交学费，章师傅就讲讲您的'烧窑经'。"苏轼说着喝了三杯。

"苏大学士，你应当先敬师傅才行——"天炎的舌头已经打卷儿了。

苏轼忙敬酒三杯，天炎喝罢话儿就流水般奔涌了——

汝瓷是一种磨性儿的手艺，性急吃不了热豆腐啊！制胎的原料要在阳光下风化陈腐三年，然后经过粉碎等几十道工艺，由熟练师傅手工拉坯后，等待最后的这一烧。窑变，那是一个所有人都无法预知的煎熬人的过程。由于窑内的气氛难以把控，烧出的釉色如何，常常是未知的。用柴窑烧制的好处是，燃烧过程中窑温慢慢升高，泥胎和釉料如同沉睡的精灵慢慢苏醒，这样才能产生神奇的釉色变化。窑内火候和气氛的把握，只有熟知汝瓷性情的老窑工才可以把控。汝瓷的烧造过程是一个"窑变"的过程。每一件器物在窑内所放的位置的不同，受到的热度不同，产生的窑变效果也不同。同时，它成瓷时对窑外的气候十分敏感，阴晴冷暖、风雨霜雪、春夏秋冬，都有可能影响成瓷的效果。它不但在窑内变化多端，而且在停火降温中，它还随着温度的冷却进行着三次变化：月白色，天蓝色，天青色。只有准确地把握好这瞬间的变化，方能烧出天青色的瓷器……

苏轼深受启发，一边喝酒一边大发感慨：汝瓷经验着窑变的神奇之美、壮烈之美、创造之美、变化之美……汝窑的窑变神秘莫测，火助神成，不规而圆，不矩有方，像火中泼墨，似炉中晕染，正常中孕育着意外，意外中蕴含着理智，在永远的变数和创造中，把生命的才情、意识的灵动、艺术的升华、想象的空间都熔进了瓷器之中……

苏轼已有七分醉意，话儿滔滔不绝。天炎也进入醉境，懦弱逃之夭夭，出言不逊。

"我说大学士，你说的话文绉绉的，俺也听不明白。烧窑人有句俗语叫'没有金刚钻就不揽那瓷器活'，俺、俺、俺章家族人世代烧窑为业，靠的是响当当的人品，凭的是把握火候的经验。俺自打三岁上就跟着爷和爹在窑门口看火，十二岁上就能独立烧窑。烧窑先要自身硬，大学士你看俺的双腿——"

天炎说着挽起了裤管，苏轼看见他腿梁上的颜色全是黑紫色的。

"看见了吧，这就是常年在高温炙烤下的窑匠的腿梁——"苏轼醉意熏熏中伸手摩挲，黑紫色的皮子硬硬的，像铁皮一样割手。

苏轼倒上两半碗酒和天炎对饮，被梅娘拦住了。天炎红着眼睛吼道："滚，滚一边去！"

二人"叮当"一声碰杯把酒干了。天炎倒地，苏轼站起在屋里踱步独语。

"汝窑青器，魂灵之美。历经千锤百炼的陶冶，注入人类的灵魂；经圣火熊熊的洗礼，达到大彻大悟的坦然。正是你经过了圣火的炼狱，才得到了灵魂的回归和升华，才达到宠辱不惊的境界，才达到了'我不入地狱谁入地狱'的旷达和超然，从而最终实现了一抹天青自然的亮点，被奉瓷坛的奇珍……"

……

半夜里苏轼被一阵吵骂和摔打声惊醒，侧耳静听：声音来自窑厂的作坊里。他硬撑着下了床，晕乎乎地走了出去。

"我叫你烧、烧、烧什么狗屁的'瓷上水墨'——"一阵素坯摔碎的"噗噗"声，夹杂着梅娘的叫骂声，"天炎，你龟孙不是人！"

苏轼顺着门缝看见天炎恶狠狠地摔碎了下泥胎的圆盘，梅娘争夺时被他甩在一边，惊醒的火男惊恐地望着父母。

"'小白脸'设计一个三足洗让你发疯发狂，把爷爷给气死了，把女儿给搭进去了，把家业给掏空了。如今他又来害咱——"

"住嘴——苏大哥是为咱好，哪有害人之心。烧瓷画儿也是一种摸索，或许能有卖点的！"

"狗屁！他个门外汉靠一时雅兴就——"天炎说不下去了，抱起淑女瓶就摔。

梅娘拦腰抱住他喊道："不能，你不能摔——"

苏轼气得身子打颤，真想冲进屋里助梅娘一臂之力，到底还是忍住了。

就在天炎撒手摔碎瓶子时，火男冲到他面前喊道："爹——不许摔死姐姐！"

天炎打个冷战，手里的瓶子滑落了，火男抢上去把瓶子抱在了怀里，苏轼心里的一块石头这才落了地。

火男怀抱瓶子，怒目圆睁地望着父亲。天炎发软话了，"梅青，我这样做是为咱章家汝窑好啊！苏大学士名扬天下，上次捣鼓出个三足洗，让咱破财害命，这次又鼓捣什么'瓷上水墨'，让皇上知道了说不定又降谕旨难为咱，你和儿子再有个三长两短，我可怎么活下去……"天炎说着失声痛哭。

梅娘慢慢冷却了怒火，心平气和地问："苏大哥的八封来信可是你给扣押的？"

"是我给扣下的，我不想让他把我们一坑到底——"天炎直言不讳。

"……"

苏轼转身悄然离去。

七

治平三年丙午（1066）年4月，苏洵在京师病逝。祸不单行，此时距苏轼妻子王弗病逝还不到一年。

翌年新春，苏轼兄弟护送父亲灵柩回蜀。一踏上汝州的土地，兄弟二人百感交集，梅娘的影子不时在眼前飘飞。苏轼想起了六年前在汝州和梅娘一家不辞而别的情景。那时候苏轼发誓永远不再和梅娘联系，永远与汝瓷绝缘。然

而，事与愿违，越是强制自己忘掉的人越是忘不掉，潜意识里梅娘几乎与他形影相随；越是逼迫自己忘掉的东西越是在眼前闪现，汝窑青瓷像一只精灵一样无时无刻飞翔在心灵的天空。此生命中注定要和这个女人发生一些瓜葛，今世有情要和汝窑结下不解之缘。

续起苏轼和梅娘这段情缘的是京兆人士石苍舒。石苍舒和苏轼交游甚厚，谈诗论道，切磋书艺，无话不谈。苏轼把梅娘送给他的文房四宝送给石苍舒，还为石苍舒的书斋号醉墨堂题诗曰："我书意造本无法，点画信手烦推求。"苏轼赴凤翔上任路过京兆时落脚在石苍舒家，把和梅娘不辞而别的事说了，表达了心里的歉意。石苍舒对汝窑早有偏爱，又经苏轼这么一说，更激起了到汝州见识汝瓷的欲望。石苍舒决定当年合适机会去汝州。苏轼几乎一夜未眠，给梅娘写了一封长信，由石苍舒代转，并嘱咐他给信时背着梅娘丈夫章天炎。

由于公务繁忙，直到年底石苍舒才抽开身去了趟汝州。石苍舒把苏轼的信偷偷交给梅娘，据石苍舒说梅娘看罢信整整哭了一夜，第二天石苍舒发现她双眼肿得像棉桃似的。石苍舒离开窑厂回京兆时，梅娘把一只淑女瓶交给他代转苏轼。那是苏轼"瓷上水墨"作品中唯——只没有被天炎摔碎的瓶子。石苍舒仔细品看，形象生动逼真的"窑神女"，好像在青天碧宫中飘飘欲仙……

送走石苍舒，梅娘就让天炎看东坡的来信。

原来，苏轼来信的主旨还是天青釉的烧制。他在信中说我相信天地有神灵，人间有真情。天青釉本身就是一只精灵，一只浑身上下渗透着天地人魂的精灵！窑变，神奇的窑变，其实那是神灵的昭示，冥冥之中昭示窑神献出似玉非玉胜似玉的天青釉！从柴窑"玉女祭窑"天青现的传说故事，到火女纵身窑炉现天青的壮举，这难道不是神灵的昭示吗？我不懂汝窑的烧成原理，作为一介文人——我知道汝瓷为美而生。汝瓷的美让我们联想到生活中纯美的一面，童心、亲情、爱情、友情……尤使我们联想到美丽的女人。汝瓷色纯、胎细，在半透明的状态中弥漫着神秘而温润的气息，似乎和东方女性的纯洁温柔细腻内敛有着隐秘的联系。天青和火女美丽的胴体扑入火海，和泥胎融为一体，凝练成温润莹澈的青釉；那一头瀑布似的美发化作汝瓷的蝉翼纹；而那忠贞的骨殖则化作不朽的骨胎，最终成就了天青釉——那通灵的国之神器！我说这么多意在凸显神灵的提醒和昭示：那就是在釉料的配置中加入少量的骨殖……

"'文疯子''文疯子'！"看罢信的天炎说苏轼简直是在胡言乱语，亵渎神灵。

梅娘不顾天炎的反对，新建造了一座马蹄窑，按照苏轼信中所言，开始了新一轮的汝窑天青釉烧制试验。

梅娘在釉料配方中加入了少量的牛骨骨灰，经过七七四十九窑的试烧，终于稳定了釉色。原来那天青釉的配方比例十分严密，尤其是玛瑙、骨灰等成分兑入的多少，对烧制的成色都有着密不可分的关系。

精诚所至，神灵庇护。第五十窑上，绝代天青釉窑变成功。梅娘抱着那只通灵的三足洗，向着西北方向泪飞如雨。

半年后的一天，苏轼怀抱天青釉三足洗躺在凤翔的岐山上。此时，一场新雨刚过，蔚蓝的天空飘着淡淡的白云。苏轼看一眼怀抱的汝瓷天青色，再望一眼天空中的天青色，竟是那么的神似！汝窑追求的"天工与清新"的境界，与苍天此时那种淡雅而神秘的自然之天青色融为一体。汝窑的古朴与浓厚、天然和拙巧、柔丽同静雅让这位文人君子飘然沉醉！

蓦然间，苏轼抱着三足洗站立起来，仰天吟咏：

汝瓷——飞翔的青精灵，
你是傲立世界的又一伟大发明！
你是华夏的魂灵，
你是一首无字的诗；
你是一幅立体的画，
你是一串跳动的音符；
你是一道文明的灵光，
你是一曲文化的绝唱；
……

快近正午的时候，护送苏洵灵柩的队伍抵达古城汝州。东城门外一拉溜儿摆着十多张供桌，各色供品齐全。摆在最东端的是梅娘设的供桌，上面的供品是一头全猪和一只全羊。插在天青色香炉里的火香袅袅燃烧，香气宜人。

自从梅娘按照苏轼的来信在釉料中掺入动物骨灰配方成功后，天青釉烧制成色稳定下来，成品率高了，梅娘的贡窑效益好起来了。梅娘不是那种保守自私的人，秘方不外传，她主动把改进的配釉秘诀告诉了同行。知恩图报的窑乡人听梅娘说苏老先生的灵柩从家乡过往，共同想到了设供接迎祭奠的事儿。

"娘，来了，来了——"火男气喘吁吁地跑着喊着。

梅娘慌忙站起来，指挥身边的唢呐班前往迎接。唢呐滴滴答答，鞭炮声声

震耳。梅娘带着十多个窑主跟在唢呐班后面接迎。突然响起的乐声、鞭炮声和涌来的人群,惊得苏轼兄弟手足无措。跟随的护卫飞跑上前阻拦时,一身重孝的梅娘向前发话说:"听说苏老先生的灵柩从此经过,我们汝窑厂的伙计们前来祭奠叩拜,以表窑乡人对老先生的深切怀念!"

虚惊一场,护卫放行。梅娘带着大伙儿来到灵柩前烧纸上香,跪拜叩首。接下来灵柩经过的地方,窑乡人三步一叩,五步一祭,十步一拜,令苏轼兄弟唏嘘再三,感动不已。

梅娘为护灵队伍安排了素食斋饭,各窑口也都赠送了香炉、香薰、碗碟、瓶盘等一类的日常用品。梅娘带着大伙儿一直护送灵柩出了汝州境才肯留步。

分手前,梅娘把火男等六个小伙子推到苏轼面前说,一路翻山越岭,蹚水过河,就让火男他们护送老先生回家吧!

苏轼兄弟再三谢绝,天炎说,苏大哥,别的窑口上的人不让去就罢了,火男是自家孩子,一定得护送老人回家!

苏轼看天炎说得真诚恳切,也就含泪点头答应了。

八

梅娘得知苏轼入狱的消息已是元丰二年(1079年)十月的一天。

这年的四月,苏轼调任湖州知州。上任后,他即给皇上写了一封《湖州谢表》,这本是例行公事,但苏轼是诗人,笔端常带感情,即使官样文章,也忘不了加上点个人色彩,说自己"愚不适时,难以追陪新进","老不生事或能牧养小民",这些话被新党抓住了辫子,给他扣上了愚弄皇帝,妄自尊大的罪名。他们从苏轼的大量诗作中挑出所谓的隐含讥讽之意的句子,说他"衔怨怀怒","包藏祸心",讽刺政府,莽撞无礼,不忠不义,如此大罪可谓死有余辜!一时间,朝廷内一片倒苏之声。不久,苏轼被御史台的吏卒逮捕,解往京师,受牵连者达数十人。这就是北宋历史上著名的"乌台诗案"。

梅娘通过窑司萧夫得知苏轼命在旦夕,新党们非要置苏轼于死地不可。心急如火焚的梅娘,请求窑司想法救救苏大人。萧夫看梅娘一副油煎火燎的样子笑着说,梅娘心里果然装着苏大学士。不过,梅娘也不必太焦心,有句话叫天不杀才人,苏大学士才高八斗,杀他就犯了天律,更何况还有太祖既定下不杀士大夫的国策在庇护着苏大学士……

萧夫这么一说,梅娘紧张焦虑的心情有所放松。萧夫继续说,现在朝野内部，不但与苏轼政见相同的许多元老纷纷上书不能杀苏轼，连一些变法派的有识之士也劝谏神宗不要杀苏轼。苏轼出狱是迟早的事……

梅娘说："萧窑司，我能做些什么，该如何做能让苏大学士尽快出狱？"

萧夫"嘻嘻"一笑，"好痴情的梅娘——"然后随口说道："要想尽快让苏大学士出狱，必须得让王丞相开口替苏轼说话。可惜他反对王安石的新法，二人积怨太深……"

萧夫的话让梅娘记在了心里，她思忖着如何才能接近王安石。然而，一个民间女窑匠和当朝老丞相、大文豪王安石联络上，难乎其难！

数日来梅娘几乎彻夜不眠，挖空心思也想不出个头绪来。一天深夜，万籁俱寂，梅娘焦灼思虑得脑子眼尖痛之时，忽然听到一阵"咔吧、咔吧"的细微响声。她知道那是放在床头柜上那件"宝归原主"的三足洗开片的声音。一年多前，石苍舒来汝州看鲁山花瓷，把梅娘送给苏轼的那件三足洗捎来了。梅娘看苏轼的信札落款得知，宝器已在石苍舒那里放置快一年了。石苍舒说实在不忍心把神器还给你，就放在书斋里好好享用了一番。苏轼在信中写道："天青釉难烧，难似上青天；通灵的天青釉更难烧，难逾上青天！我不能夺人所爱，宝归原主，神器也许对你更有用……"

梅娘静听着三足洗"咔吧、咔吧"开片的细微响声，心旌飘动。"咔吧、咔吧"——犹如儿时躺在父亲割倒的芝麻捆旁静听芝麻开门的声音；犹如孩童时踮脚侧耳细听灶台上爆米花炸响的声音；犹如少时躺在秋田里恭听豆荚炸裂的声音。那一刻，在远离尘器的瓷乡里，在这寂寥的冬夜里，在匠人的卧室里，梅娘再次听到了汝瓷开片的声音！那一刻，她沉醉在了大自然弹奏的复调旋律之中：时而是花开的声音；时而是林涛的低吼；时而是山泉的叮咚之声；时而是青瓷精灵的脆响；时而是窑神女的喁语；时而是青瓷精灵的吟哦——在这大自然的天趣中，梅娘被融入了禅境……

梅娘不知多少次听到过汝窑开片的声音，或急或缓，或密或疏，或重或轻——开窑时的"叮叮当当"的骤响，犹如千军万马，势不可挡；出窑时"叮当、叮当"稀疏的炸响……犹如大珠小珠落玉盘溅出的脆响；俨然窑神女纤手扣击玉磬发出的遗音；好似岁月的风铃摇出的颤音；恰似虔诚的信徒敲击钵鱼奏出的音韵；更似清澈的山泉滴落玉石的声音……

然而，这些响声从来没有今夜里的触动梅娘的心灵。她坐起身点亮油灯，激动地把三足洗紧紧抱在怀里，不一会就进入了香甜的梦乡——

三足洗突然挣脱她的怀抱，青鸟一样在屋里飘飞。梅娘跳将起来捉拿，三

足洗突然一声炸响，一缕袅袅的青烟中蹦出了窑神女，窑神女向她眨巴着媚眼，变幻着笑脸。惊愕不定中梅娘伸手去拉她，她飘飞着出了门户，向着东北方向飞去。梅娘撵啊撵啊，一直追到了一座寺院门口，窑神女突然不见了……

梦醒来已是黎明时分，媚娘抚摸三足洗，品嚼离奇的诡异的梦境，眼前豁然开朗。

梅娘起床梳洗已毕，乘车向汝州城东北方向的风穴寺奔去。

梅娘在大雄宝殿叩拜佛祖后，径去谒见广惠德宣禅师。德宣禅师学富五车，交游甚广，在佛学界很有影响。梅娘向禅师吐露了心声后，禅师说真是佛祖显灵了——要谒见老丞相发话拯救苏大学士，你还真对地方找准人了。老衲知道王丞相隐居的地方。他隐退后一直住在金陵江宁府，日子过得可逍遥了。

梅娘大喜，催促禅师说下去。你可知道钟山之中有座定林寺？王安石与住持致远禅师投缘，二人交情深厚，致远禅师就在这寺院里给他安了一个书斋，大书法家米芾为其命名曰"昭文斋"。不出游的时候，老丞相就在这书斋里读书、著述、接待来客。老丞相跟来客大多只谈诗文、佛学之类的话题，而不愿议论政局。他也许是不便谈，也许是谈不通而不想再为自己争辩，也许是力图远离政治……

离别时德宣禅师给致远禅师修书一封，说："梁窑主，世上万事万物皆有缘。如今水到渠成，成与不成就看你的缘分了，阿弥陀佛！"

梅娘和火男带上三足洗等器物向金陵出发了。

上路前梅娘又去州衙拜会知州张奉，以想请王安石为章家贡窑题词为由，拐弯抹角打探王安石的详情。知州和汝窑唯一的女窑主颇有交情，如实详述。

熙宁九年（1076）王安石第二次罢相，第三次任江宁府长官，可他一直未到江宁府衙办公。次年6月他辞去判府事这一实职，只留虚职虚衔罢了。这次回到江宁府，王安石选中当时江宁府城东郊、钟山脚下一个叫白塘的幽静地方，作为建宅之地。这里地势低洼，平时积水甚多，不长庄稼，故名"白塘"。白塘靠近燕雀湖，距江宁府城东门——白下门与钟山各有七里。白塘那里还有一个土墩叫谢公墩，相传是东晋名相、淝水战役指挥者谢安的故宅遗址。隋朝灭陈以后，这里已成废墟。老丞相购地后雇人开渠，排除积水至清溪，垫土植树，盖几间房，营建了一座简朴的住宅，把自己毫无阻隔地置身于山水田园之中，过上了清静、无人打扰的隐退生活。老丞相根据这里恰在出城，登山半途上的位置，将住宅命名为"半山园"，并以此自号"半山"……

离开州衙时梅娘说，我近日到金陵谈一桩瓷器生意，顺便到老丞相府上求一墨宝，不知张知府能否修书引荐？张知府略加沉思说，新任江宁府知府和我有些交往，我修书一封，不妨一试。

梅娘手里有了两封通融的信，心里就更踏实了。第一站先到金陵名刹定林寺。由德宣禅师的引荐信开路，梅娘很顺利地见到了致远禅师。她给致远禅师带了一对月白釉香薰、一对豆绿釉香炉，和一串天青釉佛珠。禅师目光炯炯盯着佛珠，爱不释手。梅娘借机推介说，汝瓷是瓷器中唯一和玉最为接近的一款瓷器，采用汝州纯天然的原料手工制作，内含名贵的玛瑙。她似玉非玉胜似玉，其颜色和润感甚至超过了玉。这些多种对人体有益的矿物质蕴含在佛珠内，佛珠又长期和皮肤接触，多种有益的矿物质通过皮肤肌理慢慢浸入人体，爽目健身，延年益寿……

在致远住持的引荐下，半月后的一天，梅娘终于在"昭文斋"拜谒了王安石。

王安石主持变法一再受挫，退出政界之后，内心烦闷、寂寞。他在隐退江陵的诗中写道："亲朋会合少，时序感伤多。胜践聊为乐，清谈可当歌。"为排遣心中烦闷，王安石经常外出游览江宁府一带的山水名胜、佛教寺庙。他专爱骑驴出游，有时也坐车，进江宁府城则沿潮沟乘小船而往。他不肯坐用人力抬的轿子，认为那样是"以人代畜"。外出时王安石举止平朴随便，不讲排场，也不在乎风吹日晒，全然像一个"山野之人"。

一天，王安石邀致远禅师在书斋品评他的新作《木末》。"木末北山烟冉冉，草根南涧水泠泠。缲成白雪桑重绿，割尽黄云稻正青。"致远读后连夸好诗，观察细腻，体会深刻，描写状物独到，并借机把玩着手里的汝窑念珠，说出汝窑主梁梅青拜见之事。不知何故王安石笑而不答，迅速把话题岔开了。

梅娘等得焦急，致远禅师说急不得，缘分还不到，到时自有良机。梅娘只好耐着性子等。这天午后，王安石午睡后坐在书斋门前凝思，忽然有了灵感，"屋绕湾溪竹绕山，溪山却在白云间。临溪放杖依山坐，溪鸟山花共我闲。"正当他陶醉在一时即兴的《定林所居》诗意中时，突然看见戴着汝窑天青色佛珠的致远禅师，站在一棵树下望着飘落的黄叶出神。西斜的阳光透过树叶的缝隙落在佛珠上，佛珠一明一暗，甚是诱人。

心情高兴的王安石就喊叫起来，致远走到他身边，王安石一边吟咏他的新诗，一边摩挲他的佛珠。致远夸赞他的诗作时，他却问道："那个汝窑的梁窑

主走没走？"

"没走。人家是慕名而来，不见丞相誓不还！"致远笑着说。

"那就请她来见见。"

"何时？"

"现在更好，明日也行！"

"好，那我这就派人去通知她。"

正在寺院客房焦躁不安的梅娘终于等到了佳音，稍作收拾就在致远禅师的引领下来到了"昭文斋"。

梅娘送给王安石的见面礼是一件汝窑三足洗和一只汝窑天青釉碗。梅娘把那三足洗从箱子里取出，老丞相的眼睛就惊呆了——造型规整，釉呈淡天青色，柔和温润的三足洗一下子吸走了他的魂魄。承盘圆口，浅腹，平底，下承以三足。里外施天青色釉，釉面开细碎纹片。外底满釉，有5个细小支烧钉痕。

老丞相目不斜视，自言自语："天底下竟有如此精美绝伦的瓷器！"

致远和梅娘的目光瞬间对视，梅娘惶恐不安的心绪稍加平静。梅娘接着打开了第二个盒子，汝窑天青碗出现了，老丞相大为震撼，双手颤抖抚摸着青瓷碗。

汝窑碗——撇口，深弧腹，圈足微外撇。胎体轻薄，通体满釉，呈淡天青色，莹润纯净，釉面开细小纹片。外底有5个细小支钉痕。汝窑碗是仿唐代金银器碗的造型，碗里外满釉，釉色天青微泛蓝，色泽典雅含蓄，釉面开有细碎纹片，釉中含有稀疏的气泡，寥若辰星。

"这件汝窑碗造型规整，胎质细腻，釉色如湖水映出的青天，真是精美的稀世珍品啊！"老丞相啧啧夸赞。

王安石只字不提梅娘来访的缘由，饶有兴趣地询问汝窑的烧制工艺和成色原理，梅娘一一回答的同时，用眼光征询致远的意见，致远没有示意，她也不敢贸然说明来由。

不知不觉天色已晚，梅娘提出告辞。王安石要留梅娘吃晚餐，梅娘谢绝了。

"汝窑天青釉难烧，十窑九不成。梁窑主把天下宝器送给老朽，无功不受禄，老朽岂敢笑纳？"

王安石说着就把瓷器往盒子里放，梅娘这才说明了根稍末节。

王安石手指三足洗问："你说这器物是苏轼亲手设计的？"

"是的，大人，民女绝不敢说谎的！"

"奇才，奇才！"王安石在屋里踱步说。

梅娘又说了苏轼在汝窑釉料配方中兑入骨殖的建议，稳定天青釉烧制成色，是汝窑的大功臣。

"雄才、天才——"老丞相大加赞赏。

梅娘看时机成熟，就掏出了窑乡人联名签字要求释放苏轼的文书。

王安石连看都不看一眼说："老朽和苏轼都是忠君爱国忧民的一介文人，我们之间只是政见不同，没有个人的恩恩怨怨。若拿这些名器来贿赂收买老夫在皇上面前替苏轼说话，看来梁窑主是把我当成一个鸡肠小度的势力之人了！"

王安石陡然变怒，致远和梅娘不知所措。

"宰相肚里能撑船，知道大人宽宏大量，爱才惜才，不计小节……"

王安石摆手制止她的夸奖，走进内室从书案上拿出事先写好的上书，交给致远说："念给梁窑主听——"

致远一看窃喜，随即念了起来，当念到"安有圣世而杀才士乎？"时，已是热泪盈眶。梅娘"扑通"一声跪地叩头拜谢，感激之言一个字儿也说不出来，唯有头点地、泪成行。

王安石弯腰拉起梅娘，喟叹曰："子瞻此生足矣，难得有如此痴情忠贞的女士惦念牵挂！"

梅娘大功告成，心里十分的轻松和高兴，随即要宴请王大人。

"安有得宝不请客的道理？"说罢朗声大笑。

在朝野和民间的一直呼吁声中，这场诗案最终因王安石上书皇上"一言而决"。苏轼得到从轻发落，贬为黄州团练副使，本州安置，接受当地官员监视。也有来自民间的消息说，王安石把梅娘送给他的汝窑碗供奉神宗皇帝，神宗大喜，王安石借机为苏轼美言，神宗开了金口，免了苏轼的死罪。

自此，几次濒临被砍头境地的苏轼，坐牢103天后重获新生。

九

1079年12月底苏轼出狱，责授黄州团练副职。

苏轼是正月初六离京赴贬所上路的。此时的苏轼深感前程渺茫，心灰意

冷，唯有亲情和友情温暖着他几度受伤的心灵。兄弟手足情，肝胆两昆仑。他此刻最渴望见到的是为他而被贬官的弟弟苏辙。去年八月，苏轼以作诗"谤讪朝廷"罪被捕入狱，时任南京签判的苏辙作《为兄轼下狱上书》，请求以自己的官职为兄赎罪。皇帝震怒，贬苏辙为监筠州盐酒税，五年内不得升调。

苏氏兄弟是在元宵节那天在陈州见的面。苏辙自南京风尘仆仆赶到陈州，兄弟相拥而泣，久久不能抑制，相互一句话也说不出来。

待二人稳定了情绪，苏辙向哥哥述说了朝野上下官吏、民间四方侠士，为救他出狱或纷纷上书，或托亲靠友打通关节的情景，感动得苏轼再次落了泪。苏辙特别提到了两个人，一个是梅娘，一个是王安石。梅娘的侠义，王安石的大义，让苏轼泡在冰窟里一颗泣血的心，得到温暖的抚恤并涌起了一股甜蜜的疼痛。

"父亲嘱咐我们替他祭拜梁老先生的愿望至今没能实现，火女大义扑窑，梁先生积郁而死，火男千里迢迢扶灵送父，梅娘舍宝求相救我……子由呀，我们亏欠着梅娘一家四代人的情啊！"苏轼泣不成声。

"是啊，哥——我们一定得再去一趟汝州，完成父亲的夙愿，重谢梅娘一家人的大恩大德！"

"可你我都是戴罪之身，时时有眼睛监视，行动不便。这样的时候拜谢梅娘一家，适得其反，定会给她家带来灾祸啊！"

"哥哥言之有理，那就等待机会吧。"

"知恩不报非君子。梅娘——此情此意苏氏兄弟必报！"

秀才人情半张纸。二人就合手给梅娘写了一封信，说择机赴汝州谢恩……

时短情长，三天的光阴瞬间滑过，兄弟间的知心话还没说完。时光催人，兄弟洒泪惜别，各自上路。

苏轼到黄州后，生活困顿，黄州通判马正卿是他的故人，便从州府要来了已经荒芜的五十亩军营旧地给他耕种。营地位于黄州的东坡，次年春天，苏轼于其上筑雪堂，题之曰"东坡雪堂"。唐朝诗人白居易当年贬谪四川忠州时，也曾在其地的东坡种植花木，并写下了《步东坡》的闲适诗："朝上东坡步，夕上东坡走，东坡何所爱，爱此新成树。"苏轼仰慕白居易，故自号曰"东坡居士"。"苏东坡"一名也由此名垂千古。

在黄州的公余闲暇之时，苏东坡曾无数次涌起为汝窑和梅娘写诗赋词的冲动，但一次次又被自己打压下去。他把对汝窑和梅娘圣洁的爱悄悄地埋在心底，生怕写出来、说出去，让她沾染了尘世的灰尘，还怕这些充满感情色彩的文字给梅娘惹出什么麻烦来。东坡心情郁闷，就经常出游，写诗作词，抒怀言志，以排遣胸中的苦闷。《念奴娇·赤壁怀古》和《赤壁赋》等都是此时的杰作。

苏东坡是贬谪黄州的第三年（1082年）初秋，才有机会去汝州看望梅娘一家人的。

为促成此行苏东坡绞尽脑汁。一次，在同马正卿饮酒闲聊时，马正卿无意说新调来的知府黄一茂有收藏各类瓷枕的嗜好。说者无意，听者留心。苏东坡经过缜密思考，把自己汝州之行计划向老友和盘托出。于是，马正卿有意在同僚和知府之间散发东坡与汝窑有缘的信息，说东坡居士和汝窑贡窑的几个窑主关系密切，见识过不少汝窑的精品，享用过汝窑瓷枕爽目健脑的功效……这些话引起了黄知府的在意，私下向马正卿打探，马正卿添油加醋回了话，这就把黄知府的胃口吊了起来。接下来黄知府就找东坡套话，东坡心领神会，把他和梅娘等汝窑主的交情讲了。他说汝窑瓷枕内含玛瑙，特意夸大了汝窑瓷枕的醒脑保健功能。黄知府心里痒痒的，就以公务的名义让苏轼去了趟汝州。

梅娘自从接到苏氏兄弟的来信，心里踏实了许多。虽说兄弟二人都被贬官，但毕竟还是官，是官强过民，尚能吃饱饭。梅娘不再为二人担惊受怕，专心打理着窑厂的生意，没想到东坡专程从黄州来汝州，跋山涉水看她来了！

苏东坡到汝州梅娘的窑厂时，窑司已经向各位窑主透露了消息：皇上将要建御窑了，可能要挑选一批能工巧匠进御窑厂。

苏东坡在窑厂稍作休息，就提出去郏城小峨眉山祭坟扫墓。梅娘说长途劳累，进城住下休息一晚，明日先到风穴寺谢过德宣禅师，后天再去小峨眉山……

东坡听从了她的安排，心里充满了对德宣禅师的感激。

风穴寺因坐落在风穴寺山下而得名。相传风氏女娲封于女水之阳后，面对茫茫水域无处栖身时，忽见北岸有一座山，风氏女娲于是就在山半腰挖洞穴居。这座山就因风氏女娲在此挖洞穴居而取名"风穴山"。寺院依山而建故名"风穴寺"。寺院依山傍水，高低错落有致，秀丽多姿。

东坡和梅娘来到风穴山口，但见两山夹道，万木葱茏，流水潺潺。迤逦北行3华里才看见寺院，东坡真正体验了"深山藏古寺"的诗情画意。

东坡和德宣禅师一见如故，谈诗论画，相互仰慕。德宣禅师说东坡居士一生飘逸超群，故仕途坎坷。但先生学识渊博，天资极高，诗文书画样样皆精。论其文汪洋恣肆，明白畅达；论其诗清新豪健，艺术表现风格独特；论其词开

豪放派先河；论其书法行、楷皆精，自创新意，用笔丰腴跌宕，有天真烂漫之趣；论其画构图简约，长于神似，韵味无穷……

二人谈佛论道，缘分更深。东坡说道家把宇宙一切的本体称为"道"，佛家把一切的本体名为"佛"，异名而同出，说的都是世界的本源。佛就是道，道就是佛，非水火不融也……

东坡的话引起了德宣禅师的共鸣。天色向晚，二人谈兴正浓，大有相见恨晚之憾。

翌日凌晨，梅娘带东坡乘车从汝州城出发，向郏城的小峨眉山驶去。

东坡问，先祖当年住在汝州，为何葬在郏城？梅娘说："还不是恋家嘛！"

梅娘停顿了一下，这才继续说起来。先祖一次到嵩岳余脉的莲花山寻找烧窑的原料，偶然发现了这块世上稀有的风水宝地。先祖站在莲花山上南望，下有一块洼地沃土，被玉带似的浩渺汝水环绕，旷川无垠，紫烟缭绕。黄帝钧天台在其前，左右两小岭逶迤而下，宛若峨眉，状似家乡的峨眉山。先祖意识到这就是自己死后最好的墓地了。

下得山来先祖问一羊倌，左右两个山丘的名字，果然名曰"峨眉山"。

"神了，真是神了！"先祖心里说着，从此就筹谋着如何才能得到这块宝地。先祖挖空心思，以把自己的女儿委屈嫁给傻子杨大须为代价，才算换得了这块茔地。谁知先祖死后安葬时，杨氏家族反悔了，不让在事先定好的墓地下葬。几番周折，杨氏家族才勉强同意在左侧山丘下划了一块荆棘地让殡人。我们老梁家和老杨家为此事打起了官司，一番折腾，这块美穴地出名了，众多的风水先生慕名前来踏勘。这样一来争夺的人家更多了，杨氏家族内部也为此分崩离析。争来争去，谁也别想葬在美穴地，于是就搁置下来了……

梅娘讲得有鼻子有眼，东坡听得入神。马车如飞，很快就到了小峨眉山下的墓地。

东坡在二位先辈的坟茔旁跪下，上香化纸，叩头忏悔，久久不起。

祭奠已毕，梅娘引领他登上小峨眉山向下观望，自是一番盛景。但见汝水似练，旷野无边，袅袅升腾的云雾中远山如黛，岸山层层。梅娘又领他登上莲花山鸟瞰，更是一番美景。莲花山背靠嵩岳，左右峨眉亲密地依附在莲花山脚下，像左青龙、右白虎一样护卫着美穴地。美穴地南方，云雾缭绕着黄帝钧天台，如梦如幻。汝水仿佛奏起了美妙的琴声，一阵秋风乍起，汝水似玉带飘舞，东坡被这人间奇景陶醉了。

下得山来，东坡躺到美穴地上。天空湛蓝，四野宁静。看天空悠悠的白云，听山野清泉的和唱，东坡心旷神怡。

在返回的马车上，东坡吟咏唐代祖咏的《汝坟别业》诗："……鸟雀垂窗柳，霓虹出涧云。山中无外事，樵唱有谁闻。"吟毕对梅娘说："'祖三'好眼光，当年仕途失意，迁居汝水岸边的山中隐居，过着神仙一般的惬意日子。唉——世事艰难，官场险恶，我多想在这里——小峨眉山搭一间茅屋，过上清静无忧的隐居生活啊！"

"苏大哥不能心灰意冷，人生在世谁没有个七灾八难的，挺过去就好了！"梅娘解劝说。

一晃，东坡在汝州度过了五天。归期逼近，这才想起黄知府交办的瓷枕的事，忙向梅娘说起。梅娘一边派火男到各窑厂搜罗瓷枕，一边让天炎在仓库里翻箱倒柜找过去的存货。

由于东坡事先和梅娘有交代，所以汝州之行低调悄密，既不惊动官方，也没有让窑乡过多的人知道。东坡在清静的环境中有足够的时间和梅娘、德宣禅师交谈出游。尽管德宣禅师讨要的字画东坡都如期交付，但还是觉得欠着禅师的情。

第九天上午，东坡前来和德宣禅师话别。禅师想挽留他再住两天，就说道："大学士设计的三足洗，如今各个窑系的各个窑口竞相仿制，成了文人雅士桌上的宝贝。您晚行一天，为风穴寺设计一款最能代表佛界精魂的器物，让梅娘给烧出来，我们也傍傍大学士的名气……"

东坡是个重情重义之人，于是就答应留下，并很快进入创作前的构思阶段。

东坡站在寺院制高点的望州亭上，环望四周，但见九座蜿蜒的山脉把风穴寺揽入怀抱，整个寺院就像坐落在一朵盛开的莲花之中。"九龙朝风穴，古寺坐莲台。"东坡忽然就想到了莲花。

莲花是圣洁、清净的象征。莲与佛教的关系十分密切，可以说"莲"就是"佛"的象征。想到这里的东坡就下了山，走进大雄宝殿，看到佛祖释迦牟尼端坐在莲花宝座之上，慈眉善目，莲眼低垂；称为"西方三圣"之首的阿弥陀佛，以及大慈大悲观世音菩萨，也都是坐在莲花之上。其余的菩萨，有的手执莲花，有的脚踏莲花，或作莲花手势，或向人间抛洒莲花……

走出大雄宝殿，他向七祖塔走去。站在塔下想起了以莲花为代表的佛教故

事。佛祖释迦牟尼的母亲，长着一双莲花般的美丽清亮的大眼睛。佛祖降生时，皇宫御苑中出现了八种瑞相，其中最主要的一种瑞相，便是池中突然长出大如车轮的白莲花。佛祖降生，他的舌根上放射出千道金光，每一道金光化作一朵千叶白莲，每朵莲花之中坐着一位盘足交叉、足心向上的小菩萨……

无量佛如莲，无边佛如莲。东坡找到了最能表现佛教精髓载体的莲花，跑着去见德宣禅师。心有灵犀一点通。二人果然想到了一块，于是坐在大慈泉下，对咏起古人的莲花诗来——

东坡："李太白曰'……心如世上青莲色'。"

德宣："孟郊曰'……道证青莲心'。"

东坡："白居易曰：'似彼白莲花，在水不着水。'"

……

月光如水，秋夜宁静。东坡再次转到风穴寺的后山，上了翠岚亭。坐在亭子内，环望四周，朦胧的月色罩着九龙环抱的古寺，金风徐来，七祖唐上的风铃"叮叮当当"脆响，和着清泉山溪的音乐，伴着秋虫的鸣唱……

东坡陶醉了。

突然想喝酒——他想：此时此刻此亭，若能有梅娘执一壶老酒，倒入两只天青釉碗中，然后双双端起，四目对视，深情一笑，"叮当"一声碰响……

古寺、月夜、莲花、美人、美酒、汝窑盘、莲花碗——东坡忽然来了灵感，飞跑着下山了……

推开客房，拿出纸笔，飞速画了起来。不一会儿，一只莲花温碗和一把执壶就在纸上落就了。

东坡端详自己的得意之作，突然又感到不妥。佛界禁酒，一只莲花温碗、一把执壶，"不妥，真的不妥！"东坡暗暗责怪自己，但又舍不得这个创意。几经推敲，最终去掉了那把配套的执壶，只留一只莲花温碗。但还觉得不合适，就把题名"莲花温碗"中的"温"字也抹掉了。

德宣禅师和梅娘看到东坡设计的莲花碗造型，佩服得五体投地。东坡解释说以莲花或莲瓣作为汝窑碗的纹饰及造型，不但是纯洁和清静的象征，更是取其出泥而不染的习性，寓意清廉自好。

德宣禅师高兴地说："我敢预言，莲花碗将随着我佛学的兴盛而广为流传，长久不衰，成为千古经典！"

"禅师过奖了——"

不等东坡说完，梅娘就截断了他的话说："此话一点都不过，我敢断言：

莲花碗造型日后必广为各类器皿所采用，至于各个窑系和各个窑口的仿烧，那是谁也挡不住的。苏大哥不愧是大才子，不经意间又创造一个汝窑经典造型，汝窑人感恩不尽啊！"

"二位当心把我吹上天，可摔下来鼻青脸肿的滋味可不好受哟！"说吧大笑。

三日后东坡离开汝州。梅娘为他收集了二十多只各类瓷枕，德宣禅师还把自己收藏的一只唐初的鲁山段店花瓷瓷枕也送给了东坡。东坡嘻嘻笑着说："禅师割爱送宝——这只瓷枕足以让戴罪之人，在知府面前把头高抬几分了……"

他风趣幽默的话把大家都逗笑了。

梅娘一直把东坡送出汝州境，二人才含情脉脉地分手。

"苏大哥多保重，等俺把精品莲花碗亲自送到您手里吧！"

"等着，俺一定等着，日子千难万险俺都等着这一天！"东坡眼睛潮润了，他不愿让梅娘看到他的眼泪，扭回头催马上路了。

东坡没有想到这竟是和他梅娘最后的诀别，他更没有想到竟是自己设计的莲花碗夺了梅娘的性命。

十

梅娘全心投入莲花碗烧制的时候，神宗皇帝下诏建御窑。对此，南宋前期九华人叶寘的《坦斋笔衡》是这样记载的："本朝以定州白磁器有芒，不堪用，遂命汝州烧青瓷，故河北、唐、邓、耀州悉有之，汝窑为魁。"

御窑址就选在距汝州州衙不足一公里的东南隅。工匠和窑匠主要从汝窑各贡窑中选拔，很多人跃跃欲试，情绪高涨，甚至连一些民窑中的技术尖子也托关系找门路，巴望着挤进御窑厂。

梅娘并不热衷于进入御窑厂，一门心思制烧造莲花碗。莲花碗的造型不好制作。下方的手拉坯汝窑碗造型还好做些，可是上方碗沿的莲花瓣造型不但不好做，即使做出来了，而且极其不易成型。胎泥硬了不易拉坯做花瓣，胎泥软了，拉出的造型塌胎变形，朵朵莲花似霜打一样耷拉着脑袋，没有一星点儿精神。

拉坯制作阶段是汝窑器能否成功的基础。只有制作出周正方圆的器皿，才是汝瓷烧成功的前提。经过一段实践摸索，梅娘总算制作出了一只端庄秀雅的

莲花碗，那朵朵花瓣形似神似，十分让人耐看。

梅娘正陶醉在成功的喜悦之中时，孙女青韵跑进来说："奶奶，唐窑司来了"，梅娘忙锁上作坊的门，走出去迎接窑司。

唐窑司手里拿着一张通知，喜眉笑眼地走来了。

"恭喜梅娘，你和丈夫双双被御窑厂录用了！"窑司掩饰不住喜悦说。

"您说什么？"

窑司又重复了一遍。梅娘说："我和丈夫都没报名咋可录用了，那火男呢？"

"你和天炎都是汝窑界大名鼎鼎的行家里手，不用报名。不只我一人推荐，知府大人亲自点你们的'夫妻将'！火男还嫩，磨炼磨炼以后再说吧！"

梅娘把窑司领进客厅，倒上水叙话。说心里话梅娘和丈夫都不想去御窑厂，想守着老摊子烧瓷器，倒是想让儿子进御窑厂历练历练。

"唐窑司，我们两口子都不去，换火男一人去咋样？反正挤破头进御窑厂的人多得是。"梅娘说。

窑司说这可不是玩儿戏的，到御窑厂的窑工窑匠都是经过皇上过目钦批的，不是谁想去就去的。窑司说罢看梅娘没有报答施惠的意思，把那张通知放下就走了。

梅娘一看通知头都懵了，那上面写着限本月十六日前报到。只有五天的时间了，可是莲花碗坯胎还没晾干，装进窑炉正式烧之前，还有素烧、施釉的过程，就是神仙也来不及了，看来这一窑只有让儿子火男单独看火了。火男虽说跟着父亲学烧窑也有一些光景了，但真正独当一面，掌控火候还是第一次。莲花碗拉坯造型难做，烧了败窑多可惜啊！

皇命如山。五日后梅娘妇夫如期到御窑厂报到了。

御窑厂的规矩很大，窑工、窑匠吃住在窑厂，月儿四十天才能回家一趟。梅娘人被囚在御窑厂里，心里却终天惦记着莲花碗的烧成，焦虑如焚。终于熬到月底休假回家，儿子说莲花碗烧过火了，莲花瓣都变形了。梅娘看着残品心如刀绞。忍着疼痛梅娘走进作坊，开始重新拉坯制作莲花碗器型。紧赶紧做，梅娘只做出了两只莲花碗坯胎，休假的时间到了，这才不得不离家而去。梅娘担心儿子掌控不好烧窑的火候再次败窑，离家时告诉儿子把坯胎晾干后等你爹回来烧窑。

梅娘回到官窑厂私下里和丈夫商量，让他装病请假回家帮助儿子烧窑。天炎是御窑厂出色的烧窑匠，一说请假回家治病，窑司命人把医生请到了窑厂给他看病。

医生把脉后笑说："心病也！"

梅娘害怕露馅一直守在身边。"先生真乃神医，心病难道不能治吗？"

梅娘说着笑眯眯地盯着医生。医生和她都熟识，顿时领悟了，随即开了药方离去。

火男左等右等不见爹回来，恰巧德宣禅师又来窑厂催货，火男就做主把莲花碗装窑了。二十多天后天炎休假回去，看到出窑的一对莲花碗都是残品，莲花瓣都烧炸了。火男让爹看他拉坯制作的莲花碗坯胎，爹一搭眼就看出了毛病。"孩子，你拉坯做的造型比你娘的差多了。拉坯的活儿爹也做不好，等你娘回来再做吧！"

天炎离家回御窑厂走时，邮差送信来了，是东坡的来信。天炎回到御窑厂后，把败窑和东坡来信询问莲花碗烧制的事悄悄告诉了梅娘。梅娘长叹一声无语，心里油煎火燎般地难受。

御窑厂虽然集中了汝窑界的精英，但毕竟是新建窑炉另开张，万事开头难。由于七十二道工序的人员配备不尽合理，人员之间缺乏磨合，协作不力，工艺流程之间衔接不到位，加之管理方面的漏洞，烧制出来的产品极不稳定，这让窑司十分窝气和恼火，不停地开会训人，不断地调换人员。

梅娘曾单独找过窑司，就揉泥环节的漏洞而影响器物质量问题和窑司交谈。她说揉泥是整个器物成功与否的基础。因为揉泥可以令黏土致密，不仅增加黏土的柔韧性和可塑性，降低收缩率，还会直接影响瓷器的烧成率与收缩率。如果揉泥的方法不恰当，使泥团中有空隙、气泡，不仅收缩率增加，而且烧成时表面会鼓起气泡，甚至会炸裂。揉泥的过程主要是把不同干湿度的黏土揉匀，控制好黏土干湿适度。如果黏土太硬，在揉压的时候需要加水，反之则需要脱水。梅娘建议揉泥环节的人员要固定，不能变动太快……

梅娘说的句句在理，外行的窑司听着刺耳，依然我行我素。

这天又开会，窑司黑丧着脸宣布了调整人员名单。梅娘原来在成型组担任负责人。那些设计工、拉坯工、修坯工、磨具工、注浆工等都很尊重梅娘，因为他们知道梅娘是一位全路把式，是窑厂唯一一个熟稔所有工艺流程的窑匠。无论选料、练泥、揉泥、拉坯、修坯、配釉、施釉、烧成……梅娘样样说得出，做得出，收得拢，放得下。梅娘刚把成型组管理出头绪，就被调到烧成组担任负责人，到烧成组只一个多月，这次又被调到了配釉组，随着调整的还有班组的一些技术骨干。梅娘对窑司事先不征求班组长意见，一竿子插到底，乱

调技术人员的做法十分不满，窝了一肚子火。

梅娘是个直性子人，当场顶撞了窑司。"被窝还没暖热，人就被拆开了，这可不中！从泥土变成瓷器，这么多道工艺程序，就像夫妻间生孩子，需要配合默契才行——"

有人窃笑，有人羞臊脸红。

"换句话说，就是临时搁个伙计也得让互相摸透脾气。如此调人就像公鸡给母鸡压蛋——太随意太快了……"梅娘的话还没说完，就被突然哄起的笑声淹没了。窑司的脸色先是赤红，继而苍白，最后变得黑紫黑紫……

梅娘看窑司一副难堪的模样，忙换了口气嘻笑着说："窑司大人莫生气，嫂子是杆没心秤，说话没个轻重。不过，一个锅里涮稀稠，被窝伸腿没外人，我是为窑厂好才竹筒倒豆子——呼呼啦啦，把肚里的话一点不剩都说了！"

众人又笑起来，窑司也忙转换一副笑脸说了一句粗话："笑，笑，当心笑破了蛋（胆）"

一向严肃古板的窑司当众说了一句粗话，把大伙儿又逗笑了，气氛缓和了下来。

窑司说："古人言'苦口良药利于病，忠言逆耳利于行'今后大伙都得向梅娘学习，凡是对御窑有利的话尽管说……"

众人鼓掌雀跃。

从此，"公鸡压蛋"的典故就在窑乡传开了。

窑司心里忌恨梅娘，可梅娘技术过硬，干活不偷懒，人缘又好，他也奈何不了梅娘。梅娘说是说，但还是到配釉组报到了，只是班组调整的一些技术人员，在梅娘的坚持下没有流动，保持了相对的稳定性。

一次，梅娘叫上组里的火石和火镰去火魔山看玛瑙石。玛瑙石是釉料的主要成分，梅娘发现从玛瑙沟购回的玛瑙石太混，玛瑙成分含量过低。

在火魔山梅娘他们终于找到了纯净莹润的玛瑙石。日头压山时，梅娘三人背着沉重的玛瑙石下到了冷风崖。

梅娘心苦，脑子稍有闲暇，莲花碗就旋转着飞进了心里，莲花瓣儿像刀子一般刺得她心在滴血。人被因在窑厂没有自由，答应德宣禅师和苏大哥的莲花碗儿何时才能兑现？想着想着脚下一滑人就倒了，肩上的石头落地，顺着山崖翻滚。幸好石头没有砸在身上，可梅娘的身子像礴石一样滚下了山崖……

梅娘万幸被山崖半腰的一棵豹榆树拦住，虽然保住了性命，但左腿和右胳膊骨折。御窑厂这才不得不送梅娘回家治疗养伤。

俗话说伤筋动骨一百天。可是，梅娘心里惦记着莲花碗，只歇到五六十天上就到自家窑厂指导儿子拉坯制作泥胎器型。

手拉坯成形是一种古老的技术，它是在转动的轮盘上，用手工将可塑泥拉制成各种形状的方法。手拉坯成形要求手工技术水平高，劳动强度也较大。拉坯用的是手搅轮。手搅轮是用一特制青石轮盘，固定放置在一个轮轴上，石轮上面边缘处有一小坑眼，手拿一细长木棍插入小坑眼内，按逆时针方向用力摇动，使石轮快速转动，石轮上放一泥团，待石轮转开后利用其惯性拉坯。当石轮转速降低将停下时，继续转动石轮，使其运转，循环往复直至把坯拉成。

梅娘指导儿子先把泥团置于转动的轮盘上，用手抱正抱顺，然后在泥团上部的中间部位扣出一个窝来，并上提把窝拔高。再把左手放在窝里边，右手放在窝外，两手四指里外相对挤拉窝泥，向上边或外边扩展，使窝泥变薄成适当厚度的坯体，同时使坯体成为圆圆的形体。最后在坯体的底部以下用一细线把坯体割下，即成毛坯。

火男在母亲的调教下，尽管完成了碗的拉坯造型，但由于不得要领，实践经验欠缺，拉成的毛坯不但不周正，而且分割莲花瓣时失手掉了一个花瓣。

梅娘无奈就要自己下手，可是腿上的骨折处用竹批夹着，直棍一条动弹不得。梅娘狠狠心让儿子去掉竹批，儿子不肯。梅娘说火男，娘就这么一点属于自己的时间，不能拖啊！火男含泪把竹批去掉了。由于过早去掉固定断骨的竹夹，断骨尚未接合，媚娘落下了右腿残废。

梅娘忍痛亲手拉坯，边拉边给儿子讲解说：拉坯是整个工艺的核心内容，拉坯的好坏是直接决定以后上釉、烧成的重要因素。"拉坯首先要具备两个必要因素：一是心平气和、眼准手稳；二是在拉坯之前一定要明确目的，要做什么样的器物，怎么运用手法，这都是必须在心里揣摩好的。要把做的器物在纸上反复地画上几遍，烂熟于心里。闭上眼睛就能想起这样的线条该怎么用手拉坯去完成。不打无准备之仗，做好这些准备，方才可以拉坯……"

火男屏气静听着母亲的经验之谈，目不转睛地看着母亲示范。母亲拉坯的第一个环节是抱泥头，但见母亲把揉过的泥摔在轮盘上，双手快捷地把这块泥给抱正。火男看到泥和轮盘刚好是同一个圆心，这一些，母亲都是在一瞬间完成的，火男佩服至极。

"泥头抱得正不正是决定能不能拉成坯的关键，只有抱正了泥头才能进行下一个工序……"火男看见母亲的眉头紧皱，双颊虚汗淋淋。他忙给母亲擦汗，并央求母亲停下手里的活儿，母亲说我能坚持做下来的，放心！

梅娘的手把块泥经过来回数次的拔高和摁压，再次排除泥中的杂质、气孔和提高泥的可塑性，然后开始正式拉坯。火男看见母亲拉坯的过程稳健老练，速度适当，手法不断转换，手上的这块泥运用自如，莲花碗的线条好像就藏在胸中，呼之即出。一双手随着轮盘的旋转而舞蹈，莲花碗魔术一般地变幻出来了……

接下来毛坯干燥一段开始旋坯。修整毛坯这一过程称为旋坯。梅娘把莲花碗重放在转轮上旋转着进行旋削修整，使其达到精坯的要求。

梅娘旋着坯说："'三分拉七分旋'，旋坯在手拉坯成形中十分重要，旋成的坯达到的标准是：造型准确，线条流畅，表面光洁，厚薄适中……"

这些话在过去娘手拉手指导他拉坯、旋坯时不止一次讲，可是火男觉得娘这一次讲得特别动情和仔细，他也听得十分明白，并深得要领，但他并没有想到这是聆听娘的最后一次教诲和指点。

就在梅娘忍痛旋坯的时候，窑司带人悄悄进入了窑厂。望风的青韵刚拔腿向作坊跑时，就被窑司手下的人抓住，先堵嘴后捆绑。

梅娘和儿子被堵在了作坊里。听见脚步声，眼疾手快的梅娘忙用一块破布把轮盘上的莲花碗盖上了。

"好你个梅娘啊，原来身子骨都好利索了还不回御窑厂。吃着皇上的俸禄，躲在自家窑厂打小算盘，该当何罪？"窑司望着满头大汗的梅娘说。

梅娘镇静下来说："那股香风把唐大人给吹来了。医生说让我拄着双拐锻炼，这不刚溜达到作坊，看见火男旋坯不顺眼，就撂下拐杖指点一下，没想到让大人抓住了辫子。不过，梅娘可不是那种吃里爬外的人，何罪之有？"

窑司的一双大眼紧盯着轮盘说："人在曹营心在汉。身为皇上钦点的大宋御窑厂的工匠，不为皇命效力，躲在自家窑厂私自制瓷烧窑，有违圣命，罪之大焉！"

窑司说着走近轮盘伸手揭掉了破布，莲花碗暴露无遗了。尽管是正在修坯的莲花碗坯胎，但还是一下子把窑司震撼了。他痴呆呆地盯着莲花碗，喘着粗气久久不语。作坊里很静，窑司喘气的声音都听得清晰。窑司的眼光由发直到发亮，继而身子也在激动中发抖。

"好，太好了！青叶玉莲，花瓣含香，佛光内蕴，创意独特，天下奇碗，天下奇碗啊！"窑司连连夸赞道。

窑司看透莲花碗孕育的精义和神韵，这让梅娘既高兴又惶恐。果然，窑司换了副面孔，恶狠狠地说："梅娘，这么好的神器，不在御窑厂光明正大地做出来敬献给皇上，躲在自家作坊偷偷摸摸地做，是图自家发大财，还是把神器献给心爱你的风流才子？今天你必须给我说明白！"

梅娘强装镇静笑着说："窑司扯远了，梅娘岂敢不把神器敬献皇上，只是现在还是个毛坯。俺都人老珠黄了，鲜汁儿都被这窑火炙烤尽了，还有哪个傻瓜的才子学士心里装着俺？窑司莫开涮俺了！"

窑司皮笑肉不笑地说："梅娘，你就实说了吧，别给我兜圈子。莲花碗为哪个心爱之人烧造，你以为我心里不知道吗？"

梅娘出了一身冷汗，但还是撑着身子说："窑司大人，梅娘的禀性您不是不知道，肚里藏不住话，曲里拐弯的事俺不会做。烧制莲花碗俺也是大闺女坐轿头一回，怕张扬出去烧制不成丢脸，就暗地里试做，做成了给大人您个惊喜，让您再敬献给皇上……"

"梅娘说得比唱得都好听啊！实话告诉你吧：梅娘——你的一切活动都在我的掌控之中。不想到御窑厂就是为那个'风流的大学士'烧制莲花碗，到了御窑厂，你和你的丈夫利用请假、休假的机会回来试烧莲花碗，包括这次滚坡滑倒摔骨折，都是你蓄谋安排好的骗局。梅娘，本窑司不是吃干饭的，你骗得了我吗？为'戴罪之人'效劳胜过皇上——你还没罪？"

窑司说着走上去拽掉梅娘腿上和胳膊上的竹子夹板，大声喝道："带走——"

火男上去阻拦被人拧住胳膊拖到一边，窑司亲自走上去小心翼翼抱起了莲花碗。

"唐窑司，您、您不能带走莲花碗——"梅娘喊道。

火男挣扎着喊叫："强盗，留下我家莲花碗——"

窑司抱着莲花碗扬长而去……

十一

苏东坡接到火男代父母的回信后，知道梅娘夫妇都进了御窑厂，莲花碗的烧制即将大功告成。苏轼很高兴，随即回了信。可是几个过去了，没有音讯，一年过去了，仍是没有回音。他又接连写了两封信也都是石沉大海。令他不解和担心的是他写给风穴寺德宣禅师的信也没有回音。苏轼预感到梅娘一家可能又出什么大事了，焦躁不安中就写信给苏辙，让他托人打听。数月后苏辙回信说，梅娘好像在御窑厂戳什么大祸了，人身失去了自由……

元丰七年甲子（1084）4月的一天，苏东坡正在为梅娘焦虑时候，突然接到了皇上的诏书：苏东坡由黄州量移汝州。从天而降的好消息把苏东坡高兴坏了，心中所想成为现实，真是皇恩浩荡啊！

到汝州担任团练副使还愁见不到媚娘，还愁得不到梅娘惹祸的缘由？

苏东坡即刻收拾行囊，举家踏上了赴汝的征途。苏辙因替哥哥鸣冤被贬筠州。几年不见弟弟和家人，苏东坡和家人都倍加思念。于是苏东坡绕道筠州看望了弟弟一家，然后 经过九江，游览庐山写下了著名的《题西林壁》，"横看成岭侧成峰，远近高低各不同。不识庐山真面目，只缘身在此山中。"六月初九，苏轼从齐安坐船到汝州的途中，因大儿子苏迈将要去就任饶州德兴县的县尉，苏东坡送他到鄱阳湖口中看到石钟山，和儿子同游石钟山，并作《石钟山记》。

苏轼途经南京时，特意拜访了王安石。此时王安石已被罢相，蛰居南京 8 年了。本来苏轼拜见王安石有两个动机，一是要感谢王安石在"乌台诗案"中上书朝廷不杀之恩；二是劝说王安石谏言皇上终止兵事和牢狱之灾的。但是，令苏东坡没有想到的是，在定林寺王安石的"昭文斋"里，他亲眼看到了他设计的莲花碗，并得到了梅娘葬身火海的实情。

苏轼第一眼看见"昭文斋"博物架上的汝窑莲花碗，就像阔别久远的父亲第一次看到不曾谋过面的儿子，激动得身子发抖。儿子是自己生命的延续，而莲花碗则寄托着苏东坡毕生的才智和情思。

苏东坡小跑上去把莲花碗抱下来，仔细端详抚摸。由于窗帘遮挡，书斋光线太暗。苏东坡也不征询主人，"刷"一下拉开了窗帘。夏日炽烈的阳光射了进来，贪婪地"唖巴唖巴"亲吻着她冰清玉秀的胴体。苏东坡仔细品嚼汝窑莲花碗，进入了绝美的艺术享受之中。他双手捧着莲花碗，任阳光舔吮，由夏风摩挲。天青色的莲花碗造型比例适度，器身随花口分呈十瓣，形似一朵盛开的花朵。阳光射进凸凹与莲口相衔接之处，釉色随光在不断变换和折射中，莲花碗显得格外协调自然，美观大方。莲花的开放姿态中，苏东坡分明听到了花开的声音，嗅到了青莲之香。他一遍又一遍抚摸莲花碗温润的器表，扑鼻的馨香中仔细品味青釉匀净之莹润，尽情分享极品造型之风韵；静静感悟窑火涅槃出的精灵之剔透，那一刻，苏东坡被融入了禅境之中。

王安石看着东坡沉醉的模样说："文坛盖世奇才和汝窑大师联手的杰作，真乃举世无双啊！"

"老丞相，这么说我没看走眼，果然是梅娘的手艺。"

"是的，这可是汝窑的巅峰之作啊！"

"那梅娘她如今——"

王安石的脸色阴森下来了。"东坡居士，你把莲花碗放下，喝杯水稳稳神，我叫来致远禅师告诉你梅娘的遭遇。"

莲花碗是致远禅师去年游历风穴寺从德宣禅师那里得到的。东坡从致远禅师嘴里得到了梅娘葬身深涧的经过——

梅娘被窑司带回御窑厂，完全和外界失去了联系。其实，窑司早就对梅娘不放心，每次梅娘离开御窑厂窑司就派人跟梢她。紧邻梅娘家窑厂的是王天照的民窑厂。这些年来王天照看着梅娘家窑厂的生意日渐兴隆，心里妒火燃烧。同为民窑时梅娘家窑厂的生意红火，他家窑厂生意冷清；后来梅娘家窑厂升为贡窑，生意更加火旺，他家窑厂仍是民窑不说，生意依然是外甥打灯笼——照舅（旧）。皇上建御窑选人，梅娘夫妻不主动，窑司找上门请，王天照找门路送银子结果还是竹篮打水——一场空。王天照把这些都归咎于梅娘这颗"扫帚星"带来的灾难，因此对梅娘恨之入骨。窑司让王天照暗中监视回窑厂休假的梅娘夫妇，答应一有机会就让他进御窑厂。王天照觉得报复整垮近邻的机会来了，自然非常卖力地盯梢梅娘夫妇的活动。

梅娘被抓回御窑厂不久就送到了汝州所属的龙兴县青龙寺。窑司在青龙寺秘密设立分窑厂，把梅娘、天炎等一批窑匠关在其中，只有烧窑的名分，没有自由的空间。

事已至此，梅娘随遇而安，静下心来制瓷烧窑。第一只莲花碗烧制成功，唐窑司进献皇上，龙颜大悦，遂下诏给唐窑司加官。接下来的日子里，向窑司索要或高价竞购莲花碗者络绎不绝，窑司几乎每天都钉在分窑厂督促烧造。在梅娘调教下，三个拉坯工从莲花碗的拉坯成形到旋坯、修坯等工艺，已能独当一面。天炎等窑匠的烧窑技术也近炉火纯青，一窑下来接近八成的莲花碗都是上等产品。尽管如此，还是不能满足宫廷内的需求，更别说各大寺院和社会各界了。莲花碗的造型不知如何从宫廷传了出去，一时仿者如云，不仅汝窑口仿造，就连其他窑口也竞相仿制，赝品充斥市井。

看着东坡和他们夫妇联手打造的莲花碗，一批批地流入宫廷，而不能兑现自己当初的承诺时，梅娘扎心的疼痛。无数个夜晚梅娘在暗暮中忏悔：苏大哥、德宣禅师，不是梅娘言而无信，不是梅娘薄情寡义，梅娘如今身陷牢笼，由不得自己。苏大哥，您是莲花碗的创意设计者，理应得到她；德宣禅师，您

是莲花碗的促成者，您是大慈大悲的佛者，您最有资格得到她！俺梅娘一言九鼎，这辈子就是豁出去性命也要兑现诺言：让最应该得到、最有资格得到莲花碗的二位得到她……

梅娘向窑司提出了条件：她和丈夫三年内不要薪金，只要一对她亲手拉坯成型、丈夫烧窑的莲花碗！窑司说我若把真相奏明皇上，恐怕你梅娘早就没命了。可是你还不知好歹，提条件索要莲花碗，这莲花碗是随便就能要的吗？知道你是把莲花碗送给那个"罪臣"的，这事不可能，你就早死了这条心吧！

梅娘说唐窑司你也太黑心了，苏大哥是莲花碗的设计者，送给他一件样品天经地义！唐窑司，撒泡尿照照你的影子，你像是莲花碗的设计者吗？人怕没脸，树怕没皮。你把贪天之功据为己有，恬不知耻地升官加爵，你就不怕遭天打五雷轰的报应吗？

窑司被戳得体无完肤，恼羞成怒地大喊大叫："快、快、快把这只疯母狗给我关起来！"

梅娘被关起来后就绝食了。第四天头上窑司使出了撒手锏——把火男一家大小也抓到了窑厂。隔着柴门看着天真烂漫的孙女和孙子，梅娘的眼泪像耙子扒一样……

最终梅娘妥协了，接过饭碗往嘴里扒食，把眼泪一起吞进肚里。吃罢饭的梅娘摔碎手里的瓷碗，然后一脚踹开柴扉，头也不扭地走进了作坊……

从此，梅娘失语了。

梅娘像一头牛，每天只是发疯似地干活，就是一语不发。偶遇小憩，梅娘也像头疲惫的耕牛卧在新翻泥土的墒沟上静静地反刍，目光平静如水。

梅娘的突变让窑司由最初的惶恐慢慢地变为欣喜。梅娘刚失语时目光凶巴巴的像一把刀子，让窑司不寒而栗。窑司愈是惧怕愈是把她看管得紧，干活、吃饭、睡觉，甚至拉屎撒尿都有人看管。然而，三个月后，梅娘刀子似的锐利目光暗淡下来了。又三个月下来，梅娘暗淡的目光变得柔和下来。窑司直逼她的目光，目光平和柔顺且空洞，和逆来顺受的老牛的目光没有了分寸。世事磨尽英雄气——窑司放心了。

梅娘不但守规矩，而且干活从不偷懒耍滑，手艺也达到了出神入化的境地，莲花碗坯胎在她手里变魔术似的拉坯成型了。梅娘中规中矩，窑司心里有愧，不断给她加薪加赏。梅娘就像只宠辱不惊的莲花碗，打入地狱火海冶炼依然淡定，捧为皇廷的奇珍仍然不惊。她不为窑司的加薪加赏感激，也不为窑司的减薪甚至克扣工资而愤怒。在窑司眼里她就是一台只会熟练拉坯的机器人。

久而久之，窑司彻底放心了，全部解除了对她的监控。

两年后隆冬的一天，梅娘的公爹病危，窑司大发慈悲，批准梅娘夫妇回家床前行孝。不日，公爹离世。在守孝的空档里，穿着孝衣的梅娘开始在自家窑厂烧窑了。

这天，窑司接到王天照的儿子王练泥的密报，说梅娘在家烧造莲花碗，窑司大惊。窑司说这事要保密，你回去继续监视，可练泥就是不肯离去。窑司说你和你爹一样，都是不见兔子不撒鹰的人。中，我答应你，如果情报准确我也批准你来御窑厂上班，练泥这才屁颠颠地走了。

梅娘是把两个莲花碗坯胎翻扣在奶头上偷偷带回家的。为了不连累丈夫和家人，梅娘一个人守在窑炉旁烧窑。练泥的情报越来越多，也越来越精确。窑司布下天罗地网，梅娘插翅难飞。

住火开窑那天，瓷器开片"叮叮当当"的响声渐渐稀疏下来，但窑炉内的温度还是炙热烤人。梅娘把一条被子放进水里湿透，裹在身上钻进了窑炉。练泥欲让配合的团丁把梅娘堵在窑炉里，被窑司制止了。

梅娘抱着一个匣钵吃力地钻出了窑炉，练泥指挥团丁捉拿梅娘，又被窑司挥手制止了。梅娘的一头秀发被炉壁或匣钵炼焦，翻卷着波浪，高温烤得她红光满面，和脸上沾染的灰烬形成了强烈的黑红对照。梅娘喘口气，用右拳捶捶后腰这才打开匣钵，取出了一只莲花碗。她把莲花碗放在阳光下细看，如获至宝，喜笑颜开。仔细摩挲许久后，她把莲花碗放进一只精美的盒子，东观西望后用一捆谷草盖了，这才又返回了窑炉。练泥几欲窜起，都被窑司摁下了。不久，她又抱着一只匣钵出来了，打开的又是一只通灵的莲花碗。梅娘哭了，哭着亲吻着莲花碗……

窑司仍不让捉拿梅娘。梅娘把这只莲花碗也放进了盒子，然后把两个盒子捆绑在一起，再次四下张望一番，这才抱起欲走。练泥窜起来追赶，被窑司伸腿绊倒，弄了个嘴啃泥……

梅娘似乎发现了伏兵，抱着宝器向后山跑去，窑司这才发话追赶。梅娘在追撵和吆喝声中一口气爬上后山的虎跳崖。站在断壁绝崖上，梅娘面带微笑，出奇地冷静和沉着，平时那双空洞呆滞的目光突然鲜活灵动且丰富起来。窑司不敢直视她那戏谑的目光，好像是自己站在悬崖旁即将终结生命一样，身子瑟缩发抖。窑司哆嗦着喊道："梅、梅、梅娘——别、别、别想不开，只要你保住莲花碗，其他的都好说——"

梅娘突然开口说话了："唐窑司，我不是吃屎的孩子了，再也不会受你骗

了——"

窑司吓得蹲在了地下。梅娘打开盒子，把两只莲花碗紧紧抱在怀里，冬日的阳光下莲花碗熠熠生辉，光彩照人，梅娘怀抱的分明就是青叶映衬托起的朵朵莲花。

"唐窑司——这是俺一生中烧制出的第二对通灵莲花碗，可惜你不配拥有她，苏大学士、德宣禅师才是她的真正主人。俺不能让你拿她去买官高就，玷污了她的圣洁……"梅娘说这些的时候，已由几个人向她逼近。

"莲花本洁还洁去，苏大学士、德宣禅师——俺随莲花碗去了——来世再兑现梅娘的承诺——"

梅娘说完这些抱着莲花碗纵身跳下了断崖，两只莲花碗突然挣脱她的怀抱，像两片荷叶一样托着梅娘下坠的身子，慢悠悠地落下深涧。在落地的一刹那，只听"叮当"一声脆响，莲花碗摔成碎片，而梅娘的身骨完好如初，有一只青精灵从梅娘的七窍中飞出，摇曳着升入了空中……

致远禅师终于讲完了上面的故事，看着悲切的东坡说："东坡居士肯定会疑惑，莲花碗不是随梅娘坠崖玉碎了嘛，风穴寺的德宣禅师如何又把梅娘烧制的莲花碗送给了我，我又送给了老丞相？"

致远禅师喝口水润润喉咙继续说道："原来，梅娘早做了手脚，从窑炉抱出来的是儿子拉坯学做的莲花碗，造型并不规整。她亲手拉坯制作的莲花碗还留在窑炉里。后来，火男遵嘱就把一只莲花碗送给了德宣禅师。至于梅娘留给你的那一只莲花碗嘛，至今仍下落不明。不过天助英才，宝归有缘。这次你到汝州任职，莲花碗定会和你谋面的……"

"我不配拥有莲花碗！何况我心已冷，汝州是我的向往之地，也是我的伤心之地。汝瓷是我心中的精灵，也是我心中的疼痛。我不到汝州去了，死也不去了！我不会因为汝瓷再给梅娘的家人增添祸端了……"

东坡说罢泪水潸然而下，王安石走上去手按他的肩膀说："东坡节哀顺变。梅娘忠义刚烈，用生命兑现自己的承诺。汝州你不但要去，而且是一定要去！那只属于你的莲花碗，是一只有灵性的莲花碗，那是女窑匠生命的化身，她那一颗滚烫火热之心就融化在瓷魂里，你可不能冷了她的心啊！"

老丞相这么一说，东坡被痛苦撕咬的心得到少许的抚恤。致远禅师在给东坡续水的同时转移话题，让他从痛苦不堪中解脱出来。话题一转让东坡忽然想起了今天拜见老丞相的主旨。

"大兴兵事和牢狱，这是汉唐灭亡的征兆。大宋以仁厚治理天下，就是要革新弊政。而现在，朝廷在西部对西夏用兵，在东南部大兴牢狱之灾。老丞相，您怎么可以不说一句话，不去制止呢？"东坡直言不讳。

王安石叹口气说："不在其位不谋其政。大兴兵事和牢狱都是吕惠卿做的，我已不在朝廷中枢，怎么好乱说呢？"

"您说得对！在朝廷中枢，理当进言尽责，不在则不需进言，这是忠诚于朝廷的通行做法。但朝廷以非常的礼遇对待您，您怎么可以只以一般的忠诚对待朝廷呢？"苏轼步步紧逼。

"无论身处何种境遇，总是心怀天下，总是坦荡待人——这是名士之风，更是君子之道。我知道你此番见我会这样说的，我也一定会进言的！"王安石心潮澎湃地说道。

两双大手紧紧地握在了一起……

十二

十年后的绍圣元年（1094）初夏，56岁的苏辙因"以汉武比先朝"之罪，由北宋王朝的门下侍郎贬至汝州任知州。

苏辙是怀着极其复杂的感情前往汝州赴任的。莫非今生今世兄弟二人与汝州的缘分是命中注定的？冥冥之中上苍已把从汝窑飞出的青瓷精灵和他们兄弟的命运捆绑在一起了。十年前的初夏，哥哥苏轼量移汝州担任团练副使，在金陵拜会王丞相时得知梅娘为他和汝窑莲花碗而死的噩耗，痛彻肺腑中决意此生与汝州和汝瓷绝缘。在老丞相和老禅师的劝说下，哥哥这才鼓起勇气继续踏上了前往汝州的征途。晓行夜宿，长途跋涉，幼子苏遁在颠簸之苦中夭折，哥哥再次动摇了。他向皇帝上《乞常州居住表》称，他赴任途中，全家都得了重病，一个儿子夭亡了，路费也用完了，此时离汝州还有很远，希望能让他在常州居住。后来，皇帝批准了他的请求。哥哥虽然未能到汝州就任，虽然违心与汝州决绝，但这十年里哥哥是在煎熬着自己。哥的心里无时无刻不装着汝州和汝瓷，因为汝州的土地上埋葬着他日夜思念的女窑匠。

步哥的后尘，苏辙竟然也被贬官至汝州，你说这不是缘分，你说这不是上天的有意安排吗？

上路前，苏辙修书一封通报贬官定州的哥哥。虽是贬官，但苏辙的心里没有失落和忧伤，他知道此行此任是在替哥哥归还愧欠汝州和百姓的情，是在替

哥哥了却女窑匠、大才子和汝瓷的一段不了情……

苏辙是 4 月下旬携家眷到达汝州的。苏辙本来打算到任后就要悄悄去看望天炎和火男，并由他们引领去祭奠梅娘的。可是，一到任适逢汝州大旱，百姓一片恐慌，加上州衙有许多事情要处理，苏辙没能挤出时间去看望梅娘家人，就连离京前和葆光法师约好一同游嵩山的预约也打了水漂。

十八年前苏辙做陈州教授时，在洛阳负责举人考试，曾借机游过嵩山。今年初，京城的葆光法师得到一份《嵩山图》，约他到嵩山游玩，此时的苏辙正处在政治斗争的旋涡之中，没能成行。这次得知苏辙被贬官到汝州任知州时，葆光设宴相送。席间苏辙与葆光法师相约在嵩山相会。然而，到任的苏辙没时间去嵩山游玩，为不失约，苏辙写就一篇《嵩山祝文》，派家兵带着到嵩山与法师相会。

苏辙到汝州后征尘未洗，就登上州衙后花园的望嵩楼遥望嵩山。想起 37 年前和哥哥夜登望嵩楼受阻的情景，感叹日光流年，世事遽变。当年期盼的天下名楼依然眼前耸立，而当年英气勃发的兄弟却垂垂老矣！

苏辙北望嵩山看到的是太室山、少室山二山争雄的景观。面对北方的圣山，鸟瞰汝州四周美景，把酒临风，顿感心旷神怡。此时此刻，远离朝堂钩心斗角的政治漩涡，登楼远眺，一边饮着汝州纯正的汝阳贡酒，一边欣赏着如画的山水景色，苏辙胸中的郁闷和不平之气消失殆尽。当晚，苏辙写下了《望嵩楼》诗作。

连山障吾北，二室分西东。
东山几何高，不为太室容。
西山为我低，少室见诸峰。
临轩一长叹，隐见由所逢。
试问山中人，二室竞谁雄？
雄雌久已定，分别徐亦空。
可怜汝阳酒，味与上国同。
游心四山外，寄适杯酒中。

解决干旱，稳定民心是当务之急。苏辙于是带着官员在州衙后花园设坛祭祀社令神和后土神，为百姓祈雨。苏辙亲自撰写和宣读祈雨文告。此文就是有名的《汝州谢雨文》，与《嵩山祝文》同收在《苏辙集》中。

苏辙在祈雨之后，动员汝河沿岸百姓引汝河水抗旱，进行生产自救。也许是巧合，也许是苏辙的诚心感动了苍天，祈雨三日后汝州终于普降大雨，解除了旱情，百姓齐颂新任知州敬天爱民的无量功德。随后，祈雨文告被刻在望嵩楼的"致雨亭"中。

一场透雨让焦虑如焚的苏辙平静了下来，这才顾及到看望梅娘家人的事。恰在其时哥哥的信函也到了。东坡在信中说，哥绝情而天不绝人之情，把兄弟从正二品朝廷大员贬至从五品汝州知州，替无情无义的哥哥还债。弟弟一定代我到梅娘的坟茔上香谢罪，替我看望安抚火男及其家人……汝窑与邛窑一脉相承，汝州与眉州素有渊源。汝窑目前虽然鼎盛，但发展空间还很大，你是汝州的"父母官"，理应多在汝瓷发展上大做文章……

雨后的第二天傍晚，苏辙没有惊动州衙其他人，只带一个家兵随同，来到了风穴山下的天炎汝窑厂。梅娘死后天炎就被驱逐出了御窑厂，王练泥因检举监视梅娘有功，顶替天炎的指标顺利进入了御窑厂。回到自家窑厂的天炎按照梅娘死前的交代，和火男一起搬出城郊的窑区，在风穴山下重新建窑，只烧民用瓷器，远远地躲离官府。

知州黑夜突然造访，令火男一家猝不及防，且又感到受宠若惊。分别28年相见，火男一眼就认出了苏辙。若不是火男自己介绍，苏辙无论如何也认不出眼前将入老景的汉子，就是当年护送父亲灵柩回川的那个英气俊彦的少年。而天炎已经十分地衰老，牙齿完全脱落，满脸枯皱，白发银须，像一枚靠在墙上干透的玉米秆，微风中瑟缩着枯萎的身子，随时就有一头倒地的危险。苏辙大声和他说话，可他痴呆着一双眼睛似乎什么也没有听见。火男告诉苏辙，父亲的脑子时而清醒，时而糊涂……

苏辙怕触动火男一家人心灵的疮疤，故意不把话题引向梅娘，倒是先征求火男和他儿女们对汝瓷管理和发展的建议。苏辙看得出火男是在拘谨地应付着，根本不愿说出心里话。苏辙理解他，这么多年一路走来，因为汝瓷——他一家被官府害得死的死、傻的傻、散的散，他不得不回避躲闪啊！

到底还是火男沉不住气，主动问起了东坡的境况，苏辙如实细说了，并代表哥哥致歉谢罪。

火男说："苏大人千万不要这么说，这会折我们小民的阳寿的。别说俺一家人感谢苏大学士，就是俺整个窑乡人都铭记着苏大学士的大恩大德，从三足洗到莲花碗——可让俺汝瓷占尽了风光……"

苏辙心里一阵激动：多么淳朴大义的汝窑儿女啊，不计较自己蒙辱含冤和

牺牲，看重的是整个汝窑的品牌和效应。苏辙提出择吉日到梅娘坟上祭拜之事，火男的身子哆嗦一下，随即恢复正常，稍加思索答应了。火男的举动尽管是一瞬间，但苏辙看得清楚。

火男揣摩着苏大人此行的主要目的是替哥哥催要莲花碗，可是直到告别，苏辙始终只字不提莲花碗的事，这让火男心里忽忽悠悠地摸不着边际。

苏东坡是在接到弟弟贬官汝州来信的半月后也被贬官的。时年59岁的苏轼以"讥斥先朝"的罪名从定州贬知英州（今广东英德）。苏东坡一向不善料理生计，有钱随手花尽，手头没有节余。加之元祐年间，他奔波于地方、朝廷之间，调动频繁，常常是寅吃卯粮。现在忽然远谪岭南，行程数千里，经济拮据，如何举家抵达贬所？

苏东坡想起了情同手足的弟弟。苏辙在元祐年以前的俸禄比苏轼少，子女比苏轼多，生活比苏轼困难。但元祐年间，苏辙一直在朝，位至副宰相，经济比苏轼反而宽裕多了，这些年东坡没少得到弟弟的接济。这次，东坡本不愿到汝州去找弟弟筹措路费，但又没有更好的地方和人选能筹到款项。一分钱难倒英雄汉，万般无奈之中，只好硬着头皮绕道汝州去向弟弟筹集盘缠。

那天苏辙正在州衙召开一个汝瓷厂家座谈会，通守忽然附耳禀告，你哥哥到英州赴任绕道来了汝州。苏辙大喜，忙轻声吩咐通守此事要保密，哥哥举家来汝州看我是家事，一切食宿安排由家眷料理。苏辙一直主持开完会议，并陪同各位窑主吃罢便宴，才去和哥哥及家人相会。

此时此刻，同遭贬官的兄弟二人汝州相见，别提胸中那番别样的滋味。酒至半酣，苏辙埋怨说：哥哥哪点都好，就是在情感上太软弱，不敢面对既成的现实。躲避遁世能让你心安理得吗？哥，你对梅娘太不公平，梅娘为你——

东坡泪如雨下，摆手制止兄弟不要再说下去了。

苏辙又灌进肚里一杯酒，强行说道："哥，你这次绕道汝州只是筹措路费吗？难道就没有到梅娘的坟头祭奠的意思吗？无情未必真豪杰，倾情如何不丈夫……"

苏东坡耷拉着头，依然泪流满面。苏辙不能容忍哥哥此时的懦弱，也丝毫不考虑哥哥此时的心情，再次灌进肚里一杯酒，措辞更加尖刻。

"哥，人生难得一知己。梅娘这样一诺千金的女人天下难觅，她为你们之间共同的汝窑杰作粉身碎骨，死而无憾，难道你就不想看一眼、摸一下梅娘用生命为你留下的汝窑莲花碗吗？"

"想，做梦都想得到她！可是，我不配拥有她！我真的不配拥有她！"东坡站起来吼道。

"可是，梅娘和她的家人乃至整个窑乡人都觉得你最有资格拥有她！"苏辙红着眼睛说道。

东坡再次痛苦地低下头来，无语泪先流。这一刻，醉眼迷糊中的苏辙看到了哥皱巴巴的脖子和颤抖抖的白发，心中忽然哆嗦一下，马上意识到自己有些过火了。

苏辙强摁下被烈酒撩拨起来的火气，把浓茶递到哥哥的手里，然后柔声细语地说起了替哥祭奠梅娘亡灵的经过，以及那只莲花碗的下落。说到动情处兄弟俩抱头唏嘘起来……

三日后，苏辙慷慨解囊，分俸七千让苏轼长子苏迈带领全家大半的人往宜兴就居，因为那里有东坡置买的田产。苏辙打发走随从哥哥的家人，把哥哥暂且留在了汝州。

十三

苏东坡急于去看望天炎一家，并到梅娘坟头祭奠，被弟弟拦住了。苏辙想如果遂哥之意，哥肯定会陷入痛苦的情殇中不能自拔，接下来哥恐怕就没有雅兴再游山玩水了。因此，苏辙陪着哥登望嵩楼、洗温泉、游风穴寺、南禅寺，把哥要急的事推诿到了一边。等东坡又一次催问时，苏辙说："哥，难道你就一点也不关心我吗？"东坡一愣，苏辙又说："我虽然到任汝州才一月零十八天，可干了不少利民益文的事情，你就不想实地去看看？"

东坡说当然想去看了，苏辙趁坡下驴说那明天我带你游龙兴寺，看弟弟是如何尽力抢救保护寺内吴道子的壁画的。东坡欣然应允。

送走弟弟，东坡在客栈里开始写昨天在汝州温泉洗浴的见闻。"天下温泉有七，汝水其一也。盖此地也，且沐浴可疗疮疾。前人引水行数步为浴池，氓甍甚洁，规模颇宏……"

写完这篇《温泉七记》的短文，东坡站起身在客栈踱步。忽然涌起了再到望嵩楼后思贤亭看看的念头。思贤亭是弟弟到任第七天开工修复的工程。

东坡出了寓所向望嵩楼走去，不胜思绪飘飞。

汝州州衙的后花园内有纪念宋初文坛领袖杨亿的思贤亭，是王曙继任汝州知州期间为纪念杨亿而建造的。杨亿7岁能文，宋太宗闻其名，在他11岁时召试词艺，授秘书省正字，后官至翰林学士兼史馆修撰。杨亿为人"刚介寡合"，大中祥符七年（公元1014年）起知汝州。杨亿在汝州期间，汝州经济发展、社会稳定，他常把州务托付僚吏，以文墨自娱，并与风穴寺和尚切磋诗艺，成为风穴寺俗家弟子。他在汝州写下诗词100多篇，后结集出版，名曰《汝阳》。后来他调京城任职，后任知州王曙在望嵩楼前建了一个亭子，将他写的诗收集起来刻在亭子四周，叫思贤亭。苏辙到汝州任职时杨亿已离开人世几十年。思贤亭非常破旧，诗石散失过半。苏辙在后花园散步，发现了这个破亭子，知晓是纪念杨亿的思贤亭，于是决定对思贤亭进行整修，重刻杨亿汝州诗，增广思贤亭，龛诗石于亭壁，并作《汝州杨文公诗石记》一并嵌在亭壁。

东坡走过衙署，来到望嵩楼下，看见一个白发苍苍的老汉正在讲故事，身边围着很多听众。东坡每到一地最乐意的就是到民间采风。老者讲的故事拽着东坡来到了跟前。东坡也和其他听众一样席地而坐，听得有滋有味。

晚上回到寓所，东坡就把听来的故事记录了下来，最耐品味的就是"笔仙"的故事。这个故事后来收录在他的《东坡记》中。故事说五代后晋年间，汝州城里有一个做毛笔生意的读书人，他每天晚上只做十支笔，天一亮就把笔装进一个特制的竹筒里，然后将竹筒插在门旁的墙洞中，随即关门读书或出游。若有人买笔，只需向竹筒内投掷三十文钱，便有一支笔自动跃出，质量绝对上乘，无需挑拣。若投入钱少，则无笔跃出，直到卖完为止。第二天又是十支，不多不少。由于他恒守信誉，笔美价廉，而且卖法奇特，人们对他十分尊敬，称他为"笔仙"……

写完白天的见闻东坡仍无睡意，自然又想到了明天要去的龙兴寺。他为兄弟带头捐款修缮龙兴寺，保护吴道子壁画的善举而感动。

苏辙告诉哥哥，他来到汝州刚安顿下来，便约州通守李纯绎参观龙兴寺。然而苏辙看到的龙兴寺因年久失修，"寺宇破漏，画壁为风雨所侵"。寺院方丈惠真向苏、李二人介绍自己修葺寺院的准备工作。苏辙非常赞同惠真的做法，要求寺院先修华严殿，以保护吴道子壁画，并当场捐款给予资金支持。在苏辙和李纯绎的带动下，州衙官员和地方士绅纷纷解囊相助，很快解决了修缮寺院的资金问题。工程很快开始，不到一个月完成了画殿的修葺。画殿修好后，惠真方丈请苏辙为重修画殿写记，苏辙欣然同意。苏辙深思后在官邸挥笔写下了《汝州龙兴寺修吴画殿记》。

翌日，东坡在弟弟的陪同下向龙兴寺走去。苏辙边走边讲：龙兴寺位于汝州东郊，隋唐时代名望很高。唐开元二十二年（公元734年），李白由安陆北游汝州，曾写下《夏日诸从弟登汝州龙兴阁序》，留下了"晴山翠远而四合，暮江碧流而一色"的名句。唐天宝初年，龙兴寺华严殿落成，寺院住持特邀请吴道子至寺作画。吴道子为唐代画坛第一大家，故乡是汝州东邻的阳翟（今河南禹州），长于佛道、人物，精于壁画创作。唐玄宗赐名道玄，画史尊称吴生，后世称为"画圣"。吴道子在汝州作画轰动一时……

东坡听到这里截断弟弟的话说，昨天我在望嵩楼下听到了很多故事，其中有一则就是吴道子在龙兴寺作画的故事。说吴道子性格豪爽，喜欢在酒醉时作画。传说他在龙兴寺作画的时候，观看者围得水泄不通。他画画时速度很快，像一阵旋风，一气呵成。有个老者亲眼看见，"画圣"在描绘壁画上佛祖头顶的圆光时，殿内突然飞进一团祥光，他的笔端金光闪闪，眨眼间——不用尺规，挥笔而就……

"哥哥又到民间采风了，这样好，这样好啊！"苏辙说。

东坡说："吴道子一生虽然创作了许多壁画，但真迹流传下来的很少。原因是唐会昌五年（公元845年），唐武宗曾以佛教'非中国之教'，下令毁灭佛寺，除京都长安、东都洛阳各留两寺，同州、华州、高州、汝州各留一寺外，其余尽数毁去……"

"是啊，吴道子的画大部分是画在寺庙墙上的壁画，随着灭佛废寺，自然难以幸存。龙兴寺是汝州奉旨保存的一座寺院，吴道子的真迹才很难得地保留下来。龙兴寺因保留有吴道子的真迹而更有名气了。"苏辙说。

"我非画中师，偶亦识画理。画格有四，曰能、妙、神、逸。吴道子的画达到了出神入化的境地"东坡说。

接下来兄弟二人谈起吴道子的人物画，滔滔不绝……

不知不觉龙兴寺到了。苏轼看那壁画，仍然体现了吴道子天然逸放、变化多端的一贯画风。其壁画人物因其衣褶飘举，有若仙风拂袂，给人满壁飞动的感觉。

苏辙说吴道子画壁多为"立笔挥扫，势若旋风"，故此具有天工之妙，气势雄放。但气势雄放，并非就忽视细节，恰恰相反，吴画最注重的就是细节。

"兄弟所言极是，吴道玄的画，六法俱全，万象必尽，神人假手，穷极造化也。所以气韵雄壮，几不容于缣素；笔迹磊落，遂恣意于墙壁；其细画又甚稠密，此神异也！"

……

看罢龙兴寺归来，东坡的心情久久不能平静，挥毫写下了《子由新修汝州

龙兴寺吴画壁》诗：

> 丹青久衰工不艺，人物尤难到今世。
> 每蓠市井作公卿，画手恳知是徒隶。
> 吴生已与不传死，那复典刑留近岁。
> 人间几处变西方，尽作波涛翻海势。
> 细观手面分转侧，妙算毫厘得天契。
> 始知真放本精微，不比狂花生客慧。
> 似闻遗墨留汝海，古壁蜗涎可垂涕。
> 力捐金帛扶栋宇，错落浮云卷新霁。
> 使君坐啸清梦馀，几叠衣纹数祄袂。
> 他年吊古知有人，姓名聊记东坡弟。

数天的游行，东坡郁闷低沉的心情大为好转，主动向弟弟提出要登汝州的岘山。前天，东坡在望嵩楼下，登上了以能瞻视岘山雄姿为主而建的"岘山亭"，想起黄州也有座岘山，任职期间数次登临，就萌发了登临汝州岘山的念头。

苏辙答应明天陪哥哥一同游岘山，但出发时几十个窑主赶来状告窑司擅自增加税收，苏辙只好让通守李纯绎陪同哥哥游岘山。

岘山在州西50公里的梁县境内。站在山下东坡远望岘山，山相连，峰相叠，云缠雾绕，植被茂密，蓊郁苍翠，优雅神秘。但见山泉奔腾跳跃，"地河"时隐时现，清逸秀丽，美不胜收。

登上山巅往下望，如天上宫阙。眺望四方，山下小河弯曲，伸向远方。处处云蒸霞蔚，烟雾缥缈，山天相连，仿佛置身于云海雾涛之中。

岘山不仅风景优美，而且地势险要，易守难攻。苏东坡站在一块巨石面前，凝视着唐太宗李世民题写的"危峰独现"四个大字，久久不肯离去。李纯绎告诉东坡，李世民在追讨王世充时曾登上岘山，因惊叹岘山独特的地理构造和险要地势，就在这块巨石上写下了这四个大字。

站在岘山极顶俯瞰，东坡只见几个山头上均建有寺院，山沟山崖到处是僧房。二道宫的山头上还建有一座莲花亭，玲珑飘逸，无风自香。

东坡问道："那座亭子是叫莲花亭吗？"

"是的，是叫莲花亭。"李纯绎神秘地"嘻嘻"一笑说。

"在这里建一座莲花亭有什么缘由？"东坡问道。

李纯绎微笑着说："我也说不清楚，您上去一看便明白了。"

苏东坡疑惑地跟随李纯绎下了极顶，向着二道宫山头神秘的亭子攀援而上。

大家终于气喘吁吁逼近了山头的莲花亭。东坡细看，莲花亭底层为莲花状石砌墙体，高约7米，两面对称设门，门上横匾刻正书"莲花亭"三字。亭身呈莲花瓣形，层层逐檐放开。第二至三层为木质结构，分设八瓣莲花亭角，上下檐之角参差交错，不相对应，形态别具一格。亭内中空，楼层之间设有木梯连接，右旋至亭顶，八方均开通窗，供游人登楼观赏。

进入亭内，只见亭内画有汝瓷莲花碗，阐释文字写道："汝瓷经典莲花碗由大学士苏东坡设计……"云云，直到此时东坡才意识到莲花亭与自己有关。

登上二楼，亭内雕刻着东坡的《水调歌头·丙辰中秋》"丙辰中秋，欢饮达旦，大醉，作此篇，兼怀子由。明月几时有？把酒问青天。不知天上宫阙，今夕是何年。我欲乘风归去，又恐琼楼玉宇，高处不胜寒。起舞弄清影，何似在人间？"

东坡的眼睛模糊了。

登上三楼，亭内雕刻着东坡的《水调歌头·赤壁怀古》。看着看着，东坡热泪涌出了眼眶。原来莲花亭是为纪念他这个未到任的汝州团练副使兴建的。此刻，他不仅惊叹岘山的美景，更感受到汝州人对他的厚爱。

这时，李纯绎才说："苏大学士，莲花亭是梅娘的孙女——章青韵发起兴建的，其百分之七十的建筑费用都是她出的……"

东坡听完他说毕，已是泣不成声。

良久，东坡才向李纯绎问起青韵的情况，并请求引见。李纯绎说：章青韵是汝窑最年轻有为的窑匠，她被皇上选去烧官窑了，可惜您这次见不到她了……

这天夜里东坡几乎一夜无眠，写出了一首《登岘山》诗："梁县胜襄阳，万瓦浮青暝。我非羊叔子，愧此岘山亭。"

这首诗一直留在岘山，今天还有碑石立在岘山西崖壁上。正面是《登岘山》诗，碑阴则是苏东坡登山图。

十四

苏东坡从梅娘的坟上回来就像丢了魂儿，软绵绵地躺在床上，不言不语、不吃不喝。这是苏辙预料之中的。

梅娘盗窃御窑莲花碗跳崖而死，大逆不道，触犯家规族律，声誉败坏，不得入老坟殡葬。传世家宝柴窑瓷片也另择传人。火男按照母亲生前的遗嘱，把其尸骨捡起，葬于郏城峨眉山下距娘家祖坟百余米的一角。

三天过去了，东坡如故——直棍一条躺在床上，米粒不进，苏辙劝说无效。

第四天凌晨，火男领着风穴寺退休的方丈德宣禅师匆匆赶来了。

德宣方丈退休后住进了自在庵。自在庵是千年古刹风穴寺三十六福地之首，地处风穴寺东南龙山西侧山坳，背依龙山主峰，两边青山护峙，蔚为大观。下临沟壑、溪流和深潭，面对上下塔林和起伏绵延之黄虎山。处万柏葱茏之中，时有白云缭绕，山色若幻，清静幽雅。自在庵冬暖夏凉，四季适宜，为寺内方丈住持、大德高僧年高闲居之处，故取闲适自在之意。

德宣高僧住进自在庵一年后，突然神秘地失踪了。如今才被火男找回来了。

德宣禅师一到，东坡挣扎着要起来，火男忙扶他坐起，浑身绵软的东坡经不得折腾，稍加动作就虚汗淋淋。禅师忙说："不要起身，快喝些茶水，进点饭食再起来。放心，梅娘留给你的莲花碗在我手里。"

禅师说着从宽大的袈裟里掏出了莲花碗，东坡眼里突然有了亮光，和着眼泪吞咽下了弟弟亲自喂下的稀饭。

人们都散去了，屋里只剩下禅师和东坡二人。禅师说当年梅娘以死保护莲花碗，把后事都安排好了。她害怕送给你的莲花碗落到别人之手，就特意嘱托火男莲花碗由我保存，并且日后必须亲手交给你……后来不知怎么走漏了风声，经常有不三不四的人来自在庵索宝逼命。于是我和火男商议后，在一个月黑风高夜携宝离开了汝州……

东坡把莲花碗紧紧抱在怀里，豆大的泪水砸在了天青色的碗里……

三天后东坡再次来到火男的窑厂，他把画在纸上的一只梅瓶让天炎看，天炎的头脑忽然清醒了："梅瓶，梅瓶，苏大学士设计的梅瓶！"

东坡万分高兴地说："天炎兄弟，你终于醒了，帮我拉坯吧！"

火男把父亲搀扶到作坊时，他突然又犯糊涂了，抢着拐杖朝苏东坡打来，"唐窑司，你个贪官、昏官——还俺梅娘来——"

多亏东坡躲得快，拐杖打在了地上。火男把他送回家里，这才手把手辅助东坡拉坯梅瓶的造型。经过两天多次的尝试，东坡终于拉出了一只自己满意的梅瓶毛坯，心里一块石头才算落了地。

两日后东坡离开汝州，临别的晚上他嘱告弟弟三件事：一是要弟弟把烧好的梅瓶给他保管好，日后见面必亲手交给他，第二件就是让弟弟亲手把莲花碗还给火男，东坡受之有愧；第三件就是死葬郏城小峨眉。苏辙含泪一一答应了兄长。

说来也怪，当火男把梅瓶装进窑炉开烧时，糊涂的父亲又清醒过来。父亲一直帮他看火烧窑，直到熄火停窑时他才又混沌过去。火男把烧好的梅瓶送给苏辙代转东坡，苏辙也把莲花碗交给火男。没成想这一些都在新任窑司的耳目之下，莲花碗被查收，苏辙和通守据理力争，才算把梅瓶保了下来。

东坡本打算抓住汝瓷优势，甩开膀子在汝州干一番事业的，可是命运又一次玩弄了他。苏辙离开京城后，"变法党"与"元祐党"的斗争越演越烈。年轻气盛的哲宗皇帝在"变法派"不断煽动下，誓把"元祐党"从朝中清除干净而后快。绍圣元年六月，苏辙从汝州再被贬至袁州，其莫须有的罪名是"援引狷浮，盗窃名器"。苏辙有口不能言，心里憋屈，面对诬陷之词痛哭流涕。

苏辙简单收拾行囊准备悄悄离开汝州，谁知出门后才发现，州衙外站的全是送行的百姓。送别的队伍一直排到城门外，这让苏辙始料不及，也让苏辙一家人感动得流泪。苏辙一家前面走，送行的百姓后边行，一直把他们送出了州境。

前程渺茫。苏辙从汝州赴袁州贬所时，估计还有后忧，就把长子苏迟、次子苏适以及两位守寡的女儿安排在颍川"糊口"："三子留二子，嵩少道路长。累以二孀女，辛勤具糇糖。"苏辙独携幼子苏远同行："万里谪南荒，三子从一幼"。

苏辙的判断是正确的。6月他再被贬至袁州，7月，苏辙还未到达袁州，又受命分司南京筠州居住。这就是所谓的"岁更三黜"，一年中先后贬官汝州、袁州、筠州。

十五

七年后。

1101 年 6 月的一天，在常州，暴病躺在床上的苏东坡，怀里抱着那只心爱的汝窑梅瓶，连年来不断贬官的遭际烟云一样卷来。

1094 年苏轼知定州，4 月，贬至英州，未至贬所，再贬宁远军节度副使，惠州安置。1097 年 2 月，六十二岁的苏东坡远谪海南，苏辙远谪雷州。5 月，兄弟两人相遇于藤州，同行至雷州。6 月东坡渡海，兄弟二人于海滨分手，遂成诀别。彼时，兄弟二人隔海相望，含泪唱和。1098 年，苏东坡贬官儋州。章子厚遣董必查访广南西路，把东坡逐出官屋。苏轼只好在城南买地筑屋，以避风雨。1100 年 5 月，苏轼量移廉州。6 月渡海，7 月至廉州贬所。9 月改舒州团练副使，永州安置。1101 年，苏轼度岭北归。正月抵虔州，5 月至真州，瘴毒大作，病危，停驻常州。

这么多年，苏东坡无论贬官何处，道路何其曲折漫长，他始终把那只梅瓶携带在身边，不弃不离。

1101 年 7 月 28 日，东坡与世长辞。梅瓶从他的胸脯上悄然滚过，缠缠绵绵地滑落到了一边……

此时的苏辙闲居颍川。

1102 年闰 6 月，苏辙葬东坡、王闰之于郏城小峨眉山下。入殓时，苏辙特意把那只梅瓶放到东坡的怀内……

据说东坡安葬那天，汝窑大小作坊内空无一人，窑乡人从四面八方纷纷赶来，参加一代才子的葬礼。

光阴荏苒。苏东坡埋葬郏城峨眉山之后 10 年，苏辙也安葬于此，终于实现了他们"老兄弟相守"的宿怨。

亲爱的读者，就在我即将向您讲完三苏与汝瓷结缘的故事时，收到了章天一大师从台湾故宫发来的微信。他说苏东坡当年设计、梅娘拉坯成型、天炎烧窑的那只"东坡碗"（莲花温碗），现在就躺在台湾故宫的陶瓷展馆里，我从她的喁喁私语中断定了了她的身份……那件三足洗，南宋时落到幼帝赵昺的手里。陆秀夫负帝跳海时，赵昺顺手把她抓在了手里，陆秀夫就把她塞进了幼帝的怀内。她作为一件"海捞瓷"重现人间，也被我即将搞到手……

　　至于那只象征苏东坡和梅娘忠贞爱情的梅瓶，明洪武年间被盗墓贼盗走，一直流落民间，如今我也已经搞到了手……

　　章大师怕我不相信，还给我发来了两幅照片，一幅是梅瓶的，一幅是柴窑瓷片的。那块铜钱大小的青瓷片，他说就是他祖上留下来的"传家宝"——柴窑碗存世的唯一的一块瓷片！

2017年8月修订于汝州抱朴斋

瓷乡的女人

一

耄耋之年的奶奶病倒了。

病倒的奶奶也许再不能天南地北地跑着寻找那个人了，她只能站在自家门前或入村十字路口的《懿德碑》旁，手里摩挲着那一块三角形的天青色汝官窑瓷片，一双惆怅的目光望着连绵起伏的远山出神。她在固执地等待那个人，那个人是谁，几乎没有人知晓。

奶奶虽然老了，但她毕竟功成名就——那座高耸的《懿德碑》就是极好的佐证。这碑是孙辈们立给奶奶的。因奶奶依然健在，碑不能入茔，故立在了十字路口。我们原以为勒石立碑，昭彰懿德，奶奶会从此高兴起来，没想到奶奶依然愁锁眉头，形单影只地在村前村后转悠。或暮霭沉沉的傍晚，或晨雾缭绕的黎明，总能听到她那一声声苍老而沉重的叹息。那叹息声让晚辈们愁绪百结，息无宁日。

一天夜里，奶奶被曾孙瓷尊从噩梦中解脱出来，身心慢慢地融入眼前这温馨的春夜。夜静山空，奶奶仿佛听见乳一般的月色从窗格汩汩流进的声音，曾孙娇嫩的脸蛋被月色清洗得空明无尘，嫩汁欲滴。

春夜恬淡，春梦惊心，奶奶咀嚼着梦境，不禁老泪纵横。

"严兰，你这个老妖婆，如今功成名就，刻石立碑，永垂于世，独把我抛弃荒野，做一个野鬼孤魂，永世清冷恓惶……"

奶奶从《懿德碑》旁站起，大声辩解道："青釉哥，你听我说，这么多年来，我找你找得好苦啊——"奶奶泪如泉涌。

怒目圆睁的青釉哥，左手叉腰，右手从口袋里掏出一块汝官窑瓷片："严兰，你就是说得天花乱坠，我也不会原谅你。这是当年我们的定情物，她贴在我胸口70多年了，现在当着你的面，我让她粉身碎骨，咱从此一刀两断，情尽缘绝……"

青釉哥说罢，一甩手把这块瓷片狠命地摔在了《懿德碑》上，只听"啪"地一声脆响，石碑上溅起串串火花，火花中青瓷片米粒一般四处飞散……

奶奶高叫一声"青釉哥——"然后放声悲哭。

这时候，瓷尊使劲喊叫着摇醒了她……

反刍梦境，奶奶再也难以入眠。她把手伸进枕头下面，摸出了一只金丝绒做的袋子，从里面取出了那一块三角形的汝官窑青瓷片。如水的月色照在天青色的瓷片上，清幽幽的灵光闪闪烁烁。

"青釉哥！青釉哥！！"在心的呼唤声中，数滴清泪"滴答"、"滴答"地砸在了青瓷片上……

月光钻进了云层，屋里顿时暗淡下来。奶奶轻轻地穿衣下床，趔趔趄趄地朝门外走去。

奶奶不知不觉地走出村庄，来到十字路口的《懿德碑》旁。石碑无语，静静地立在恬静的春夜里。恍恍惚惚中奶奶又看到了怒气冲冲的青釉哥就站在碑前。她不禁打了个寒战，周身的血液"哗哗啦啦"地涌向头顶。

"青釉哥——"奶奶突然栽倒在了石碑旁……

行文至此，为便于解读奶奶，特将《懿德碑》全文抄录如下：

孝为至道，古为同理。家祖母严兰一生所历集孝节义礼于一身，诚为中华传统懿德之典范。祖母一九二〇年四月十六日生于青龙山严和店村，汝窑世家。家境清苦，素性纯朴，贤淑达礼，禀赋刚毅，天资颖悟，尤擅女红。十六岁及笄于归，蜜月未尽，夫殁寡居。柱折梁摧，曾祖伛愁而致偏瘫。数月后，曾祖母临盆，大出血母子俱亡。祸不单行，宅院又在一场大火中化为灰烬。饥寒相逼，磨房栖身，几劝易人，严词斥逐。所幸祖母深明大义，赡养七十高祖母，伺候偏瘫曾祖，力阻换亲，支持姑奶逃婚自由。含辱蒙垢，威逼屈嫁憨傻二祖父，重续香火。惜乎不幸，二祖父殁殇。祖母独撑困难，重振家声，用五升米买儿"留根"；用红薯面粮坯换女瓷花，慰藉高祖母笑赴黄泉。祖母刚烈自重，躬耕薄田，纺绩寒窑，艰难度日。为儿完婚，为瘫痪十年之公爹床前行孝，亲调汤羹，功篑无果，公爹弃养。不幸儿又英年早逝，老年丧子，痛断柔

肠。家祖母不愧为巾帼胸怀，女中丈夫，含辛茹苦，抚孙男嫡女一一成人。祖母少壮守志，一波三折，命途多舛，处惊不乱，坦荡磊落，气度超凡，理家有序，事躬必成，忍辱负重，侍候六代。教育有方，持家有道，善诲良诱，慈心可鉴天地日月。半世坎坷，一生峥嵘，祖母风范，高行巍峨，垂示乡里。懿德与日月俱悬，孤芳随山壑共远。于今四世同堂，族孙绕膝，荫德泽后。舐犊情深，难报万一，谨俱俚词，刻珉以志，昭彰懿德，永垂后人……

二

奶奶被送进了医院，月余后回到家里，神智竟有些混沌，走路身子也趔趄得更狠了。

奶奶坐在门前晒暖，手里常常拿着那块三角形的青瓷片，一双昏花的老眼时而紧盯着瓷片，时而怅然若失地望着层峦叠嶂的群山。往事如烟，恍惚就在眼前。这时候的奶奶会情不自禁地用手深情地摩挲着瓷片，一丝红晕悄悄地爬上了奶奶的脸颊。

奶奶十六岁出嫁。定亲之前她还没有见过丈夫连成长得高矮、黑白、胖瘦，只有在想象的王国里打造未来夫君的形象。然而，爷爷却不干那种布袋买猫的傻事，在定亲半年之后的一天下午，打探到奶奶串亲戚经过青龙山时，就以到严和店瓷厂挑瓷器为名，悄悄地躲在树林里窥视，以先睹奶奶的芳容而为快。爷爷左等右等不见奶奶经过，心里涌起一股无名的燥热。终于熬到下午，奶奶才拧着小脚走来。爷爷躲在树丛里，被奶奶的美貌倾倒了。奶奶上穿粗布碎花对襟布衫，下穿草禄色的裤子，脚蹬一双尖尖的布鞋，上面绣着花儿。奶奶走得急，那双花花绿绿的小金莲就一上一下地飞，爷爷的心也跟着奶奶的小脚一步一颤地跳。夏日的阳光透过树叶的缝隙照在爷爷的光头上，汗水蚯蚓般顺着爷爷青色的头皮、赤红的脸颊、青筋颤抖的脖颈爬行。爷爷看傻了眼，奶奶却走过去了。绿荫覆盖的山道上，只有一个花点的背影在晃动。满山遍野响起知了的聒噪声，令爷爷更加心神不宁，狂躁不安。他像一头撒欢的牤牛在山林里狂奔，终于又跑到奶奶的前面，且抢占了一个"制高点"。这时候奶奶就一览无余地暴露在爷爷的监视下。奶奶的光彩一下子把夏日的山野照亮了，爷爷陶醉了。

爷爷躲在山头的树林里，用颤抖的大手拂开茂密的绿叶，目不转睛地紧盯着渐渐逼近的奶奶。奶奶小巧玲珑的鼻梁上渗透着细密密的汗粒，樱桃小嘴上方若隐若现的绒毛，还有那丰满得一步上颤的酥胸，都一一地定格在爷爷的视野里。在此后新婚前的若干个日夜里，爷爷眼前闪现的就是那个夏日里的镜头：一双垂在臀部的长辫，辫梢打着红色的蝴蝶结。一阵夏风吹来，就有两只红蝴蝶围着奶奶翩飞。那副满月一般娇洁光滑的脸上挂着晶莹的汗珠，一双澄亮的丹凤眼透视着朴实、坚强、刚毅、善良和豁达。

16岁的奶奶终于走进她花季人生的甜蜜时刻。沉浸在蜜月爱河中的男女，总感到夜短日长。

转眼蜜月将尽，爷爷还没有贩瓷器走的意思。高祖母就单独把爷爷叫到了跟前，那双鹰一样的利眼紧盯着爷爷有些发黑的眼圈说："成孙儿啊，蜜甜油香，可也不能顿顿都吃，凡事都得有个节制，别让媳妇儿掏空了你的身骨……"爷爷羞红脸儿呆立着，右手抠弄着衣襟。我高祖母张开跑风露气的嘴儿嬉笑着说："怪奶奶多嘴啦。不过，你不能再围着媳妇转了。明天去窑场赊些瓷器，到南阳贩生意走吧。日子像树叶一样地稠，没有钱可不好过啊！"

两天后，爷爷到窑场赊了货，恋恋不舍地离开了新婚的奶奶。

我们居住的地方叫大峪店，归老汝州管辖。汝州是我国宋代五大名瓷之首汝瓷的故乡，汝瓷因产于汝州而得名。宋代汝窑把汝瓷烧造水平达到登峰造极的地步。大峪店和严和店一样，都是宋代著名的汝窑场，曾经享誉八方。金兵入侵中原之后，窑毁烟灭，工匠南逃，从此工艺失传。当年车水马龙的大峪店窑场冷落了下来。此后的历朝历代，这里虽还有瓷窑生产，但多是烧制一些黑釉、白釉的粗瓷生活用品，真正意义上的天青色汝官瓷销声匿迹了。

爷爷挑着一担黑釉的粗瓷碗和白釉盘向南阳出发了。每每歇息时，爷爷从口袋里掏出那只旱烟袋，不为吸烟，只为欣赏奶奶为他绣的那只烟布袋。黑色的烟布袋上，飞翔着奶奶巧手刺绣的鸳鸯鸟儿……青草、山花点缀在门前小河的岸边，炊烟缠绕在家乡小河的上空，一对鸳鸯鸟翅膀掠着水面在亲昵呢地呼唤……

在通往南阳贩瓷的路上，爷爷常常沉醉在奶奶巧手为他刺绣的风景和爱河中，肩上沉重的担子就不知不觉地失去了压力。爷爷高兴起来，放开喉咙，粗门大嗓地哼起了家乡的《开窑歌》："咳咳哟——开窑了！尊贵的窑神，保佑烧出青瓷器，不求家产万贯，只祈青瓷一件！开窑了——咳咳哟……"

爷爷被蜜月的激情汹涌澎湃着，瓷器不但出奇地好卖，而且也都卖上了好价钱。

新婚离别，归心似箭。爷爷猴急火燎地踏上了返程的路，厄运悄无声息地

降临了。

爷爷遭了劫杀。一具血肉模糊的尸体旁扔着那只绣花烟布袋，卖瓷器的同乡拣了这只烟布袋，回乡报了凶信。

闻讯的高祖母伸出老手使劲往自己的脸上抽打，边打边喊："成孙儿，是奶奶害了你，是奶奶害了你哟……"高祖母的嘴角淌着鲜血哭叫，曾祖则一头栽地，人事不省。待众人又呼又叫又掐弄醒他时，半身已经瘫痪。一家人哭得死去活来，独有傻二爷在不停地傻笑：原来他不知从哪里翻出了奶奶的花兜兜，用一支竹竿挑着——像挑着一面旗帜在门前喊叫疯跑……

新婚丧夫，最苦的是奶奶。掐皮捏肉的丈夫忽然没了踪影，五彩缤纷的生活在她眼前一下子变得黯淡无光了。她早已哭干了泪水，双手抱着烟布袋，神情木然地望着远山发愣。曾祖母卧床不起，以泪洗面。陡然飞来的横祸击垮了家人们，昔日欢声笑语的庭院一下子变得死寂冷清。

爷爷"五七"过后，高祖母终于抖擞起精神，拐杖捣地有声。她说："堂家的，人死不能复生，再哭也没用。日子总得往前过，打起精神奔光景吧！"

曾祖母这就下了床，红着眼睛望着婆母一声没吭。

高祖母又说："堂家的，天不杀人人杀人，你不能再作贱自己了。这苦日子还得往前熬，可过日子是过人哩，你万不能怄愁坏肚里的娃，一家人都指望他哩！"

奶奶这才把目光怯怯地投向婆母。婆母的肚子已经微微地隆起。这时候，躺在床上的曾祖又"啊啊"地怪叫起来，奶奶连忙走上去给他捶背、揉腰。

高祖母这时又把目光投向奶奶。她说："兰娃（爷爷没死时，高祖母喊奶奶叫'成家的'），人算不如天算，我满以为我这把老骨头能熬到四世同堂的光景，没想到成孙儿他被害死了。壶里没酒难留客，河里没水难养鱼。你还年轻，向前走一步，奶奶不留你。但要等你婆子生下孩子以后……"

"奶奶，您别说啦！"奶奶呜咽着向高祖母走去。那一天，高祖母、曾祖母、祖母——老中青的三个人女人抱头大哭了一场。痛彻心肺的哭声把三个女人的心一下子拉近了。

三

翌日，奶奶娘家来人叫奶奶回娘家小住。高祖母、曾祖母一直把奶奶送出村外。这时候在窑场刻花的姑奶哭着跑来了，"嫂子，你别走！你就这样狠心撇下我们不管吗？"

奶奶替姑奶奶擦着泪水说："月白妹子，嫂子回去住几天就回来，不打发小姑子'滴滴答答'上花轿，嫂子是不会走的。"

一句话把四个人都逗笑了，这是 40 多天来连家人的第一声笑声。姑奶奶破涕为笑，羞红着脸儿追赶着拧拧嫂子的臀部……

三代女人一直把奶奶送出村子很远才止了步。奶奶一步三回头地走了。

奶奶娘家住的严和店，在汝州市城南 15 公里的蟒河河畔，因产汝瓷而驰名中外。汝瓷胎质细腻，造型古朴，其声如磬，釉色如玉，清澈明润，底有芝麻花细小支钉，深得皇帝喜爱，因而被御选为宫廷用瓷。宋朝徽宗年间，皇帝亲派内臣萧福前来汝州做窑司，专为宫廷监制烧造瓷器。顿时，汝河南北两岸，尤其是蟒川严和店一带，窑群林立，烟雾缭绕，形成"七十二座窑"之说。大量的汝窑器，如盏、炉、尊、洗、碗、碟、盘等，要在这里经过严格的质量验收后，送往京师汴梁，同时，也远销东南亚、阿拉伯等地。汝窑瓷业的兴旺，带动了客栈、饭店等相关服务业的兴起，于是在这里聚集生活的人越来越多，逐渐形成了村落叫"验货店"。据传奶奶的祖上严和，曾为徽宗皇帝烧制过一件汝瓷龙床，上雕刻有九九八十一条栩栩如生的青龙。为彪炳严和忠君献宝的义举，徽宗皇帝御笔赐匾"严和店"，从此"验货店"就改名为"严和店"。

奶奶回娘家小住期间，刚好赶上一年一度的窑神庙会。一天上午，侄女叫上奶奶去赶庙会。奶奶还没有彻底从悲伤中解脱出来，说什么也不肯去。侄女软磨硬缠，硬是把不情愿的奶奶拽到了庙会上。庙会盛大，瓷器琳琅满目，而最吸引人的是"章青釉的高跷队"演出。章青釉也是出身汝窑世家，和严氏家族是世交。青釉是严氏家族三门头唯一的男丁，8 岁那年就在家祠里，当着列祖列宗的神灵被授予汝窑世家第 41 代传人。可是，青釉压根儿不热乎瓷器，被高跷曲儿吸走了魂儿。他人在窑场，心在戏场，十三四岁上就成了方圆几十里有名的哼曲子能手。奶奶比他小 6 岁，自小就和他在窑场玩揉泥、练泥的游戏。青釉嫌这些不过瘾，就给奶奶玩杀泥的游戏。他扮作一个小脚恶女人，用木刀一边杀泥表演，一边哼唱小曲："一刀远一刀近，远近都不解我的恨。不是我急着抱孙孙，一刀下去杀死你个小贱人……"青釉惟妙惟肖的表演，把奶奶逗得笑弯了腰，手里的木刀掉在了泥堆上……

奶奶渐大，更爱看青釉的表演。一次，青釉率队到严和店助会演出，奶奶负责给高跷队送茶水。奶奶送去茶水时，青釉一双眼瞪得又大又亮，似乎想把

奶奶裹进眼里。满脸羞红的奶奶看他这样瞅她，放下茶水就跑了……

侄女拽着磨磨蹭蹭的奶奶向庙会走去，两个小伙子从身边飞跑而过，撂下一句"快跑啊，章社头哼的小曲把我的魂儿都叫跑了！"话音落地，奶奶的脚下如同生了风。

青釉正率"玩友"们踩跷演出。奶奶挤在人群里，抬头仰望着高跷上的青釉，无意间青釉的目光和她的目光撞在了一起。目光相撞的那一刹那，两人的眼前都闪出了一串火花。奶奶低下头，青釉看见她青丝盘起的发髻上插着一朵白花，心里顿时突然滚过一声炸雷，不知是悲伤还是激动，脚下的跷棍停止了走动，人差一点从上面跌下来。

天公不作美，一朵朵圪瘩暴云过后，便下起了淅淅沥沥的小雨，高跷队只好暂停演出。半点钟后，雨过天晴，湛蓝的天空中又重现出一轮红日。道路抹油一般光滑，演出只好中断。这时人群中有人突然提出让登上村里的戏楼演出。一呼百应，掌声雷动。奶奶也夹在人群中使劲鼓掌。

青釉是高跷社的社头，登台不登台全靠他定夺。然而，难言的苦衷却爬上了青釉的眉梢。登台演出即为"戏"，不登台演出即为曲。戏子被称为"下九流"，一旦跌入"下九流"，就要受到家法族规的惩处。青釉想自己虽不是一名称职的汝窑传人，但也不愿步入"下九流"。倘若一朝为戏，必遭后人的唾骂和家法处罚。

在经久不绝的掌声艰难煎熬中，青釉的目光在人群中搜索。他想：倘若奶奶也用目光鼓励他登台演出，那他就冒险登台演出，跌入"下九流"，永世遭人白眼也在所不惜！终于，他的目光在上千双目光中，搜寻索到了奶奶那双一半忧愁一半热情的目光，顿时有了勇气。然而不久，世俗之手拔掉了他的气门针，勇气一点点地散尽。

呼喊声再次响起，"章青釉——登台来一曲！"、"章社头——登台来一曲！"奶奶看见青釉的头上渗出了细密密的汗珠。青釉跳下高凳，反剪双手，将军一般地踱来踱去。突然，青釉有了主意。他"噌"的一跃蹿上高凳，挥手逝去了喧闹，庙会的场子里登时沉静下来了。他说："父老乡亲们，盛情难却，我只好登台演戏了。但演出之前，我有必要问一下大伙：今天我登台为戏，日后有难处，大伙可肯帮我一把的请举手！"

他这样说罢，目光便又在人群中搜寻。此刻，他多么不希望奶奶的手为他举起来，但又无比渴望奶奶的手为他举起来。奶奶的玉手一旦为他举起来，不用说登台演戏，就是下油锅捞月亮他也不眨一眼！但他同时又想："尤兰呀，尤兰，你千万别为我举起手来，只要你不举手，哪怕剩余的人都把手举上头顶，我章青釉也不会登台为戏……"

在极度的矛盾之中，青釉终于看到了奶奶。奶奶挤在人海中，他的话音一落，奶奶几乎不假思索把手举过了头顶：奶奶的衣袖下滑，露出了耦一般白嫩的胳膊。奶奶的玉拳紧握，火辣辣的目光无所畏惧地紧盯着他。在奶奶擎起的玉拳带动下，一部分人的手臂在观望中犹犹豫豫地举了起来。

青釉终于率众登台演戏。卸掉了高跷的捆绑，演员们一个个轻灵如燕飞，演出大获成功，掌声雷动。奶奶把玉手都拍疼了，那是奶奶一生中看到最为精彩的一幕演出。

奶奶是在娘家住到第十七天的夜里，听到了章青釉遭受族规惩罚的消息。

章氏家族按族规要拧断他一条腿，喝药弄哑他的嗓子，让他永生永世不能再登台演戏。奶奶听到这个消息，坐卧不安，心如刀绞。那天举手许诺的情景又历历在目。奶奶想：章家和严家的先人都是宋代有名的汝瓷工匠，并结为世交。多少代传了下来，海枯石烂，交情不变。如今，青釉哥遭了难我岂能袖手不管？

奶奶是个从不食言的人。在那个月黑头的夜里，奶奶仗着与章家世交的交情，轻而易举地独自闯进了章家祠堂，悄悄地救出了青釉哥。青釉在逃离祠堂时顺手从神龛上抓起了一只香薰，那是一只宋代的汝官窑香薰。

奶奶和青釉一齐向青龙山方向跑去。青釉准备在山上躲几天，伺机逃往外地继续登台为戏。

黎明前奶奶和青釉哥分手，青釉说："兰妹子，多谢救命之恩，等我到外地站稳脚跟就来接你。"

奶奶说："经常捎信来，等婆母生下孩子，我伺候她过罢'双满月'，我就去找你。"

两人洒泪而别时，青釉才想起偷走的那只汝官瓷香薰。因揣在怀里慌忙奔走，路上跌倒了几次，现在只剩下了半拉儿。青釉说："祖上辈辈人都讲'家有汝瓷一件，胜过家产万贯！'我本想顺手偷走这只汝窑珍品香薰送你，日后有难处时变现。没想到如今只剩下了半拉儿，送给你作个留念吧。"他把半拉儿香薰双手捧给了奶奶。奶奶接了，略加思索后，顺手从地下抓起一块石头，朝半拉儿香薰碗上一击，又分作两半。奶奶把一块三角形的瓷片留下，把剩下的一半还给了他。

"青釉哥，再苦再难我们都要保管好它，等咱见面那一天，也让残缺不全的它们重新结合。"

青釉含泪把瓷片揣进怀里，在莽莽苍苍的黎明时分，一闪身钻进了森林之中……

四

奶奶到了晚年特别喜欢山南海北跑着烧香。其实奶奶是借这些机会在寻找一个人，这个人就是章青釉。

奶奶拧着一双小脚，虔诚地四处打探寻找。然而一切都是徒劳，生不见人，死不见骨。

搜寻不见，奶奶剩下的只是回忆——甜蜜而疼痛的回忆；等待，焦灼而虔诚的等待——

奶奶在70多年前那个晨雾迷蒙的黎明中送别青釉，然后就迈步向大峪店我们老连家奔来。奶奶的一头秀发被湿漉漉的晨雾戴上了一只晶亮的银网。露水打湿了奶奶的半截裤腿。鸟儿清脆的叫声惊落了树叶上的露水，露水滴在奶奶欣长而白嫩的脖颈里，顿觉凉意爽人。

奶奶回到家里，给公爹喂饭洗衣、擦屎刮尿，给婆母端茶送饭，给祖母捶背、洗衣……忙碌把痛苦一点点排挤而去。

冬去了，春来了。在一家人的企盼中迎来了婆母临盆的日子。那是初春的一个黄昏，婆母的叫声一阵紧似一阵，屋内的空气神秘而又紧张。坐在正屋里的高祖母，脸上溢出了蜜一样甘甜的光芒。吓得大气不敢喘的奶奶按照接生婆吩咐，双手按住婆母不停地蠕动的身体，一缕秀发咬在婆母的嘴里，甜蜜的疼痛隐含在婆母那半睁半闭的眼睛里。接生婆赤膊上阵，一双带血的双手不停地在婆母的胯下捣鼓着。

一个带把的小子被接生婆的一双血手拽出了生命之门，紧接着"哗哗啦啦"的血水喷涌而出。

"大出血啦——大出血啦——"接生婆的声音像秋风中哆哆嗦嗦的红叶拍打着窗纸，慌乱之中她结结巴巴地喊道："快，快，快拿香灰！"

奶奶跑到神龛旁，抓起一只香炉跑进里屋，接生婆捧起香灰试图堵塞汹涌澎湃的洪水，然而洪水汩汩地翻涌，势如破竹，那点可怜的香灰瞬间被血水吞没……

中篇小说

在那个血色的黄昏，奶奶眼巴巴地看着婆母和刚刚落地的幼子一被这头洪兽吞噬而去。那一刻，高祖母的耳旁突然"哐当"一声巨响，她分明感觉到连家最后的一轮太阳陨落了！高祖母双腿一软，人就重重地栽倒在了地上……

被灭顶之灾吓呆的姑奶，愣怔过来之后，抱着母亲的血体痛哭，可是高祖母又突然栽倒了，她调头又跑过来扑在高祖母的身上哭。血手淋淋的接生婆端来一瓢凉井水，拉起姑奶，照准高祖母脸上猛泼下去，"哗啦"一声，高祖母的身子猛一颤，人就哭出了声……

老连家的天四角落地，彻底地坍塌了！

在短暂的惶恐之后，奶奶立马振静下来，她清楚地感觉到连家的重担责无旁贷地落到了她的肩上，她要用少妇稚嫩的双肩托起了连家那轮坍塌的天。

奶奶在族人的帮助下掩埋了婆母。祸不单行，葬罢婆母的第三天的傍晚，奶奶带着姑奶、我傻二爷到坟上点纸，刚到坟头，就看到自家宅院狼烟洞天，火光汹汹。奶奶扔掉瓷罐，扭头向家里跑去，罐里的面汤溅在暗红色的坟丘上。待奶奶上气不接下气地跑回宅院时，我高祖母和曾祖已被邻人救出，汹汹的大火越烧越旺，7间房屋瞬间化为灰烬。

失火的原因是我傻二爷在草屋里燃火烧红薯，火先燃着了厦房的草屋，火借风势，草屋又燃着了偏房和上房。

热孝裹身，又不能住进邻人的房屋，奶奶只好把高祖母、曾祖安置到磨房栖身。夜里，披麻戴孝的奶奶蜷曲在麦秸垛旁。寒风呼啸，浑身僵硬的奶奶心里在痛苦地呻吟：青釉哥你在哪里？一年多来怎么连个音信也没有？我该怎么办？我该怎么办啊？我答应你伺候婆母过罢"双满月"就嫁给你，谁知眼下母死子亡，宅院失火，我有心弃家找你而去，可公爹成了个废人，奶奶年迈多病，妹妹年幼，傻兄弟愚呆无能，我若狠心一走，这个家就要零散了。我只好挺身把这个家撑起来，数着指头一天天地等你……

第二天奶奶披着一身热孝，带着傻二爷和姑奶上山割草苫房。上山割草的这些天来，奶奶心中试图破译着一个秘密：夜里常有人送草、送橡子和檩条，这人是亲戚还是邻居？是邻人们同情自家的处境送来的？可是邻人都是白天明着送的，至于亲戚更不用背藏。那么是谁暗中送草送橡的呢？奶奶百思不解，她在临时搭起的草庵里强迫自己不能入睡，到底看清是谁送的东西。然而劳累了一天，身子一沾草铺就会酣然入睡。

曾祖母"五七"过罢那天，三间草屋终于建起，奶奶到底也没有发现那个暗中送东西的人是谁。

一家人又搬回老屋，这才重新找到了家的感觉。这天夜里，奶奶对高祖母说：房屋建成了，我要回娘家看看父母，小住几天。高祖母一双浑浊的老眼盯着奶奶足有三分多钟，然后突然老泪潸潸，"命该俺连家断香火，怨只怨我人强命不强，走吧，你走吧，拴住人也拴不住你的心……"

奶奶痛苦地垂头不语。在堂屋伺候曾祖的姑奶连云泪飞若雨地跑了过来，"扑通"一声跪在了奶奶面前："嫂子，你别走，你别走，我一辈子不嫁人永远陪着你……"

奶奶拉起妹妹，悲泪盈盈地说："奶奶，您小量人了，我只是回娘家住几天，很快就会回来。在这节骨眼上舍家而去，我良心不安啊！"

这天夜里奶奶失眠了，她把那块青瓷片找出来，紧紧地贴在胸口，"青釉哥，你到底在哪里？别当负心郎啊！"心在呼唤中泣血。这时，她突然听到院里响起了"扑通"一声沉闷的响声。奶奶麻利地穿衣下床，轻轻地开门走了出去。

一轮下弦月照着清冷的院落，蛐蛐在寒辉中弹唱。借着莽莽苍苍的月辉奶奶的目光在院落中搜寻，终于在门楼右方看到猪一样卧在地上的东西。走近一看，是鼓囊囊的一个袋子，弯腰用手一摸，是一袋小米，奶奶连忙开门往外走去。

苍茫的月色下，奶奶看到远处一个晃动的模糊的背影，匆匆的，似乎有些眼熟。她紧跑起来，那背影也飞快地跑起来。奶奶突然喊了一声："好心人——你给我站住，俺老连家从不领模糊情，请留下名姓！"

那背影陡然停住了，渐渐逼近的奶奶也停住了脚步。熟悉的背影印证了自己的猜测——暗中帮助自己的人是青釉哥。

"青釉哥，别跟妹子捉迷藏啦！"那个背影终于扭过身来，慢慢地向奶奶靠近。

"青釉哥，是你，真是你啊！"

冰凉的月辉下两人终于面对面地站定了，彼此都能听到对方急促的喘息声。青釉明显消瘦了许多，眼窝深陷，颧骨凸现，未曾开口泪先流，奶奶看见两行清泪涌出了他深陷的眼窝。

"兰妹子，我无脸再见你，别等我啦，我已落草为匪。"

奶奶的头顶登时滚过一声炸雷，炸雷响处奶奶仿佛被劈得血肉横飞。她哆哆嗦嗦地追回："你说什么梦话——青釉哥！"

"不是梦话，我现在是青龙山宁豹子手下的一名土匪"，他说着双手捂脸蹲在了地上。

乌云吞噬了月亮，山野张开了巨大的黑色幛幕。一对痴情的恋人互诉着别后的情景——

青釉本打算在青龙山躲上一天，到夜里南逃投奔在福建驻守的表哥。表哥在中央军当师长，特别喜欢曲子戏，他在军中成立了业余曲剧团，一有闲暇就排练演出，有时表哥还亲自登台演戏。

他奔波了一夜疲惫至极，和奶奶分手后就钻进森林，爬到一块石崖下睡着了。从甜梦中醒来已是正午。他咀嚼着香甜的梦境：梦中他和奶奶胸前戴着大红花骑着高头大马，在鞭炮唢呐声中走在成亲的路上……

心里畅快，他就不顾及自己的身份，放开嗓子哼起了曲子戏：

将身来到荒郊外，
郊外人儿有千万。
有的骑马有坐轿，
有的推车把担担。
也有老来也有少，
也有二八女娇莲。
……

青釉有板有眼的曲子戏，刚好被打扮成砍柴下山"踩点"的宁豹子听见。"芙蓉花"——宁豹子心中陡的一颤，喜出望外。青釉擅长演花旦，舞台上娉婷婀娜，妖媚多姿，像一朵出水芙蓉，故观众送他一个雅号"芙蓉花"。

青釉甜美的曲子声像强大的磁场一下吸住了宁豹子的腿，他说："我操，这曲子听着比过年吃肉还过瘾！"然后他对随从的三个土匪说："今天不去'踩点'了，你三个想办法把'芙蓉花'给我弄上山，大王我把他供在头顶上听他给我哼曲子！"

宁大王说罢扭头独自回巢，三个土匪直到夜里才把青釉装进麻袋弄上了山……

青釉正说到动情之处时，不远处响起了石块相撞的声音，一块石头发癔症似的突然向山下滚去，一路撞翻了数块石头，火星迸飞。

青釉和奶奶触电般地同时从地上弹起，青釉忙把怀里的短土炮拿出来。奶奶连忙扭头往回走，呆立片刻的青釉冲着奶奶说："再找个人家好好地过日子

吧，我会守护你一辈子的！"然后一头消失在夜幕之中。

奶奶捂着胸口那颗狂跳不已的心，一边往回赶，一边寻找着蛛丝马迹。前面有个黑影在晃动，谁？奶奶颤抖着喝道。黑影站住不动了，说："嫂子，是我——连云。"

奶奶的心跳得更厉害了。奶奶大步走上去问道："云，刚才的事你都看到了？"妹妹点点头，"我们说的话你也都听到了？"妹妹又点了点头，"是奶奶让你暗中监视俺的，是吗？"妹妹突然叫一声"嫂子——"哭着扑进了嫂子的怀里。

姑嫂俩紧紧抱在一起，热泪交融。奶奶说："云呀，打开天窗说亮话，刚才跑走的那个人叫章青釉，是个唱曲子的能手，暗中送草、木料和粮食的就是他。嫂子原来心里装着他，可他当了土匪，我们情分也算尽了。嫂子求你千万别把这事告诉奶奶，她老人家的心已被苦水煎熬得够呛，万不能再给她加气了……"

姑嫂心心相印，配合默契，最终遮掩了高祖母的耳目。

五

奶奶爱着那个叫章青釉的艺人，章青釉也真心地爱着她。他们彼此都把爱的种子深深地埋在心底，即使一辈子也没有开花结果的机会，但他们仍然默默地爱着，爱的神圣，爱的坚定。

奶奶晚年的时光大多是在咀嚼和反刍那些陈年旧事中度过的。奶奶每当忆起青釉暗中保护她的那些情景时，总有一丝甜蜜的微笑挂在她的嘴角。

曾祖母头周年刚过，给奶奶提亲的人就多了起来。先是奶奶娘家嫂子来说媒，奶奶说："这一家人老的老，小的小，瘫的瘫，傻的傻，现在我撒开手就走，心里不是个滋味，停停再说吧！"

奶奶婉言谢绝了娘家嫂子的好意。接着表叔又亲自登门保媒。表叔给旋风浴的刘财旺窑主当狗腿子。刘窑主经营五座瓷窑，财大气粗，为人霸道。刘窑主羡慕奶奶的美貌，欲娶奶奶填二房，被奶奶断然拒绝后恼怒成凶，扬言说奶奶敬酒不吃吃罚酒，他就要公开抢劫奶奶圆房。高祖母让奶奶出去躲几天，避过风头再回来，奶奶说她不怕。虽这么说，但奶奶还是做好了应急的准备，她腰里终天别着一把剪刀，到了夜里抓把锅灰胡乱往脸上一抹，然后钻到进盛牛草的屋里栖身。

刘窑主又派表叔登门逼亲，说如果还不答应，那就别怪翻脸无情。这一次奶奶再也按捺不住胸中的怒火，把聘礼扔出门外。谁知那刘窑主装孬，在聘礼中间夹了一只仿烧豆绿釉的汝瓷碗，被当场打碎了。表叔说这可是一只宋代珍品，价值连城，恐怕连人财加上也赔不起，不如应下这桩好姻缘……

奶奶自小见识汝窑器，搭眼一望就知道是一件赝品。她把表叔骂了个狗血喷头。表叔羞辱而归，夜过青龙山时，表述又被蒙面人割掉了一只耳朵。

刘窑主像一头咆哮的怪兽，翌日夜里率众人去抢奶奶。出村六、七里光景，家丁中有人喊叫："老爷，快看咱村里谁家失火啦！"刘窑主惊回头，知道中计，大叫一声"快回会！"

赶回村时，刘窑主一处三进深的大宅院已化为乌有。一家老小被堵了嘴，拴在房后的树林里。邻人告诉他，青龙寺的土匪下山洗劫，把屋里的古瓷器、钱粮、被褥抢劫一空，走时又放了一把火……

刘窑主大骂一声："宁豹子，我日你血亲八辈！"然后口吐鲜血倒地，七日后亡命。

奶奶终于躲过了这次劫难。然而，新的灾难网一样再次向她罩来。

高祖母捣着拐杖一次次向族长家里跑，族长终于答应让奶奶接榫嫁给傻二爷的要求。消息最初是先由高祖母说给奶奶的。那是一个闷热的夏夜，奶奶给公爹擦洗罢身子，正准备回厦屋，高祖母叫住了她："兰娃，你等下，奶奶有事给你说。"

奶奶就在她的床沿上坐下了。高祖母深思片刻才说："兰娃啊，你看这兵荒马乱的，奶奶的心终天悬在半空，你还年轻，这样独身下去终不是常法……"

奶奶红着眼睛说："奶奶，您是想撵俺走哩？"

高祖母说："兰娃，奶奶不是这个意思。这俗话说，人留子孙树留根，我不能眼巴巴看着连家断烟火啊！我夜里睡不着觉，就想这事，想得脑子眼疼。千思万想，连家的烟火只有你兰娃才能续得上啊！"

"我？"奶奶从床上弹起，疑惑不解地望着高祖母。高祖母折起身也坐在了床沿上说："兰娃，兴啥啥不丑，前有车后有辙，这接榫儿的规矩是古辈子传下来的。虽说你兄弟周儿傻，可他和成儿毕竟是一奶吊大的亲兄弟，叔嫂通婚亲上加亲……"

直到这时奶奶才弄明白高祖母的意思。奶奶的双颊被羞辱和愤怒憋得一赤一白，丰满的胸脯在一起一伏。

"奶奶，俺又不是猪狗，随便给配对儿！不行，您就是拴住日头爷不走，这事儿也不行！"奶奶果断地说。

高祖母"嗞溜"下了床，"扑通"一声给奶奶跪下了。高祖母枯老的双手紧紧地抓住奶奶的双腿摇晃，使劲地摇晃，仿佛奶奶不答应他，就要把奶奶的骨架摇零碎。奶奶没有吭声，无声的泪水像晶莹的珍珠骨碌骨碌地滚落下来，砸在了高祖母大山一般冷峻多皱的脸上。

"兰娃，奶奶求你啦，续上连家的烟火，你就是连家的大功臣，后人们永远把你供在头上……"奶奶仍然没有答应，但却弯腰拉高祖母起身，高祖母死活不起来。正在这时，连云挑水回来了，见状扔下钩担，跑上去拉高祖母起身。姑嫂俩好不容易才把哭成泪水儿的高祖母抬上了床。

三天在后，奶奶被族长叫到了祠堂里。奶奶早料到族长叫她的意图，因而离家前仔细收拾打扮了一番。平时为了掩盖那副透着青春光华的身子，奶奶总是穿着婆母留下的旧衣服，故意把头发弄得像喜鹊窝一样乱七八糟。尽管如此刻意地遮掩，但那袅娜多姿的身躯，白里透红的脸蛋，深潭碧波一样的眼睛，无不显眼地蹦跳出来，令瓷乡人遐想万千。

奶奶那天上穿石榴子粗布上衣，下穿葱绿色的粗布裤子，脚蹬一双自己亲手做的绣花鞋，藕一样白嫩的手脖上，带着出嫁时娘家陪送的天青色汝瓷镯子。如云的青发盘在脑后，结成一个圆形的发髻，上面别着一只簪子，在烈日下闪闪发亮。奶奶走在烈阳下的村街上，青春的靓丽一下子激活了死气沉沉的山乡。被太阳烤得蔫蔫欲睡的玉米，在一阵夏风中突然精神抖擞地昂起了头；树梢儿兴奋地摇摆，躲在树上有气无力鸣叫的知了，仿佛突然运足了气，叫声倍加响亮。奶奶的三寸金莲轻轻地敲击在村街的石板道上，像响起一曲地道的河南梆子。奶奶所到之处光彩照人，鸡飞狗炸。

奶奶不卑不亢地走进了祠堂。

族长坐在罗圈椅内，眼睛似睁非睁。听见奶奶的脚步声由远而近，最后在他面前停下了。族长突然睁大了眼睛，慢条斯理地说："成家的，族里决定让你接榫儿嫁给你兄弟连周，传宗接代，延续烟火。下月初六是个黄道吉日，族里出面为你们办喜事。"

奶奶坚定地说："我不同意！"

族长的目光刀子一般剐向她心头。许久，族长恶狠狠地说："家有家法，族有族规，出弓没有回头箭！"

奶奶也不甘示弱："死都不怕，还怕什么家法族规？"

族长气急败坏地说："你，你，别拿死来吓我！你活是连家人，死是连家鬼，族里决定的事没二更改！"

奶奶就说："好，那我就死给你看！"说着从裤腰里拔出剪刀，族长吓得在椅子上哆嗦。奶奶举起剪刀，照准自己的腹猛刺下去，鲜血"噗"一下蹿在族长的脸上。

奶奶还要继续行刺，被冲进来的姑奶夺下了剪刀，奶奶就瘫倒在了血泊之中……

刚烈的奶奶用鲜血和生命阻止了这场荒唐的婚姻。家法和族规第一次在一个弱女了面前失灵了。

高祖母未能在奶奶身上达到传宗接代的目的，就又把目标转向了姑奶。她要让姑奶悔亲和傻二哥换亲。

高祖母托村里的媒婆屁颠颠地跑着说媒，拿姑奶给傻二爷开始换亲。

姑奶十五岁，长得瓷娃娃一般诱人。她三岁上就许给了本村的赵火照为妻，二人青梅竹马，情深义厚。

媒婆终于物色好了对象。对象是簸箕营方骆驼家的儿子方瓷碟，是个罗锅，比姑奶大十一岁。他有个妹妹叫方竹青，十六岁，出脱得竹笋一般娇嫩喜人。连家和方家换亲，一个傻子一个罗锅，各配一个俏女子，两不找，彼此都不吃亏。

换亲的大事终于敲定，高祖母才把支脱到严和店瓷厂刻花的姑奶叫回来。事先没有给姑奶透一点消息，就当家把亲事定下了，然后又做主和火照家退了婚。

姑奶哭肿了双眼，奶奶守在床前陪泪。双方老人都害怕夜长梦多，把农历十月十六定为共同的黄道吉日。

喜日一天天地逼近，姑奶一天天地消瘦。这天傍晚，奶奶给姑奶端来一碗山鸡汤，逼着姑奶喝下去。姑奶含泪喝罢汤，从枕头下面摸出一只绣花的烟布袋，说："嫂子，事到如今，我也只好认命了，你把这只烟布袋送给火照哥，别让他再傻等我啦！"

姑奶说罢又倒头痛哭，奶奶接了烟布袋，眼前就跳出了那个腼腆驯顺得如同绵羊一般的火照。火照面善心眼儿好，这些年来在农活上没少帮扶连家。

奶奶走了出去，走进村后的林子里，在两年前和青釉幽会的地方坐下。太阳已经落山，夕阳把山野涂抹得一片血红。秋风萧萧地吹着，落叶蝴蝶般地随

青精灵

风飘舞，奶奶伸手抓住一片红叶，无限怜惜地放在鼻下嗅着。

这时，羊倌郑毛锤赶羊收圈路过，目光钩子一般在奶奶的身上剜来剜去。奶奶闭眼不看他，接着就响起了他阴阳怪气的吼唱："山绵枣不浸涩又苦，小寡妇不嫁急煞人……"毛锤赶羊不断扭头渐去。奶奶就从怀里掏出一只布袋，又从里面取出了那块三角形的瓷片，看着看着泪水又涌了出来。"青釉哥，你不该为匪，你不该为匪啊！妹子从此只能在心里永生永世爱着你……"

夜定十分奶奶回到家里时，已拿定主意。她把姑奶叫起，说出了让姑奶都吃惊的举动，

"云妹子，你和火照跑吧，跑到天涯海角，过你们亲亲爱爱的自由日子吧！"

"那方家来娶亲你有啥门？"

"屁股底下坐筛子——门眼多得是。你们尽快跑，家里的事天塌下来，一切由嫂子承担。我心里苦一辈子，不能让妹子心里再苦！你们快走吧！"

姑奶猛地把她抱住哭叫："嫂子，我的好嫂子……"

姑奶终于起了床，脸上有了喜色。当天夜里，姑奶和火照逃婚跑了……

六

我们长大成人后，姑奶常给我们讲奶奶的故事。"你奶奶是个人物，为了咱们老连家，她把一切都豁出去了。我能有今天全靠你奶奶啊……"

姑奶说这些时，双手常常互相摩挲那副汝瓷镯子。"当年逃婚跑时，手里没有一分盘缠，你奶奶撸掉自己手脖里的汝瓷镯子，塞到包袱里逼我们上路……"姑奶每每说到这里就轻声呜咽起来。

姑奶知道那副瓷镯子在奶奶眼里的分量：她不知传了多少代，也不知经过多少女人血脉的喂养和肌肤的浸润，一代又一代地传诸于今天。岁月的光华、天地的精气、女人的灵气，打磨得千年瓷镯温润赛玉，青光四溢。

姑奶在逃婚的路上痛心地变卖了那副瓷镯。解放后参加工作的姑奶，四处打探瓷镯的下落，终于高价赎回瓷镯，归还奶奶，奶奶说送妹子的嫁妆，嫂子岂有收回之理？

姑奶每次讲奶奶的故事前，必先抚摸瓷镯，泣不成声地讲述着瓷乡女人的故事——

奶奶终于屈服命运的安排，听从家族的摆布，说到底还是为了姑奶。

姑奶逃婚走后，连氏族人羞辱难当，把仇恨全部转嫁到奶奶的身上。奶奶被捆成了个肉蛋蛋，拖到祠堂受审。族长说："成家的，你和连云同住一屋，她逃婚的事你知道不知道？"

"知道！"奶奶平静地说。

"知道为什么不报告？"

"那是我妹子的自由，我想成全她。"族长气得山羊胡子一撅一撅地吼道："打，朝死处给我打！助纣为虐，伤风败俗，不知羞耻！"

两个汉子手持棍棒捶打，"嘭嘭嘭"的声音令人心颤。奶奶咬牙一声不吭。高祖母起身走到族长跟前耳语一番，族长就下令住手。

"成家的，今天由不得你啦，现在我就让你和你弟弟周入洞房，自此你就是周的媳妇……"

奶奶带着累累伤痕被塞进了洞房。为了防止奶奶自杀，族里委派三个壮实的妇女轮流在窗外照看。五天过去了，看奶奶没有自残的迹象，族长这才命人撤了哨。

奶奶就这样开始了她屈辱的人生。

傻二爷是奶奶的尾巴，时刻形影不离。到了夜里，傻二爷一上床就要干那事，干完事猪一般倒头大睡，鼾声雷动。奶奶把瓷片贴在胸口上，轻声地呼唤着青釉的名字，以泪洗面，眼睁睁地苦等到天明。

大约是奶奶婚后月余的一个夜里，族长被人暗杀在家里。奶奶得到这个死讯时，不禁打了个激灵，脸色苍白如纸。

高祖母盼后心切，时不时老拿眼光往奶奶的肚子上瞭。奶奶的肚子瘪瘪的，失望的高祖母一次次唉声叹气。

一天夜里，高祖母搬来了高凳，悄悄地趴在奶奶的窗户旁听房。

高祖母脸热心跳，把耳朵贴在窗纸上屏息静听。她害怕奶奶嫌弃傻二爷，故意逢场作戏糊弄傻二爷，所以就不会有身孕。傻二爷叫着要"温习功课"，奶奶没有吭声。暗幕里高祖母只听到了傻二爷牛一般粗重的喘息声和木床痛苦的呻吟声。高祖母一阵激动，忘记了自己是悬在高空，身子一动，"扑通"一声摔在了地上。

"谁？"奶奶一声吆喝。她猜想又是青釉下山偷送东西，所以连忙穿衣跑出了门。老天阴森森地虎着脸，院里黑乎乎地一片。奶奶慌慌张张推开大门往外走，这时就听到了高祖母的呻吟声。

　　高祖母摔下后，腿摔在高凳腿上，头碰在石墙上，鲜血汩汩地流。她强装精神忍耐着，但疼痛一阵阵向她袭来，她是再也坚持不住了，只好呻吟起来。

　　奶奶大步走向窗户，弯下身子这才看见了受伤的高祖母。奶奶立刻明白了高祖母的用意，又气又恨又羞，真想踢她一脚，到底还是忍住了。奶奶用尽力气，连忙把高祖母抱进了屋里。

　　高祖母跌折了左腿，卧床不起。奶奶又要照料曾祖，又要侍候高祖母，还要下地干农活，每天累得筋疲力尽，身子一沾床就想入睡，可是傻二爷不停地纠缠她。傻二爷在汝窑场打工，几个工友戏弄他，说你的花媳妇看着娇嫩，像一只漂亮的花母鸡，可就是不下蛋。要想让你媳妇怀孕就得"膏油"——然后嘴咬傻二爷的耳朵密语。傻二爷真的信以为真，夜里就偷来洋油给奶奶"膏油"，结果挨了奶奶的耳光，被踢下了床。

　　傻二爷就蹲在地上孩子一般地哭闹，鼻涕涎水顺着下巴滚流。这时候高祖母就用手使劲捶打着床帮咒骂，"老天爷啊，快惩罚这个不守妇道的女人吧！天底下哪有不让男人上身的女人，你这个死×货，诚心要绝俺连家的后！你不凭天地良心，老天爷不会放过你的……"

　　奶奶羞辱地哭着，真想蹿上去撕破高祖母的臊嘴，但到底还是忍住了。

　　高祖母没有料到，老天爷惩罚的不是奶奶，而是傻二爷和她自己。

　　傻二爷是瓷窑坍塌被砸死在窑洞里的。傻二爷虽然智力低下，可是身体强壮，干活不惜力气。粉碎石料、耙泥、澄泥、装窑、出窑等苦力活都离不了傻二爷。那一个雨天的中午，傻二爷几个人出窑时，瓷窑渗水后突然塌方，傻二爷被当场砸死……

　　奶奶已被接踵而至的横祸麻木了。接到傻二爷砸死的消息后，她没有哭，只是木然地呆坐着，目光空空的，长久没有吭一声。

　　傻二爷一死，支撑高祖母的大厦轰然倒塌。高祖母迷迷糊糊昏睡不醒，请医生吃药没用，请神婆祷告无效。村里的花朵奶来看罢高祖母后，把奶奶叫到一边说，"你奶奶快不行了，不过不见后人，她是死不瞑目的。孩子啊，你奶奶一辈子也不容易，买个儿子吧，让她看一眼放心地上路吧！"

　　奶奶从家里仅有的一斗小米里，取出三升和族人一道去买儿。高祖母的结局真的被花朵奶奶言中了。三天后的一个正午，高祖母突然大叫一声："送子观音来啦——"高祖母突然睁开了眼睛，被兴奋挑逗的目光在屋子里来回睃寻，接着目光慢慢地黯淡，眼神慢慢地呆滞，兴奋慢慢地消失。高祖母咽气了，但双目仍然直瞪着。这时候奶奶买孩子跨进了屋里。襁褓里裹着买回的男婴，奶奶匆匆揭开襁褓，露出了婴孩拳头大的小脸。婴孩消瘦的脸上长着密密的绒毛。

花朵奶连忙上香祷告，奶奶抱着婴孩哭着叫喊叫："奶奶，你放心走吧，连家有后啦，连家有后啦！"在奶奶的叫喊声中，花朵奶用双手轻轻地摩挲高祖母的眼皮，不一会，高祖母的双眼就渐渐地闭上了。高祖母的面容突然不再狰狞，慈祥和安宁悄悄钻进了皱皱巴巴的纹理中。

数天来，众人的精力全部集中在行将就木的高祖母身上。奶奶出外买子，众人似乎忽略了曾祖的存在。在一片匆忙之中，奶奶没有忘记做儿媳的责任，端着一碗面汤去喂公爹。然而，公爹不知什么时候已经身体僵直地走进了极乐世界。

高祖母和曾祖的丧事是一齐置办的，这在青龙山一带是百年不遇的怪事。

七

奶奶真正开始了孤儿寡母的生涯。

奶奶把满腔的爱都倾洒在那个买来的毛孩子身上。这毛孩子就是我爹，奶奶给我爹起名叫连留根。

奶奶沉下心来，平心静气地打发着清苦寡淡的日子。世上的事大都事与愿违，一个年轻貌美的寡妇怀抱着年幼无知的儿子，你想清心寡欲地过日子，世道能容忍你吗？

最先来纠缠奶奶的还是那个羊倌郑毛锤。郑毛锤孤身过日子，夜里把羊儿收了圈就跑到奶奶家门前骚扰："兰妹子，今天抓了一只山鸡，哥舍不得吃，送来孝敬你！"

奶奶早把大门紧闭，听见只当没听见。郑毛锤不死心就开始哼曲子："一朵红云飞过来，梦中看见妹子来，小米干饭豆芽菜，我可没把妹错待……"

奶奶不动心，天底下再也没有章青釉的曲子哼得好听。郑毛锤的曲子哼得再用心，也是瞎子点灯——白搭蜡，终久动不了奶奶的心。

郑毛锤仍不死心，就隔着大门低三下四地喊："兰妹子，我把山鸡扔进去，狗吃猫咬也在你，反正都是哥的一颗心……"

郑毛锤说着就把山鸡扔了进去。奶奶心静如水，抱着幼儿无声无息，任凭山鸡在地上"扑扑棱棱"地挣扎。

第二天奶奶就拾了山鸡，清炖之后用汤来喂留根。郑毛锤憨狗摸着一条

路，第二天夜里，照样来纠缠："兰妹子，今天套住了一只野兔子，鲜嫩可口，哥拿来让你尝个鲜"。

郑毛锤说着使劲儿拍大门环，门环就叮叮当当响，奶奶不吭声，抱着儿子想青釉。

郑毛锤就用力一甩，把兔子扔进了院里，兔子的腿上绑了一根棍子，甩进院子里时棍子撞在地上"哐当"一声响，兔子摔在地上"唧唧"地叫唤。

数天后的夜里，被欲火烧昏头脑的郑毛锤，口袋里装几只鸟蛋翻墙跳进了院里，翻墙时把鸟蛋也挤破了，腥黏的汤子糊涂了口袋。郑毛锤轻轻地敲击窗棂，边敲边喊："兰妹子，开门吧，毛锤我可是真心爱你，我在你身上攒了十来年劲了……"

奶奶隔窗扔出一块木炭砸他，木炭没有砸住他，"扑通"一声掉在了地上。"快滚走，再欺负俺孤儿寡母，就天打五雷轰你！"奶奶狠狠地骂道。

郑毛锤继续敲窗叩门，奶奶骂声不绝。下半夜奶奶的院里"嗵"一声扔进了一块石头，毛锤吓得屁滚尿流。不一会儿平静如初。毛锤连忙开门逃窜，刚出大门就被人"扑通"一声扳翻，一个蒙面人手抓圪针使劲往他脊梁上、屁股上摔，圪针挑起的肉花花，满天飞舞，血雨四溅……

更惨的还在后面：芝麻掉进针眼里——巧极了，奶奶没有想到她那夜里随便咒骂毛锤的话竟得到了验证。这个夏天的一天下午，毛锤在旋风垛放羊，突然变天，雷鸣电闪，暴雨如注。毛锤躲在一棵大树下避雨，突然头顶炸响了一声惊雷，树断枝飞，毛锤遭雷击而亡……

毛锤被龙抓的消息传了出去，十里八村的人暗中都在议论，说奶奶是"神妇"，万万碰不得。有头脑的人把数年来刘财旺的死，族长的死联接在一起分析，便觉得奶奶非同一般，有神灵暗中护她，是欺负不得的。也有迷信的人说，这女人天生就是一颗扫帚星，妨死男人，祸害家人，伤及族人……十里八村的人细想她和她一家人的遭际，不禁倒吸一口冷气。

奶奶再出门时，就有一双双异样的目光怪怪地打量着她，背后有人指指戳戳，窃窃私语。但仅此而已，没有人再敢动他一指头。这样的光景虽然寂寞凄苦，但奶奶却过了一段安稳的日子。

我爹留根三岁了。

这年冬天，国民党十三军的一个连进驻了大峪店，连长叫宋老虎。老虎一进村就听到了有关奶奶的轶事，"小寡妇长得天仙一般，就是光看不敢摸，摸摸头上长只角……"老虎不信，就登门去找奶奶。

队伍一进村，奶奶就把剪刀别进了腰里，终天提心吊胆地打发日子。那天，老虎连长一进门就吆喝："老乡，帮帮忙，我手肚里扎了一根圪针，给挑一挑——"

奶奶抱着留根，心跳得厉害。老虎已经走进了堂屋，奶奶只好红着脸，把留根放下，然后从发髻上拔出了一根钢针。

老虎把左手的中指伸出来，目光灼灼地望着奶奶。奶奶的玉手捏住他的中指手肚，定眼细看，手肚上哪有什么圪针？这时，老虎的双手就铁钳一般卡住了奶奶的双手，奶奶满脸羞红，轻声说："宋连长，欺负孤儿寡母要坏八辈子良心，快松开手。"

宋连长皮笑肉不笑地说："都说你克夫，我不怕，能和你这样的美人儿同床共枕，死不足惜！"

老虎连长说着松开手，张开双臂要拥抱奶奶。奶奶一闪身，"嗖"一下从腰里拔出剪刀，老虎连长眼前闪过一道寒光。

老虎连长就呆立在了原地，没有吱声。他没有料到事情会这样发展，愤怒中的老虎连长拔出了短枪。剑拔弩张的场面吓坏了留根，他突然"哇"地一声哭了起来……

双方僵持良久，老虎连长终于退却了。他说："老子今天饶了你，但三天后必来娶你！"老虎连长走了，奶奶手里的剪刀"啪"的一声掉在了地上，人也像面筋一样软软地瘫倒了。

奶奶的宅院撤了岗，不许外人出入。大峪店的人都捏了一把汗，心想：刚烈的严兰这次怕是再也刚烈不起来了。

奶奶抱着我爹轻声啜泣，心里一遍又一遍地呼唤着："青釉哥，快救我，快救我……"然而隐藏在大山褶皱中的青釉，此时是否知道奶奶的处境？

时间悄无声息地溜出去了一天，奶奶终于镇定下来。她让哨兵去喊宋老虎，说有要事商量。

宋老虎带着护兵，雄赳赳地走来了。奶奶说："婚姻的事我想通了，但你得明媒正娶，我们连家是大峪店的名门大户，得征得族人的同意。"

老虎连长说，这不是"老虎吃仁丹——小玩（丸）儿"，我现在就让人通知连氏家族的长辈们来这里议事！

护兵就通知人去了，不大一会儿光景，连家七八个长辈们都到齐了。

老虎连长说："我要娶严兰当媳妇，我要入赘当连家的上门女婿，严兰已

经同意了，大家还有没有意见？"

连家的几个长辈们面面相觑，没有吭声。少顷，一个长辈走近老虎连长，附耳低语。老虎连长听罢，突然一耳光扇了下去，破口大骂："你个老混蛋，什么'白骨精'、'女妖魔'，摸不得、碰不得！老子才不信你的邪说，老虎屁股也要摸三摸！"

老虎连长一下子把大家给镇住了，等他再说我要娶严兰做媳妇时，几个连家长辈鸡啄米似地点头说："没意见，没意见，一桩好姻缘！"

这时候奶奶发话了："族家没意见了，还得派人给俺娘家说一声，女走千里，不忘根本。"老虎连长也答应了。

奶奶又说："还有几件事也得说明，一是婚事不能操办过急，请人择个吉日，这是一辈子的大事马虎不得；再者，远亲赶不上近邻。这些年俺家灾祸不断，多亏乡里乡亲的帮扶才渡过难关，今日再续姻缘，宋连长要设宴三天，宴请乡邻亲朋……"

老虎连长连连点头说："那当然，那当然……"

事情就这样敲定。

喜日定在腊月初九。离初九还有七天，大峪店全村都开始忙碌起来了，杀猪宰羊的，磨面蒸馍的，买菜垒火的……

奶奶这样做是故意拖延时日，大造声势，把消息张扬出去，尽快传到青釉耳中，希望奇迹再次出现。

奇迹再次出现是在初九的婚宴上，那时正午刚过，人们正在吆五喝六地饮酒，兴致正浓。新郎官一趟一趟地给客人们敬酒，正在这时，突然接到部队火速出发的命令。军令如山倒，他只好从命。

出发前宋老虎一气灌进肚里一大碗酒，瞪圆血红的眼睛朝天鸣了一枪说："严兰从今天起就是我的老婆，谁敢动她一指头，我就叫他筋断骨折，头和屁股分家。等这一仗打完我就回来和娇妻团圆！"

部队就匆匆出发了。

大约是月余后的一天，上山打猎的杨木墩看到了宋连长的死尸。这消息传出去，大峪店方圆数十里八村的人都毛骨悚然，议论纷纷。"严兰这女人'神女'一个，叫你死到河里就死不到山上……"

奶奶到了晚年，孙男嫡女们问及当年那些玄乎的事情时，她总是说："那都是天意，我一个柴门女哪会知道其中的奥秘，哪会有那么大的能耐？"再问，她总是缄默不语。

八

奶奶的晚年一天也没有停止过寻找——按像找人，她心中的那个人。

一天，奶奶又从箱子里翻出了那张画像。奶奶凝视画像，久久无语。画像上的那个人，大约二十、八九岁的样子，留着小平头，鹅蛋脸，小鼻子小嘴大眼睛，一副十足的女人味。这个人就是奶奶苦寻苦等的那个叫章青釉的人。

这张像画于十五年前，而今画像已经泛黄。十五年前，奶奶为画这张像，花费了不少周折。那时候村里来了一个画像的。奶奶把画匠叫到家里，好饭好菜伺候。奶奶说："你给我画张像。"画匠说："你坐好，我现在就画，保证让你满意。"奶奶说："不是我画我，画另一个人。"画匠说："你叫他来。"奶奶说："这人也许死了。""那你拿照片来，大小都中。"奶奶说："没有照片，大小都没有。"画匠作了难，奶奶说："这个人的面目印在我的心里，我说他的模样你画！"

画匠平生第一次这样画像，难为得满头大汗。奶奶说这人二十八、九岁的样子，留着小平头，柳叶眉，丹凤眼……画匠照她说的画。她嘻嘻地笑着，审视指点说："这儿不像，颧骨没有这么高，鼻梁画的太高，嘴画得太大……"

画匠一次次涂改，偶尔有个地方画得像，奶奶就高兴得差点儿蹦起来。画匠边画边说，这个男人女人味很浓，奶奶说，是哩，是哩，当年他演花旦棒极了，不知吸走了多少男人的魂儿……

奶奶把画像揣在怀里，坐车跑到二百多里外的柳城，找到姑奶连月白，让她看像画的准不准。姑奶仔细审视后说："别处画得都像，独有眼神画的太空……"

奶奶仔细回忆，觉得妹子说的对，连夜就又乘车往家赶。画匠已转到三十里外的武松口，奶奶又撵去，让画匠作修改。

在此后的岁月里，奶奶就是拿着这幅画像，东西南北地跑着寻找她心中的那个人。

奶奶每拿起这张画像，就想起了她和章青釉最后一次离别的情景，老泪就会涌出枯涩的眼眶。

我爹七岁那年隆冬的一天夜里，章青釉突然翻墙跳进了院里，这是他第一次潜入奶奶宅院。

青釉扣响奶奶的窗户，轻声说："严兰，我是青釉，有急事快开门！"

奶奶慌忙穿衣，哆哆嗦嗦地开了门，点亮豆一般大的油灯。青釉背着一个猪臀尖，黑棉袄上滴的猪血已结了冰。奶奶要燃火给他烧碗热茶暖身，被他拒绝了。

混苍苍的油灯下，奶奶看见他黑瘦的脸上布满了冰霜和冷峻。他说："兰，我要下西峡口打老日走了，再也不能暗中保护你了，你自己可要小心自重，这世道孤儿寡母的日子难熬啊……"奶奶看见豆大的泪珠滚出了他的眼眶，顺着脸颊蠕动。

奶奶浑身颤抖，不知道说什么好。青釉又说："表叔的耳朵是我割掉的，宁豹子家的火是我领人放的；族长是我杀的，宋老虎也是我杀的。宋老虎在军中开小差跑回来找你，被我杀死在青龙山上……"

奶奶瞪大一双惊恐的眼睛，望着眼前的杀手。奶奶想：那个在舞台上扮演温柔文弱女子的男人，竟被世道逼成了一个冷酷无情的杀手。

青釉说罢，从怀内掏出那块红布裹着的青瓷片说："此行不知死活，我把她交给你保管。说不定以后遇上好光景了，这瓷片还金贵值钱哩！"

奶奶这才恢复了冷静说："不，瓷片你带上，我永远等你。青瓷通灵，你带在身上会保佑你平安归来的！"

奶奶说罢，走进里屋，掂出了一串子布鞋，整整十双。"带上这些鞋，出门在外不容易……"

青釉接过鞋，低头在奶奶的脸颊上亲了一下，然后轻手轻脚走了出去。无边的黑夜一下子就把他吞噬了。

奶奶没有想到，这竟成了他们的永别。

奶奶常常拿着那张画像出神。日久年深，岁月的棱角已把照片磨损得模糊不清。

一天，姑奶从城里回来看奶奶。知嫂莫若妹，姑奶最了解奶奶的心。夜里姑奶和奶奶还像当年一样通腿儿，姑奶说："嫂子，妹子一辈子忘不掉您的情分，当年您支持我逃婚，逃婚途中碰上了革命队伍，我才有了今天。我这一走三十多年，把奶奶和爹撇给您，把一切的苦难都留给了您……"

姑奶说到动情处，老泪滚滚。奶奶说别想那些陈芝麻烂谷子的事啦，再苦再难咱不是挺住了。烂麻绳熬过了铁辘轳，如今咱老连家人兴财旺，苦水中泡大的老寡妇，我也熬到了四世同堂……

奶奶说着也哭了。姑嫂俩抚今追昔，心贴得越来越近。姑姑说："嫂子，我知道你心里苦，过去的事你不想让孙子、孙媳们知道。那个暗中帮助你的人虽然几十年杳无音信，可他时时还藏在你心里，苦等人不见，苦寻不见人，嫂子你心里好苦啊……"

两人彻夜畅谈，说说哭哭，哭哭笑笑，好像又回到了少女少妇的年代。

第五天，奶奶跟着姑姑进城走了。

姑姑把奶奶引到电脑画像公司，拿出那张发黄的碳素画像，让电脑重新画像。奶奶在电脑的屏幕上，终于看到了青釉当年的形象。奶奶当时的举动令操持电脑的姑娘笑岔了气：奶奶突然指着屏幕上出现的那个人头，兴奋地叫喊起来："别让他跑，就是他，就是他！你这个老龟孙，躲在这享清福，让我找得好苦啊……"

奶奶突然大脑失常了，一会儿哭，一会儿笑，哭笑中东一榔头西一耙子地诉说着那遥远的往事……

姑姑吓坏了，一个电话打来，"呼呼啦啦"招来了孙儿、孙媳、曾孙、曾媳、曾孙女一大帮人，黑压压的人群把病房塞得水泄不通……

九

病恹恹的奶奶最终没能走出那片感情的沼泽，再次离家出走了。

奶奶怀揣着那张电脑画像踏上了漫漫的寻觅之路。

"朝着西南走——"冥冥之中的奶奶按照神灵的指点，朝着西南走。

上路前，奶奶在当院里摆了一桌供，烧香跪拜后，提表示灵。奶奶把数张黄纸卷成筒形，直立在供桌的香炉前。火香散发着清香，红蜡烛被山风吹得忽明忽暗，这时候屋内的挂钟敲响了零点的钟声。奶奶双手抱起纸卷，在蜡烛上点燃了黄表纸，表纸喷着火舌，飞快地燃烧着，一大团灰烬蝴蝶般地飞向了空中，时东时西，时高时低，然后突然向西南方向飞去。风吹散了它，被分化为无数只星星点点的小蝴蝶，向西南方向飞去了。

"朝着西南走——"神灵在暗示着奶奶，奶奶于是就出走了。

在曲曲弯弯的山道上，奶奶开始了与亡灵对白——

"青釉哥，立碑不是我的本意，可孙辈们硬要立，月白妹子也支持他们……"

"兰妹子，这碑应当立，立给你当之无愧！一个弱女子，硬是撑起了连家

一片坍塌的天。人过留名，雁过留声。兰妹子……"

"青釉哥，谢谢你的理解。现在回想起来，那几十年的苦日子不知怎么熬过来的。自从寒夜别离后，我心里像揣一只兔子，终日蹦跳个不停。我知道你再也不能像神灵一样处处护着我；再也不能逢年过节我们孤儿寡母送米、送面、送肉……多少个夜里，我替你烧香跪拜，祈祷神灵保你平安回来，保咱团团圆圆……"

"平安是福，团圆是金。当了几十年的孤魂野鬼，我最能体会到这话的含义。人一生吃糠咽菜穿麻袋，只要平平安安、团团圆圆……"

奶奶在山道上艰难地行走，有一个亦真亦幻的神灵始终在引导着她："朝着西南走——走、走、走……"

奶奶在朦朦胧胧的行走中，又听到了亡灵的声音。

"兰妹子，快给我说说别后的事情。"

"小孩没娘，说来话长。分别后的第二年，留根8岁了，我给他定了亲，十二岁上我就给他完了婚，四年后我有了第一个孙子，连家真的又有了根。留根家的能生，每年都要给我添个孙子或孙女，到留根39岁那年，她共为我生下了5个孙子，4个孙女。日子紧巴，只养活了五个孙子，2个孙女。这年留根得了噎食病又撒手西去了。我和儿媳妇一起风里滚雨里爬，要把七个孩子都拉扯成人，娶妻成家。谁知，儿媳妇经不起苦日子的熬煎，跟一个瓷器商跑了……"

"兰妹子，你真是劳苦功高，劳苦功高啊！"恍惚中奶奶分明看见那个小平头的男人留下了感动的泪水。

"好吧，我也说说我的事情。那夜里和你分别后，我们就向西峡口方向出发了。小日本虽已是秋后的蚂蚱蹦跳不了几天了，但还要做最后的挣扎。在一次战斗中，我从瓷乡带去的三十几个兄弟打散了，回到部队时就我一个人了。那时候我太想你了，就动了当逃兵的念头。一天夜里我趁站岗的机会弃枪溜跑了。我害怕他们顺路追赶，就一直朝着西南方向跑。跑啊跑，一直跑了七天七夜才停下歇息。我准备在此停留几天，然后再折身跑回家乡，带上你远走高飞。没想到在回去接你的路上被截路人杀了，挎包里的一双布鞋和口袋里的票子全被抢劫。抢劫的人不识货，捏了捏那块青瓷片又扔进了我的口袋里。我被抛尸在荒野，幸遇好人掩埋。从此阴曹地府夜夜心，青灯孤影愁煞人……"

"你要挺住，青釉哥，我正在找你——我一定会找到你的！"

"别找我了，傻妹子！现在你是大峪店方圆百里标榜的道德女人，众口夸赞，万人敬慕。如果找到了我，让世人知道你一直深爱这一个土匪，一个为你杀人放火的土匪，这岂不是坏了你一世美名，毁了你金玉人品？弄不好众人——包括你的后人，会无情推倒他们曾经为你亲手立起的功德碑。罢罢罢，真爱就是心爱，心爱只能你知、我知、天知、地知，告辞了！"

一股旋风刮来，奶奶被圈在中间，奶奶在风圈中摇摇晃晃，旋转起舞……

风逝林静，山野无声。

奶奶突然蹲在地上，皇天老娘地悲哭起来……

十

奶奶一趟趟地往外跑，还固执地不允许任何人陪同。我们姊妹5人常常背着她，"特工"一样隐身尾随其后，轮流偷偷地照料她的行程和起居生活。

姑母回来看望奶奶，刚好碰上奶奶西南远行出发。姑母劝说阻止奶奶出行，没想到惹火了奶奶。她抡起拐杖就打，可怜姑母的头上鼓起了一个血疙瘩。

这次奶奶出行，轮我三哥暗中当"尾巴"。可是，挨了打的姑母说："火男，你奶奶一棍子打醒了我。她苦了一辈子，现在由她去吧！这次我替你去照看你奶奶，尽一份女儿的孝心吧！"

姑母替下我三哥，尾随奶奶出发了。

姑母躲在奶奶的身后，隐隐的头疼中想着往事——

姑母叫瓷花，是1960年奶奶用两个红薯面粮坯换来的女儿。家中有粮，心中不慌。奶奶过日子看得长远，不仅细水长流，还为遭年馑留有退路。光景好的日子里，奶奶把红薯片在石碾上碾碎成面状，然后兑水搅拌，制成粮坯，经日晒、风干后，做界墙垒垛在屋梁下，用草纸裱糊起来。在外人看来那只是一堵土坯界墙，而在奶奶看来，那是一家人度过饥荒年馑的救命粮。

在20世纪60年代那场所谓的"三年自然灾害"中，奶奶的"生命墙"救活了十多条岌岌可危的性命，我姑母的哥哥就是其一。姑母家住段店村，也是宋代的一个古窑场。那年隆冬的一天，姑母的父亲领着姊妹三人来到大峪店逃荒。先是姑母的父亲饿昏倒地，被奶奶用汤饭灌醒救活的姑母父亲，"扑通"跪在奶奶面前哭着说："救救我儿子吧，救救我儿子吧！"

这时候奶奶才看见躺在箩筐里枯瘦如柴的男婴，男婴已经奄奄一息，箩筐

· 181 ·

旁坐着一个六七岁的女孩。另一个箩筐里坐着一个约莫两岁光景的小女孩。奶奶把他们一家人领进家里，爷儿四喝了一大锅奶奶做的红薯面煮树叶稀饭。夜深人静后，奶奶用火柱撬掉粮坯墙上一个粮坯，对姑母的父亲说："我只有这么一块粮坯了，送给你救救孩子们的命吧！"

姑母的父亲又给她跪下了。"救命之恩永世不忘！"他被奶奶拉起来，奶奶又塞进他怀里一个红薯面馒头。那年月稀汤都喝不上，奶奶还送馒头给他。他接了馒头揣进怀内，箩筐里的两个孩子瞪着饥渴的眼睛，紧盯着父亲的胸脯。

姑母的父亲说："求求大婶子，收下这个小毛妮，让孩子讨条活命吧！"奶奶弯腰细看：小毛妮虽然瘦骨嶙峋，但却长得眉清目秀，奶奶于是应下了。

姑母的父亲千恩万谢地离去了，可是奶奶的心里很不是滋味。左思右想，坐卧不宁。奶奶就又用火柱撬掉一块粮坯，扛在肩上撵了出去……

就这样我奶奶在遭年馑的非常岁月里，用两块红薯面粮坯换来了她的女儿瓷花。那两块粮坯可是救了姑母一家人的命哟！

姑母知恩图报，在娘家一直住到30岁上，辅助奶奶撑起了我们这个多灾多难的家。在连家姊妹7人中，我是"小奶糕"。母亲撇下我跟瓷器商跑时我才半岁，是姑母和奶奶拉扯我长大的。听奶奶说我母亲跑后，我哭岔了嗓子，谁也哄不住我，姑母把我抱在怀里悠哄着陪着落泪。吃奶的孩子突然断了奶，那滋味实在难受。姑母看我哭得可怜，就偷偷地把她的奶子送进了我的嘴里，我吸不出奶水哭闹得更凶，结果把姑母给"吹奶"了。姑母的奶子红肿憋痛，奶奶领着姑母去看医生，医生说是"吹奶"。奶奶和医生吵了一架，"俺没出门的大闺女咋可能'吹奶'，你遭损人……"后来，羞红脸的姑母说出实情，奶奶忙向医生道歉……

姑母25岁那年，奶奶说："瓷花啊，找个人家走吧，娘不能让你当'老闺女'毁你一辈子！"姑母说："我走您咋办？这不高不低的孩子要吃饭啊！人活在世上，居家过日子总得有人付出。您为老连家付出了一辈子，您闺女比不上您，就半辈子吧……"

我奶奶就哭了。奶奶号称瓷乡的"铁女人"，可奶奶听了姑母的话还是哭了！

我们姊妹7人出生的年龄不隔岁，齿轮一样咬着。奶奶说瓷花呀，这5个"小狼崽"要吃、要喝、要穿、要上学、要盖房、要娶妻、要成家，弄不好要吃了我们娘俩。我们得挖窟窿打洞挣钱，让他们都成家立业，独自过自己的生活……

姑母说是呀，是呀，可是屎难吃、钱难挣啊！

奶奶是靠承包大队的汝瓷厂发家致富，然后又帮我们兄弟几个自办汝瓷厂重振家声的。那时候大队的窑场年年亏空，就准备对外承包。奶奶虽然看准了这个赚钱的门路，但并不急于参与。先期报名承包的两家半途退却，奶奶这时候才出面，把承包金压到最低承包了瓷厂。承包金是姑姑从城里打回来的。

奶奶把家撂给了姑母，她吃住在瓷厂。奶奶虽然人老眼花，但眼光很毒，承包瓷厂后就瞄准了生产杜康酒厂的订单。这张订单在我的哥哥、姐姐出面无望的情况下，是奶奶出面亲自拿下的。

奶奶拧着一双小脚，只跑了一趟酒厂，生产合同就签了。其实，瞄准这笔生意的不只奶奶一个人，老汝州几家大瓷厂的厂长也紧盯着。

很早就动意为奶奶立传的我，多次问奶奶和杜康酒厂签单的事，奶奶笑笑说你也相信社会上的传闻，说奶奶拿自己的大闺女和厂长交换订单吗？我说我当然不信，那时候厂长夫人还健在。姑母嫁给他是 5 年以后的事……

奶奶这才向我说了实情：奶奶去和厂长谈订单，厂长不耐烦地说：厂小胆子大，这活你们做不了！奶奶说，没那金刚钻就不揽这瓷器活。厂长说金刚钻在哪里，让我见识见识。我奶奶就从怀内掏出了用金丝绒包裹数层的汝官窑瓷片，厂长把瓷片看了又看，确认是一块宋代的汝官窑瓷片无疑。奶奶说我们老严家是汝瓷世家，朝廷老爷喝酒用的莲花温碗、执壶都能烧制，何愁烧造一批民用酒瓶！

奶奶的口气把厂长的傲气压了下去，良久厂长才笑着说，老婶子别拿你祖上唬人，你毕竟不是大宋的汝窑工匠。我奶奶也松了口气说，虽说今人不及宋人的烧瓷手艺，但烧制酒瓶还是小事一桩。我把严和店娘家几个制瓷烧窑的老艺人都请过来，质量出了问题，我抠了眼球去见你！

厂长还是有些犹豫，奶奶说："'小瓷炉'，问问你伯母，看我严兰是不是个碓捶捣磨扇——实打实的人！"

我奶奶撂下这句话就迈步走了。奶奶喊了厂长的乳名，厂长就一个愣怔，猛然想起伯母临终前说及的"粮坯救命"的故事。原来厂长的伯母就是我姑母的姑母。瓷炉的母亲改嫁后，瓷炉由伯母收养长大。瓷炉厂长开车撵上了奶奶，在车上和奶奶签订了合同。

奶奶主持烧制的天青、月白、豆绿釉杜康酒瓶，为我们家族捞取了第一桶

黄金。接着宋宫、张弓、林河、宝丰等酒厂上门订货。那些年中奶奶用她赚得的钱，每年要盖一处新房，娶回一个孙子媳妇，然后就分出去自立门灶。

姑母 30 岁那年，那个叫"小瓷炉"的下台厂长登门求婚。他的媳妇殁了，撇下两个孩子。姑母不乐意一结婚就当后娘，我奶奶怜惜两个没娘孩就动了心。姑母一向对母亲言听计从，也就委屈把自己嫁出去了。姑母为我们老连家献出了青春最美好的年华。

奶奶一一为我们娶妻成家后，就撒手不管了。剩下的时光里就是不停地奔跑，寻找那个装在她心里的人。

朝着西南走——姑母悄声地紧跟在奶奶的身后。

大山的褶皱里又露出了一个小山村，奶奶走进村里，花白胡子的老头，头发飘霜的小脚女人，都是奶奶询问的对象。

"大哥，请问您认识这个人吗？"

奶奶双手捧着照片，让人看个仔细。这时，奶奶浑浊的目光突然贼亮贼亮，眼巴巴地盯着山羊胡子下面那张衰老的嘴。

摇头，老人没有张嘴，只是使劲地摇头。

奶奶又走到一个长瘿袋的老女人面前，"大姐，您认识这个人吗？"

长瘿袋的老女人耳背，听不见奶奶的话，奶奶把照片送到她眼前。一群孩子麻雀一般跟在奶奶的身边，一个孩童把嘴贴在老人的耳边，大声说："菊花奶奶，你认识这个人吗？"

菊花奶奶目光漠然地紧盯着照片，审视再三，最终张开没有牙齿的嘴说："不认识。"

奶奶继续朝着西南走。

青山夕照，绵延起伏的群山披上了一身金缕玉衣，一阵秋风吹来，落叶纷纷飘零，红叶铺满了山径野道，奶奶的一对小脚丫，踩着松软光滑的红叶，如履薄冰，艰难行走。

终于又见到了村庄。

"大娘，家住哪里？"

"老汝州。"

"知道，知道，老汝州的曲子——地道货，快进家，快进家喝碗热汤。"

奶奶的心里一阵狂喜，跟着热情的主人进了屋。

翌日，奶奶开始挨家挨户地打探寻问。正午的时候，奶奶来到龙泉寺的一个独居户家，主人是一个八十多岁的老汉，老汉戴上老花镜，双手捧着照片仔细看。

突然老人叫起来："我见过这个人，我见过这个人！"

奶奶的喉咙开始发紧，呼吸变粗，头开始旋转起来。

"在哪里见过？"

"老河口。"

"什么时候？"奶奶紧追不舍，声音都变了调。

"小时候——大概 10 岁那年吧"。奶奶火热的心一下子像掉进了冰窖里。

"那年我跟着父亲逃荒，路过老河口那天，刚好是集日，这个人领着高跷队演出，他演姑娘演神了，那是我一生中看得最好的一台戏……"

老汉再往下说什么，奶奶一个字也没有听进去……

十一

"庄稼佬，偏向小。"奶奶最疼爱我。我是在姑母和奶奶两个女人温暖的怀抱中长大的。我们 5 兄弟中只有我大学毕业，不是几个哥哥考不上大学，而是当家理事的奶奶真的很难，忍痛掐断了他们升学的机会。轮到我上高中时家境已经好起来了，奶奶就说："瓷魁，咱老连家该培养个大学生了。你得考陶瓷大学，为祖上——为咱瓷乡人争光！"

奶奶一锤定音，哥嫂们朝我吐了吐舌头谁也不敢再吱声。奶奶对我期望值很高，可我偏不争气，复读了两年还是名落孙山。嫂子们沉不住气了，背地里说三道四。

那时候 4 个哥哥分门另住，我和奶奶一起生活。奶奶说："瓷魁，别听你嫂子们瞎鼓捣，听蝲蝲蛄叫就不种庄稼了！你不吃喝他们的，不花销他们的，是奶奶供你上学的。你给我接着考，考到胡子白也得考，不信老连家出不了一个状元郎！"

在奶奶的鼓励下我就继续考，第三年上终于考上了景德镇陶瓷工业大学，可把奶奶给喜坏了。奶奶供我读了四年大学，满希望我研究汝窑工艺，实现她的"瓷魁梦"。谁知我却喜欢上了民俗学，大学毕业后改行到一家民俗杂志社工作。终天东颠西跑，民间采风，写写画画，把陶瓷专业扔到了爪哇国去了。更令哥嫂和姐姐们失望的是，对象换了一个"加强排"，30 岁上了我还不结婚。哥嫂们说，瓷魁被奶奶打小宠坏了，现在是一个标准的"二流子"，玩女

人就像喝凉水……

奶奶容不得哥嫂们贬低我，回击他们的同时，一趟趟地带着大闺女往城里跑，但都没有我中意的。奶奶火了，"瓷魁，三个月内你不结婚成家，奶奶就吊死你的屋里！"

奶奶是个说一不二的人，为了奶奶我就匆忙地完婚了。结婚时奶奶把她的积蓄几乎都给了我，为此我又遭了嫂子们的"攻击"。

奶奶偏爱我。比如姑奶提出为奶奶立懿德碑时，得到了我们家族的一直赞同，可是谁也做不通奶奶的思想。最后，家族德高望重的连发爷出面做奶奶的工作，奶奶还是那句话，"生不立碑，死不立传。碑会倒，书会烂，人心自有公断！"

姑奶把说服奶奶的任务交给了我。奶奶真的给我面子，我一出面事就成了：奶奶既同意立碑，又答应立传。姑奶问我出的啥招儿，我说密不外传，但只让您老人家一个知道。我和奶奶做了一笔交易：奶奶不答应立碑、立传，我就永远不要孩子，奶奶就很无奈地答应了。

碑文是我亲自写的。立碑后奶奶看我守信用，孙子媳妇的肚子果然微微隆起来了，这才接受我的采访立传。奶奶向我打开了心扉，祖孙俩的感情拉得更近了。到了后来，奶奶出家寻找那个人时，姊妹7人中唯独我可以光明正大地跟着她，别人只有"特务"一样暗中跟踪……

翻一山又一山。

走一村又一村。

秋去冬来，信念支撑着奶奶不停地行走。我跟在奶奶的后面，看到了一幅幅画面。

入村了，几个年轻人问她："老奶奶，哪里人？"

"老汝州的。"

"知道，知道，瓷魁家乡的人。"

这时候，奶奶就小心翼翼地从口袋里掏出那只金丝绒布袋，用颤抖的手掏出那块青瓷片让年轻人边看边摸："这是块正宗的宋代汝官窑青瓷片，别看手掌大，给座大楼都不换……"

村里的人越聚越多，连拄拐杖的老人都来看热闹，奶奶笑了，笑的心花怒放。

奶奶看人气上来了，这才掏出照片，步入正题，说出了此行找人的目的。

可是，奶奶的希望泡沫一样顷刻散去。

这天，奶奶来到了一个叫狼牙沟的小山村，20多户人家被山神爷七零八落地撂在山沟里。奶奶仍然捧着照片，让村里的老人一一辨认。五、七个老人看罢，都摇头叹息说没见过，奶奶失望之际就又追问了一句："方圆附近，有没有没家的坟？"

一句话提醒了大家，有个老人拍着头说："老糊涂了，快去找大林哥，听说他年轻打猎时埋过一个被暗害的人，看是不是？"

奶奶在众人的引领下来到村西的大林家，老人已经偏瘫。奶奶走到床前，把照片放到他眼前，他看了良久才说："这个人好面熟，他和我当年打猎时埋掉的那个小伙子长得一样。"

老人的话还没说完，奶奶就一头栽到了地上。这时候我才扑上去。不是我不靠前，是奶奶不允许。她只允许我跟在后面，找人的事不让我插嘴近前。

第二天奶奶才醒来。奶奶的执着和痴情感动了大林老人，他向奶奶打开了话匣子——

那是一个冰封雪冻的早晨，我寻着一只豹子的蹄印一直撵到离村三十里的狼尾沟，在入沟的出路上横着垄起的一个雪堆。雪堆一边有个红色的洞，影影绰绰像埋着一个人。

我走近细看，吓了一大跳，果真是个人。这个人的一只膝盖拱起大高，露在大雪外面，我用枪托推掉覆雪，一个大约有二三十岁的小伙子露了出来。他的双腿被捆，右腿蜷曲着放在左腿上，头发和眉毛上的积雪已经凝结成冰，一张冰硬如铁的脸庞被痛苦扭曲的有些变形。我打算离开，转念又想天晴雪化时，这个人就要被狼啃豹咬了。人生在世，应以积德行善为本。这样想着，我就弯下腰把他拖到路边的一个大栗树坑边埋了。埋时，我也没有解开捆绑他双腿的绳子，还让她大腿跷到二腿上。来年夏天山洪暴发，淤泥就把树坑填平了。随后打猎路过此地时，连我自己也找不到埋人的地方了……

按照大林老人估说的方位，我和奶奶雇人开始刨墓。昨天的昏厥，奶奶元气大伤。直到这时候，奶奶才同意让我插手找人的事。

接连刨了两个坑，七八尺深，都没有找到尸骨。这时，阴森着脸的老天零零星星地飘起了雪花。

奶奶又开始烧香化纸，祈祷神灵显圣点穴。一张黄表纸被卷成卷儿，捧在奶奶手里点燃着了。黑色的灰烬抱成团儿，直冲云端，然后又东摇西摆地飘落下来，落在一棵栗树下。

奶奶走上去说："刨——就照这里刨！"

也许是巧合，也许是真有神灵引导。众人在树下挖了七八尺，终于找到一具尸骨。栗树的根须已扎进了头颅，阴曹地府内的魔鬼吸噬尽了死者的血肉和灵气，只剩下了一堆白骨。这时候，奶奶谁也不准近前，她一个人慢慢靠近白骨。

奶奶细看，死者的左腿骨果然压在右腿骨上。

天旋地转。奶奶蹲在墓穴边，嘴唇打着卷儿对墓坑中的挖墓人说："仔细找找，看有没有一块汝瓷片，当心别弄碎了。"

一个人在墓穴中的黄土中慢慢搜寻。许久，终于真的找到一块巴掌大小的瓷片。

瓷片被泥土裹着，传到上面奶奶的手中。奶奶小心剥去上面的泥土，又把瓷片贴在衣服上轻轻摩擦，不一会儿，那瓷片就放出了莹润的清辉。奶奶又从怀中拿出那只红丝绒布袋，手抖得厉害，无论如何也从里面掏不出另一块瓷片。我从奶奶手里接过布袋，帮她掏出了瓷片。奶奶把两块破碎的瓷片放在一起，终于严丝合缝地对接起来了。

"青釉哥——我总算找到你啦！"奶奶呼叫着，张开双臂，纵身跳进墓穴，拥抱那架没有知觉的白骨——

我听见奶奶坠穴压断和拥抱白骨时发出的脆响，"嘎嘎巴巴——"这时候大雪铺天而降，眨眼的工夫，整个山野都成了一片洁白的世界……

爱情秘史

一

　　周瑞霞一撞入铁定的视野，冥冥之中他就觉得这就是他苦苦寻求的爱人了。

　　在这之前，二十二岁的铁定恋爱已谈了几十场，都先后泡汤了。前不久，爹娘把他锁在屋里多日，如果不答应表姑保的大媒，就别想出这个门。表姑保的媒是十里铺她娘家侄女玉环。人长得敦敦实实，爹娘满心的喜欢，可铁定却压根儿不同意。这天上午，村子里锣鼓喧天，人声鼎沸。困在屋里的铁定心里油煎火燎，恨不得变只鸟儿钻出去。他知道这是村民们敲锣打鼓欢迎新迁来的移民。锣鼓愈敲愈响，场面愈演愈烈。铁定再也不能自控，找来一棵绳子"嗖"一下扔到了大梁上，然后手攀绳子"噌、噌、噌"地上到了大梁上，沿大梁爬到二梁上，再爬到脊檩上，头顶天窗，一用力把盖在天窗上的玻璃顶开了。他一猫腰跃上了房脊，多日来，他终于呼吸到室外新春的温润气息。

　　铁定跨在房脊上鸟瞰村子里欢迎库区移民的热闹场景。突然，有一个女人（确切地说那应该是一个少妇）的形象撞入他的眼帘：她站在拖拉机车厢上，车门大开，车上的东西已搬完，像个天然的戏台。她扎着两根齐耳的短辫子，鹅蛋形的脸模子，上穿红黄交织的方格子对襟布衫，下穿葱绿色的裤子，身材不胖不瘦。由于距离太远，他只能俯视个大概，但那女人落落大方的仪态和清脆甘甜的声音已把他陶醉了。

　　这时，站在车箱上的这个女人双手抱拳身子转了个圈："各位老少爷们，我代表松峰库区的移民，真诚感谢大家的厚爱和欢迎！我叫周瑞霞，周恩来总理的'周'，瑞气盈门的'瑞'，霞光万道的'霞'，初来乍到，以后咱们就

要一个村子里共同生活了。这俗话说：先入为主，还望老少爷们今后多多关照我们移民！"她说完猴子一般轻盈地跳下了车箱。

铁定看到这里慌忙爬到西山墙，手抠脚蹬石墙缝隙下到猪圈墙上，然后一纵身跳下了地，飞也似地跑向了欢乐的人群。

铁定一层层拨开人墙，站到了那个自称叫周瑞霞的女人面前。那时候周瑞霞正守在自己的"百货摊"面前，一边照看着大家替她向屋里搬东西，一边和大家聊天。地下放张木床，村里的老光棍姜其祥抢着去搬。他把又瘦又小的身子钻进木床下，肩扛床撑，一拱身踉跄着站了起来。周瑞霞感激地说："慢点，这位大哥，谢谢！谢谢！"

其祥不中用，累得屁滚尿流似的又把床放下了。

铁定这时候蹿了上去，但他并没有立马扛床，而是站在床边双目炯炯地盯着周瑞霞。这女人一头的卷发，是那种天生无雕琢的自然烫发，一双忽灵灵的丹凤眼像两汪深不可测的潭水，微风中荡漾着醉人的涟漪。一副鹅蛋形的脸模上洋溢着青春的光彩，那脸蛋光滑、细腻、纯净，白里透红，红里泛着油光。她启颜浅笑，露出一排石榴籽般密匝白净的小牙。此刻，春风吹着她一头的青丝，丰满高耸的胸脯在春光下一颤一抖，抖得铁定眼花缭乱、遐思非非。再看她那翠竹一般的身段，那柔韧细软的腰肢，令铁定心旗摇曳。

"这位兄弟，快帮嫂子干活，中午我请客。"铁定这才如梦方醒，伸长胳膊，双手抓住床帮，一用力把床举起来放在肩上，稳步稳扎地走了。

这个上午，铁定不但帮助周瑞霞往屋里搬东西，还到井上为她家挑了好几担水。他默默地干活，始终没有和周瑞霞说一句话，中午也没有接受她的请客。

到了夜里，表姑又问他我保的媒到底中不中？铁定说，不中！不中！拴住日头爷不落也不中！表姑说我侄女长得天仙女一般你还不中，你到底要我找啥子模样的女人？铁定说就跟今天才移民到咱村的周瑞霞那模样的女人！

表姑在短暂的愣怔之后，突然手拍膝盖叫了起来："就是、就是那个作姿弄色、把男人们使得团团转的女人！她、她、她——她有什么稀罕人的？再说她可是一个'二槽货'的少妇啊！"

"少妇怎么啦？女人最美少妇时。反正非这种模样的女人我不要！"铁定说着悻悻地摔门而去，铁定的母亲突然放声哭了起来。

二

松峰库区的移民集中在缎子铺村的西南，这是政府拨款专门兴建的民宅。周瑞霞家住在这些新民宅的正中间，是个热闹的去处，不光移民们往她家跑，就是本地的年轻妇女、嫩皮娃子，中年男人、老婆、老头都乐意往她家去。不论大小孩到她家，她都好烟、好茶招待。最重要的是这女人一肚子的学问，天南地北、上下古今的无所不知，"喷瞎话"（讲段子）、唱曲子特别的诱人。铁定晚上也经常去瑞霞家听故事听曲，但从不进屋。铁定不像有些年轻娃子只耍嘴皮子不办实事。他常常是最后一个离开瑞霞家院子。别人都走了，他把院子内的砖头杂物打扫干净，这才不声不响地走了。到了翌日早晨，铁定总是起早，连忙往瑞霞家送上三担水，直到缸满盆流这才往自家挑水。

铁定的爹娘发现儿子变了。自从那个周瑞霞入村后，儿子变得温顺、沉默、勤快起来，地里、家里的活疯着干，爹娘的话对否也不再一脖子青筋的犟嘴。没变的是一说起找媳妇定亲的事，就把头摇成了个货郎鼓。

表姑又来找铁定爹娘，她说表哥表嫂你们还蒙在鼓里，那周瑞霞是过来的女人，靠着一身的骚劲诱惑得定表侄都着了魔，全村人谁不说定表侄是人家周家的"长工"？如果再让她这样浪荡下去，恐怕定表侄的魂儿都被那妖精吸走了。眼下如果再不定亲，错过了年龄，这黄花菜都凉了，到时你俩搬石头砸天都晚了！

铁定爹娘这才恍然醒悟：原来儿子是被这个新迁移来的骚"狐狸精"迷上了，难怪所有女人他都不看一眼。铁定爹娘采取了断然措施：不准儿子再帮周瑞霞挑水、干农活，不准夜里再到她家听"瞎话"、听曲；不准再和她有半丁点的接触。同时，紧锣密鼓地四处张罗着为儿子找媳妇定亲。

夜幕降临了，铁定走了出去，娘紧跟在身后，看着儿子是向移民新居走去，就大叫一声窜上去，双手紧抱儿子的双腿，"你要再去那浪女人家，就从娘身上踩过去！"铁定仰望满天星斗长久不语，有一滴清泪流进了嘴里。最终铁定妥协了，满脑子飞舞着瑞霞的影子回到了家里。

第二天五更，铁定照旧起床挑水，发现水桶和勾但不在了，掀开水缸盖一看，缸内的清水直往外溢。铁定走了出去，朝着移民新居奔去。听着燕子河日夜不停地演奏的欢快乐曲，铁定抑郁的心少许有了些生机。过了燕子河就到移民新居了，这时忽听有个女人在叫喊："定儿，人怕没脸，树怕没皮，你再敢

上前走一步，娘就一头栽进这罐子潭给你看。"

铁定吓了个愣怔，茫茫苍苍中他看见有个人蹲在罐子潭的石崖上，飞溅的瀑布雾一样罩着她模糊的身影。

铁定欲哭无泪，扭头往回跑去。

切断了铁定和瑞霞的联系，铁定的日子整天过的暗淡无光，没精打采。唯一可以得到精神安慰的是姜其祥到来的时光。每天夜里很晚了，姜其祥鬼兮兮地来到他家里，铁定早备好了香烟辣酒，姜其祥尽情地分享着贵宾的厚遇，然后慢悠悠转告瑞霞家或在瑞霞家发生的最新情况：瑞霞的丈夫岳诚从义马矿务局千秋煤矿回来了，带回了瓜子、糖果、布料，还有肉。她丈夫长的猪不哨南瓜样，一脸的络腮胡子，一副锅盖脸，一双蚂蚱屁眼似的小眼睛，一躯细麻秆似的身材……铁定细心地听着，生怕漏掉了一个字。

在这段难熬的日子里，家里到地里的活儿铁定虽然照干不误，但饭量大减，一天难得张嘴说一个字，人也明显黑瘦下来。终于有一天他鼓足勇气，写了封求爱信，托其祥转交给了瑞霞，没想到瑞霞很快就回信了。

铁定兄弟：

来信收到，但我不能答应你的求爱。我是有夫之妇，儿子已经 5 岁，丈夫在外地工作，我们不但夫妻恩爱，并且生活幸福，希望你不要破坏这个温暖的家庭。再说你还年轻，人长得帅，各方面都十分优秀，不应当找我一个大你十来岁的已婚女人为妻。

祝你早日找到称心如意的爱人！

接到回信铁定的精神彻底崩溃了。活也懒得再干，话也懒得再说，卧床不起，以泪洗面。从姜其祥嘴里知道缘由的铁定娘，骂骂咧咧地跑到瑞霞家兴师问罪。这一闹腾铁定便绝了食，三天来茶水不进，谁劝也无用。眼看儿子迷迷糊糊躺在床上有气无力的样子，做爹娘的六神无主傻了眼。到底还是铁定的表姑有眼光，她说解铃还需系铃人，铁定表侄患的是心病，心病只有心上人能治，快去找周瑞霞那"妖精"来吧！

事到如此，铁定娘也只好抹下脸皮小下架子去求周瑞霞了。其实，周瑞霞并不像众人想象得那样刁钻，会借机整治跌定娘，办她难堪，相反，那瑞霞很大度，收拾一番，还到代销店里买了奶粉，饼干什么的一大兜子礼物出发了。说来也怪，不知瑞霞到底使了什么锦囊妙计，她只到了铁定家一趟，不过一个小时的光景，那绝食四天的老“犟筋”铁定就开始吃饭了。第二天就下床出门了，黑瘦的双颊上竟有了一抹的红晕，人也精神了许多。铁定爹娘悬挂起来的心儿这才落了地。

三

周瑞霞扛着大肚子下地掰玉米，5岁的儿子岳键挎个小毛篮尾巴似的跟在后面。突然，岳键的小腿被玉米茬拌住一头栽倒在地，前额被尖尖的玉米茬扎破，鲜血滚流，瑞霞的心碎了，哭喊着抱起儿子要到卫生所包扎。可是浑身软得面条一样，再也弹不出四两的力气。一直心不在焉的铁定听见了瑞霞母子俩的哭声，不顾父母的阻拦，冲出自家的责任田箭一样射去。铁定抱起血流不止的孩子头边跑，瑞霞哭着紧跟在身后。包扎完毕，瑞霞痛骂起了丈夫“没良心的羔子，平时不顾家不说，这焦麦炸豆的也不回来帮一把。你舅子当一个煤矿工人就不要家了，要是当个天王老子不早就把俺娘俩扔到九霄云外了？下辈子谁要再嫁个工人就是龟孙！”骂归骂，可地里的农活还要照干。

正午刚过，瑞霞打发孩子睡下连忙往地里跑。这时候她家玉米地里聚集了一群的“娃娃兵”，铁定领着孩子们干得正欢时，瑞霞来了。铁定这家伙肚里鬼点子多，他到代销店买来糖果，把上学的孩子们拦住了。他不但给孩子们发糖，而且还说谁不替瑞霞家掰玉米，秋忙过后的夜里不准到她家听《说岳全传》。二十多个娃娃们只一晌的功夫，就把瑞霞家的二亩多玉米掰完，玉米秆抱到地埂边上。娃娃们又说又笑地上学走了，瑞霞感激地望着铁定不语，那双明眸里闪烁着语言根本无法表白的柔情蜜意。铁定的头有些飘飘然然，他最怕这女人半似火焰、半似柔水的目光，那目光电流一样麻酥酥地击打着他的身子。

铁定和瑞霞把玉米穗装进架子车内，男架辕女拉稍往家里拉。上坡了，女人用笨拙的身子躬背拉稍，硕大屁股在男人眼前晃来晃去。汗水湿透女人的花的确良上衣，衣服膏药一样贴在她的脊梁上，小溪一般的汗水在她白嫩颀长的脖颈上滚流着。

前面横着一处陡坡，两人心照不宣地稍加休息后，猛地加快速度冲坡。突然，车轮开始下滑了，铁定腰弯如弓使劲往上拽，但车子到底还是缓缓地向下滑动，急红眼睛的铁定突然“扑通”一声双膝跪地，车子总算暂时稳住了。瑞霞连忙跑到车后，抓起两块石头支柱了车轮。铁定浑身如雨，两腿的膝盖没了皮，鲜血浸湿了裤腿。瑞霞掏出手帕替喘着粗气的铁定擦汗，女人热哈哈的香身散发出的特有气息险些让他窒息——那是劳动者的美丽女人身上独有的气息——温润香艳中夹杂着淡淡的啤酒似的酸汗味。

收完秋安上了麦，瑞霞的产期已快到了，可是，岳诚还是没有回来。

这天，瑞霞腆着大肚子再次到铁定家去给铁定说亲。现在，两家走到一起了。虽然村子里还飞短流长着他两家的不少闲言碎语，但毕竟两家结成了干亲戚。瑞霞把自己认给了铁定的爹娘做干女儿，铁定和瑞霞是姐弟相称。缎子铺的人谁不夸瑞霞的本领大，连铁定爹这样的"别死牛"也能被说转，认下了曾经和他不共戴天的"仇人"、"荡妇"作了干女儿。

瑞霞这次给铁定提的亲也是移民，姑娘叫苗苗是霸王乡的，离缎子铺三十多里。苗苗长得小巧玲珑，碧玉一般清秀，两人见了两次面，彼此印象都不错，女方没意见，只要铁定愿意就定亲，但铁定还是有些犹豫。瑞霞心里鬼精，知道铁定心里还装着她，"贼"心不死，所以就三天两头往她家跑，催逼着尽快定亲。

瑞霞进到院子里时，铁定正在做木工活，瑞霞问他打啥子家具，他说摇篮。给谁做的？他笑着指指她的大肚子说给他（她）做得呗！瑞霞的心里一阵激动，胸脯就抖动得厉害，脸刷一下红透红净了。

家里没有其他人，铁定就没遮没拦地说，又是来逼命似的逼着定亲，也不知人家心里到底装着谁？

兄弟，我是你姐——亲姐，这亲定了吧，姐不会害你的。下辈子姐还托生成女人成全你！

瑞霞说着背过身擦泪。铁定停下了手头的伙计，蹲在地上双手抱头思考了好大一阵子，忽然站起来说："姐，这亲你做主，定下算毬啦！"

岳诚是在妻子产后的第十七天才回到缎子铺的。伺候月子婆娘的差事由娘家妹子瑞萍充当。当然，铁定娘隔三岔五的也少不了去照顾干女儿。瑞霞本想要个女儿，偏偏又生个儿子，所以，瑞霞就给他起了个非常女性化的名字"岳敏"。

那是初冬的一天，岳键骑在铁定的脖子上正玩得开心，有孩子跑来喊叫："岳键，你爹回来啦！"岳键并没有表现出惊喜和亲热，照旧两手各拽铁定一只耳朵喊叫，"大牤牛，快快叫，哞一声，北京到！"在孩子的印象中，爹的形象十分陌生和模糊。

铁定只在瑞霞和他的合影相中见过岳诚，火生生的岳诚他还真没见过。这时候岳诚已经走来了，矮瘦的身材，一头长发，满脸络腮胡子，孩子们中不知谁叫了一声："岳克思"，众多的孩子都附和着喊叫起来了，"岳克思，岳克思回来了——"

岳诚并没有恼火，依旧笑眯眯地走来了，他矮小的身材上驮着一只鼓囊囊的皮包，气喘呼呼地走近了铁定。

"岳键——爸爸回来了！"岳键瞪大一双眼睛惊恐地望着风尘仆仆赶来的男人，铁定连忙把孩子从脖子上放下来说："岳键，你爹叫你哩。"

岳键还是生分的不行。爹放下包弯下腰，从口袋里掏出糖块往他手里塞，他缩着小手不肯接。岳诚只好又从口袋里掏出些糖块，为在场的孩子一人发一块，岳键这才最后接了糖块。

岳诚这才掏出纸烟让给铁定一支说："谢谢老弟，我常年不沾家，承蒙您照看孩子和全家！如果我没有猜错的话，老弟是铁定——我的干兄弟。"

他这才伸出手，铁定极不自然地伸出手，两双手握在了一起，但分明都感觉不出温暖。

"是的，我叫铁定。姐在信中可能都告诉你啦！"两个男人的目光，"哐当"一声撞在了一起，似乎蹦出了串串火花。岳诚强行把孩子夺到怀里，接着再也无话，两个男人就不声不响地分手了。

吃罢喜面待罢客，岳诚又回矿上走了。临别的头天夜里，岳诚掂了二斤酒，买了四只卤猪蹄，把铁定约到罐子潭的石崖上。岳诚把两瓶盖都打开，每人一瓶酒，两支猪蹄。岳诚说兄弟我敬你一杯，出门在外，身不由己，多亏你和家人对你姐的照顾。铁定也不推辞，一气灌进肚里二两酒。岳诚又举起酒瓶说："来，来，铁定，为了咱兄弟一场，干杯！"两支瓶"当"的一声撞在一起，铁定一仰脖子又喝下去三两酒。岳诚哪是他的对手，三两酒下肚就腾云驾雾了。

岳诚双眼血红，眼珠子似乎要蹦跳出来。"我说铁定兄弟，俗话说兔子不吃窝边草，既是亲戚，以后就别他妈的打我家瑞霞的注意。天下之大，两条腿的好女人多的是！"铁定并不还击，嘴里喷着酒气，手里抓起酒瓶说："酒不言二事，碰杯！"再次仰起脖子，一气喝干了酒，然后把瓶子顺手扔进潭里，水面上溅起了一串水花，潭中的那轮新月被击碎了。

岳诚又喝进了肚里有二两酒，神情已经开始不能自治了。"铁成，你小子别以为是棵'坐地苗'就敢欺负我这'外来户'。实话告诉你，我媳妇这鲜花不好采，当心我剁了你的双手！"

铁定心里的火"轰"的一下燃着，呼呼的窜着烈焰。他猛地站起来，鹰抓小鸡似的把岳诚抓了起来，"你他妈的枉披一张男人皮，身为大丈夫却薄情寡义不负责任，常年泡在外面不着家，家事农活一股脑儿的抛给了女人。既不能替女人遮风挡雨，又不能给女人以亲情和温暖，要你这名义上的男人有何用，不如扔到罐子潭里喂鱼鳖！"

双手抓着岳诚的铁定真的把他的身子朝石崖下的罐子潭一悠，吓得岳诚登时"轰"的出了一身冷汗，酒一下子醒了大半。

铁定把他放回原处，他蜷曲在石板上，"呜呜"哭出了声。"谁说我薄情寡义不管自己的老婆，我是迫不得已呀！干了十二年的农民轮换工，今年要转全民工啦，耽误一班就怕得不到指标，前功尽弃啊……"岳诚边哭边诉，铁定的心软了，千秋矿离家数百里，回家一趟的确不易啊！

铁定不语，一直听着岳诚的倾诉，等他吐净了肚里的委屈，这才好言相劝起来。岳诚哥，你这辈子找了这样个才貌双全的女人真算你有福气，这样的女人是朵花，一朵荷花，是男人都想采，你得伸开男人的肩膀和胸怀保护她。酒后吐真言，我铁定第一眼看见她就爱上了她，爱的一塌糊涂不能自拔。我敢断定：缎子铺方圆十里八村，爱上她的男人少说也有一个加强连。但包括我在内的所有爱她的男人，在她面前都不敢动手动脚，没有一人讨得丁点儿的便宜。由此可以断言：这个女人很会保护自己且对爱情忠贞不渝，绝不是那种水性杨花的女人……

高中毕业的铁定，借着酒的威力，在这个月白清冷的冬夜里，坐在山崖上，让罐子河水为他奏着乐章，充分展示着他独具魅力的演讲才能。

四

过罢"双满月"的瑞霞变得更加漂亮了。缎子铺的男人们无不羡慕地说："这女人长得跟瓷娃娃一般。"

是的，两个月室内生活的捂封，她变得更加富态了。细皮嫩肉，滑溜溜地闪着银光，弹性十足。两只奶子更加挺拔，圆嘟嘟的臀部更加丰满。慵懒的月子生活滋润得这少妇，富态万方，风情万种，魅力无尽。

铁定的婚期已定，腊月二十六迎亲，两家人欢天喜地地为婚事忙碌着。瑞霞送来了300块钱，亲自交给干娘。干娘只接了一百元，瑞霞不依说，俺岳诚每月都发工资，有进项，常流水嘛！再说俺铁定兄弟没少出力流汗给俺干农活，这是以心换心呗。直到这时，缎子铺的人才真正体会到"工人阶级"按月发工资的优越性，也真正领教到了工人家属的出手大方！"乖乖，随个礼就是300块，这在解放后缎子铺的历史上还真是开天辟地……"

虽说婚期一天天逼近，可铁定的心情总也激动不起来。夜里一闭上眼睛，总是瑞霞的影子。一次做梦，梦见了新婚的场景，花烛之夜他急不可待地揭开了新娘的红盖头，新娘竟是瑞霞。他把新娘抱起，抛绣球一样扔在了软绵绵的婚床上，然后两个人滚抱在一起……醒来方知是梦，顿觉悲凉阵阵，浑身乏困无力。手摸裤头湿漉漉、黏糊糊的东西沾在胯下，他心里不禁又涌起了一股羞辱感。

这期间铁定的人生出现了一次机遇，足以让他以此为由冠冕堂皇地推迟了婚期。齐峰公社要从应往届高中毕业生中且现担任大队干部的人中间，通过公开报名考试考核招聘一批公社干部。也算铁定有运气，刚从生产队干部提到大队干秘书。这种百年不遇的机会铁定自然不会放过。铁定以集中精力复习考试为由，推迟了不十分情愿的婚期。

多年的小溪熬成了河。岳诚终于转正了。半月后的一天，岳诚按捺不住思妻念子的狂跳之心，带着转正后的狂喜，乘车往家里赶去。他把两个月来省吃俭用积攒下的工资和奖金装进皮包里，憧憬着夫妻见面的场景，甚至眼前又闪起了夫妻床上恩爱如胶似漆的疯狂镜头……

在岳诚沉浸在对天伦之乐的追忆之中时，岂不知厄运一步步向他逼近。天堂火车站到了。这是一个末等小站，上下的旅客并不多。正是子夜十分的光景，岳诚出了火车站就被两个男人盯上了，他抓紧了手中的黑包放步如飞，谁知刚到马路拐弯处，黑影中突然又窜出了一个汉子，伸腿拌翻了岳诚。岳诚重重倒地时，双手还紧紧抓住提包。岳诚还算利索，一个鲤鱼打滚跳将起来，正准备逃脱时，后面紧跟的两个人赶来了，三个人把岳诚围在了中间。

"大哥，放聪明点，丢下提包走人，我们不伤你半根汗毛"。

岳诚非但没有放下提包，反而抓得更紧了。前面的一个汉子伸手拽夺不下，后面一个人抄后腰双手卡住他的脖子，前面拽包的汉子松了手，伸开右腿用脚朝岳诚的胯下使劲踢，岳诚两眼冒金星，痛的嗷嗷怪叫，但并没有松开抓在手里的提包。

"真他妈要钱不要命的家伙！"在一旁观战的另一个汉子骂着拉开了踢腾的伙计，飞脚朝岳诚胯下使劲踢去，大头皮鞋呼啸而下，数脚下去，惨叫声声，岳诚的双手终于松开，黑提包不情愿地"扑通"一声掉在了地上，岳诚也随之轰然倒地。拾了提包，三个人消失在夜幕之中。

岳诚醒来已近黎明，他双手捂胯艰难地站起身，一步一晃的往家里走去。

岳诚万没有想到自此他失去了男人的雄风，生理上变成了个废人。两口子一合计，把岳键托给干娘看着，抱着岳敏一同到郑州、北京大医院诊治。结果乘兴而去，失望而归。

岳诚要到矿上走了。这天夜里两口子重温功课，却再也做不下去了，气的岳诚把头使劲往墙上碰，被瑞霞拦住了。岳敏被惊醒，瞪着惊恐的双眼使劲哭了起来。两口子也就抱头痛哭。

铁定并不知道发生在瑞霞丈夫身上的这码事。那些日子他一头钻进复习迎考中，尘世上的事他一概不感兴趣。结果铁定以全公社笔试成绩第三名，面试成绩第一名的优异成绩进入了考核圈子。倒是在考核期间发生了一些小插曲，有人举报铁成和库区女移民周瑞霞狗皮袜子没反正，男女作风问题严重。组织上做了深入细致的调查了解，并没有得到其真凭实据也就罢休。铁成最终被招聘到公社当了一名干部。

铁成到公社上班后，苗苗害怕夜长梦多，铁成甩了她，因此三天两头往公社跑，追着铁成屁股要求择日结婚。铁成总是找理由一退六二五。苗苗这就哭着来找媒人周瑞霞。

周瑞霞领着苗苗来到公社找铁成。铁定猛一见到瑞霞心里吃了一惊：莫非她病了，人咋变得黑瘦没精神？铁定着急下乡走，当瑞霞说及婚期时，铁定搪塞说，干姐你当家，日子你来定。说罢做贼似地逃走了。

这天夜里铁定回村，骑车径直拐进了瑞霞家。屋里还亮着灯，一场感情危机的家庭战争正在进行。岳诚夜里也赶回来了，一双手蛇一样在女人身上游走，在他的爱抚和挑逗中，女人快乐地呻吟着，身子渴望地摇摆着，希望着暴风骤雨的降临。然而，成了废人的岳诚再也没有了呼风唤雨的能力，瑞霞愤怒地站起身，把蚊帐从上面拽掉，"呲啦""呲啦"地撕成条子摔到地下，这还不解胸中的委屈和愤恨，又抓起被子，撕破表里，把内藏的棉花一点点地拽出来扔到地下。她像一头发狂的母兽，尽情地宣泄着胸中的怨气和委屈。岳诚像办错事的孩子一样蹲在地上，头夹在胯下。突然，他像青蛙一样向前一跃，头"咚"的一声撞在了墙上，身子像皮球一样被弹了回来，鲜血顺头滚了出来，赤身裸体的瑞霞见状，哭叫着扑了上去……

在门外偷听的铁定不知道屋内的情形，怀疑是岳诚殴打欺负瑞霞，就再憋不住了，双拳使劲在门上锤打，边打边骂："岳诚你小子，打骂自己的老婆算什么本事？开门！开门！当心我揍扁你！！"

五

周瑞霞决定要和丈夫离婚。

岳诚一副可怜巴巴的样子乞求说："瑞霞，为了孩子，为了这个家，请你打消离婚的念头吧！只要不离婚，维持这个完整的家庭，你让我做什么都行，你愿意和谁好都中！"

瑞霞不语，良久突然倒在床上哭诉："老天爷啊——我瑞霞的命咋这般苦？！"

岳诚走上去，用毛巾轻轻地替她擦泪，瑞霞慢慢地停止了哭诉。"走吧，你上班走吧，别让人说你刚转了正翅膀硬了，不好好上班，这事让我再想想，要么就离婚，要么捆在一起死心塌地过日子。名声重要，我不会给你头上扣顶'绿帽子'的……"

岳诚的脸上悄悄爬上了几丝苦笑，然后一步一恋地走出了家门。这时他又扭回头，特意叮咛了一句："这个月的工资我还压在了枕头下。"

失魂落魄的周瑞霞再也打不起了精神，终天郁闷不乐。于是又把上小学的岳键托付给干娘照看，自己带上牙牙学语的岳敏回到娘家。走时，她想起枕头下压的钱，掀开枕头取钱时，发现上面压了一封信，是丈夫写给她的。"瑞霞：千万别离婚，找个相好的过日子吧！我看铁定这小子靠得住，他对你也有意……"瑞霞又哭起来，不是激动，而是委屈。

一踏上故土的地界，瑞霞的思维一下子就活跃起来，关于童年，关于父母，关于婚姻，等等的陈年旧事烟云一样翻涌而来——

瑞霞的童年是在屈辱中度过的。大约是她六岁多上的一天，教书的父亲江秉义突然被逮捕，地主婆母亲的头上又加上了一顶罪状。那时候几乎天天斗瑞霞的母亲，地主婆家女儿的瑞霞没人看得起，出身好的孩子都可以随意打骂她。母亲心疼地把她搂在怀里，一边揉着女儿头上鼓起的血疙瘩，一边独自落泪，到最后还是违心地劝女儿："打不还手，骂不还口，吃亏人常在——"

然而，女儿并不听他的规劝，女儿天生就是个叛逆者。村里人渐渐发现，地主婆家的女儿瑞霞根本不像个女孩，倒像个"野小子"，他赤脚在山道上健跑如飞，她一有时间就练"拳头功"。树干上、方桌上、石板上……到处都

留有他拳头的痕迹，经常手上没皮。久而久之，小手掌上竟有硬茧，"铁砂掌"往树上一推，树就哭着脱了皮。上树捣鸟窝，下河捉鱼蟹，不光胆子大，而且手脚麻利，男孩子们根本不及她。一次在学校和男孩子们比赛翻筋斗，她一口气翻了二十八个，男孩们羡慕不已。到十来岁上她就成了村子里的"孩子王"，再也没有孩子敢欺负她了。

瑞霞的母亲长得漂亮，知书达理，少妇的风韵诱人，队长眼馋至极，总是想法占有她，可她总是不从，于是就经常找碴批斗她。一天中午吃饭时，队长又利用饭场会批斗瑞霞母亲，瑞霞拦住队长说："你再批斗我娘，我就跳井死给你看！"队长眼都没眨说，你跳呀，跳下去才算花木兰！瑞霞果真撒开脚丫向古井跑去，"扑通"一声，瑞霞毫不犹豫地跳了下去。

队长愣过神来，喊叫道："快救人呀！"饭场的人们搁下饭碗跟着队长跑到了井台边。也该瑞霞命大，古井里长了一棵老树藤，她跳下去刚好骑在了上面。队长朝下喊："瑞霞，别再跳了，只要你上来，我就不再斗你娘了！"

队长说了软话，犯下了软蛋，瑞霞这才罢休，坐在箩筐里被人捞出了古井。

女儿的刚烈坚强并不能改变母亲生活的艰苦和无望，母亲最终被迫改嫁了。十一岁的瑞霞随母亲来到了继父周山根家。

周山根根本不拿瑞霞当人看，上学只让她上半日制，下午放牛割草，不给她缴书钱学杂费。没有课本，瑞霞就借同学们的看。奇怪的是她脑子灵，记忆好，虽然没有课本，却比有课本的同学学习成绩都好。写字就用棍子在地上写，就这样每次班上考试她的成绩没有下过前三名，老师十分喜欢她。考初中那天，继父把她圈在屋里，并拿根木棍坐在门前看守。继父想只要错过考试时间她就死了上初中这份心思，没想到瑞霞在继父打盹时，从他胯下爬出去跑了。

这时考试已进行了快一半。瑞霞虽然进考场晚，但却是本考场第一个交卷的。最后，瑞霞以全公社第一名的优秀成绩被公社初中录取了。在学校瑞霞各项成绩都优秀，尤其是作文写得漂亮，老师经常拿范文在讲台上念。生活清苦，填不饱肚子，但她喜欢打篮球，常常勒紧裤腰带上场。后来，学校要组织球队参加地区的竞赛，这才一个队员每天补助一斤饭票，瑞霞这才能吃顿饱饭。

瑞霞抱着孩子在山道上走着。下了汽车，离家还有十来里路不通车，她边走边想，时而高兴得跳起来，时而悲伤得泪流满脸，泪水砸在孩子的脸上流进嘴里，孩子天真愉快地咂着嘴。

突然后面响起来了一阵喇叭声，回忆被打断。惊回头看见一个男人骑一辆摩托奔来，摩托的速度很低，到她面前停了下来。骑车的男人勾回头仔细打量这位年轻的少妇。

"你是瑞霞吧，我是十娃呀！"小伙子的眼里闪着奇异的亮光。

"你是十娃，你是十娃！"瑞霞心里讷讷地呼喊道。

两人在路边的石板上坐定，相互打探各自的婚姻、家庭情况。

十娃是瑞霞的第一个丈夫。瑞霞十三岁那年，母亲害病住进了县医院，做手术需要一大笔开支，弄不到钱的继父就在女儿身上打主意。邻村焦满旦有十个儿子，小儿子十娃在外当兵，比瑞霞大10岁，人长得粗笨，生性木讷，不善言谈。继父周山根托人说合，把养女送给十娃作媳妇，十娃家给他300块钱救妻解急，就这样父母包办瑞霞嫁到了十娃家。而此时，十娃和瑞霞谁也都没有见面，事后，两人在信中才相互传递了照片。

瑞霞虽然嫁到了焦家，但并没有圆房，所以焦家二老把她当闺女养着。好在二老还算开通，还让她上学，上学回来夜里和二老睡在一起。二老睡了一张大号的双人床，夜里让她睡在最里边。瑞霞年幼虽不懂爱情，但她对继父为她婚姻的安排也乐于接受，首先是救了母亲，再者是走出了继父暴力统治的家庭，最重要的是能吃饱饭，并且不再为上学的费用发愁。

15岁那年春上，瑞霞生了一场奇怪的病，嘴烂得没了皮，经常发烧，一月一度的经脉也没有了，头发几乎掉光了。本来红润白净的脸蛋，变得青黄寡瘦，没有了一丝血色。医生怀疑她患了肺结核病。瑞霞写信给部队的丈夫要求寄钱治病，十娃没有回信，不久就回来了。第一次见到媳妇的十娃，大失所望，埋怨爹娘咋能给他找一个又黄、又瘦、又丑、又病的黄毛丫头作媳妇呢？

儿大不由娘，匆匆而去的十娃就黄了这门亲事。焦家害怕瑞霞把病传染给家人，也就打发瑞霞重回娘家，这些年花的彩礼一扫帚扫光，人走礼清不再纠缠。

四年以后，当瑞霞嫁给岳诚生下岳键时，十娃和瑞霞又见面了。那时候十娃退伍被安置在公社信用社工作，瑞霞抱着岳键去找主任贷款。十娃做梦也没想到：眼前这位楚楚动人，美丽异常的少妇就是当年青黄寡皮的未婚妻，他哀怨自己有眼无珠，没有娇妻艳妇之命。

瑞霞贷了款回家，十娃在后面一直悄悄跟她三十里。后来，十娃托人给瑞

霞送来一封求爱信，说只要瑞霞同意还嫁给他，他就立马离婚。

山道上十娃和瑞霞又相见，二人已没有几年前的拘谨和怨恨，二人谈天论地，说得倒也投机。十娃告诉她说：我和你嫂子去年离了，儿子跟着我过，女儿她带走了，我也没有再找女人的心思，当然不包括你。人一旦办错事，一生都不会原谅自己。瑞霞的脸上一阵红，一阵白，到底没有言语，但铁定的影子又在眼前悠来晃去……

十娃骑车带瑞霞回到了娘家。

六

瑞霞的母亲不愿意女儿离婚，但又不忍心委屈这样年轻的女儿熬活寡，所以进退两难。经过两天多的焦虑母亲终于同意女儿改嫁，但女婿跟来了，看到憨厚的女婿，母亲又动摇了。

岳诚请假回到缎子铺，知道媳妇回了娘家，就马不停蹄地赶到了岳母家。瑞霞铁心要离婚，但又不想让母亲跟着伤心，因此就跟着丈夫回家了。

现在村里已通了公共汽车，两人坐车到达凤凰岭时，岳诚突然喊停车，瑞霞不解其意，坐在车上呆呆地没动，岳诚突然夺过她怀里孩子抢先下了车，瑞霞只好大惑不解地跟着下车了。

凤凰岭最高峰耸立着一棵两人合抱粗的老槐树，树冠若伞，远看像一朵飘浮在空中的巨壮蘑菇云。据传这是凤凰岭方圆附近的风脉树，1958年大炼钢铁时，有人试图来砍掉这棵树，砍树人只在树干上砍了两斧，便头疼如裂，在地上滚作一团，砍树人在哭喊连天中死去了。自此，谁也不敢再动这棵已有千年历史的巨树了。

岳诚抱着孩子向老槐树下爬去，跟在后面的瑞霞忽然醒悟：丈夫是拿出最后一个撒手锏，挽救他们行将就木的婚姻。往事若烟，当年血淋淋的情景又出现在眼前。她浑身打战，喉咙发紧，双腿发软，再也向前迈不动半步，人也就势瘫在了地上。

十几年前，瑞霞和十娃的亲事告吹后，枯瘦如柴的瑞霞带着重病回到了继父家里。继父根本不管她的死活，瑞霞的病进一步发展到流鼻血。为给她治病，父母两人常常怄气，母亲没少挨打。一天，瑞霞到小姨家借了钱治病，临行前母亲装进她挎包里一片烧纸和一炷香，嘱咐她一定拐到凤凰岭上的风脉树下上香求神，保佑尽快安康。瑞霞本是不相信鬼神的，但害病害急了，精神几乎崩溃了，也就按母亲的吩咐办了。

瑞霞的鼻孔用棉花塞住，但要不了多久棉花就被血浸湿透了，血水顺着棉花往下滴。瑞霞已不像个人样，浑身像罩上了一层黄表纸，没有一丝血红色。她走走爬爬，鲜血滴滴地砸在爬过的小草上，然而，当她艰难地爬到风脉树下，还没来得及上香求神时，人已没了知觉。

当她再度醒来时，已躺在县医院的病床上，身旁站着一个瘦小矮弱的小伙子，长着满脸的络腮胡子。事后瑞霞才知道，那天岳诚也到树下为病危的父亲上香求药，发现地下流了一摊血的瑞霞，没了主意的岳诚背起她回到家里。病重的父亲看到儿子背回一个鼻孔滴血的女人，眼里突然有了亮光，"真该咱岳家断不了香火，老天爷给咱送来了媳妇。"她指挥儿子把被子里的烂棉絮拽一团团的塞进她的鼻孔，并用筷子使劲往里塞实确。做完这些后，父亲从枕头下拿出三十块现金和两块银元，让岳诚背女人上公路拦车到县城治病。孝子岳诚岂敢丢下病重的父亲不管，但父亲执意要他快走，他哭着不动，最后父亲哆哆嗦嗦地举起了拐杖，他这才背起昏睡的女人一步三回头地走了……

瑞霞得救了，可岳诚的父亲却去了。岳诚的父亲35岁才找了一个哑巴傻女人为妻，生下了岳诚一棵独苗。这些年父亲害长秧子病，把家底都掏空了，现在父亲死了，连口棺材也做不起，只好把门板摘掉当棺材埋了老人。

岳诚父亲临咽气前，手拉着姑表哥顺堂的手说："我把诚儿托付给了你，你当媒人把他送到县里治病的闺女娶进门。我看那闺女长得周正，只是让病糟蹋得没人样。记住，莫让岳家这支人到我这里断了烟火……"

表哥顺堂到瑞霞家说亲，瑞霞的母亲正为借不来还救命恩人家的钱而坐卧不宁时，顺堂来了。母亲自是感恩不尽，满口答应了这门亲事，尽管岳诚比女儿大了快十岁。瑞霞的气色已经好多了，病魔也掩饰不住少女美丽的芳容，鲜活的灵动的生命气息充溢于低矮的茅屋。顺堂心里不禁暗叹："表弟真是好眼力！"

按照地方的风俗，择个好日子去岳诚家看家庭。岳诚家的门板没了，用木棍扎起了一扇栅拉门。岳诚的姑姑提前赶回来收拾家庭的卫生，下厨做饭，迎接未来的侄儿媳妇。看罢家庭后岳诚送瑞霞回去，一出村瑞霞提出说，你带我再上一次凤凰岭，我想到树下再坐坐，于是两人就去了。

两人在树下坐了很久，始终是难堪的沉默。到底是瑞霞打破了僵局。岳诚哥，你是个好人，你是俺的大恩人，你是我的亲哥哥！掏心窝说话：我对你感恩，但没有感情。感情这东西不能强求，我会尽快还清你为我治病的钱，我

会永远铭记全家的恩德，我会永远把你当作亲哥哥对待，但婚姻的事我不愿意……

岳诚傻了一般望着瑞霞不知如何是好。这时瑞霞跪在了树下发誓：树仙神灵在上，我周瑞霞说话算数，我一生把岳诚当作亲哥哥对待……

瑞霞说完这一些，把口袋里红纸包着的拜礼钱丢下，站起身向山下跑去。岳诚惊醒过来：按照当地风俗，看家庭的姑娘若退了拜礼钱就意味着亲事吹灯拔蜡。

岳诚大喊一声："瑞霞，爹说你是树仙送给我的媳妇，俺的心里真是有你啊！你若黄了这亲事，我也就不活了……"他说着真的"冬"一声一头撞在树上，鲜血流了出来。

瑞霞见状，哭叫着"岳诚哥"扑了上去……

第二年，18岁的瑞霞嫁到岳诚家。由于继父同瑞霞的矛盾日益激化，加快了瑞霞出嫁的步伐。继父是头吞钱兽，挖窟窿打洞向岳诚家索要彩礼，引起瑞霞强烈不满，二人争吵不断，母亲两头做难，暗中劝女儿早日出门，平息家庭的战争。瑞霞也厌恶这个没有亲情的家庭，所以就草草地出嫁了。

十多年的风云从眼前飞逝而去，瘫坐在山半腰的瑞霞再也没有了登山的勇气和力量。岳诚折回身，一手抱孩子，一手拽起女人没命似的上山了。

岳诚抱着孩子跪在了树下，开始了祈祷：树仙公公在上，受我和儿子一拜！当年在这里您送给了俺个天仙女一般漂亮、刀子嘴一样锋利、菩萨心一样善良的媳妇，赐给了俺岳家两个长鸡鸡的后人，赏给俺一家快乐幸福和睦的生活。如今，恶魔断了俺夫妻的情欲，俺偷偷地求拜了您多少次了，您不显灵——俺认了——这也许是命里注定的！可是，救人救到底：树仙公公，请您作证，我是真心爱我的老婆呀，爱到了骨髓深处啊！我是真的爱我的这个家庭，爱到肺腑之中啊！树仙老公，请您显灵，别拆散我们这个家庭，我的女人她还年轻，我祝愿她幸福快乐！只要别离婚，她干什么我都中，他和谁好我都中！如果真要拆散这个家庭，那我就真的再也活不下去了，我会像当年一样一头撞在你身上，以死表达我海枯石烂不变心的爱情……

瑞霞终于扑上去抱住了丈夫，一家三口人在风脉树下放声痛哭，哭声跌进山谷，拖着着长长的尾巴，在沟壑中响着长久的回音。

七

铁定虽然当上了公社干部，但周瑞霞家的农活并没有少干。星期天和农忙放假，大多的时间都是替瑞霞家干活。铁定父母年轻，身体都好，家里的农活不用他操心。庄户人家讲究个心换心。铁定母亲觉得自己和老头身上穿的戴的都是干闺女买的或做的，所以儿子替人家干点农活也应该，这亲戚，就是亲顾亲顾嘛！

这天，岳诚回来了，从县城买回了大洋马烧鸡，吴记卤猪蹄等下酒菜，把家里珍藏的杜康大曲酒，黄金叶香烟都拿出来，让媳妇到大队部给铁定打电话，让他下午下班回来。

夜里，岳诚和铁定围桌喝酒，岳诚先敬他酒："定兄弟，这些年来哥当工人不在家，这家里的农活全靠你操持，我敬你三杯。"铁定喝了。岳诚又让媳妇敬酒。瑞霞给他敬了三杯酒，又破天荒地给他碰了三杯酒。三杯酒下肚，瑞霞的双颊便更加红润了。铁定在摇曳的灯光下细看瑞霞，不但发现她出奇的美丽，而且好像经过了刻意的打扮，衣服穿得是那样的袒露。的确良短上衣襟上方的两三个扣子竟没有扣，她低头给他倒酒时，依然十分丰满的两只白鹌鹑似的奶子暴露无遗地呈现在他的眼前，下穿膝盖齐的花短裤，露着两只修长雪白的大腿，脚蹬一双绿色的塑料拖鞋，十个修剪整齐的脚趾甲都染成了红色，那圆嘟嘟的红脚趾，真像十轮燃烧的太阳。晕晕乎乎中，铁定感到瑞霞仿佛像躲在玉楼琼阁中的仙女，时而向他挤眉弄眼，时而向他点头传情。

岳诚看火候快到，又叫来大儿子岳键敬酒，岳键敬罢酒，就被母亲支到同学家过夜去了。岳诚就和铁定划拳喝酒，不一会儿岳诚佯醉，趴在桌上东一榔头西一棒地说醉话。铁定听不懂他的一派胡言乱语，双眼紧盯着满脸通红的瑞霞出神。双眼蓄满欲火的瑞霞，扶丈夫到下屋休息，走到门口回头对铁定说，你哥说他从矿上给你带回一盒大前门香烟，就在堂屋桌子中间抽屉里，让你自己去拿吧。

铁定就站起身走到桌旁拉开抽屉，果真见一盒大前门香烟躺在盖着鲜章的一张诊断证明上，他好奇地拿起仔细观看，见是北京某大医院出具的一张诊断证明：男性生殖器破坏性击伤，性功能完全失去，建议……

铁定浑身的血液一齐往头上涌，他忽然明白了瑞霞憔悴和夫妻俩怄气的原因。此时的铁定没有替岳诚痛惜，倒是心里涌起了一股激动和高兴的潜流。

瑞霞进屋了，满脸绯红，出气急粗，双眼含情。铁定问她说："岳诚哥他，他，他……"瑞霞已哭着扑进了他的怀内……

情欲的野马突然脱缰而去……

翌日，岳诚进城买了两张电影票，塞给女人让他夜里约铁定进城看电影，男人的宽厚、大度和细心让瑞霞好生感动。

铁定是骑自行车带着瑞霞进城的。看罢电影回来时，铁定给瑞霞买了一只大洋马烧鸡腿，让瑞霞坐在他前面的车梁上，这样瑞霞就像一只香气可人的小鸟紧紧偎在他的怀内。瑞霞不时把手背过去让蹬车前行的铁定啃一口烧鸡，铁定哪里舍得啃一口，只是用嘴哨哨。车子驶上一段平缓的路面，铁定一只手驾车，一只手不安分地的伸进了瑞霞的怀内。车子突然滑向一边，连车子带人翻到路边的草地上，两人没有感到疼，在草地上抱在一起，滚作一团，笑得一塌糊涂……

周瑞霞和铁定在既惶恐而又幸福刺激的氛围中过着难忘的偷情生活。乐极生悲，不幸正悄然降临。

苗苗从县城回到骆峰镇天已擦黑，便决定到公社找未婚夫铁定投宿，趁此机会再催促一下婚事。

和铁定住隔壁的老刘见她来了，热情之至，又是慌着让座倒茶，又是准备到街上饭店端饭，苗苗真有些不好意思了。苗苗说了瞎话，说自己在街上吃过了饭。老刘这才神兮兮地挤眉眨眼说，真不凑巧，铁定兄弟夜里又回缎子铺了。他真是个重情意的汉子，每星期夜里都要赶回去两三次，给家里和干姐挑水，早起一大早又骑车赶回公社上班……

老刘话里有话，说到"干姐"时，鬼眼三出的乜斜苗苗几眼。苗苗的脸一下子像红透了的柿子，一股强大的屈辱感涌向脑海，登时眼冒金星。待情绪稍加稳定，苗苗站起要走。老刘说那可不行，从公社到缎子铺二、三十里的山路，一个女人走夜路可不行，要不你先等一下，让我找一下办公室，看有车没有。苗苗感激地望着他点了点头。老刘找来了车，并且亲自护送她去缎子铺。

一路上，老刘尽夸铁定年轻有为，工作肯干，是棵好苗子。至于有人议论他"作风"方面的事情，纯属无稽之谈。人家和瑞霞是亲戚关系，你们嚼啥舌头……

老刘把苗苗送到缎子铺村口就回去了。苗苗窝着一股气来到婆家。一问家人，说铁成在公社根本没有回来，她心里明白了七八分，和着屈辱的泪水强咽下婆子端来的鸡蛋茶，苗苗倒头装睡了。半夜里苗苗悄悄走了出去，溜到了瑞霞的家门口。月黑头天，他在大门口站定。正犹豫着是否敲门闯进去时，从院墙上跳下个黑影，他以为是铁定跳墙，刚好被自己抓个正着，看你还有啥说？她扑上去按住蹲在地下的黑影，没想到对方并不是铁定。对方在短暂的惊恐期过后，忽然闻到了一股女人的馨香，并感悟到了抓他身子的是一双女人的柔手，并有几缕青发搔痒般搔着他的脸颊。

蹲在地上的是村里的老光棍姜其祥。他做梦也没想到会有一个女人哆嗦的玉手按住他的身子，顿感幸福和激动袭来。苗苗也感到不对头，就松了手问道："你是谁？黑更半夜的翻人家墙头？"

姜其祥听出了是苗苗的声音，连忙从地上跳了起来，拽起苗苗就走。走到百十米的僻静处说：你老头，不，你丈夫，不，你爱人他现在正搂着他干姐睡美觉哩。你答应今晚和我好，这事我就替你保密！说着就要拥抱苗苗。

苗苗躲到一棵大树边，弯腰抓起了一块石头，然后又悄悄放下了。她惶恐地说：这位大哥，你是个好心人，这样行不？你去把大队干部叫来，我给你20块钱。姜其祥眼馋钱也就答应了。

苗苗本希望以此杀手锏，从干姐手里夺回自己的丈夫，没想到适得其反。那晚上缎子铺炸了营，全村男女老少围在瑞霞家门前看新闻。像飞毛腿导弹一样，"公社干部铁定和干姐通奸"的新闻，一下子就传播开来了。

八

铁定被公社开除了，苗苗被铁定踢了。

铁定被父母撵出了家门，住在死去的大伯留下的两间烂瓦房里。"别镢头"父亲声明：要和铁定断绝父子关系。周瑞霞胆敢再迈进他的家家门，就打断她的狗腿不可！

瑞霞哭干了泪水，失神的双眼呆望着迷朦的山野，受伤的心灵在痛苦的呻吟。岳诚啊不是我下死心要和你离婚，铁定为咱丢了乌纱舍了妻，名声扫地。我再不嫁给他，良心不安啊！咱离了吧——岳诚，这些天我想的脑子眼疼，仿佛脑瓜要爆炸。几十年藏在旮旮旯旯里的陈年旧事都让我想了一遍。前思后想：我也对得起你岳家了，我为你生下了两个活蹦乱跳的儿子，为了这家我受尽了苦难，脚踏你家门里没有享过一天福。新婚到你家就掌起了勺子当炊事员，你那又疯又傻的母亲做饭太脏不说，还是老是夹生。新婚的新被子是借的，第三天回门回来的夜里就盖烂被子。床上没有褥子，只有一条半旧的花格粗布单子。咱是腊月十九结的婚，"刺啦"一声到了春节。春节家里没有割一斤肉。木栅栏门挡不住飞雪和风寒，屋里像冰窖。我把结婚的拜礼钱拿出来，买了红纸笔墨，亲自写了副对联贴上。栅栏门上菱形的红纸上写的内容至今我还记忆犹新："户迎春风"。风太大了，刚贴上就被揭起来了，我贴了几次。为了给这清苦孤寂的节日增添一些乐趣，我就哼唱了起来，我唱《苏三起解》，唱《杨门女将》，唱《花木兰》，这一唱不打紧，沟沟岔岔里的孩子们都来听戏了。看到家里的情况，邻居大嫂送来了二斤豆腐。正当我唱得入情时，你从后山回来了——套了一只野兔回来了。"大年初一逮只兔——有你也过，没你也过。"这话放在别人家里灵验，放到咱家就不灵验。多亏了这只野兔，过春节家里才算开了荤。

日光流年。几十年的光阴"刷"一下就从眼前溜了过去。扪心自问：岳诚啊——我瑞霞对得起你啦！虽说你当年救了我的命，可我瑞霞不但委屈地嫁给了你，而且为了你能出人头地，当上国家工人不再受穷，我瑞霞献出了身子，这事我沤烂到肚里也没对你说过。你个傻岳诚啊，你真以为你父亲是个支淮的有功之臣，公社就把当工人的指标给了你嘛？说来心碎。那时候大队的妇女主任来找我，说公社武装部的裴部长要见我。她说：你公爹是支援淮海战役的民兵模范，现在，上级给咱公社分了三十个亦工亦农指标，有你家岳诚一个。当时我想得太单纯，高兴得蹦着和妇女主任去了公社。进到裴部长的屋里我就觉得浑身不自在，他那双鼠眼色眯眯、贼溜溜的往我身上舔。这时候我才回忆起第一次见面的情景，那是我到公社民政上登记结婚时，因年龄不到法定年龄，妇女主任领我找的裴部长，当时他的眼睛像带了钩子，看得我浑身上下好难受。

妇女主任把我让进屋里就掩门溜之大吉，我的心跳得厉害，心里大骂妇女主任咋能撇下我一人就走哩！裴部长说你家里的情况我清楚，这指标决定给你丈夫岳诚，这是党和政府的关怀啊！他说着站起身走向我，双手拍着我的肩膀，我吓得大气不敢喘，他的双手突然向下一滑，抓住我的奶子。我"娘啊"一声尖叫逃出了魔窟。妇女主任没有走远，就在门外"站岗放哨"，我没有搭理她，径直跑出了公社大门。

在回程的路上，妇女主任开导我说：瑞霞呀，这女人嘛，你的姿色就是财富，就是梯子，攀着这梯子你就能办到你想办的事。你还年轻，慢慢你就懂得了这些道理。你想瑞霞，你靠什么？父母又不是有权有钱人，亲戚圈里也没有台上站的人，想有作为你靠什么？咱打开天窗说亮话，岳诚当工人的指标在裴部长手里卡着，他告诉我说：你要是还在乎这个指标，明天天亮之前就到裴部长屋里取招工表，过了这个村可就没有这个店啦！利害关系你自己考虑吧！

那夜里我躺在床上独自落泪，你却沉浸在即将当工人的美景中，睡得香甜不醒。长夜难眠，思虑揪心，终于我做出了决断，起来洗漱打扮一番，一头消失在了夜幕之中。

裴部长的门虚掩着的，我一推就进去了。裴部长懒洋洋地说："来了——招工表在枕头下压着你自己来取吧！"我知道接下来要发生的事情了，但我还是硬着头皮走了上去，刚到床边就被他搂抱住了。我流着泪水说：裴叔，您是长辈哩？什么长辈不长辈，你这小妖精，长辈晚辈见了都会喜欢迷上你的！裴叔，您是公社干部哩，咋能……公社干部咋啦？公社干部也是人，是男人都喜欢年轻貌美的女人……

往事若烟，现在想起这件事情，我的心还在哭泣。女人委身于一个她不情愿的男人，那是一种多么大的心灵伤害和痛苦啊！铁定是我心爱的人，可心爱的人又不能明明白白的去爱，老天真会折磨人啊！岳诚啊岳诚，这次你就是跪得膝盖长硬茧，头破血流，跳井跳崖跳河，我也不会答应你不离婚！

铁心离婚的瑞霞终于走出了家门。她径直来到了铁定家。几天不见，铁定人已变了样，眼窝塌陷大深，胡子大长，钢丝一般的戳在嘴唇上。瑞霞推门进屋时，铁定正躺在床上，眼望着房顶出神。房顶上的瓦屋有数处窟窿，裸露着蓝天。见她进去了，铁定没有起身，也没有吭声。

瑞霞说："枉夹你胯下两个秤砣，就这一件事就击倒了你一个男子汉？不吃不喝，以后就不活人啦！"瑞霞说着变戏法似的从口袋里掏出了五个熟鸡蛋送到他跟前。铁定也真饿急了，剥了皮，狼吞虎咽了五个鸡蛋。

"振作起来，把房子翻瓦一下，咱准备结婚！"瑞霞坚定地说。

吞下五个熟鸡蛋的铁定突然有了精神，就把心爱的人儿抱肉团一样紧紧地抱进怀里。

九

岳诚死活不肯离婚，两个儿子更是舍不得亲娘，瑞霞又动摇了。

岳诚说把咱们积蓄拿出来，替铁定先翻瓦了房子，然后帮助他再物色个媳妇，咱办事不能亏了良心。

积蓄不多，瑞霞合计一下，如果把钱全部投到房子上，下步说媳妇定亲到结婚就没有钱了。瑞霞这时想起了贩木材赚钱的念头。

驼峰镇境内有大小煤矿四十多座，需用坑木、川杆等大量木材。瑞霞娘家松峰山一带全是林区，到松峰山贩木材的人很多。但最难的是不好过林木检查站的关卡。如果交了育林金，完善了手续，赚的钱就少了。瑞霞决定闯一下关卡。瑞霞选在半夜里过卡，她把钱塞在纸烟盒里，过卡要手续时，她把"烟"扔了出去，拦卡人接了发现里面有"内容"，再看车上站的又是一个年轻美貌的女子，也就放行了。如此下去，瑞霞带车跑了十多趟，赚了钱后见好就收。

瑞霞帮铁定翻瓦了新房后，拿了八张铁定的照片，回松峰山娘家去了。他给铁定表了态：不给铁定带回来个漂亮的媳妇，就不回缎子铺。

瑞霞在大山深林之间穿梭，走村串户，到处奔波说媒，连深山的独居户也不放过。接连几天的奔跑，她累得似乎要筋断骨头折。这天下午，从旋风垛提亲回来时，钻进了一片原始深林中，一时迷了路。越急越没汗，干脆就坐下靠在了一棵大树下喘口气。谁知太累了，坐下不久就进入了香甜的梦乡。梦中她又与铁定相会，铁定躺在地上当马，让她骑在身上玩耍。铁定把头勾回来，她把头伏下去，就这样，汗马和香女使劲吮吸起来……

她是被一阵狼叫惊醒的，醒来的瑞霞看到一只狼蹲在地上，双目紧盯着她嚎叫。这时天已擦黑，瑞霞吓得浑身出了一身冷汗。那只狼逼视着她，一点点地向她靠近。急中生智，瑞霞忙掏出口袋里的火柴，抓出十多根，"呲啦"一下划着，没有燃着的也跟着"嚓嚓"的燃亮了，陡然间升起了亮火吓得饿狼突然扭头，箭一样跑了，瑞霞浑身吓得软面条一样瘫在了地上。

良久，瑞霞才站起身，鼓足劲向一座山丘爬去。坐在山丘上，终于看到了山下有灯光。她把双手卷成喇叭筒状，朝下哭喊："山下的老少爷听着，我是石梯沟的周瑞霞，在山上迷了路，请来救救我……"嗓子都喊哑了，山下有位大伯提着灯笼上来了。

最终，瑞霞把一个远门表叔家的姑娘罗灵芝搞到了手。这姑娘长的出色伶俐，心性极高，早就想急于下山。她不仅不嫌弃铁定大她七岁，而且还同意瑞霞提出的十分苛刻的条件。

从定亲到结婚只有半个多月的时间，虽不是什么"闪电式"婚姻，但在缎子铺却也是一宗快婚。瑞霞是这场婚姻的总导演，岳诚是追随者，新郎官则像个木头人一样被指挥得团团转。

周瑞霞和丈夫实诚实意的为铁定完婚，并且娶回来的女人又是这么年轻、美貌、贤惠，铁定父母心有所动，尤其是铁定母亲装不住架子，背着老头子偷偷地往岳诚家跑。瑞霞看火候一到，就让铁定领着媳妇带着物品回去拜双亲。父亲虽然还没有完全从那场丑闻风波中走出来，但儿媳妇爹长爹短的叫声像猫舔心窝一样舒坦，铁青的脸上终于绽出了几丝笑容。

新婚过后，灵芝双眼哭得像棉桃一样来找瑞霞。她说："表姐，离了吧——铁定她嫌弃俺，没动俺一指头。"

如雷击顶，瑞霞连忙劝她坐下问长问短，掌握了事情的根梢原因，瑞霞就去审问铁定。

铁定一脸的屈辱和愤怒，把一团卫生纸扔到了瑞霞的面前，说她不是处女，我铁定也不是头狼猪，你随便找个小母猪就给我配对儿？你把灵芝夸成了一朵花，结果是他妈个生过孩子的妇女？

瑞霞两头不是人，心里火起，就呛白他道："人家不是处女，你还是处男嘛？日子将就着过，人家能答应咱的协议就不错了……"她还往下说，铁定的脸阴得能挤出水来，突然"叭"的一声，铁定把手里的茶杯摔在了地上，然后扭头就走，把瑞霞孤独一人撇在了屋内。

瑞霞再去找灵芝问缘由，灵芝实话实说。在娘家和大队书记好过，打过胎，背着瞎名声。刚好你回来提亲，我就答应了。表姐你也不想想，不是我身上有短处，我会有这么傻——丈夫是我的，感情是咱俩的。准许我丈夫和你好，我还不得干涉，这不是拿我当幌子，你们二人好明铺夜盖过夫妻生活吗？这屈辱的条约换换别人肯签字画押嘛？

瑞霞一时无言。缄默了好久好久，瑞霞才说："灵芝表妹，知道这样做太委屈了你，不过咱可是有言在先的。咱们都是女人，心是相通的，你岳诚哥他死不争气，打肿脸充胖子，非要把这个家庭维持下去，姐也是出于无奈啊……"

瑞霞说着落了泪。灵芝也动了情，劝表姐说："我理解你的难处，苦日子，新家庭，咱慢慢往一块拼凑磨合着过吧！"

两个女人就哭着拥抱在了一起。

十

瑞霞来到铁定家，怒目圆睁，狠狠地熊他为什么还是冷漠灵芝？你再这样下去，我就撕毁协议和岳诚离婚远走高飞。

铁定说姐，我真的不是有意冷漠她，和他睡在一起总是没有激情，瑞霞狠

狠剜了他两眼，走进里屋去劝独自落泪的灵芝。

劝罢灵芝并和灵芝一起走出里屋，让铁定走进去，瑞霞随后进到里屋。瑞霞强行让铁定扒了衣服钻进被窝里，然后她坐在床边，一只手像蛇一样在铁定的身上游走，铁定的身子慢慢地哆嗦起来，伸出手抓出瑞霞的另一只手，激情勃兴之际，瑞霞抽出手起身把灵芝推到床边。然后掩门而去。

如是数次灵芝终于怀孕了。

缎子铺的人都知道铁定、岳诚两家亲如一家，干活不分彼此，吃喝花销不分你我，背地里也有说："人家俩家才算共产主义，连媳妇都'共产'了……"暗里说归说，明里谁也不敢戳破窗纸。

偷情的日子大概充满着新鲜、恐怖、激动、刺激和不安。常常是夜深人静之时，铁定推门走了出去，自家女人自是不管的，因此倒也不用提心吊胆的。出了自家们，就像狗一样夹起尾巴，溜着墙根，左瞧右望地走着，走到瑞霞家大门时再回头观望，确信背后没有"眼睛"时，方才推门进去，门自然是留着的。

进到屋内，铁定才算长出了一口气，这才敢放纵自己的感情。扒光衣服钻进瑞霞的热被窝，闹腾出了阵阵响动。瑞霞常常要提醒他别把孩子闹腾醒，铁定的心于是又揪成了一团。

铁定和瑞霞偷情的日子在甜蜜的恐慌、刺激和幸福中一天天地溜去了。直到有一天大儿子的举动才使瑞霞猛惊：孩子长大了，不敢再放纵自己的感情了！

那天早晨起床，岳键抢先第一个跑到大门边，仔细观察一番，突然变脸缩色，"夜里谁开门了，我在门闩上绑了头发，放了细土，现在啥也没有了？"

瑞霞满脸涨红，望着儿子没有吭声。岳键像一头发疯的狮子蹿到上层，把正在鼾睡的岳敏拽起，一耳光扇了下去："谁叫你夜儿黑把大门开开，我叫你贱！我叫你贱！"

岳敏委屈地哭着说："我没有开门！我没有开门！"

"明天晚上谁再开门放人进来，我就打断他的狗腿！"岳键说罢背着书包恶狠狠地走了。

瑞霞突然瘫在了地上……

灵芝生产了——为铁定生下了一个白胖的"小铁定"。孩子的名字是瑞霞最后查字典敲定的，就叫"铁甲"。

侍候月子婆的担子就由瑞霞挑了起来，她变着花样让产妇吃好饭。买来了鱼、鸡子，不会做清炖鱼，就买来菜谱书，边看边学，买来了莲子，给灵芝做莲子汤，上山挖山药，给灵芝做山药汤。洗尿布缝制小衣裳，一切家务瑞霞全包了。她把灵芝伺候得心里舒舒坦坦，身体白胖白胖。灵芝说："姐——你周瑞霞就是俺的亲姐！"

尽管两人亲如姐妹，但两家的关系到底还是出现了裂痕。问题出在岳键和岳敏两个孩子身上。

在两个孩子的印象里，铁定就是他们的亲叔。父亲一年四季在外，待在家里的日子能数过来。父亲每次回来像前来投宿的陌生旅客一样，匆匆来匆匆去。有时多在家待了几天，儿子们和他刚熟识，对他稍有点儿感情，他就又走了，再回来时，父子之间又陌生了。相反，打记事起，铁定就在两个孩子眼皮底下晃，家里的农活，包括出猪圈粪、挑大粪这些脏活全是铁定干的；家里喝的水是铁定叔挑来的，家里吃的面是铁定叔磨好送来的；春种秋收，打场播种——哪一样都离不了铁定叔。铁定叔是亲叔，铁定叔是亲人，铁定叔是恩人！母亲这样说，父亲也是这样讲。然而，孩子们大了，渐渐懂事了，在外面听了闲话，自己再细嚼细嚼，终于明白了母亲和铁定叔之间非同一般的关系。孩子们先是沉默，后是羞耻，接着是愤怒。

岳键见了铁定，脖儿梗一拧不愿多看他一眼。铁定再送给岳敏好吃的，岳敏鄙视地望他一眼，把东西打落在了地上，铁定讪笑着顿觉抹了脸皮。

瑞霞给丈夫写了封信，把家里的情况告诉给了丈夫。岳诚料到会有这一天的，所以就从矿上赶了回来。

夜里岳诚把两个儿子叫到身边开导，可是两个儿子一句话也听不进去。开导到最后，岳键发话了："爹，你这辈子咋活得这般窝囊，没有一点骨气！"岳诚就不再言语，蹲在地上把头深深地夹在了胯下。

良久，岳键说："爹也不必这样难受，我不上学了，回来种地，不让铁定再帮扶咱了！"

岳键说到做到，第二天真的退学了，瑞霞再劝他也是枉然。瑞霞这才真的慌了神，本指望儿子考上大学有出息奔前程，没想到会是这种结果。于是，瑞霞想到了让儿子参军，这样也是有前途的。

岳键在家干了一段农活，尝到了种田日子的艰辛，加之和母亲闹别扭，二人交流少，常感到家里的气氛压抑，因此就同意参加征兵体检。

这年冬天，17岁的岳键应征入伍了。

也是这年冬天，12岁的岳敏出事了。

下学的路上，一群学生在一旁嘟嘟咕咕地边议论着什么，一边朝岳敏眨着鬼眼。岳敏感到不妙，他们似乎在背后戳捣他。岳敏靠近他们的时候，他们像猴子一样"哗啦"散开了。岳敏蹿上去抓住一个叫三元的孩子，按倒在地追问他们刚才搞什么诡计。三元不说，脊梁上就挨了重重的一拳。岳敏说只要你告诉我，这事就与你无关。三元怕继续挨揍只好说了，他说是队长家的五福领的头，说你娘是地主老婆，如今家里还使着"长工"，长工就是铁定，铁定和你娘狗皮袜子没反正……岳敏的头"轰"一下胀大了，三元被他抓得越来越紧。三元看不妙就竹筒倒豆子——一点不留地往外倒。岳敏，我说的都是实话，五福还说你、你、你是铁定的种……

岳敏大叫一声："尻你娘——五福！"拎起三元摔在地上，然后猛虎一样扑向五福。追上五福时，岳敏的右腿往前一伸，正跑着的五福就摔了个嘴啃泥，岳敏扑上去，拳打脚踢五福。五福喝道："快上呀，谁当叛徒尻他娘一百次！"鸟散状的同学们你看我，我看你，然后"呼啦"一下又围了上来，岳敏放了鼻青脸肿的五福，和围上来的同学打起了群架，岳敏打红了眼睛，上来的同学一个个被他打倒，这时候受伤的五福捡起根桐木棍子，从背后打在他头上，"咔叽"一声棍子断了，岳敏也倒在了地上……

打倒了人，这场厮杀才算结束。不一会儿，岳敏就醒了，没事人一样向家里走去。然而，他家的门口已聚集了好多的人。队长的老婆领着青眼窝的五福，三元的母亲引着额头出"角"的三元，老虎的奶奶拉着头上流血的老虎……

岳敏知道事情闹大了，但还是硬着头皮往家走。他的母亲瑞霞正赔着笑脸给众人说好话。

岳敏的头上鼓起了一串血泡，脸上多处被抓破皮，棉袄被撕烂，露着棉絮，双手上的几处伤痕流着鲜血。

瑞霞抓起根棍子朝儿子跑来。邻居们有人喊："岳敏，还不快跑，事大事小，跑了就了！"

岳敏不跑，昂着倔强的头朝母亲迎面走去。这时，铁定出现了，他拦住了瑞霞。"孩子们为啥打架，你不问个青红皂白就打！快跑——岳敏！"

岳敏本不愿跑走，但他不愿看到母亲和他撕扯到一块的场景，然后扭头跑了。

岳敏跑了，夜里没归。

铁定和瑞霞掂着马灯四处找人，邻居们同情，也帮着找人。那夜里找遍了三里村村的坡坡岭岭，到底没有找到岳敏的影子。

第二天中午，岳敏从他家打麦场的麦秸垛内钻了出来，岳敏昨晚上在麦秸垛内掏个洞钻去过了夜。

岳敏疯了！他双眼呆直，时而望天狂笑，时而指地哭叫。头发上沾着麦秸的岳敏哭笑着被母亲拉回到了家里。

更严重的事情还在后面：吃罢饭的岳敏倒头便睡，睡醒了竟六亲不认，见谁打谁，母亲挨了他几个耳光。屋里的暖水瓶、茶杯、收音机，都被他摔得粉碎。瑞霞去阻拦，他抓起菜刀朝她砍去，瑞霞躲得及时，菜刀砍在她的手上，削断了左手中指的手肚。铁定叫了几个汉子，把他强行捆在床上，然后塞进他嘴里几片安眠片，他这才慢慢地安宁下来。

岳诚从矿上回来了。两口子哭了一夜。天明，夫妻俩收拾一番到外地去给岳敏治病。

先前到家里兴师问罪的家长们感到良心不安和愧疚，纷纷送钱给瑞霞让她给孩子看病。瑞霞说："谢谢各位的好意，眼下我手头有钱。"她越是不接钱，几位家长心里越是不安宁。他们想凭瑞霞的脾气和本事，这件事她肯定不会就此罢休的，可能要报官追查是谁打了他儿子一棍，不送去劳教一个人，她是不会刹车的。

瑞霞夫妇带岳敏看病一走，几个家长就去找铁定说情，说情愿拿钱，莫让他再报官。铁定说：大家放心好了，出事之后我曾劝她到派出所报案追究此事，可是她说乡里乡亲的，又是孩子们自己打闹着戳下的事，追究谁家的孩子的责任，谁家连心，我认下这码事，倾家荡产也要为孩子治疗……

几位家长听后，齐夸瑞霞深明大义。散后把几家兑的款交给了铁定，让他给瑞霞联系送到医院。夫妻二人带着儿子辗转了几个大医院，岳敏的病到底没有治好，瑞霞夫妇失望地带着儿子回到了家乡。

十一

岳敏的病时有发作，发作起来逢谁打谁，见东西就摔，家里没有一样东西是完整的。

有一天，铁定给他家磨面归来，刚放下面还没喘口气，岳敏抓把切菜刀砍铁定，多亏铁定躲的及时，刀砍在白面袋上，"扑"的一声白面窜了出来。铁定连忙往外跑，岳敏抓起一只矮凳砸了过去，铁定的脑后勺就流血了。

铁定左手捂住伤口吼道："周瑞霞，咱们的情分从此一刀两断了！谁再来伺候你家人谁是兔子龟孙！"

话虽这么说，可他心里到底还是放不下这一家人。五天后的一天晚上他又来到了瑞霞家。

岳键当兵走了，岳敏病了。铁定夜里不用再翻墙钻窗户会瑞霞了，但心里的恐惧感一点也没有减少，他害怕发疯的岳敏发现他，刀棍瓦块砖头朝他劈头盖脸砸来。

一切相安无事，暗幕里两个偷情的人暂且忘记了生活的酸甜苦辣，沉入了爱欲情海之中。

"瑞霞，不能这样护着岳敏了，得按医生的嘱托把他隔离起来，否则是要出大事的。"

"不中！我不能把自己的孩子像犯人一样囚禁起来，是我们的罪孽把孩子糟蹋成了这样，他砍死我、烧死我、剐了我，我都认了……"

铁定说服不了她，两人脊梁靠脊梁地打起了冷战。

正如铁定所言：岳敏又戳大事了。

那天瑞霞下地里锄玉米，把岳敏锁在屋里，谁知他把房子点火了，火势熊熊，救火的人光看光喊，谁也不肯钻进火海救人。

岳敏被困在火海里，却依然仰天狂笑。这时铁定跑来了，见状大叫："快拿被子来！"

有人拿来了被子，他在水缸中湿了，披在身上钻进了火海，终于救出了岳敏。

这件事后瑞霞买下了村里的三间场房屋，场房屋在村外，一是僻静，再也不会因儿子犯病大吵大闹大骂干扰邻居们的正常生活。再者，这屋是两层平房，瑞霞住二楼，把一楼西稍的一间用铁栏杆围起来，犯病时就把儿子关在里面。

岳敏又有了犯病的征兆，瑞霞连忙又把他关进了"笼子"里，任凭他哭打喊叫，瑞霞就是不开铁门。墙上的泥皮被他打掉光了，露着青砖墙，被子被他撕碎了，烂棉絮扔得到处都是。他的头往钢筋上碰，头上鼓起了一个个血泡。困了，他就躺在地上睡。瑞霞心疼得痛哭流涕，也想不出好法子。

瑞霞含泪做饭，做一大碗鸡蛋浇面条放在塑料小桶里，系上绳子系下去，岳敏饿了就自己用手抓着吃。

岳敏不犯病的时候，瑞霞放他出来。岳敏像三岁的孩子一样，"娘，我要吃咪咪！"瑞霞就掀开衣服，把已有些干瘪的奶子塞进他的嘴里，岳敏使劲吮吸着，便有几滴硕大的泪水掉了下来，砸在岳敏的头上……

"娘——你陪我跳舞！"于是母子二人来到屋前的打麦场上，抱在一起胡乱地跳腾起来，岳敏一边跳一边"哈哈"地傻笑。

"娘——我要骑马！"瑞霞就爬在地上让儿子骑在她脊梁上，双手拽着她的长发，没完没了地傻笑。瑞霞哪承受了他的重压，干脆身子贴在地上任儿子在上面玩耍，看热闹的人陪着瑞霞一齐落泪。

每当这时候，只要铁定在家，他必定跑来替换下死马一般的瑞霞，让岳敏骑在他脊梁上，真的像马一样驮着岳敏在场上转圈，高兴得岳敏"哈哈"大笑。在场的人都说：老天爷睁开眼吧，下辈子让人家铁定和瑞霞实贴贴地过一家人吧！

灵芝挎一篮鸡蛋，手牵着 7 岁的铁甲来看姐。瑞霞家搬到村外，姐妹俩见面的日子少了。

铁甲老远就叫喊起来："大姨，大姨，我们看你来了！"说着挣脱了母亲的手，头边跑走了。

在缎子铺乃至方圆三里五村，没有人不把瑞霞和灵芝当成亲姐妹的。两家吃喝不论，穿戴不分，干农活合作。

瑞霞听见喊声，连忙从院里跑出来，把铁甲揽进怀里，乖娃长、乖娃短地叫起来。二人亲热完毕，一同走出来迎接灵芝。

瑞霞接了妹子的篮子，两人进到屋里拉话。没说几句话，灵芝落泪了。瑞霞掏出手巾一边替她擦泪一边询问："铁定又欺负你啦？"

灵芝哭得更痛了。瑞霞说当心我揍扁了他——这个不守信用、没良心的羔子！灵芝边哭边诉：他故意冷落俺，铁甲都这么大了，俺想再要个闺女，可他摆着臭架子，不肯动俺一指头，心里一点儿也没有俺……

瑞霞气不打一处来，窝着一肚子火气劝灵芝：这事姐给你摆平，快别哭了。

正说着岳诚低着头从外面回来了。瑞霞说："找到岳敏没有？"岳诚吭哧了半天才说："没……没有！"

瑞霞猛地站起来说："昨夜里到现在不见了孩子，要出事了——我觉得不妙！"说着就匆匆到里屋取钱亲自去找孩子。

看着女人焦急的样子，岳诚只好摊牌了："瑞霞，我……我……我实话实说，你也别再找了。岳敏是我夜儿黑亲自送出去的，让他四处云游吧。马脸马虎，老天爷照顾。没他的命，也别怪当爹的心太狠！"

瑞霞突然魔怔了，好久不语，目光呆滞，深情木然。院子里惊人的寂静。快有一刻钟的功夫，瑞霞才猛然哭诉出声来："岳诚——你个狼心狗肺的，你咋忍心扔掉自己的亲生儿子！"

瑞霞哭诉着猛蹿上去，像被掐死幼子的母老虎一样凶恶可怕，手在丈夫脸上扇打、身上拧掐、头发上撕拽……愣怔过来的灵芝朝后腰抱住姐，姐还在哭闹和踢跳。

岳诚哭着说："瑞霞，我是心疼你啊，我不忍心让岳敏也拖累你一辈子！每次回来，看见你身上被他打的伤痕，心里就像针扎啊……"

瑞霞爬上去，替丈夫擦着脸上被自己抓破皮流着的鲜血。夫妻二人抱头痛哭，灵芝母子偎在一起跟着哭。

不一会儿得到信的铁定赶来了："哭——哭顶个屁用！还是分头找人要紧！"

于是兵分四路找孩子去了。

瑞霞向正西的娘家方向，铁定向正北方向，岳诚向正东方向，灵芝向正南方向，出发了！

出发第三天晚上，铁定做了个梦，梦见瑞霞被河水淹死，白胖的尸体飘浮在汝河岸边。梦醒来感到恐惧不安，于是决定改变方向，也向正西方向追来。

"见到一个十七八岁的男孩，疯疯傻傻的。"铁定见人就问，没人见到。

"见到一个四十刚出头的女人，细条个子，卷头发，鹅蛋脸儿，慌慌张张地跑着找孩子？"铁定见人就问，没人见到。

第五天上，终于有人告诉他，见到这个找孩子的女人啦，朝正西方向走了。铁定心里一阵激动，疲劳一扫而光，然后大步向西赶去。

第六天的傍晚，铁定在一个叫母猪峡的地方终于找到了瑞霞。几日不见，瑞霞已改变了形象：浑身上下沾满泥土，卷曲的头发上沾满了草屑杂物，一脸的憔悴和不安。长途跋涉的风尘掩去了她美丽的容貌，她拉着一根栗木棍子，活脱脱一个脏兮兮的女乞丐形象。

在那个落日的黄昏，瑞霞倒在铁定宽厚的胸怀内，痛痛快快地哭了一场。她告诉铁定：原以为今生不会再见面了。大前天的中午，我正顺着母猪峡往上走，峡内的水并不大，谁知上游下大了，牤牛水咆哮而来，洪水滔天，携带着死猪、粮食、锅、碗、瓢勺、檩条卷下来，好在我有过这方面的经历，连忙向峡岸边跑，那知洪水的腿长跑得快，卷住我的屁股翻了人。我被冲到峡谷口，醒来后被人救下，歇了两天才又继续上路……

瑞霞说着把指甲嵌进了铁定的肉皮里，铁定把她抱得更紧了，生怕她变成一只小鸟飞掉似的。

出了母猪峡上到了摩天岭。岭上有一条能通架子车的小路。瑞霞实在是走不动了，铁定只好背上她走。后面来了两个人拉着一辆架子车。铁定连忙放下瑞霞，给二位掏烟说话，并乞求说："我儿子丢了，我们两口子整整跑了七八天，我媳妇实在走不动了。二位大哥行行好，让我媳妇坐在车上，我来拉车。"

山里人厚道，也就答应了。于是，摩天岭的山道上，铁定牛一样躬背拉着女人前行，一路艰辛不是言语能表达的。

十二

岳敏终于被找了回来，是被铁定和瑞霞在他外婆家附近的山上找到的。

找回了儿子，瑞霞的日子又恢复了常规。在瑞霞的劝说下，铁定也和媳妇达成了共识：亲密合作，再生下个闺女。儿女双全一枝花嘛！

天不遂人愿，花灵芝又生下个男孩。计划生育高潮来了，铁定夫妇被列为结扎对象。

灵芝被抓住了头筋。自己结扎——没了机器还说什么生产？就像农夫种地，再好的种子没了土地，你把种子种在石板皮上管用吗？让丈夫结扎就等于丢掉了种子，生孩子的事情要靠夫妻二人合作，有地没种也枉然。

灵芝做梦都想要个女孩，可是现在必须要结扎。于是她就去找瑞霞姐合计。姊妹俩心心相印，芝麻针鼻的事还要商议哩，何况这生儿育女的人生大事！

瑞霞也正为这事急得像热锅上的蚂蚁，灵芝来了。两个人前后左右地商量着对策，到底也拿不准主意。瑞霞说："这硬顶抗是不行，你们俩人必须由一人去结扎。你知道咱两家靠一个男人，无论地里的重活、脏活，还是家里的大事都要靠铁定，要是铁定结了扎，身体有个闪失，咱以后靠谁？"

灵芝明白瑞霞的意图：不想让也不敢让铁定结扎，铁定是两个家庭的顶梁柱！她心里醋溜溜地想：姐呀姐，我的丈夫当然我心疼，可是你比我还心疼！你也太自私了，让我结扎，这辈子还咋再生个闺女！到老年卧床不起的，靠谁

来替我擦屎刮尿？

这一天到底没有拿定主意，两个女人不欢而散。

离结扎的日子还有最后一天的晚上，瑞霞去灵芝家，半路上两个女人相会了，这就一起回到了灵芝家。

灵芝说："我有个主意啦，就看你中不中！"

瑞霞说："我有办法啦，你看你干不干！"

"快说——啥主意？"

"快说——啥办法？"

于是灵芝先说，两个女人不谋而合。这两个女人就抱在一团，在床上打滚，并都笑岔了气。

笑毕闹罢，就拿来笔纸立协议。瑞霞执笔，那协议这样写道："花灵芝结扎后，周瑞霞和铁定合作为花灵芝再生下个女儿，女儿姓铁姓，户口必须上到花灵芝名下。周瑞霞只有生育权，没有抚养权……"

当下两个女人画了押，数天后铁定和岳诚也按了手印。

灵芝结扎，伺候她的还是瑞霞。那份亲情，令人感动。

就在这期间，瑞霞收到了儿子的来信：信中说自己提干被批准了，将于近期回家探亲。

别提瑞霞心里那股高兴劲儿，屋里不知被她打扫了多少遍。儿子喜欢吃的豆面、小米、山菜，样样齐全。谁知，儿子回来了，并不让她高兴。在她的劝说下儿子才勉强到铁定家坐坐。见了铁定仍是一副冷冰冰的模样，就连表姨灵芝也不多看一眼，对表姨表现出的极度热情和殷勤不屑一顾。

瑞霞的一颗心像掉进了冰窟窿里——冷到了底。母子之间没有过多的交流，生分成了外路人。岳键没在家待几天，就到城里的未婚妻家住下了。

半月后儿子回部队，突然作出决定：带未婚妻旅游结婚。岳诚和瑞霞都想不通，但儿子决意已定，父母也阻拦不住。

岳键旅游结婚回到部队不久，瑞霞就病倒了。发烧不断，神志恍惚不清，呓语不断：不是叫岳键，就是喊铁定，这下慌坏了铁定和岳诚两个男人。瑞霞被送进了县医院，两个男人陪着，可病情还是不减轻。

瑞霞还是呓语："键娃——你个负心郎，在感情上你咋不给娘一丝亮光，人家古代的状元郎功成名就后，还修桥让熬寡的母亲去会相好的和尚，你咋这样狠心，不肯原谅为娘……"

"铁定，铁定——你害苦了我！孩子为啥不认我，你是罪魁祸首啊……"

"岳诚，岳诚——你枉披一张男人皮，你咋是一个守财奴，钱重要还是男人的命根重要……"

瑞霞不停地诉说，守在床边的两个男人不停地落泪。

瑞霞被转到了省城，半月后病情好转了。好转后的瑞霞就靠在病床上给儿子写信，她把几十年的苦衷和真情都写在了信笺上。

出院回到缎子铺不久，儿子回信了。

妈妈：

我误解你和铁定叔了。您为了这个家庭，为了我和弟弟才不得已这样做的。二十多年来，您为这个家庭牺牲得太多太多了。现在我终于明白了妈妈、爸爸、铁定叔是支撑我们这个家庭的三根柱子，如果倒了一根，家庭的大厦就要倒塌。铁定叔为维护我们家庭的完整，忍辱负重，付出了很多很多。过去，我看不起他，甚至仇恨他，伤了他的心，请妈妈替我转告我的歉疚之意，铁定叔是咱家的大功臣！

妈妈，孩儿现在不得不用审视的目光重视打探您：您胆大如斗，却心细如丝；您脾气暴躁，却又温和可人，既有男性的勇猛彪悍，又有女性的温柔良善，双重性格的母亲感情丰富，重情重义，爱情与家庭的双刃剑时常刺在心中，无时不在煎熬着自己。

妈妈，您活得真苦真累。幼年丧父，过着没父的生活，少年随母，寄人篱下，受尽了非人的折磨。中年有夫，过着没夫的漫夜。一方面狂热地追求爱情的快乐，另一方面又小心地呵护着家庭的完整。于是妈妈在惊悸和恐惧中过着自己的爱情生活，偷偷的做贼一般，在痛苦扭曲的生活中，您含辱蒙垢，维系着这个家庭。您拼命追求属于自己的真正爱情，但又始终迈不出家庭的门槛，割不断丈夫的情丝，甩不掉儿女的亲情，只好走向畸形的爱情，这真是没法理喻的爱情啊！

妈妈，尽管您和铁定叔痴情的爱和情、合理不合法，多遭世人唾弃，但孩儿还是支持您。我会永远善待您和铁定叔的，祝您幸福安康，快乐无边！

瑞霞读着儿子的来信，泪水打湿了衣襟。

十三

瑞霞怀孕了，灵芝的肚皮却鼓了起来。

为掩人耳目，灵芝放出去风说，自己是花钱弄得假结扎手续。她往怀内塞了东西，肚子微微的鼓着，瑞霞挽着她故意在大街上兜风亮相。村里的女人们说："看人家表妹俩，心儿真贴！"

夜里，铁定来瑞霞家时，瑞霞正在用绳子给岳敏系饭。岳敏的病又犯了，在囚笼里大喊大叫大骂："铁定，你个狗杂种，早晚一天我要掂掉你的狗头……"他经常骂人——尤其是铁定，所以铁定也习以为常了，并不恼火。

进到屋里，铁定孙子一样连忙给瑞霞捶背。瑞霞的肚子已微微隆起，她坐在铁定怀内，双脚放在矮凳上，铁定轻轻地捶打着她的脊梁和肩膀。

"不能在家待了，明天我送你到你妹子家躲躲。"铁定说。

"这次不让打胎了？"瑞霞故意逗他。铁定没有说话，却把她搂得更紧了。

瑞霞曾两次怀孕，都被铁定逼着引产了。

翌日一大早，铁定就把瑞霞送走了。

却说灵芝困在家里，肚子一天天鼓得比一天大，到了快临盆时，竟把枕头都捂到肚子上了。

这期间，铁定领人到焦山打铁矿，半月二十天不着家。一有点儿时间就往瑞霞家跑。精神空虚、倍受冷漠的灵芝出事了。

光棍姜其祥讨好似地替灵芝家挑水，他把水倒进水缸后，眼睛直勾勾地盯着灵芝鼓起的肚子。

"这铁定也真是狠心，媳妇都快产了，月儿四十也不沾家，幸亏老光棍我惦记着妹子，要不你能挑成水……"

其初，灵芝并不在意。说得多了，灵芝动心了。心想：尽快假戏真演，可我毕竟腆着大肚子，不敢去挑水呀，你难道就这样放心，要是我去挑水让人看出破绽，你就不怕吗？

灵芝想到这里就暗自落泪了。

这天傍晚，正在灵芝百无聊赖之时，姜其祥又来送水了。姜其祥倒了水坐下陪她聊天，纯说些男女之间酸汤辣水的故事，撩拨得灵芝满脸通红，浑身燥热。

姜其祥看出了火候，又将灵芝一军。"大妹子，实话告诉你吧。铁定心里根本没有你。我听说在铁矿上三天两头往瑞霞家跑，说什么看望生病的瑞霞，实际上是两人亲热……"

灵芝的心里陡然升起一股屈辱，屈辱中又搅着一团醋意。她不禁低下了头，默默不语。

姜其祥得寸进尺，手就去摩挲她的乳房。灵芝没有反对，他的手游走到了她的肚子上。

灵芝突然触电一般地弹跳起来，朝着他的手打了一巴掌，吓得姜其祥落荒而逃。他刚跑出屋门，又听到了灵芝喊叫：

"姜其祥——你给我拐回来！"姜其祥哆哆嗦嗦地拐了回来。

灵芝已把贴在肚子上的东西扒下，瘪瘪地没了山峰。

"你把妹子摸流产了，还想赖账跑掉。当心我家铁定把你打成肉酱！"

灵芝登时没有了肚子，吓得姜其祥脸色煞白，浑身筛糠。

灵芝突然笑起来，笑得前仰后合，把白肚皮都露了出来。

醒悟过来的姜其祥，狼一般猛地朝她扑上去……

灵芝心里泣血呻吟："铁定你小子，老娘我终于报复了你！"

瑞霞快到临产了。

这天夜里，铁定从矿上回来叫灵芝去伺候瑞霞。他做梦没有想到：在自己房里女人和姜其祥被他逮个正着。

姜其祥被他打跑了，灵芝被他打急了，就说："你打死我，看谁伺候瑞霞！"铁定这才住了手，连夜骑摩托带她去医院。

说是医院，其实是一家"黑诊所"。两间烂房子，因为是偷生孩子，也只有凑合着了。

瑞霞躺在产床上，铁定像拎小鸡一样拎着灵芝进来了。

"扑通"一声灵芝被摔在了地上。瑞霞吓得坐了起来。铁定骑在灵芝身上，武松打虎一样挥拳痛打。

瑞霞喊叫："铁定，住手！"铁定打红了眼睛，那肯住手。

瑞霞下了床，抓起身边的一把菜刀高喊："铁定，你再不住手，我就连肚里的孩子一起死给你看！"

铁定还没有住手的意思，灵芝已鼻口蹿血。瑞霞突然闭上眼睛，挥刀朝自己砍了下去。血雨飞溅，落到了三人的头上。

铁定"娘——"一声尖叫，扑上去抱住了瑞霞。

灵芝哭喊着爬到她跟前说："姐，你再二蛋也不能不要两条人命啊！"

瑞霞在举刀砍向肚子的一刹那，突然又把刀子砍向了自己的胳膊，砍断了一根动脉血管，鲜血喷涌不止……

十四

周瑞霞终于如愿以偿，为铁定生下了个女儿叫铁玉儿。

铁定和灵芝抱着玉儿回到了村里，村干部就登门动员他夫妇去实施二次结扎手术。没想到弄巧成拙，灵芝死活不愿再去挨第二刀。铁定心情不好，也和村干部狠狠地干了一架。事情弄僵了，村干部就把"钉子户"的事情汇报给了乡政府计生办。主抓计生工作的淡乡长大为恼火，当即组织近百十人的队伍前来拔掉"钉子户"。铁定家被围个水泻不透，一根钢丝绳绑在房屋的大梁上，另一端系在一台轰轰隆隆疯响的拖拉机上，只要乡长一下令铁家的房屋马上就要倒塌。事情弄到这样的僵局，铁定有苦难言，甘愿自己结扎。可是媳妇抱住他死活不让去，自己也不愿去，淡乡长只好下令拉到房屋。就在拖拉机愤怒地狂叫着准备开战时，周瑞霞喊叫着跑来了。

"住手！我妹子已经结扎了，咋能还会生孩子？你们弄错了，这孩子是我生的，只是让我妹子照看几天！"

事情马上出现了转机，大家一脸困惑地望着周瑞霞。周瑞霞不慌不忙的从灵芝怀里接过孩子，然后解开怀，露出了白胖的两只大奶子，丰沛的奶水把两只大奶子憋得鼓囊囊的。瑞霞开始给孩子喂奶，先是扶起奶子用手挤奶，手指轻轻一挤，奶水就像水枪一样打了出去，刚好打在淡乡长的脸上，众人哄堂大笑。淡乡长突然吼叫起来："别听她瞎吆喝，把这两个女人都弄到乡里检查后再说。"

众人七手八脚地把两个女人拉上了车，没有吃饱奶水的孩子使劲哭了起来。

检查完毕，灵芝果然结扎后没有生育史，孩子的确是周瑞霞所生。淡乡长宣布先放了灵芝，当即命人就把周瑞霞送到医院做了绝育手术。

这件事对瑞霞的打击很大，哗然的社会舆论自不必说，光是大儿媳妇挖苦的话就让她吃消不下。"人怕没脸，树怕没皮。年轻时风流，老了也不自重。你和铁定好就好吧，还动真格的好出了孩子，你还让不让我们活人？你儿子如今也是全县有名的企业家，我们跟着你丢不起这个人！"

　　儿媳妇说罢摔门而去，瑞霞卧床哭了三天三夜。第四天上她起来做饭，不为自己，也得为饿得嗷嗷怪叫的二儿子。刚做好饭，一辆小车在自家门前停下了。是儿子的车，从车内走下了岳诚。岳诚说他已办了退养还乡手续，今后我们可以朝夕相伴了。

　　这天夜里，岳诚把铁定和灵芝约到家里，摆上酒菜拉话。酒喝到七八成上，岳诚红着眼睛说起了真心话：咱都不是小孩了，脸面值千金。过去的事儿既往不咎，今后的路不能再走错半步啦。家里前段发生的丑事，岳键打发他媳妇到矿上都给我说了，人不能只为自己的感情而活着，也得为儿孙后人的面子活着⋯⋯

　　妻子突然打断丈夫的话骂道："当初闹离婚时你说的啥话？嫌我名声不好现在离婚也不晚！"说着抓起桌上的半瓶酒往肚里灌，铁定去阻拦被她揉坐到地上。憨厚实诚的岳诚说："这都是儿子和儿媳的意思，我、我、我——"

　　铁定拉起妻子走了。喝多酒的瑞霞胃里像一笼火，痛苦地躺在地上打滚，一直闹腾到黎明十分才安静下来。丈夫把她抱到床上安顿好，这才下到一楼去给岳敏送吃的。岳敏已经饿得没了闹腾的力气，岳诚流着泪水喂他从矿上带回来的烧鸡和牛肉。

　　做完这一些，岳诚感到十分疲劳。在离开一楼时竟忘记了锁上铁栅栏门。厄运从此悄悄降临了。

　　回到二楼的岳诚倒在沙发上睡下了。睡梦中的岳诚突然被一阵剧痛惊醒，睁开眼来看见疯儿子持刀站在跟前，他的胳膊上鲜血飞溅。"铁定，你个老杂毛、不要脸的野汉！"随着骂声，切菜刀在他身上疯砍起来。

　　"敏儿，我是你爹，不是野汉！"

　　"野汉，野汉！哈哈哈——"

　　飞刀生风，狂砍不止。惊醒的瑞霞下床推门喊道："敏儿，住手，他是你爹！"

　　血人岳敏舞着飞刀朝她奔来。她忙插上门，飞刀就在门板上砍起来。眼看木门就要被砍开，瑞霞推开窗户跳了下去，结果左腿骨折住进了医院。

　　据公安局法医验尸结论报告，死者岳诚的身上整整砍了一百零九刀。

十五

　　日月如梭。转眼岳诚已过了三周年的祭日。

岳键要带全家到南方发展，母亲是死活不去的。"我去了你疯子弟弟咋办，把他也带到南方去拖累你们？娘酿成的苦酒娘自个儿喝。你们走吧，耳不听不羞，眼不见不丑，从此，娘就不会再给你们下辈娃们丢人现眼了。"

说的岳键的脸一赤一白。

岳键带着老婆孩子走了，数年不归。尽管每隔仨、两月都给母亲寄钱回来，可固执的母亲总是拒收，一来二往，也就断了寄钱的念头。周瑞霞凭着肚里喝的墨水，先是干民间律师，代理官司，后来从事民间放贷，再后来建起了黏土砖厂，当起了老板。尽管腰包鼓了起来，可从苦水里泡大的女人，自个儿花起钱来却抠分省厘。自己吃了填坑，别人吃了扬名。相反，亲戚朋友、邻居乡亲的只要张嘴借钱，她没有让话落过地。对建校、修桥、铺路的公益事业更是出手大方。

周瑞霞在外风风火火的忙，家里、地里可全靠了铁定夫妇了。地里的农活铁定包了，给铁笼里的岳敏送饭的事自然由灵芝揽下了。每天吃饭时节，灵芝穿着瑞霞给她买的时髦服装，掂着饭罐故意在村里绕一圈后，才走向瑞霞家去送饭。眼馋得那些女人们直流涎水，有羡慕夸赞的，更有嫉妒谩骂的。"不要脸货，没屌瞎显摆！把自个男人拱手让给人家当'长工'换来几身'老虎皮'，有什么稀罕人的？"更有恶毒者口出咒语："放着自己的男人不受活，推给别的女人拉偏套，没脸没面的男女要遭报应的！"

说归说骂归骂，看着两家其乐融融、亲如一家的热火劲儿，村里人还是羡慕不已。

城市在疯狂扩张，框架越拉越大。转眼间缎子铺变成了县城的郊区，土地一夜之间金贵起来。

房地产开发商一拨一拨的往村里跑，支书、村长扣手把五组的一百亩地卖了，接着要卖二组的地，被村民小组长死死地顶住了。铁定所在的八组村民们忽然觉得头人的重要，大家一串联决定要选小组长。周瑞霞几乎全票当选小组长，可是周瑞霞此时却因砖厂的经营陷进了一桩官司里，不能接受大家的重任。僵局中有人提议叫铁定干，铁定为人实诚，我们相信他！就是啊，有人跟着附和说，你们俩谁跟谁呀，铁定干你干一个样，主外的事可全靠你瑞霞了。说到这个份上瑞霞就同意了。村干部和村民心里都明白，让铁定干组长，就算把瑞霞也给套上了套，她不往前拉才算日怪。

瑞霞到南方出差走之前给铁定夫妇嘱托再三，开发商瞄准了组里没有承包到一家一户的五十亩苗圃地，你们可要当心。不吃请、不收礼、不擅作主张，遇事多开群众会商量……铁定夫妇说你就放心去吧，我们心里有杆秤。

开发商轻而易举就拿下了支书和村主任，两位头人就来做铁定的工作。铁定夫妇心里的主意拿得牢牢的，地价出不到群众议定的份上，他们是不会吐口的。然而开发商也是无孔不入的。一天，开发商从灵芝的老家搬来了当年和她"有一腿"的老支书，他人老心不老，没费多少口舌就说动了灵芝。灵芝趁丈夫喝醉酒把卖地协议签了，手拉着丈夫的手把红指印也摁了。等丈夫酒醒来时，大型推土机已轰轰隆隆地开始铲地平了。铁定忙喊叫群众前去阻拦，开发商却拿出了卖地协议，铁定一脸的诧异，喊叫说协议是伪造的，说着就躺倒在推土机下面。开发商说协议假不假，回去问问你老婆就知道了，这白纸黑字红手印还能有假，不信让公安局和你验验指印……

铁定还是不起来，"大骗子，我女人不会背着我干这事的！"开发商突然一声呼哨，从一边的树林里窜出了手拿棍棒的百十个打手，赤手空拳的村民很快被打跑，十来个打手把铁定举起来又摔倒地上，这时候有个村民慌忙跑来喊道："铁定，真是你老婆主持着给人家签协议了！"

铁定忍着剧痛向家里跑去，灵芝已经不知了去向，屋里值钱的东西已席卷而空，铁定突然口吐鲜血身子重重地摔在了地上……

十六

周瑞霞赶回来的时候，铁定已经咽气。

铁定在县医院抢救了七天，终因脑出血过多而亡。丧事是在瑞霞的主持下办理的，各项花销开支都有她掏腰包。村里的人谁不夸这个痴情的女人。周瑞霞真是把铁定当作自己的丈夫，她把铁定的衣服扒光，浑身上下擦洗，一遍又一遍……把身边的亲人都感动得落泪了。

铁定的丧礼办得风光无比。周瑞霞披麻戴孝把铁定送到坟上。她蹲在坟头，在烧纸黑蝴蝶般的舞蹈中喃喃自语："放心歇息吧——俺的定定，俺的牛牛！来生我们做真夫妻！我会找到那个见钱眼开的灵芝为你正名的，我会用生命保护我们的土地的！"

说完这些的周瑞霞站起来，披一身热孝径直朝村里轰轰隆隆的开发工地走去……

精
短
小
说

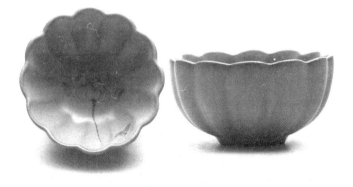

一根红腰带

我们正在津津有味地观看电视连续剧《小兵张嘎》，邻居三喜叔慌慌张张走来突然关闭电视说，你们奶奶快到马克思那里报到了，不见孙男嫡女在跟前就是不上路，快去！奶奶八十寿终属喜丧，所以我们并没有表现出过分的悲哀。在向奶奶居住的西院走去的时候，我心思还沉浸在小兵张嘎智斗鬼子兵的剧情中。

奶奶穿着臃肿的送老衣躺在临时搭起的草铺上，气若游丝，眼睛吃力地瞪着。母亲把我们叔伯姊妹几个拉到奶奶跟前，我们呼喊着奶奶。突然我看见奶奶呆滞的目光陡的一亮，僵硬的脸上挤出几丝微笑，然后直瞪的双眼便一下子没了光彩。母亲跪在草铺旁，用手轻轻揉搓着奶奶的眼睛说：娘——您放心去吧，知道您还惦记着远在日本留学的三孙子，他眼下回不来了，等毕业回来后我一定带他到坟上为您上香……任凭母亲如何声泪俱下地诉说，奶奶瞪着的双眼总是不肯合上。

母亲无奈就打发三喜叔搀来了我三奶奶，三奶奶用颤颤巍巍的双手检查一番奶奶的穿戴后，把我母亲叫到一旁耳语一番。母亲好像忽然醒悟，急匆匆地走进里屋打开箱子，从里面取出一个长方形的木匣子，打开木匣子，只见里面放着一块红丝绒。母亲哆嗦着双手抖开红丝绒，从里面掉出一根红洋布带子。那红带子似乎已年深久远，色泽竟有些褪色。三奶奶艰难地弯腰捡起红布袋子，一双昏花的老眼看了又看，这才让母亲给奶奶扎在腰上。

扎上红腰带的奶奶，面容好像平静了许多，但眼睛仍然瞪着。三奶奶弯下佝偻的身子，把嘴伏在奶奶的耳边说，老嫂子——我让孩子们把那根红腰带给你扎上了，你请一百个放心上路吧！到了另一个世界，红腰带也会时时保佑你的。儿孙们你请更放心了，咱国家如今强盛了，小日本再也不敢欺负咱了……

在三奶奶的絮叨中，奶奶好像回光返照，面容红润而平静，直瞪的双眼突然"嘎崩"一声合上了……

哭喊声起，泪眼蒙眬中，那根红腰带像一条巨大无比的火舌在我眼前燃烧着、飘飞着……我猜想那根红腰带肯定缠绕着一个有关我奶奶和鬼子兵的故事——

"那时候你奶奶抱着你大伯，你老奶奶背个小包袱出现在豫东大平原上。女人最美少妇时，你奶奶的风采把春光下大平原的眉眼都惊呆了。"

三奶奶不愧是全省的"十佳"说故事高手，故意的兜圈子吊我们的胃口。

"你奶奶的三寸小金莲在地上一拧一拧，风摆杨柳似的，拧出了一道醉人的风景。那翠竹子一样苗条的身段；那杨柳细腰；那圆嘟嘟的屁股、那……"

三奶奶又卖起了关子，逗得我们心里嗷嗷大叫。

"突然，一望无边的旷野上响起了急促的马蹄声，你老奶和你奶奶都惊慌起来。眨眼间，一匹大红马驮着一个日本鬼子来到了眼前。那个猪头大脑的鬼子兵横马挡住了去路，贪婪的目光紧紧盯着你奶奶。你老奶和你奶奶扭回头没走两步，又被他横马拦住了。你奶奶吓得浑身哆嗦，怀里的孩子越抱越紧。鬼子狂笑着跳下战马，一手拉着缰绳恶狼一样向你奶奶扑去。说时迟，那时快，你老奶奶在把包袱砸向鬼子的同时，扑上去抱住鬼子的左腿喊道：铁家的，快跑！你奶奶就跑起来了。鬼子飞起右脚把你老奶踢出了五尺多远，然后抽出长剑追上了你奶奶。鬼子把剑指向怀里的你大伯，嘴里叽里哇啦的说着什么。你老奶忽然爬起来，撑着血淋淋的身子扑向你奶奶，从怀里夺走你大伯。你老奶头上血流滚滚，眨眼的工夫怀里的你大伯也成了个血人。鬼子用剑指着你大伯又一阵叽里哇啦，那意思是命令你老奶快走，要不就戳死孩子。你老奶抱着你大伯走了，那个鬼子找不到拴马的地方，就急不可待地把马拴在自己的脚脖上，然后恶雕一样扑向你奶奶。倒在地上的你奶奶和鬼子厮打起来，鬼子的脸上血痕淋淋。鬼子嗷嗷怪叫着解开了你奶奶的腰带——那是一根血红色的洋布腰带。鬼子把那根红腰带抛向一边，忽然刮来一阵旋风，风中旋转的红腰带像火蛇一样扑向大红马。在鬼子扒掉你奶奶的裤子压向你奶奶的时刻，大红马咴咴惊叫，拖起鬼子飞奔起来……"

花

　　太奥高速公路从家乡经过，惊醒了三奶奶五十多年的噩梦。迁坟那天，疯疯癫癫的三爷突然跑来跳进墓穴，抓起三奶奶被子弹打碎的头骨，嘴里喊着经年不变的絮叨："花，花，一朵铁梨花……"

　　"花，花，一朵铁梨花——"三爷疯跑着、呼喊着，岁月"刺啦"一声就老了。那时候三奶奶才十八岁，是个刚过门不久的新媳妇。三奶奶模样儿俊，高挑个儿瓜子脸，樱桃小口丹凤儿眼，杨柳细腰胸丰满，细皮嫩肉扎人眼。三爷兄弟多，三奶奶过门百天就分开了家。三奶奶手气好，分家抓阄时抓到了那块一脚下去就能踩出油水的肥汤地。小两口万分高兴中施足底肥，三犁九耙，深耕细作，安上了小麦。冬去春来，麦苗肥嘟嘟的长势喜人。小两口的一泡尿、一泡屎都不忍心抛洒，憋着忍着也要撒到拉到自家的麦田里。春去夏至，麦子黄稍的时候，上面忽然来了精神，分到各家各户的土地、耕牛、农具一律要入社。小两口横竖想不通却也无奈，看着夏风中摇曳着肥硕脑袋的麦子泪往心里流。三奶奶说："土地入社可中，眼看要吃到嘴边的这季麦子入社可不中！"于是，小两口就把藏起来的一把镰刀拿出来偷偷地磨砺，磨得风快风快。三奶奶拽掉一根长发，吹口气把头发吹到镰刀的利刃上，头发就无声地断了。农忙五月天的一个月夜里，三奶奶拿起镰刀偷偷来到曾经流汗、撒尿、屙屎的麦田里，忍着狂热的心跳挥镰收割。社长悄悄跟来阻止割麦，三奶奶死活不听劝告，理直气壮地收割着麦子。社长走进麦田拦阻，二人在撕拽中锋利的镰刀划破了社长的脖颈，鲜血飞溅……三奶奶被抓了，三奶奶成了闹社反革命分子，虽然杀人未遂，但性质极其恶劣，经过公审游街后，押回原籍执行死刑。一声枪响，子弹呼啸着钻进三奶奶的头颅，一时她的长发乍起，柔韧的一头青丝何以在这一刹那直愣愣如钢丝般竖立起来，接着又潇洒地飘落下来，势若飞瀑，血雨飞溅，脑袋开花，白的脑浆红的血浆怦然四溢，在白花花的日光下跳跃着，炸开了一朵无法形容的人间奇花。三爷突然喊叫："花，花，一朵铁梨花——"手舞足蹈地跑走了……

岁月疯长中三爷且喊且舞，不觉已入老境。现在，三爷抱着从噩梦中醒来的三奶奶，依旧跑着喊着："花，花，一朵铁梨花……"

狗爷坟

我和乡下进城的男友谈恋爱，第一次见面他说两个先决条件，若我同意才有继续谈下去的可能。他的两个条件：一是结婚后每年春节必须回乡下老家过团圆年；二是每年二月二龙抬头那天必须陪他一道回乡下老家上坟。我想他的条件并不苛刻，也就欣然答应了。

也许是缘分，我们一拍即合，半年后就结婚了。新婚的日子天短月快，像香油滴进热锅里，"刺啦"一声春节就到了。新媳妇第一次回乡下老公家过新年，新鲜感还没消失年就溜去了。不久，二月二上坟的节日到了，恰巧这天单位竞聘科长，我真的犯难了。竞聘提拔升迁那是多年不遇的好事，放弃机会真是心痛；而过门的新媳妇第一年不上坟祭祖，在老公的乡下是大逆不孝，族人要捣老公的脊梁筋，老公一辈子都站不到人前头。一夜煎熬，最终我选择了回乡下上坟祭祖。

老公家是个大家族，上老祖坟的阵势很大，礼节也繁多。我是家族中 5 个新媳妇之一，并且是唯一的一个城里姑娘，也是唯一的一个博士后新媳妇。老族长高看我一眼，让我代表 5 个新娘向老祖宗上第一炉香，向祖茔添一抔土。接下来，数百人按辈分跪在祖茔前，跟着司仪的口令，叩首祭拜。

上罢老祖坟又随着老公上分支的坟茔，分支坟茔上后我以为可以松口气了，老公又领着我去上狗爷坟。当我得知狗爷坟真是埋着一只狗时，我火了——受辱似的蹲在地上不走了。老公有足够的耐心，蹲在我身边讲起了狗爷的故事——

我爷弟兄十三个，我爷排行第十一。爷出生那天，大雪纷飞，家里已快揭不开锅。我老爷就把我爷用箩筐装了，送到村外的杨树林里。老爷前面走，后面跟着他家的老母狗，老母狗也刚刚下了一窝崽。

爷被送出去了，老母狗却神秘地失踪了。一窝子狗娃吃不上奶，唧唧咛咛叫唤不停。整整三天过去了，老母狗还不见踪影。老奶奶发话了，让老爷出去找老母狗。老爷依稀记得那天老母狗跟着他出去，又跟着他回来了。老爷踩着积雪深一脚浅一脚地来到那片杨树林里，眼前的情景让他惊呆了：身上落满积雪的母狗趴在箩筐上，用爪子抓着奶头给我爷喂奶。母狗发现主人来了就停止喂奶，用祈求的目光望着主人，"唧唧哼哼"地叫唤起来。正在这时，我爷亮开嗓子哭喊起来。老爷泪眼蒙胧地说：这孩子命大不该死，老母狗要忠心救你啊！老爷就把他的十一子又抱了回去。老奶奶把在雪地里冻了三天没死的儿子抱在怀里说：你托了狗的福活下来，干脆给你起名叫"狗福"吧……

我爷懂事后就把这只狗当爷供着，每顿饭的第一碗必是盛给这只义犬的。后来这只义犬老死了，爷爷选了一块背风向阳的地方把它埋了，并且年年的二月二来到坟头，摆供、上香、挂纸条。爷爷走时给爹留下话，别忘了给狗上坟；父亲走时嘱咐我的也是这句话……

老公的故事讲完了，我在喟叹中站起来，步履坚定地走向狗爷坟。这个龙抬头的日子里，我向深埋在地下的这只义犬上香下跪——为它的善心和忠诚！

血 乳

党恩浩在行刑前终于获许回故乡红峪店一趟。红峪店是革命老区，如今被建设得富丽堂皇。当年北寨墙外壕沟内的乱草坟早已荡然无存，取而代之的是一座挂着"神韵歌舞厅"牌子的小红楼。党恩浩此行不拜作古的娘和疯癫的爹；不看他一手建起的学校和工厂；不见他所有的嫡亲和乡邻，执意要来跪拜这座小红楼。

"这个情种，死到临头还念念不忘拉他下水的'小妖精'……"

"这头'吞钱兽'寡情寡义，连娘的坟都不拜，疯爹都不看最后一眼……"

"多年的小溪熬成河，多年的媳妇熬成婆。一个农家娃好不容易熬上了'县太爷'，却让金钱美女给毁了，多可惜啊！"

"……"

在众人的斥骂和议论声中，党恩浩朝着小红楼跪拜：一拜、再拜、三拜，深深地，泪流满面。许久，他艰难地站起，没头没脑地高喊一声："娘、娘——孩儿枉吃您的血乳啊——"突然一头撞向红楼，头破血流，脑浆飞迸，死在了故乡的土地上……

对于党恩浩的死众说纷纭，倒是八十有九的洪曦爷解开了谜底——

一九四五年八月中秋节的凌晨，起早给儿子抓药的党仁义看见两辆牛车上拉着几个绳捆索绑的男女囚徒向寨门外走去。牛车出了北寨门，在寨壕沟里的一片乱草坟停下了。好奇的党仁义悄悄溜到一边观看：一个浑身血迹斑斑的少妇怀里抱着个吃奶孩子被押下了车。仁义的心狂跳着快蹦出了喉咙眼，正准备继续靠近看个究竟时，一个担任警戒的团丁发现了他。"兔龟孙，找死呀，快滚！"仁义撒开脚丫跑走了。不久，一阵沉闷的枪声响起，山野复归了平静。

吃罢早饭仁义抓药回来，看见寨壕沟边站满了很多看热闹的人。他钻进人缝，看见那个被打死的少妇的怀内钻着一个男婴，正使劲吮吸着母亲的血乳。子弹是贴着母亲的心脏钻进去的，鲜血汩汩地顺着弹孔流出，又流向乳峰，把乳房染成了血色。母亲的死乳早断了乳汁，孩子吮吸进嘴里的是母亲的血乳！满脸是血的男婴吃力且酣畅吮吸着，吮吸着……这惨不忍睹的场面使在场的人无不流泪心痛，但谁也不敢明着收留女八路的遗孤。仁义叹息着离开了。

天刚擦黑，仁义抱着死去的儿子偷偷摸摸来到北寨外，身子往下一蹲滑进了寨壕沟里，惊跑了几只野狗。凭着白天的记忆，仁义连忙向女八路躺着的地方找去。终于，仁义摸到了孩子——还好，男孩没有被野狗掳走。不知哪位好心人用烂棉袄给孩子盖上了，此刻他正躺在母亲腋下睡得香甜。仁义把死孩子放在女八路僵硬发凉的怀内，这才小心翼翼地把躺在女人腋下的男婴抱起来。男婴似乎有些不乐意，小手使劲抓住母亲的破烂衣服不松手，仁义一用力孩子松开了手，并同时咧开小嘴哭了，仁义忙把随身带的奶瓶塞进他嘴里止住了哭。仁义一手把孩子揽在怀里，一手抓住荆棘向上爬。荆棘刺进他肉里钻心疼，但他还是拉住荆棘爬出了壕沟。奶瓶折腾掉了，男婴亮开嗓子哭了起来，吓得仁义忙用血手捂住了他的嘴。尽管如此，还是惊动了两个持枪的团丁。

"好啊，果然抓到了通共的'赤化分子'！"

"不是的，大人，俺这是去给孩子看病。"

一个团丁举手扇他一耳光说："叫你嘴硬，怀里抱着女八路的孩子还说谎！"

这时一直躲在暗处伺机救男婴的洪曦跑过来说："二位大人误会了，仁义的孩子病得厉害，我们是邻居，他叫上我一起去给孩子看病……"

"就是的，不信你们去看看，女八路的孩子怕是早死了。"仁义忙说。

一个团丁跑去又跑回说："女八路的孩子还在，不过是真的死了。"

被放行的仁义和洪曦不敢回寨子去，抱着孩子摸黑向杏林堂跑去……

洪曦爷抖着雪白的山羊胡子哽咽着说：五十多年过去了，我和仁义守口如瓶，始终没有把恩浩的身世告诉任何人。没想到当了县长的恩浩如今会成为人民的罪人。仁义反复自责，如果从小就告诉恩浩的身世，让他永远铭记自己当年吮吸母亲血乳的情景，或许能警示他不会犯罪，是我害了孩子，对不起女八路啊……从此仁义就缠上我，天天逼着我和他一起去监狱找恩浩说明身世。

青 精 灵

儿子到底没见着，仁义也被折磨疯了。看着仁义终天疯疯癫癫喊着"血乳，血乳——"的样子，我就托人把恩浩的身世写进信里寄走了⋯⋯

　　洪曦爷正说着，骨瘦如柴的仁义老汉疯疯傻傻地跑来了。"老天爷啊，天打五雷轰我吧，我不该瞒着恩浩的身世光宗耀祖。恩浩啊，你本是八路之后，别的孩子是吃娘的乳汁长大的，你是吸着你娘的血乳活下来的。血乳，哈哈哈——血乳，血红血红的乳浆哟——"

拇指的语言

军人卫国从抗洪前线回村了。正是夕阳西下的光景，老远他就看见自家的门前围着好多人。透过人墙的缝隙他看见母亲黑色的棺材在夕阳下闪着亮光。卫国的喉咙发紧，双腿发软，双眼发热。

"娘——不孝的儿子回来晚了！"

半个月前，军人卫国奔赴抗洪前线的夜里，突然接到母亲病危的电报。他走到一片柳林里，向着家乡的方向跪下叩了三个响头，然后默默地出发了。

卫国被乡人搀扶着回到家里。母亲已被安放在堂屋的草铺上，臃肿的送老衣裹着母亲干枯的身躯。几缕稀疏的白发贴在母亲蜡黄枯瘦的脸上，深陷的双眼痛苦地紧闭着。卫国"娘啊——"一声悲呼，"扑通"一声跪在母亲跟前，豆大的泪珠落在母亲的脸上。"娘——不孝的儿子回来了，您睁开眼看我一眼吧！"亲戚、乡邻都喊："你天天念叨娃儿，娃儿如今从部队回来了，你快睁睁眼吧……"

母亲终于睁开了眼，呆滞的目光吃力地搜来睃去，当看到跪在面前的儿子时，眼里陡然有了亮光，脸上突然红光焕发。母亲已经说不出话，右胳膊吃力地抬抬，到底没有抬起。卫国知道用语言已经没法给母亲交流，他只好伸出右手的小拇指放在母亲眼前说："娘，儿子不孝，没能伺候您一天，儿子是'这个'——"小拇指定格在了母亲的眼前。母亲急了，突然迸发了力量，右胳膊哆哆嗦嗦地举了起来，并同时伸出了大拇指。在场的人都听懂了母亲的特殊"语言"，"儿子是军人，顶天立地的军人！是'这个'——"母亲的大拇指在儿子的眼前哆哆嗦嗦地挺立着……

儿子放声大哭。在母与子心灵的交融中，母亲的胳膊缓缓地落了下来，双眼安详、幸福地闭上了，独有那个大拇指还在他眼前高高地擎着，永远，永远……

真假牛爷

牛奔家供着两个"牛爷",一个是真牛爷牛套,已过米寿,牛奔叫他"大牛爷";一个是假牛爷"雪梨白"——一头牛,老掉牙的一头白牛,牛奔叫它"二牛爷"。

"打一千,挨一万,正月十六吃顿饭。"别人家的牛一年只吃一顿饭,牛奔家的牛当"爷"供,天天顿顿吃饭。快30年了,牛家的每顿饭或稀或稠,第一碗是大牛爷的,第二碗是二牛爷的。二牛爷的饭通常都有大牛爷双手捧着,走进牛屋,倒进牛槽里搅拌。每当此时,二牛爷会抬起头来感激地望主人一眼,然后俯下头来"咯嘣咯嘣"地吃起来……

牛套就牛奔一个孙子,自小被视若宝贝疙瘩。牛奔九岁深秋的一天,牛奔下学回来饿得饥肠辘辘,奶奶先给大牛爷盛第一碗,接着给二牛爷盛第二碗。牛奔东瞅西瞧,大牛爷还没有收工,从奶奶手里夺过热饭,吸吸溜溜地吹着喝了起来。大牛爷这时候回来了,瞪着虎眼大声吆喝奶奶,奶奶眼里噙着泪水端着饭向牛屋走去。牛奔看不过去,轻声咕哝说:"不就是一头牛嘛,当爷供着,比人都金贵!"

话刚落地,牛奔就挨了一记响亮的耳光,瓷碗落地粉碎,稀饭溅了一身。身子哆哆嗦嗦的爷爷,像一尊黑煞神一样站在他的面前。牛奔愣怔过来,"哇"一声大哭起来……

九岁的牛奔万分委屈,奶奶把他搂在怀里,声泪俱下,讲起了牛家与牛爷的故事——

土地都分包到一家一户多年了,咱老牛家还没有一头牛。你爷爷做梦都想买回一头牛,属于自家的一头耕牛。一头耕牛是农家的半拉儿家产,需要不少的钱。钱是硬头货，正当你爷爷为买牛钱犯愁时，煤窑沟你表叔来了，说他们那里小煤窑多，下窑背煤挣钱快。你爷就动了心，粗略一算爷儿仨背上一个月的煤，刚好可以买头好耕牛。表叔说窑主不好说话，你年事高不要，小侄儿年嫩也不要，只有大侄儿一身的力气，窑主喜欢。你爷买牛心切，到代销点买了香烟，缠住你表叔不放，你表叔就答应了。那是农历正月十六，老驴老马都歇的那天，你爷爷领着你爹、你叔——爷儿仨很牛气地出发了。那时你才刚过满月，出发前你爹在你的小脸蛋上亲了一口，你叔也亲了一口，把你也亲哭了，"哇哇"地哭了好久好久。人生无常，谁也没想到这竟是你们父子、叔侄的最后一面……

你表叔打马虎眼，你老干姜的爷爷和你嫩皮娃娃的叔叔都下到了井洞里。大约是背到第三趟时，你爹肚疼想拉屎，放下口袋找拉屎的地方。慌不择路，你爹小肚子下坠疼痛，就跳进了一个下扎洞里，脱裤子蹲下就脏气中毒了（二氧化碳窒息）。一奶叼大的你爹和你叔可顾伴，亲着哩！你叔不见了你爹，就找你爹。第一次下窑背煤的你叔对井下一抹黑，焦急中向一只鬼眼闪烁的灯泡跑去。这就看见了那个下扎洞，灯泡就在洞口上面吊着。借着昏黄的灯光你叔叔看见了躺在洞里的哥哥，你叔没有丝毫的犹豫就跳了进去，待弯腰去拉你爹时，顿感呼气困难，四肢发软，很快就也倒下了。你爷爷突然不见了两个儿子，也循着灯光找来了。他听见你叔叔在下面呼吸困难，发出"呼噜——呼噜——"拉锯般的响声。摘下头上的矿灯向下探看，你爷爷头蒙心碎：他看到他的两个儿子平躺在里面，脸色发紫，手与手紧紧扣在一起……你爷爷呼喊着救人，跟班的煤师飞快跑来了。就在你爷爷跳下去的时候，煤师从后面拉住了你爷爷的衣服，把你爷爷使劲拽了回来。你爷爷哭着还要跳，煤师飞起一脚把你爷提出了五尺远，"偷下井的'老杂毛'，再下去你也没命……"

眨眼间，虎熊熊的两个孩子没了，我和你爷哭得死去活来。煤矿包的死亡赔偿金送来了，刚好能买回一头大牤牛。这头"雪梨白"牤牛就是这时候进到我们牛家门的。一天夜里，你爷爷背着家人牵着它来到你爹、叔的坟头，点香烧纸后轻声絮叨着。万箭穿心，你爷爷絮叨着突然倒地人事不省。那头白牤牛就伸出舌头使劲舔你爷爷的脸，硬是把你爷爷给舔醒过来……有一次，你爷放牛时杀窑梢把腿摔骨折了，眼看日头落山回不了家。白牤牛就用嘴噙着你牛爷的裤腰带，走走歇歇，硬是老鹰抓小鸡一样，把你爷抓回了家。你爷痊愈后就搬进牛屋睡觉，逼着让孙男嫡女们叫它"二牛爷"……此后很多很多黑灯瞎火的夜里，你爷的嘴里也不知咕哝的啥话，反正只有你"二牛爷"恭恭敬敬地听

着……

　　九岁的牛奔听罢奶奶的故事，一夜之间突然长大了，再见二牛爷竟没有了一点反感和妒意。他不但常常替爷爷给二牛爷送饭，而且还在下学的间隙里，把二牛爷牵到地边吃鲜嫩肥美的野草。二牛爷神躯高大，滚瓜流圆，力大无比，经常拉独犁独耙，乡里乡亲家的土地也没少帮耕。岁月无情。风里来、雨里去的大牛爷和二牛爷都老了，一个干不动农活，一个耕不动地了。村里人经常看见大牛爷头边走，后边尾巴似的跟着二牛爷，除了出坡吃草，更多的是去墓地晒暖、拉话儿。

　　墓穴是青砖拱砌的，上面立祖的是牛爷的穴位，下面还有一拉溜儿的三座砖拱墓。牛爷嘱咐牛奔等他百年后，把寄埋荒野的两个儿子迁来守在脚头。爷爷虽没有说，牛奔心知肚明，那个穴位是留给二牛爷的。

　　后来，大牛爷去世了。二牛爷卧在大牛爷的墓穴旁，不吃也不喝，死拉活拽也不起来，直到没了气息。牛奔要把二牛爷埋进墓穴，遭到家人和近族的坚决反对。病恹恹的奶奶这时发话说：老头子有言在先，就当我们多个儿子，"二牛"死葬脚头……

消逝的风景

十多年前，我在一家饭店打工。饭店的前面是县政府的家属楼。每天早晨七点钟我爬上饭店的顶层，观赏那道显赫的风景：一辆又一辆豪华的小轿车徐徐地开进大院，整齐地停在操场上。司机走下来，把已经闪闪发亮的轿车擦了一遍又一遍。大约七点半钟，公仆们陆续下楼来，一个个西装革履，腋下夹着公文包，昂首挺胸地迈着八字步，风光八面地走向各自的"坐骑"。司机走上去从领导腋下拿走包，小跑着到车前，开门把包放进里面，然后弯下腰，把一只胳膊盘在门顶，恭候领导上车。上车完毕，二十多辆小轿车一拉溜缓缓地驶出大院，构成了一道亮丽的风景。每当此时，有好多人夹道欣赏风景，也有的站在楼顶咀嚼这道风景。不知什么时候，饭店的老板带着小儿子站在我身后，老板指着风景说："好看吗？儿子。""好看！""风光吗？""风光！""那你就得好好读书，长大也做官——做大官，风光体面，尊贵无边……"

二十多年后的一天，当我再次来观赏这道风景时，她却销声匿迹。接替父亲饭店的小老板说："一茬一茬的官员们退了下来了，风景依旧，而今政令改了，那道风景就消逝了……"我一时喟然长叹：权力可以创造风景，但不是永恒的风景。其实，世界上本无永恒的风景。

剃阴头

正是闹春时节，花事正浓，我背着药箱，吮吸着扑鼻的花香行走在出诊的山道上。一袋烟的功夫，我便来到这个叫蚂蚁岭的自然村。村西第一座房子就是患者仁义的家。仁义七十有三，膝下一男二女，患偏瘫症十年有余，去年冬天又新添了冠心病。

我刚进仁义家院里，便从上房屋里传出了一阵苍老且压抑的呜咽声。我的神情猛地一颤，快步奔向了堂屋。屋中央用木板搭起一草铺，身穿臃肿送老衣的仁义已被放在了草铺上。一个腰弯如弓的剃头匠正在他的头边忙乎着，半边的白发已被剃去。我站在门槛外，终于确定那苍老压抑的哭声来自草铺上的患者。我的心里忽然打了个冷战，紧接着就升腾起了一股怒气。

我跨进里屋愤愤地说："和海，仁义叔还活生生的，你咋就请人给他剃阴头？"

"同是剃一个光头，咽气前是阳头才十块钱，咽气后是阴头就得五十块。先生哥，钱难挣，食难吃啊！"和海没有一丝悲伤地望着我说。

我愤懑地放下药箱走向老人。老人显然听到了我们的对话，哭得更悲更痛了。愤慨和悲酸中我开始为老人诊脉，老人的脉象只是有些虚弱，但一时三刻并没有生命危险。我又拿出听诊器，为老人诊查心脏，心脏跳动虽有些紊乱缓慢，但输些液体、吃点药，生命许还能延续年二半载的。

诊断已罢，我为老人打了一个疗程的最后一针，然后坐下开药，边开边说："仁义叔的病眼下没有大的妨碍，再用药一个疗程就会大显轻的！"

和海走上去抓了我开了一半的方子，边撕边说："谁不知爹得的这种病，就像怀里抱着一颗定时炸弹，随时就有爆炸的危险。昨夜里犯病吓得我们半死。你就是华佗再世，怕也是排除不了这颗炸弹的！"

我说："和海，钱不凑手就还赊着，我不会问你讨账的。仁义叔的病真的还能治。古人言'能让嚼药死，不让断药亡'，为老人治病只要还有一线希望，就——"

和海不耐烦地打断我的话说："先生哥，你走吧！都什么年代了，还古人长古人短的，你没听今人说'不打针不吃药，"安乐死"最超脱'……"

我到底还是被撵走了。第二天中午，和海的邻居和平来为母亲抓药时，我问及仁义叔的病情时，和平咬住我耳朵说："死了，自己吊死在大门脑上，被半夜起床拉肚子的我发现的。和海一怕落瞎名声，二怕火化，天明就将人埋了……"

我一时无言，抓药的双手颤抖不已，眼前不时晃动着死者光秃秃的阴头……

解 放

作家金林的双胞胎儿子大学毕业回到家里。是夜，金林让妻子炒了四个菜，叫来不屑和他坐在一起饮酒的儿子。半斤酒下肚，金林已有七分醉意。不知是高兴还是激动，金林流着眼泪说："你们大学毕业了，父亲的笔终于'解放'了！我要写我想写的文章。"

一说到文章两个儿子顿觉不自在起来，大儿子说："爸，你早该封笔了，别再写那些乌七八糟的狗屁文章了！"二儿子说："爸，算我求你了，别再写那些让同学们戳我们脊梁骨的文章了！"

父亲突然号啕大哭，边哭边诉："那龟孙想写这样的文章，还不是为骗稿费供你们上大学……"父亲说着掏出打火机点燃了身边的报刊，一边"刺啦刺啦"地撕着书页往火里扔，一边哭诉："什么狗屁'企业家'、什么'大师'、什么'公仆'……老子的笔再也不会为你们吹喇叭了！"

父亲突然又抓起酒瓶灌进肚里二两酒，然后就倒在火堆旁驴一样打起了滚，边滚边哭诉："金林——你个断了脊梁骨的作家，为了赚钱交高额学费，你一味媚俗奉谀，上写丰乳，下写肥臀，'胯下文章'、'床上游戏'……高尚的职业变下作，含辱蒙垢枉做人……"

父亲滚着哭着伸出右手使劲扇打自己的脸，嘴角淌血，长发被火舌吞噬，嘶啦嘶啦地响。

两个儿子把父亲抬到沙发床上，泪流满面地跪在床边。父亲是个固守传统的文人，至今还不肯用电脑写一个字。泪眼蒙眬中，大儿子摩挲着父亲右手三个手指头间因握笔磨出的厚茧，二儿子按摩着父亲手脖处鼓起的筋疙瘩（腱鞘囊肿），二人几乎同时哭出了声……

投毒者

　　时令已到了暮秋，出诊的山路上，脚步踏踏，黄叶沙沙，心事串串。猴跳沟铁松哥的儿女们这两天不知能否从外地打工回来，铁松哥怕是真的熬不住了。铁松嫂子半身不遂已经卧床 8 年多，半年前又患了急性肺炎住进了医院。儿女们不得不从打工的外地赶回来。病轻出院回家后，儿女们又像鸟儿一个个飞走了，伺候老伴、照料孩子的活儿又落到了铁松哥的肩上。铁松哥虽说身板还算扎实，但毕竟也是年逾古稀的人了，每天为老伴擦屎刮尿、端吃端喝不说，还得照看两个上小学的孙子和一个 5 岁的外甥女。外甥女是小闺女躲计划生育偷生的，孩子过了满月就送来由外婆抚养。一辈子忙碌，积劳成疾，铁松哥血压升高，食欲不振，眼看也要倒下。他实在是扛不下去了，这才开始打电话让打工的儿女们回来，可儿女们一退六二五谁也回不来，气得老头子说早知如此，当初不如一个个把你们按到尿罐里浸死……后来铁松哥患了老年隐形甲亢，精神异常，情绪狂躁，时哭时笑，时好时坏……

　　一阵刺耳的喇叭声打断了我的思绪，我扭回头，看见一辆摩托疯一样地朝我奔来。我向路旁一躲，摩托"吱扭"一声停在了我跟前。

　　"善庆叔，快、快、快上车——不得了啦，铁松爷家大小 5 口人食物中毒，倒头不行了！"驾车的四喜说。

　　我打了个激灵，哆哆嗦嗦地跨上车，忙问缘由。昨天上午神志清醒的铁松爷打电话让大儿子立马回来，大儿子说他刚揽了一个工程，血本都填进去了，实在是走不开，也不敢走开，您让老二先儿回去吧！老二在电话中说，他好不容易才提了个车间主管，现在就请假回家，主管的位置准会被人给挤占，您老别再装疯卖傻啦，我们在外打拼也实在不容易，您坚持两月我们就回去了。实在不行就让俺妹子先回去，娘担惊受怕，藏着掖着为她养个闺女，她也该尽尽

孝心了。女儿在电话中对爹哭诉说，丈夫花花肠子，撇下我们娘儿四个和一个"骚货"跑了。眼下我一个人挣钱养活四口人，若半途走人，工厂不但要扣工资，而且连押金也不退，老爹再辛苦两月，春节我们一定都回去……

在飞驰的摩托车上听着四喜大声的诉说，我忽然想起三天前在出诊路上被铁松哥拦住的情景。肩上挑着一担水的铁松哥边走边接电话，声音很大，吵架一样。看见我时他忽然把水桶撂在了地上，水花溅起老高，落在他的身上。"……哪龟孙肯装病！不信就让医生——你善庆哥给你说！"头上滴水的铁松哥把电话递给了我。电话断了，我又回拨过去，对方竟关了机。落汤鸡似的铁松哥把虾米状的身子靠在一棵栗树上才没有倒下。那一刻他没有哭也没有笑，凶巴巴的目光望着南方说："爹娘要死不活你们不回来，你们自己的孩子都死了，不信你们也不回来！"当时我想老人是在说气话，并没有往心上放，谁知——

"哎哟，善庆叔你干啥，疼死我了！"我的指甲深深地钳进了四喜肩胛的肉里，摩托车东扭西歪差点掉进沟里。

我赶到铁松哥家时，大小 5 口人都在地上躺着，呕吐出的秽物满屋都是。我颤抖着双手一一抚摸这 5 条已经僵硬的生命，泪水滚涌而出。50 多年的村医生涯经历中，我见过太多的生死离别，但从没有这一次揪心撕肺、痛断柔肠。

此时，急救车、警车一齐呼啸而来……